有爱的青春陪伴者

世上沒有完美的事物？
請看我老婆！

by 挹搖帆凡李先生

峻上月

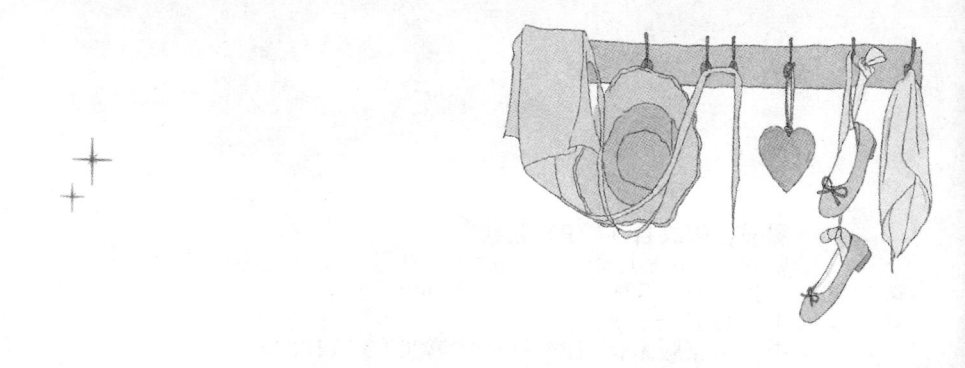

耍赖

岭上月 著

江苏凤凰文艺出版社

图书在版编目（CIP）数据

耍赖 / 岭上月著. -- 南京：江苏凤凰文艺出版社，
2024. 12. -- ISBN 978-7-5594-9096-4
Ⅰ. I247.5
中国国家版本馆CIP数据核字第20245ST166号

耍赖

岭上月 著

责任编辑	王昕宁
特约编辑	裴欣怡
出版发行	江苏凤凰文艺出版社
	南京市中央路165号，邮编：210009
网　　址	http://www.jswenyi.com
印　　刷	长沙鸿发印务实业有限公司
开　　本	880mm×1230mm 1/32
印　　张	10.5
字　　数	411千字
版　　次	2024年12月第1版
印　　次	2024年12月第1次印刷
书　　号	ISBN 978-7-5594-9096-4
定　　价	42.80元

江苏凤凰文艺版图书凡印刷、装订错误，可向出版社调换，联系电话025-83280257

目 录

第一章
原地求婚 / 001

第二章
在线较劲 / 023

第三章
登堂入室 / 050

第四章
为情所困 / 076

第五章
不愧是你 / 107

第六章
救星出现 / 135

第七章
最佳爱人 / 160

目 录

· 第八章
两人一狗 / 183

· 第九章
鸟雀归来 / 203

· 第十章
天生一对 / 232

· 第十一章
情网恢恢 / 258

· 番外一
爱情保安 / 284

· 番外二
光辉岁月 / 308

· 番外三
一家三口 / 320

第一章
原地求婚

张三忧郁地坐在木桌前，手里捧着的焦糖玛奇朵已经散了热气，漂亮的焦糖拉花渐渐往下陷去。

窗外的阳光很好，风吹过行道树，隔着落地窗，那"沙沙"声变得有些遥远。

她看了一眼坐在她对面的青年。

他一如既往，"既往"指的是他们相识至今的二十年——的稳重温润，穿着一身合体的西装，身子放松地靠在沙发椅上，脸上挂着的浅笑颇有几分胜券在握。

张三故作镇定地喝了一口咖啡，觉得凉掉的焦糖玛奇朵喝起来就像她的人生一样半死不活。

"擦擦。"对面的青年递过来一张纸巾。

张三接过纸巾将自己嘴角的咖啡渍擦干净，突然觉得也没什么大不了的。

咖啡店里适时响起音乐声，是那首张三唯一会弹的钢琴曲。

张三深吸一口气，镇定道："如果我没理解错的话，"她迎着青年漂亮精致的桃花眼……以及在她眼里十分欠揍的温和浅笑，"你刚刚是在向我求婚？"

窗外又起了风，这次，她听见树叶摇曳的婆娑声，如柔缓起伏的海浪声。

在午后让人骨子里犯懒的暖阳里，张三看见青年点了点头："是这样。"

"那……"张三硬着头皮发问，"确认一下，你不是骗婚的吧？"

对面的青年脸上完美无缺的微笑面具出现了裂痕，然后他抬起手扶了扶眼镜，温和道："自然不是。"

"所以就是这么一回事。"张三侧着脑袋，将手机夹在脸颊和肩膀之间，手上十分艰难地给自己的"小电驴"开锁。

"我不太理解但是我大受震撼。"对面的闺密吴语这么回答张三，听筒里面传出的隐约流水声表明她正在"带薪摸鱼"，"也就是说，他趁着出差过来找你一下，然后问你要不要结婚，于是你就答应了？"

张三想了想，觉得闺密概括得简洁明了："对。"

吴语无语了好一会儿，然后再度开口："张三小姐，我刚刚特别想骂你。但是仔细思考一下，好像你也没亏。纯粹是李峙脑子坏掉了准备给人生上点难度，建议你务必抓住这个给他添堵的机会。"

"我也觉得。"张三深有同感，她终于把那U形锁打开，并且决定明天去换一把设计不这么反人类的锁，"下周一去扯证。"

"你妈同意了？"吴语又问，"一下子多了个女婿，多突兀啊。"

"没问题的。"张三把头盔戴上，声音变得含糊，"李峙啊……如果铁了心做我家女婿，假如我不同意，我妈宁愿现在再生一个也是一定要把他招进家门，并且去我家祖坟上香还愿说我老张家终于招了个文化人进来延续香火。这波啊，这波是老祖宗出大力扶大厦于将倾。"

吴语被她逗笑了，随后猛地扣住听筒，几秒钟后忙音传来。

估计是在厕所"摸鱼"被发现了。

张三骑着"小电驴"，带着点新晋无业游民的快乐和嘚瑟，超过堵得死死的奔驰、宝马。

初秋的风吹过她从针织衫里探出的小臂，让她突然产生了几分矫情的惆怅。

姑且称之为婚前恐惧吧。

张三其人，随母姓，她入赘的父亲原本给她取名"珊"，取自于漂亮精致的红珊瑚，还有女子行走时环佩碰撞的清脆声响之意。结果上户口的时候，老民警耳背，又恰好她的外婆是一个平翘舌音不分的南方人且因为某些原因是大字不识一个的快乐文盲。

导致的结果是显而易见的灾难性——登记在纸上的名字成了铿锵有力的张三。

幸好张爱华女士和尚在襁褓里完全不知道自己未来人生的张三都是看得开的性格。

张三顶着这个名字招摇过市快乐成长，不断在任何需要留真名的地方掏出身份证，解释这确实是她行不改姓坐不更名的具有法律效应的铁板钉钉的真名。

并且因为这个名字，张三成了从小到大老师点名最多的学生——

毕竟老师很难在一片诗情画意承载父母爱意和期许的名字里面，忽略掉朴实且充满视觉冲击的"张三"二字。

在各路老师的关爱下，少女张三茁壮成长，一路颇有些惊险地过关斩将走独木桥。大学毕业后入职某家小有名气挣得也不少的咨询公司，成了如精密仪器般不断运作的精英社会中的一颗不算重要但是丢失了也会有些麻烦的齿轮。

然后在二十五岁的秋天，她辞职了。

在远在老家的张女士打电话过来咆哮之前,先到来的是发小李峙的求婚,把她打得措手不及。

虽然两人一起长大,但张三一直觉得李峙和她是两种人。

小学一年级时她连加减算数都算不明白,但同龄的李峙已经把"鸡兔同笼"玩出了花来让老师连连赞叹,并且保持这个优势地位十余年,直到从清华大学法律系毕业,进入名字如雷贯耳的知名大律所为止都从未跌出过年级前三的神坛。

然后换了新领域开始大卷特卷,丝毫不顾及别人的死活。

张三觉得李峙的人生低谷,大约就发生在小学一年级他们初见。

还带着稚气的李峙被秀才识字认半边的张三指着他的课本姓名栏,大声喊道:"原来你是李寺!"

李四你好,我是张三。

迎新的老师被她逗得"咯咯"笑,始作俑者本人张三倒是没什么反应,反而是受害者李峙红了一张漂亮的脸蛋。

当时的两人还不知道,因为张三这句无心之言,张三与"李四"从此绑定在了一起,在两人从小学到高中同校的十二年里都再也没有分开。

小学生张三惊奇地睁大了眼睛:"'李四',你长得好好看噢。"

从小到大,他都生着一张好皮相。

而且随着岁月的变化,李峙越发英俊出众,甚至到了有些过分的地步。

君子如玉如琢如磨,李峙温和一笑的时候眼睛里像是暖阳落在漆黑湖面上,让人恍惚觉得自己被他当作全世界独一无二的宝物所珍视着。

知晓他本性的张三点评曰:"李四"的眼睛,看驾校的狗都深情。

总而言之,李峙是一个非常适合结婚的年轻男人。

性格温和,情绪稳定,有一份优渥体面的工作,更重要的是——或者说有些阴暗不能说出口的,嫁给李峙以后不需要面对婆媳矛盾。

李峙年少失恃,也正因如此,他在少年时期,到他家对门的张三家里蹭了很多很多顿饭。蹭到最后,每年吃年夜饭的圆桌上,张三边上都会有一个属于李峙的座位。

只是张三没想到,李峙向她求婚了,而且理由极其离谱随意。

"我今年想成为律所合伙人,需要已婚的身份佐证我的稳定性。"李峙的语气就像说今天晚饭吃什么,"你不是想领养狗吗?那户人家是不是说单身和情侣都不符合标准,必须要有稳定住所且能负责的已婚人士才行。"

张三觉得李峙脑子坏掉了。

然而李峙本人十分坦然地问她:"你有结婚发展对象吗?"

张三没有。

"五年内有结婚打算吗？十年？"

张三也没有。

"和我结婚你会有损失吗？——据我所知你现在没有收入，婚后我的工资是夫妻共同财产，经济上你有盈无损。"

虽然张三很不爽，但张三无法反驳。

"等一下，如果我以后想和别人结婚，"张三举手，"我就是二婚。"

李峙脸上的微笑毫无破绽，说的话却刻薄："张三，你非要我提起你挑男人的品位吗？"

一句话瞬间刺痛张三。

别看她顶着张三这个老实名字，她的情史却无比风流且没有一段能超过一个月。

这和张三本人基本上没有任何关系，她纯粹是别人感情中的一环。

每一位和她开展恋情的男人都会在半个月里面发现自己真正爱的是日久生情的同事、久伴身边的青梅，或是海外归来的白月光等，然后光速进入破镜重圆或是火葬场里的缠绵悱恻的酸甜口情节，最终满怀歉意地问她能不能好聚好散。

第六次经历这种事情的张三拉着吴语去算了命，得到的批语是一个非常旺交往对象桃花运的命格。

简单来说，每个和她交往的人都会找到真爱，简直就是行走的丘比特。

"这又不是我的问题。"张三实事求是，"我只是……比较善于帮人找到真爱。"

"如果你不是每次分手都打电话找我，然后喝三瓶啤酒喝得烂醉的话，"李峙说，"你尽管去做好人好事。"

张三还想说什么，被李峙一句话堵了回去。

他摘下眼镜，揉了揉眉心。张三错愕地发现他眼底有淡淡的倦色，像是天上的月亮落到了人间。

张三先前就职的公司在上海，即便辞了职，她暂时也还在上海落脚。

而李峙随着律所久居北京。

他是连轴工作后坐了最早一班飞机来的，稍晚在城市的另一端还有一场可称硬仗的拉锯战要面对。

"张三，"没了眼镜，李峙的眸子显得格外沉黑且疲惫，专注地凝视着她，"你相信我吗？"

张三语塞半天，绝望地发现自己无言以对。

最后，她垂死挣扎一样冒出一句："我叫张三，你是搞法律的，你真觉得我们会合适吗……"

李峙笑了:"这谁不说我们天生一对。"

张三骑着"小电驴"回到了家。

说是家,其实是江浙沪常见的那种五六层楼的老旧小区,曾经被用作过某些国企单位的员工宿舍,讲究着金三银四的铁律。随着旧时代的荣光渐渐褪去,这些员工宿舍也渐渐流通起来,最后成了他们这些年轻外来打工人的栖身之所。

她拎着刚买的水果"噔噔噔"走上楼,正要开锁的时候,口袋里的手机振动起来。

张三开了门,踢掉自己的高跟鞋,才掏出手机。

本以为是前同事对她情面上的挽留和小作文,没想到是李峙发来的短信。

李峙的短信简洁明了:你的地址。

张三打开空调,不知道年岁已经多久的机器开始"嗡嗡"制冷。在这细微的杂音里,张三坐在地上给李峙回信息。

李峙消息回得很快:收到。

随后他又发来一条:马上会议,别回复。

谁要回复你了?张三翻了个白眼。自作多情的无聊男人。

她起身把水果洗好,从冰箱里拿了一根黄瓜来啃,配上一杯零度可乐。

这个搭配,谁见了不落泪?

她最近在节食。

张三一边啃黄瓜,一边瘫在沙发上发呆。

她这次冲动辞职,一方面是终于发奖金了,足够丰厚的金额给了她脑子一热的底气。

另一方面是……

张三看着贴在墙上的海报。

没什么意境的抓拍,甚至因为镜头歪斜而显得有些糊。

一望无际的海岸线上,一只白鸟孤零零地飞向大海。

她翻过身,目光落在手机锁屏上。

舞台强光之下,身着白色舞衣的女舞者,看上去像是一团模糊的白光。

旋转飞舞的裙袂,恍惚间变成了白鸟展开的羽翼。

这已经是十几年前的新闻照片了,当时如日中天的年轻舞者现在已经到了五六十岁的年纪,因体力逐渐不支退居幕后,醉心于调教新的舞者。

据说她的舞团现在之所以大张旗鼓地招人,是为了排演她主导的最后一舞,作为一个完美的收官。

明明她才六十岁不到,现在的人活到九十岁都没有问题,艺术生涯还可以

很长。张三心想，真是一个古怪的女人。

但艺术就是因为古怪才会让人着迷不已。

十几年前少女张三被舞台上那袭白舞衣惊艳，如今的她再一次被招人广告给吸引，决定拼着自己这身许久没练的舞蹈功底来一场自毁前程。

那可是年收入多到令人眼红的咨询公司啊。

但……另一边是林月。

一问世就轰动舞坛的舞蹈天才，无数人的缪斯，以及她心里的那只白鸟。

手机振动起来。

张三接了电话，听筒里传来一个陌生的女声，听起来有些犹疑："张……三小姐是吗？"

张三应了一声。

"我是林老师工作室的，叫我王秘书就行。"来人介绍道，随后再度开口，"我们这里虽然没有一定要称呼真名的规矩，叫艺名也行，但是为了登记资料，还是需要您提供真实姓名……"

张三对此情景已经见怪不怪，熟练表示这就是她用了二十五年的大名。

"好的。"王秘书听起来勉强相信了，换了一种亲和的口吻，"之前林老师看了你的简历和试舞的录影，叫你过来面试，是不是？"

张三回答是的，随后又忍不住自嘲，这才是第一轮面试，就兴冲冲地把工作给辞了。

"嗯……这里想改时间呢。"明明是商量的语气，口吻却是不容置喙的通知，"下周一你方便吗？"

"方便的。"张三一口答应，才慢悠悠地想起下周一还得和李峙去扯证。

问题不大，面试完再扯证。

成功了就一起去吃顿好的庆祝，顺便给点结婚的仪式感。

失败了她就回房间里掉"小珍珠"，然后半夜找李峙寻死觅活。

挂了王秘书的电话，张三又看了一会儿墙上的照片，突然一跃而起，开始在木地板上练功。

她自幼学习的是芭蕾。

最开始是在少年宫学的，她和李峙一起去。她在那里压腿，李峙在楼上学围棋。

回去的路上，完胜一帮臭棋篓子的李峙神清气爽，压了半天腿的张三走路像只小鸭子，走不了多久就垮着脸叫李峙先回去，她在路边坐会儿再走。

于是这之后李峙就开始骑自行车，车屁股上有个后座。

虽然硌了点，但安放张三绰绰有余。

张三是有天赋的，练到四年级，少年宫班级的教学水平已经容纳不下她这只小天鹅。

　　舞蹈老师找到张爱华女士，问她要不要将张三转去专业的班级训练。

　　张爱华与老师谈话，年幼的张三站在落地镜前，有几分茫然地看着自己。

　　隐约感觉到这是决定她命运的谈话，但张三抓不住什么头绪。

　　她觉得自己像一只试图要展翅的小白鸟。

　　"……我们还是想让孩子专注于学校学习。"她听见妈妈说。

　　"理解。"老师点头，专业班级的强度和业余班级截然不同，需要大量的时间与汗水，与学校课业几乎难以兼顾。

　　门边风铃响起，在柔和的钢琴乐声中，张三的视线越过自己年幼的同门，与站在玻璃门外的李峙对上目光。

　　李峙朝她笑着点头，张三朝他做了一个新学的"国际友好"手势——她竖起了中指。

　　然后她后脑勺挨了妈妈一巴掌。

　　…………

　　张三被自己的手机铃声吵醒。

　　一睁眼，屋子里已经基本全黑，只有加湿器的呼吸灯闪烁着，提供一些微弱的光线。

　　手机还在响，上面有十几个未接来电的提示，张三赶快接起来，带着一些让人久等的愧疚。

　　"开门。"是李峙的声音。

　　"噢。"张三放松下来，重新瘫了回去。

　　"不许睡。"李峙说。

　　张三痛苦地呻吟一声，从沙发里爬起来，去给李峙开门。

　　只见李峙一身衬衫领带西裤，笔挺地站在楼道里，一只手臂上搭着西装，另一只手拎着行李箱，很有几分外出见情人或者回家见老婆，总而言之就是装备齐全准备留宿的都市精英风采。

　　张三沉默两秒。

　　在她飞速关门之前，李峙眼疾手快先伸出胳膊撑住门框。

　　总不能夹废李峙的胳膊，不说别的，自己都叫这个名字了最好别寻衅滋事，张三悻悻地收了力，看李峙很自然地进了她家。

　　李峙示意了一下自己胳膊上搭着的西装："这里有衣帽架吗？"

　　"出门左转有农工商超市，"张三板着脸说，"你自便。"

　　"看起来没有。"李峙说完，把西装往椅背上一搁，视线落到床上，"床太小。"

"这里就这么屁大点地方。"张三抗议,"床再大一圈你的行李箱都没地方摆。"
　　"那行。"李峙一边解领带一边瞥张三,"希望你睡姿好一些。"
　　"什么?谁答应和你睡了?"张三说,"生活作风不能出问题啊,'李四'同志。"
　　李峙提醒她:"我们是合法夫妻。"
　　"噢,不对。"他眉眼流露出几分松弛的笑意,"下周一上午才是。"
　　"不去。"张三帮他把西装挂好。
　　很奇异地,她感觉气氛似乎冷了下来。
　　她茫然地转身回去看李峙,发觉他脸上还是带着笑,似乎没什么异样,黑沉沉的桃花眼盯着她,嘴角挑起的弧度完美无缺。
　　"上午不行。"张三说,"我上午想去林月的那个舞团面试,下午去吧。"
　　制冷的声音再度响起,空气重新流动起来。

　　李峙看了眼空调,嫌弃道:"这都是多久之前的机型了,过两天把它换了。"
　　"住出租屋还出钱换家具?"张三合上衣柜,翻了个白眼,"有钱没处花建议给我花。"
　　"很幸运,我下周三发工资。"李峙在沙发上坐下,袖子挽了几下,姿态随意舒展,"算是夫妻共同财产。"
　　搞得好像她真的惦记这个钱似的。张三看他这样子就心里不痛快:"你能不能别瘫着?"
　　"在法定老婆面前还端着干什么。"李峙几乎要把自己陷进沙发里,"电视遥控器在哪里?"
　　"谁是你老婆了?"张三嘟囔一声,把遥控器扔过去,"喏。"
　　李峙接过去,调到体育频道开始看球。
　　"今天谁和谁踢?"张三问。
　　"巴西对日本。"李峙说完,拍了拍边上的空位,"站着干什么,坐呗。"
　　搞得好像他才是这个屋子的主人一样。
　　"这是我的房子啊。"张三警告他。
　　李峙不以为意道:"下个月缴费绑我的银行卡吧,你的钱自己拿着花。"
　　"好让人不舒服的发言。"张三说着,依言坐了过去,扯了一个抱枕抱住,"我挣得也很多。"
　　"你不是不喜欢那份工作吗?"李峙说,"有时候出差多了还在被子里哭。"
　　"起码拿钱的时候是开心的。"张三说,"挣这么多窝囊费,值了。"
　　李峙把她头发揉得乱糟糟的。
　　"我没有不喜欢。"张三再次强调,"你别和我妈乱说。"

"那你为什么辞职？"李峙问。他的视线下移，落在张三的右脚脚背上。

张三下意识地收了下脚，后知后觉地意识到李峙已经距离她实在太近，几乎是呼吸相闻的距离。

"你还能跳吗？"李峙还在发问，就像他打赢的每场艰难的胜仗一样，他直白又残忍地开口，"张三，你的旧伤撑不住。"

我能跳，我还能跳！

脚背上的旧伤就像张三的梦魇，无数次午夜梦回时扼住她的咽喉，让她大汗淋漓地从噩梦里惊醒。

但是此刻，张三觉得没有必要对着李峙剖白心迹，毕竟这人这句话问得实在冒犯。

她探过身，拿起遥控器换了一个台："臭球，不看。"

电影频道在播放《变形金刚》，巨大的机器人互相摔打着，溅起漫天尘土和火花。

张三缩在沙发里，努力忽视边上李峙直勾勾的视线。

忽视着忽视着……她就看入迷了。

"你……"李峙想说什么，手机却振动起来。

他站起，走到窗边接电话。

张三把电视声音调到了最低，艰难地借着微弱的声音看机器人打架。

李峙以肩颈夹着手机，目光投向窗外的夜色。

居民楼到了晚上也不算冷清，有晚归的职员和学生，还有人骑着自行车，慢悠悠地穿行在昏黄的路灯下，车把上挂着装着熟食的塑料袋。

电话那头的事情和他预想的一样棘手，他微微蹙起眉头，手下意识地探向裤兜，取出一根烟递到唇边。

正要点燃，李峙猛然意识到什么，侧眸看了一眼张三。

张三正认真地看机器人扯头花。

下一秒，他把未点燃的烟从中间折断，凌空抛进垃圾桶。

"这是第几部？"张三正看得津津有味，突然一阵混着烟草味道的男性气息从上方罩过来。

张三仰起脸，差点撞上李峙的锁骨。

她的视线在他干净流畅的锁骨线条上停顿几秒，默默地帮他拢了拢衣领："衣服穿好。最近在健身？"

"嗯。"温热的气息离开了，随后身边沙发下陷，李峙又瘫进了沙发，两条长腿很不讲究地伸着，胳膊有意无意地搭到张三身后的沙发靠背上。

"第几部？"李峙再次提起这个话题。

"不知道啊。"张三盯着电视屏幕，花花绿绿的机器人和她记忆里的威震天、霸天虎对不上，"第三部？"

"这不是《变形金刚》，"李峙把手机递过来，屏幕上显示着这是一部低成本高质量的国产巨作，"是翻拍的。"

"我说呢。"张三放松下来，"怪不得这大黄蜂会打拳。"

李峙低声笑起来，他熄灭手机："陪我去超市买点东西？"

"出了小区左转过马路，农工商九点钟关门，还有半小时。"张三不乐意动弹，"你自求多福，最好带上你的破行李箱，再走两步有个酒店二十四小时营业。"

"好吧，"李峙说，"那我只好跟你妈告状了。新婚燕尔就让我一个人流落街头。"

张三用见了鬼的表情看着李峙。

李峙一脸淡定地看回去。

在被李峙拿捏和被张爱华女士拎着耳朵臭骂之间，张三咬牙切齿地关掉了电视。

"走吧。"她说，"你晚上睡觉最好两只眼睛轮流站岗。"

李峙闷闷笑着，帮张三开门："走。"

超市离张三家确实很近，她当时租房子就看中了地理位置优越，虽然不够声色犬马光鲜亮丽，但是胜在生活气息浓郁。

李峙这次来确实只是为了出差，除了换洗衣服基本上什么都没准备。两人在超市里买洗漱用品。

他一边买一边挑三拣四，嫌超市卖的塑料拖鞋款式老土到应该起诉讨要精神损失费。

张三低头看了眼自己脚上的迷彩人字拖，想要把李峙的脑袋按进边上的米堆里，看能不能把脑子里面的水吸干净。

"话说回来，"李峙勉为其难地挑出一双黑色凉拖，"过两天咱们请你家吴语吃个饭？"

盯着零食区发呆的张三："啊？"

"唉，我就这么拿不出手吗？"李峙故作黯然神伤之态。

张三被恶心得浑身难受，但还是忍不住提醒他："吴语和我们做了七年同班同学。"

言下之意你不要现世了。

"不行，身份变了就要重新认识。"李峙推着购物车往前面走，伸手从货架上拿了一包薯片下来，"我要仪式感的。"

他是不是真的脑子进水了？但是这发生在李峙身上，似乎又很正常。

她叹口气，突然发现李峙手里那包薯片是她喜欢的洋葱酸奶味，赶快忍痛阻止："我在节食，不能吃这些。"

"那你只能看我吃了。"李峙贱兮兮地说，"可惜。"

张三踩了李峙一脚，英伦手工牛皮鞋上出现了一个灰扑扑的脚印。

"你要死哦，"李峙说，"这鞋子打折都要好几千呢。"

张三不理他，自顾自走在前面，给吴语发短信约她有空吃饭。

买完东西，李峙结了账出来，都市精英拎着两个鼓鼓囊囊的塑料袋，上面农工商的标识鲜明醒目。

边上的张三还是都市丽人的清丽温婉扮相，脚踩着一双人字拖，走路背着手，一晃一晃。

夜色温柔，路灯昏黄，晚归的人骑着共享单车路过他们身边，无人在意彼此的扮相与白日的身份。

此时此刻，他们都是归巢的倦鸟。

"张三。"李峙喊她，"边上有卖糖炒栗子的。"

张三望过去，看见路灯下有人支起了小摊，栗子的甜香混着石头翻炒的"沙沙"声升腾起来，顺着夜风扩散。

"我想吃。"李峙说，他学着朋友圈里的口吻，"初秋的第一袋糖炒栗子。"

张三问："你医保卡带在身边吗？"

性情大变往往和大脑出现实质性病变有关，要么是肿瘤，要么是大出血的前兆。

虽然张三很嫌弃这个发小，但是遵纪守法且善良的她还是希望他能够身体健康长命百岁。

李峙盯着她，嘴角柔和地弯着。

"我去买。"张三叹口气，走过去买了一小袋。

等老板笑呵呵地装袋的时候，她侧头看站在路边等她的李峙。

暖黄的路灯光线从上方洒落下来，他有些自然微卷的黑发上落了一圈柔和的光。

光线下，更显得他整个人肩宽腿长，身形挺拔舒展。

张三心里默默地想，这人长得还挺人模狗样，带出去怪有面子的。

张三拿好了纸袋子，和老板道谢，踢踢踏踏地走回李峙身边。

两人一起慢悠悠往家里走。

"帮我剥一颗。"李峙说。

还使唤上了？张三刚想开口骂人，但看看李峙手里的大袋子又有些心虚。

里面四分之三的东西是她家里需要补充的生活用品，平时上班的时候没空，又嫌太重不想拎着爬楼梯,这次趁着李峙在一股脑儿全买了,把他当苦力用。

她垂下眼睫,给李峙剥了一颗栗子。

李峙很自然地张嘴,等张三喂到他唇边,挑三拣四的臭毛病又犯了,嫌她剥得不干净。

张三瞪他一眼,把这颗被嫌弃的栗子扔进自己嘴里。

一连剥了好几颗,李峙不是嫌剥得坑坑洼洼,就是嫌上面还沾着点皮,矜贵得就像是一只很挑食的猫。

两人都走进家门了,大半袋栗子进肚的张三才回过味来,不干了:"你就是在骗我吃栗子对吧?"

"嗯。"李峙很坦然地承认了,把袋子放在茶几上,"你这样节食下去不行,走路都打摆子了。"

张三掏出手机紧张地查询栗子的热量,语气变得很差:"要你管,你烦不烦。"

"光饿是不行的。"张三的手机被李峙从掌心里抽走,失去了人造光源,张三的目光下意识地对上了李峙的眸子。

青年的眼神一如既往的温润且认真:"这样下去身体会垮。"

张三的嘴角不自觉垮下来,她如何不知道胡乱节食是最无效的掉秤方法:"可是……"

李峙在她的抗议声中搓乱她的头发,抓着她往沙发上一倒,是不带任何性意味的亲昵:"我知道的。你怕面试过不了关。"

张三挣扎了一下没挣扎出来,索性摆烂跟李峙一起瘫着,叹了一口气:"是的。"

那是林月开的舞团,又是她艺术生涯的收官之作,多少人趋之若鹜,张三都不敢想象自己将要与多么优秀且年轻的舞者竞争。

舞蹈说到底,是身体的较量。

哪怕年轻一岁,也会多占一些优势。

她已经二十五岁了,前四五年没有再接触舞蹈,更何况身体还因为野路子的训练而暗伤累累。

怎么看都像个炮灰。

"林月很重视这次的排舞,她看过你的录像带,也看过你的简历。空白期,基本功……"李峙搂着张三,仰躺在沙发上,视线落在墙壁上张贴的海报上,"你的劣势她都知道。"

"可她还是约了你面试。"他的视线垂落下来,漆黑的桃花眼凝视着张三半合着眼的侧脸,"说明林月真的想要你。"

白鸟振翅欲飞。

李峙的手有意无意地搭在张三的背上,慢慢地往下滑,他拉长了声音:"……而且我喜欢有点肉的。"

张三抬眼,眼神里带了点谴责:"你为什么总是要在我感动的时候突然来一句煞风景的话。"

"啊……"李峙黑眸弯弯,脸皮厚得堪比城墙,"我是表达一下我对将来夫妻生活的向往。"

"尊重祝福但是我不理解。"张三从李峙怀里起身,"我去洗澡,Wi-Fi密码是我的生日,你自便。"

"知道了。"李峙应了一声,又懒洋洋地开口,"你能不能帮我拿一下电视遥控器?"

懒死你得了。张三把遥控器扔向李峙脸上,半空中被李峙一把接住,她很遗憾地撇了下嘴。

她刚刚觉得这人还不错,这果然是被皮相所迷惑的错觉。

尽管家里有个异性大活人瘫在沙发上,张三洗澡依旧洗得心如止水。

无他,实在是太熟悉了。

她和李峙从六岁起就认识彼此,之后的人生几乎都是并肩而行。

直到高考结束,一个人去了北京一个留在上海,一千二百多公里的距离,十二小时的车程,他们相处的时间骤减到仅限寒暑假。

更何况大三的时候张爱华女士带着全家搬回老家 Y 市,那寒暑假的见面也没有了。

他们本就不是什么特别的关系,自然也没有理由和冲动去特意见一面。

这么算算,似乎十九岁之后,也只有李峙回上海办事或是张三去北京旅游时两人会碰一下头,一人拿一罐啤酒,蹲在马路牙子上做街溜子,聊一些无聊的话题。

"哗啦啦"的水声中,从未关心过发小情感生活的张三开始走神。

李峙到底有没有谈过恋爱?

"到你了。"张三洗完澡,一边擦着头发,一边冲着躺在沙发上看足球比赛回放的李峙说。

李峙应了一声,目光却没有从屏幕上挪开。

"谁赢了?"张三问。

"刚刚没有看直播可惜了。"李峙说,"后半场日本发力翻盘了。"

"那你别拖太晚。"张三说,"我先上床了。"

李峙朝她挥了挥手表示自己知道了。

张三窝在被子里,给吴语发消息。

吴语不愧是张三的小姐妹，抓的重点都是一模一样：怎么了，"李四"整容了？还得让我再看看认认人。

张三回复：他脑子有病。

吴语评价：是不正常。

吴语：现在不是公司并购重组旺季吗，他怎么这么闲？

他们三个人，张三做经济战略咨询，吴语在上市公司做财务，李峙同时做破产清算和企业合并两个板块。

听起来都不是什么好东西，浑身裹满了资本主义的铜臭味。

张三打字：搞不懂。大概脑子被狗咬了，提前退休。

"和谁聊这么开心呢？"边上床垫往下一陷，裹着水汽的温热气息探过来，李峙拿过了张三的手机，"吴语？"

"嗯。"张三想把手机拿回去，李峙往后一靠，给吴语回了个"明天聊"就把手机熄屏，搁在床头柜上充电。

他顺手关了灯："睡觉。"

房间陷入一片安静的暗色中，两人拘谨地躺着。

张三尴尬到脚趾蜷曲，边上李峙似乎也难得紧张，身躯有些僵硬，不敢乱动。

张三躺得像一具会喘气的"尸体"，看着空荡荡的天花板，犹豫地开口："'李四'……你不会真的对女人没感觉吧？"

这问的什么话。

李峙有的时候会产生一种把张三脑袋打开来看看里面到底是什么的冲动，比如此时此刻。

"就……我这么一个活色生香的美丽女人躺在你边上，"张三有些结巴地说，"你躺得和死了三天似的，不太合适。"

边上李峙哼笑一声。

张三在被子里艰难地翻了个身，感觉自己手脚在渐渐发凉。

无他，纯粹是因为床上有了一个异性而紧张，尤其是他们还共盖一床被子。

她得很小心地不触碰到李峙，以免被这个惯会自作多情的男人以为自己在投怀送抱。

"我建议你不要再问下去了。"李峙说，"你小黄本子看过不少，在床上问一个身体健康的男性是不是不喜欢女人不是太明智。"

张三默了默，揣摩了一下李峙话语里暗含的威胁意味，又觉得按他的秉性大概率只是口嗨。

"主要吧。"张三侧卧着对着李峙，夜色里青年的身体轮廓匀称流畅，"我前面仔细想了想。我们认识快要二十年了，我还真没见过你谈恋爱。"

李峙没有说话，死了三天的"尸体"在均匀地呼吸，胸口平缓起伏着。

"连绯闻都没有过。"张三回忆着李峙光辉灿烂的学生时代，发觉他除了帅哥学神光环，感情生活空白到令人发指，"你该不会……"

"有过的。"李峙开口，"我们初中和高中都被主任请过家长。"

实在是两个人每天同进同出过于显眼，不被叫家长都天理难容。

"噢。"张三莫名有些不自在，"所以？"

"所以……"她感觉到李峙也翻了个身，两人面对着面，张三赶快闭眼避免尴尬对视。

她听见李峙嗤笑一声："所以托您的福，桃花全让你小子挡住了。"

不是，这锅都能到我身上？张三刚要反驳，李峙伸过手来把她的被子往上拉了拉："睡觉，再说话我就跟你妈妈告状。"

不是，你是小学生吗？

…………

果然没有比夫妻更清白的男女关系。

张三确实没想到，自己和男人第一次同床共枕，结果什么事情都没有发生。但是整件事的另一个主人公是李峙似乎就不奇怪。

初秋清晨的空气凉凉的，张三往被子里缩了缩，紧贴着背后温暖厚实的胸膛。

李峙还没醒，稀薄的阳光从窗帘缝隙里漏下来，落在他小半张脸上。

在光线里，青年肤色白到有种奇异的半透明感，睫毛扇动着，眼底有一小片淡淡的青色。

张三回头欣赏了一下，感觉自家发小真的适合不说话当一个睡美人。

一说话就很想给他一拳。

她很没有心理负担地枕着李峙的手臂，再次合上了眼。

周末的清晨，时辰尚早，光阴漫长。

等张三的呼吸重新变得柔和平缓后，李峙才慢慢睁开眼睛，伸手把张三那半边的被子拉好。

睡相是真的不太行。

张三再次醒来是早上八点半，打工人被闹铃和考勤调教出的生物钟不是这么容易被改变的，她无论如何都睡不着了。

她动了动身子，发现李峙把她搂得很紧，脑袋抵在她的后颈处，毛茸茸的。

张三默了默，随后无情地把他推开："醒醒。"

李峙眼睛还闭着，嘴角却是弯着的，显然已经醒了一段时间："不醒。"

"别逼我打你。"张三说。

"你真好，打我之前还问我意见。"李峙说。

张三的拳头落在了李峙的下巴上，李峙闷闷地笑："头抬一下，我胳膊被你压麻了。"

张三一骨碌爬起来，李峙起身夸张地甩着自己不在服务区的胳膊。

"我先去洗漱。"张三侧头盯了一会儿李峙，打了个喷嚏。

"嗯。"李峙应完，随后看了眼被秋风吹起的窗帘，他温声道，"是不是该换厚被子了？"

"还没到时候吧。"张三拧开水龙头，等着先涌出来的凉水放完，"这才初秋。"

"好吧——"李峙拉长了声音，倒回柔软的床褥上，腾起一小片隙尘。

"只是盖薄被子的话，有个人就有借口一直往我怀里钻了。"李峙说，"昨天我差点被你从床上挤下去。"

张三终于盛到了符合心意温度的漱口水，但瞬间就开始考虑把水泼到李峙脸上的可行性。

"你要么睡沙发去。"最后她说，"没人和你抢。"

李峙仰躺着，抬手遮住自己的眼睛，无声地笑。

张三洗漱完，又趁着李峙还没睁眼的时间快速换了衣服，这个时候她总算意识到，家里有个异性大活人还是不太方便。

一切收拾停当后，张三走到床边，拍了拍李峙的肩："我去买早饭，想吃什么？"

"昨天买了点培根和鸡蛋，"李峙把手背挪下来，露出一双温润漂亮的桃花眼，含笑看着张三，"我来做吧，你买点汤汤水水就好了。"

"哦。"已经对李峙的多才多艺习惯了的张三很自然地点头，如果有一天李峙和她说自己可以生孩子，她都不会意外。

张三拿起钥匙和钱包，踢踢踏踏地出了门。

还没走出楼栋，她就被一个鬓发微胖的阿姨给喊住了："小张！"

"赵阿姨。"张三停住脚步，笑呵呵地打招呼。

赵阿姨是她的房东，是个热心肠的好人，就住在她楼下。

"你这孩子怎么又瘦了？"阿姨开口永远就是这么几句，胖乎乎的手在张三的手背上亲热地一拍，"买早饭去啊？阿姨家里正好多熬了粥，你盛点回去？"

"哎呀呀，这怎么好意思……"嘴上推辞着，张三已经很快乐地跟着阿姨往家里走，"老是多拿多吃您的，这样下去都要把我惯坏了。"

"就你这小身板你能吃多少，阿姨恨不得你多吃点。"阿姨笑起来，手上的翡翠镯子丁零当啷的，"哎不对……"

阿姨突然想到什么，压低了声音凑到张三耳边，忍不住地八卦："昨天晚上和你一起逛超市的男小孩是谁啊？"

张三大窘。

"谈朋友啦，小张？"阿姨一边亲热地絮叨，一边给张三盛粥，"眼光不错，阿姨一看那小伙子家境就不错，衬衫是牌子货，人长得也俊。"

张三惊了，她在心里拼命祈祷，阿姨没有看见他们最后一同进了家门。

"给你们一人一碗盛两碗？"阿姨笑得亲切，说出的话却把张三砸晕了，"算了，多来点，你们年轻人晚上也辛苦……"

晚上也辛苦。

晚上也辛苦！

阿姨您懂得太多了！

张三维持着一副痛苦的表情，像一缕游魂一样飘进了家门。

一进门，就看见李峙在才艺表演。

李峙穿着白T恤牛仔裤，颇有几分青春男大学生的风采，然而身前围着她的粉色花格围裙，穿得坦坦荡荡堂堂正正，甚至后腰上的系带打成了蝴蝶结。

他左手端着亮着屏幕的电脑，肩颈夹着手机边看文件边讲电话，右手还在娴熟地给煎鸡蛋翻面。

似乎是对面讲了什么蠢话，李峙微微皱起眉头，锅铲在锅沿上轻敲两下："行了。"

张三看不下去了，连忙脱了鞋放下东西，瓷碗被放在桌上，发出清脆的一声。

李峙注意到她，黑眸弯起，朝她做口型叫她等会儿。

张三没理他，挽起袖子从他手里夺过锅铲，把他从厨房里面赶出去。

他敢在厨房里炫技，她还怕他炸掉她的厨房。

张三把李峙未完成的早饭给做完，侧耳听他还在打电话，干脆给鸡蛋和培根摆了个盘。

等她把东西端出来，李峙已经打完电话，坐在书桌前用电脑回邮件。

荧光映在他的镜片上，他揉了揉眉心。

张三抱臂看了一会儿，突然很幸灾乐祸地开口："我发觉看你加班真的很解压。"

李峙轻点鼠标正好邮件发送完毕，闻言摘下眼镜，含笑往后一靠，朝她张开双臂。

张三一脚轻轻踹在他小腿上："死相，吃饭。"

李峙轻笑着起身，坐到餐桌前，探身看了眼赵阿姨送的粥："私房菜？"

"房东给的。"张三喝了口粥，眼睛落在正在运转的洗衣机上，"你那件衬衫是牌子货？"

"哪件？"李峙有些诧异，随后反应过来，"之前所里一起定制的，总归要有撑门面的衣服。"

"噢。"张三应了一声,随口道,"那赵阿姨是乱说的,她说你这是品牌的。"

"也算是吧。"李峙对这事情不太感兴趣,突然"唔"了一声,"你和房东怎么说我们的?"

张三耳朵有些热,面上却淡定得很:"我说你是我表哥,因为性取向的问题而被赶出家门,以至于昨晚留宿我家。"

李峙盯了她一会儿,张三被看得发毛:"做什么?"

"唉。"李峙叹口气,慢悠悠地往椅背上一靠,故作幽怨道,"我还是拿不出手啊。"

张三被这句话打得猝不及防,盯着李峙沉默了一会儿,才叹道:"你好骚啊。"

李峙也笑,手指随意地摆弄着张三的粉色咖啡杯:"见笑。"

李峙的骚不是闷骚,而是一种从骨子里面透出来,坦坦荡荡流淌于皮相骨血里的骚。

或者说,明骚。

在张三的少女时代,多次看见李峙对着自己的兄弟进行有意无意的孔雀开屏。

别人喊李峙打球,他轻笑着重复一声:"嗯……打球?"黑眸眼波流转,带着笑意往别人脸上一瞥,再笑盈盈地转开。

"好呀。"他说。

不知道的还以为他在调情。

但实际上李峙只是一个真的很喜欢打球的直男。

……现在存疑。

"今天我有点工作要在家用电脑处理,不能陪你。"李峙说,"晚上去江边散散步?"

"不用你陪。"张三连忙说,"请你自由安排并且千万不要通知我。"

"唉。我的一对一咨询费一小时可是四五千。"李峙忧伤地叹气,"结婚了,就不值钱了。这是我的宿命我了解。"

咖啡杯柄差点被张三捏碎在手里,她努力克制住了把杯子扔到李峙脸上的冲动。

"话说回来你什么时候滚回北京?"张三发问。

李峙微微挑眉,正要开口的时候,听到被搁在床头柜的手机响起。

李峙起身把手机拿过来,顺势扫了眼屏幕上的名字,轻笑道:"啊,咱妈。"

张三:……好自然的改口。

张三朝李峙做了一个嘘声的手势,然后接通了电话。

接通的第一秒,张爱华女士的大嗓门就传了出来:"三三!"

张三见怪不怪地把手机拿得远了一些,同时无比庆幸张爱华女士应该不知道她已经辞职,不然此刻河东狮吼的应该是她正儿八经写在户口本上的大名,而不是亲昵甚至有几分清新可爱的三三。

"你家是几号楼啊?这个破地方怎么转来转去都长得一个样子,"张爱华女士骂骂咧咧,"房价这么贵连指示牌都不晓得弄一个!"

张三傻眼,下意识地看向李峙:"你怎么来上海了?"

"来你钱婶家吃酒席,顺便来看看你。"张爱华女士的声音突然变得情绪高涨起来,"噢噢噢,我看到了,十九号楼对吧!"

"啊,对……"张三彻底傻住,"等等,妈……"

"等着,妈马上就到!"张爱华女士元气满满地挂了电话。

张三握着发出忙音的手机,站成了一座没穿拖鞋的雕像。

李峙淡定地起身,端起桌上吃剩的餐盘:"我把房间收拾一下。"

"快点快点!"张三像被点燃了一样,跳起脚来,把餐盘里的食物归到一个盘里,又把李峙坐着的椅子拉回书桌前,发出刺耳的声音。

见李峙还站在原地,张三急眼了:"你还不躲起来!"

李峙一愣。

几秒钟后,李大律师连人带拖鞋被塞进了衣柜,手里狼狈地抱着从洗衣机里拖出来的半湿衬衫,与里面挂着的连衣裙挤在一起。

"张三你……"李峙身高腿长,挤在衣柜里格外逼仄,稍稍一动,脑袋就险些撞到张三挂着的芭蕾舞女形状的香薰木头。

他偏过脸,不太高兴的样子。

"哎呀,你忍忍嘛。"张三也着急,伸手帮李峙把衣架子往边上推,争取给他腾出一个不令人难受的空间。

她伸长手臂,垂下的柔软布料扫过李峙的脖颈。他垂着眼睫不看张三,嘴唇抿成一条平直的线。

"好啦好啦。"张三把衣服胡乱地推开,扭头看见沉默不语的李峙,心里莫名一动。

她很少看到这么……委曲求全的李峙。

鬼使神差地,她探身过去扶着李峙的肩膀,和他轻轻贴了下脸:"就一小会儿,忍一下嘛。"

女人身上甜香的气息一闪而过,李峙眉宇间的神色柔和了些,温润潮湿的桃花眼看向张三:"那你……"

"嘎吱——"

老旧的黄铜把手被人用力拧下去,张爱华女士的大嗓门比她本人先踏入出租屋："三三！"欢喜的声音片刻后变成了疑惑，"你站在衣柜前做什么？"

张三死死按着衣柜门，心如擂鼓："没……"

她干笑道："我收拾房间呢。"

这句话一出来，张爱华果然被转移了注意力。

在妈妈眼里，没有一个小孩的房间是能够合格的。

堆叠起来没有洗的锅碗瓢盆，书柜桌角的灰尘，还有皱巴巴的床单……

张爱华在房间里一边收拾着，一边数落，张三靠在衣柜边心惊胆战唯唯诺诺。

"你怎么回事？"张爱华女士狐疑地注视着张三，"一身汗？"

"呃。"张三背在身后的手指不自觉地抠着衣柜上的雕刻花纹，"热的。"

"热就把窗户打开啊。"张爱华三步并作两步走到窗边，一下子推开窗户，初秋的凉风扑面而来。

下一秒，张爱华"咦"了一声。

"三三，这是什么？"

张三挪过去，一下子从头凉到了脚底。

她昨夜把李峙的皮鞋拿到了窗台边晾着，张爱华突然来访，惊慌之下没想起还有一双鞋子搁在那里。

此刻张爱华正上下打量着这双鞋："这是谁的鞋子啊？"

在谎称自己脚在几天内一下子长到四十几码和说这是她违法乱纪偷窃而来的之间，张三纠结了一下，最后还是说了实话："李峙的。"

"李峙？"张爱华显然有些诧异，没想到能听见这个名字，"他的鞋子怎么会在你这里？"

"啊……"

没等张三憋出个理由，张爱华声音又提了上去："张三，你还跳舞啊？"

张三猛地闭上了嘴。

张爱华指尖提着一双软底舞鞋，是张三昨天细细洗过晾晒出去的。

原本是浅粉色的布料，因为穿得太久而变得发白，被张爱华这么晃着，像一抹无处凭依的黯淡月光。

"还给我！"张三声音不由自主提高，想把舞鞋抢回来。

"翅膀硬了是吧！敢和你老娘比嗓门！"张爱华声音更大，她瞪着张三，"多大人了，还不知道稳重一些！"

"什么年龄就该做什么样的事情，你现在不是跳舞的年纪了。"张爱华将舞鞋搁在边上，专心地数落张三，"钱婶的女儿比你还要小半年，我这次来是吃她喜酒的，你呢？"

张三抿住嘴唇，把舞鞋拿过来。

"你说说,"张爱华说,"你小时候跳就跳了,一种兴趣爱好嘛。现在还跳,你知不知道自己今年已经二十五岁了?知不知道什么是玩物丧志?"

张三不出声,手指细细摩挲着舞鞋上的陈旧褶皱。

"而且不说别的,"注意到张三的情绪,在气头上的张爱华也放柔了语气,"你脚上这么严重的伤,要是再来一次,不得成一个小瘸子啊?"

张三别开眼,无法反驳。

"你这孩子有主意妈妈是知道的,妈妈年纪也大了,"张爱华叹口气,"妈妈只想让你快点有个归宿,不要再漂着了。"

张三沉默很久,靠在衣柜门上:"妈妈,我和李峙谈恋爱了。"

空气安静了几秒。

"呜啊!"张三捂住了额头。

张爱华收回了敲张三脑门的手,没好气道:"你别拿人家李峙开玩笑!"

"人家李峙多好一男孩啊,一看就是喜欢那种……"张爱华看着自家女儿就来气,"大家闺秀,哪能像你,针织衫里面穿卫衣。"

张三撇了撇嘴:"不信拉倒。"

毕竟这话她自己都不信。

"我和你说,我这次给你找了一个不错的男孩子,"张爱华又高兴起来,"你和他处处看呢?"

"啊?"张三下意识地抗拒,"不要啊。"

"你说不要就不要啊?"张爱华瞪起眼睛,"我和人家都约好了,你听我讲,这是个混血!"

"混血又怎么啦。"张三顶嘴,"和混血谈恋爱我能练外语啊?你女儿的外语水平你还要质疑啊。你有点民族自信好不啦。"

张爱华"啧"了一声:"你这就不懂了。混血,混得越远孩子越聪明,你不就是喜欢脑子灵光的吗?"

"混多远啊?"张三好奇。

"西伯利亚混台南。"张爱华比画了一下距离。

"嚯,那确实远。亚寒带针叶林气候混热带季风气候,"张三凉凉道,"诺贝尔奖舍他其谁。"

张爱华又敲了一下张三的脑袋,掏出手机看了一眼,美滋滋道:"人家到楼下了。"

张三:"啊?"

她探身往窗口一看,果然楼下有一个淡金色头发的大男孩在晃悠。

注意到窗户有人,大男孩仰头灿烂一笑,露出八颗雪白的大牙。

"走了走了。"张爱华催张三,在门口穿鞋。

"不是，我……"张三急道。

我衣柜里还有个大活人呢！

"你？"张爱华困惑道。

张三看了眼紧闭的柜子门，咬咬牙回答："算了，没什么。"

神奇李峙不怕困难。

她抓起桌上的钥匙，"哗啦啦"地塞进口袋里，换好鞋把门带上，就要下楼梯。

"唉，你这孩子。"张爱华忍不住笑，"急成这样，门都不知道锁。"

她拿过张三攥得死紧的钥匙，给房门落了反锁。

第二章
在线较劲

张三和楼下的大男孩面对面，大眼瞪小眼。

张爱华女士捂着嘴"咯咯"笑着，迈着小碎步功成身退，一副要把场子留给年轻人的样子。

"那个……中文？English？"张三试探着说。

大男孩咧嘴一笑，然后说了一串含混不清的鸟语。

张三："啊？"

她瞳孔"地震"，下一秒，劈头盖脸的俄语像冷冷的冰雨在她脸上胡乱地拍。

张三傻眼。

她傻，她真傻。

西伯利亚混血，混的是北极圈，又不是英语圈。

不是，张爱华女士是怎么和他交流的啊？老年大学还教小语种？她老娘背着她连俄语都练上了？

张三还没自我怀疑完，只见一米八大男孩突然灿烂一歪头，笑容青春洋溢："但是你要是和人家说国语也可以的啦。"

一口可爱的珍珠奶茶风味台湾腔。

张三蹲下去，捂住了脸。

"怎么了？"大男孩也蹲下来，像条大狗狗一样望着她，"你不开心吗？"

张三竖起手掌："给我三秒钟冷静一下。"

她真傻。真的。比祥林嫂还傻。

破罐子破摔，张三索性就着这个动作在绿化带路牙子上坐下来，和大男孩进行了严肃活泼的外交对话。

大男孩自我介绍，说了一个极其拗口的东欧名字。

在一串无法辨明意义的字词中，张三只能艰难捕捉到安德烈、亚历克谢耶维奇等破碎的音节。

最后，张三又把脸埋进掌心："我叫你小耶可以吗？"

"好哦——"小耶笑起来像是一只蓝眼睛的金毛大狗,在阳光之下,淡金色的睫毛近乎透明,"那我叫你小三好不好?"

"这可不兴这么叫啊。"张三连忙打住,随后自己也忍不住笑,"叫我小张就可以啦。"

小耶是如假包换的混血,目前在上海居住,自称在某个机构做街舞老师。

至于和张爱华女士的邂逅……小耶思考了一下,用他可爱的口音说道:"是在珍珠奶茶店哦。她觉得我长得很好看,所以想要和我合影。"

张三第三次捂脸,这确实是张爱华女士会干出来的事情。

"我们一起去喝珍珠奶茶好不好?"小耶从牛仔外套的口袋里面掏出手机,"我刚刚预约了一下,据说超——级好喝。"

"真的吗,你是听谁说的?"张三的发音也被带了过去,拿过小耶的手机看了一眼,失笑,"你怎么不直接把店约在黄海啊?"

天地良心,他们此刻身处上海市中心,而小耶约的店远在九十公里之外,隔着一条光辉灿烂的黄浦江以及更加光辉灿烂的长江入海口。

"走快速公路应该很快就可以到。"亚历克谢耶维奇摆弄了一下手机地图,"我看只要一个半小时。"

"我们这里会说高速公路——好啦,我知道了,那你等我一下下。"张三朝小耶做了个手势,"噔噔"跑上了楼。

张三一口气上了五楼,一边扶着腰喘气,一边拿出钥匙把门打开:"'李四'!"

房间里静悄悄的,衣柜门关得严严实实。

"我去和亚历克什么夫斯基的去喝奶茶,"她压低声音朝门里喊,"你可以出来了,我把门给你打开了。"

说完,也没等李峙回复,她把门一关,踢踢踏踏地下了楼梯。

"走吧。"张三笑嘻嘻地叉腰,"去喝奶茶!"

…………

小耶推荐的奶茶确实好喝。

张三因为还惦记着减肥,点了三分糖的慢慢地喝着。

而对面的金毛大男孩仗着俄罗斯的神奇血统,抱着奶茶杯大口喝着。

据小耶说,张爱华女士是用张三会请他吃饭的理由把他骗出来的。

张三一边听着,一边拿手机把店铺链接给李峙发过去,问他要喝什么饮品给他打包回来。

李峙没回。

大概在忙于工作,张三也没放在心上,手机一扣就接上小耶的话:"那你很缺钱?"

"是有点啦。"小耶腼腆一笑,"但是我很年轻,力气也很大,所以没有关系。"

张三有些紧张。

"我和你说,在这里从事某些行业是犯法的。"张三说,"不要试探法律的红线。"

"哎?去做搬运工也是犯法的吗?"小耶睁大了蓝玻璃珠一般的漂亮眼睛。

张三无言,双手在胸前合十。

"小张,你在做什么?"小耶好奇地问。

张三放下手,正色道:"我在祷告,试图消弭我心里的罪孽。"

小耶:"什么?"

张三重新坐正,看了眼没有回复的手机,打了一个问号过去。

李峙还是没回她。

这么忙吗?张三突然有些庆幸,她出门是正确的决定,不然在家里也是打扰李峙工作。

张三善解人意地发了短信过去:你忙吧,我在外面吃晚饭。

"你是跳街舞的对不对?"张三随便找了个话题,"我也喜欢跳舞。"

"真的吗?"小耶来了兴趣,"你跳什么类型的?"

"我给你看噢。"张三点开手机里保存着的之前发给林月的试舞录像,"一小段。"

小耶亲近地凑过来,身上浓郁的古龙水香味熏得张三打了个喷嚏。

她看着小耶专心观看的样子,心里有些隐约的得意。

这是《天鹅湖》中某个独舞的片段,不算长,但是恰好展现了舞者各个方面的基本功,是一支很好的验收用的曲目。

这一段她练习最久,自认炉火纯青,谁也挑不出毛病。

没想到一段结束,小耶转过脸,清澈的蓝眼睛认真地看着她:"不对。"

"啊?"张三说。

"不对,你跳得不对。"小耶指了指自己的胸口,"你不在里面。"

张三皱眉。

手机适时一振,李峙发过来一个链接。

张三止住话头,点开链接,发觉是某个叫车软件的分享,司机师傅还有五分钟即将到达乘客上车点,请做好准备。

她看了眼时间,确实在奶茶店已经消磨到了夕阳西下,是到该回家的时候了。

张三起身付了账,小耶一口甜蜜蜜的台湾腔和她说谢谢,又殷勤地帮她拎包，张三恍惚生出一种自己今天约了个小白脸的错觉。

一出奶茶店，叫的车子就到了门口。

张三一上车，错愕地发觉这个司机居然戴着一双白手套，用标准的普通话和她热情问好。

张三吓得给李峙发短信：你要死哦。九十几公里你叫豪华专车，有钱烧得慌啊？

李峙这次回得很快：别的车型要排队。

张三可不觉得自己的时间这么值钱，毕竟她现在是个无业游民。

然而李峙除了发一句"早点回家"后就不再回复，张三只好捡起之前的话题："小耶……"

"哇。"大男孩趴在窗户边，眼睛亮晶晶的。

他们行驶在跨海大桥上，西沉夕阳往漆黑海水里坠去，几缕云被烧得火红。车子飞速开过，有几只白色的海鸟鸣叫着，振翅向远海飞去。

"那里有陆地吗？"小耶指着海鸟飞走的方向问道。

"没有吧。"张三说，"它们是去捕食，晚上会回岸边的，没有落脚点就会死掉。"

小耶神秘兮兮地看着她，不熟练的中文给了他童言无忌的权利："不会。"

"因为它们有梦想。"他响亮地说道。

鸡同鸭讲。张三揉揉眉心，试图把话题给拉回来："之前给你看的舞……"

"一会儿你跳给我看好不好？"小耶说，"你家楼下有空地对不对？"

"好吧。"张三说。

她也扭头去看海景，心里莫名有些惴惴。

如果她的舞蹈无法打动一个街舞老师，那她谈何打动林月？

车子开到了小区门口，张三和小耶下车后走到楼下的空地。

正好是晚饭时间，家家户户灯光亮起，行人稀少。

把长发盘成方便舞蹈的发髻，张三深呼吸了一下，迈出舞步。

舞蹈无非是考验自己能在多大程度上掌控自己的躯体。

从手臂的角度，到小腿的肌肉，再到指尖的弯曲，乃至发丝和每一次呼吸。

张三对这支舞很有自信，每一次小跳跃，每一次回旋，都是过往无数次在落地镜前的枯燥练习成果。

因为足够努力，所以她完美无缺。

在优雅而快速的旋转中，张三视线扫过五楼的窗户，一片漆黑。

她微微诧异，李峙不在家？

也正因为一瞬间的分心，运动鞋一滑，张三向边上一踉跄，失去了重心。

小耶把住了她的胳膊，年轻的街舞老师确实有力，他扶着张三站好，热烘烘的呼吸喷到张三脸上。

张三往后退了几步。

他眼神很认真："不对。"

"你不在里面。"小耶说完，做了一个夸张的手势，"你站在旁边。"

张三茫然地看着他。

"跳舞的时候，"不熟练的语言此刻成了桎梏，大男孩焦急地组织着措辞，突然往前一把抓住了张三的肩膀，"你在自己旁边。"

"什么意思？"张三下意识挣扎，但小耶的力气很大，她一下子竟然挣不出来，"你先松手！"

小耶也满脸着急，他抓住张三的手，急急按在自己胸口："你没有在跳。"

"我没有在跳？"张三重复着，她掌心下一颗年轻的心脏在剧烈跳动。

蓝眼睛急切地看着她。

"不是，我……"我不明白。

话还没说完，腰部突然传来一股强硬的力道，张三下意识要一胳膊肘捣过去，然而手腕轻松落入来人的掌心，她往后靠过去——

脊背抵上了一个温暖宽厚的胸膛，鼻尖是洗衣液的柔和香气。

张三抬头，看见李峙紧绷的下颌。

他没有笑，搂在她腰间的胳膊用力得过分。

张三第一次觉得五层楼梯这么长。

楼道里的声控灯随着两个人的脚步声次第亮起，窗外暮色沉沉。

李峙走在她的前面，步子迈得很大，但是很有节奏。

侧影被暗黄廊灯映在白墙上，连胸口起伏都是平稳的。

如果不是他握在她腕上的手不自觉用力，张三甚至不会察觉他此刻的情绪。

张三莫名有些紧张，抬头看李峙的背影，突然有一种奇异的陌生感。

他们从小学开始就没有怎么分开过，上学放学都是并肩而行，偶尔还会比谁先穿过六车道的斑马线。

高中毕业后就有了些微妙的变化。

在盛夏或是严冬的傍晚，他们两个无所事事地走在旧城区的街头，看路灯昏黄地照下来，拉出两个一前一后的身影。

张三因为学过跳舞，走路脚步一向轻快。

而李峙就走得稍微慢了一些，不知道从什么时候开始，他养成了走在张三外侧，落后她两步的习惯。

在冬日的黄昏，张三有时候说着话一回头，就能看见李峙手拢在大衣口袋里，朝她温和地笑。

如今从背后看他，倒是很稀奇的体验。

记忆里的李峙还是穿着校服的清瘦少年。

他长个子那段时间瘦得厉害，整个人像一根竹子，骑车载她的时候弓起的脊背上能看见凸起来的骨头。

她伸手去摸，然后被他一边诽谤说她性骚扰，一边要求她抱紧一些，小心摔下去还得送去医务室。

高考结束转眼几个春秋过去，李峙在她看不见的地方长成了如今眼前的模样。

肩线宽阔平整，脊背挺拔，就连手都比她大了许多，食指和拇指这么轻描淡写一圈，足以将她的手腕控制得死死的。

这几年他都吃什么长大的，张三心里犯嘀咕，皇城根的水土就这么养人吗？

正胡思乱想着，走在前面的青年突然停了步子，张三反应不及，差点一下子撞到他背上。

她下意识地往后退，然而手被牵着，整个人滑稽地跟跄了一下。

慌乱之间，张三恍惚感觉李峙看了她一眼，待她抬眸的时候，青年已经"哗啦啦"掏出钥匙，把门打开。

她被半拽了进去，李峙伸手越过她关了门。

房间里一片漆黑，只有加湿器的呼吸灯亮着，有一股淡淡的烟味。

张三的心莫名跳得很快。人类在不安的时候总是会寻找光明，她抬起手去开灯——她的手落在了一只骨节分明的手背上。

比她指尖温度更高，皮肉紧紧地绷着，像是用了很大的力气，死死地按住了开关。

"李峙？"张三本能地喊出了李峙的名字，"你为什么不开灯？"

李峙没有说话，在一片黑暗里，她清晰地感觉到了李峙的注视。

"你、你吃错药了？"她问道，话音里明显有几分中气不足。

李峙沉默着。

突然，他动了。

青年朝她逼近半步。

两人本就是一前一后进的门，他这么一靠近，张三不自觉地后退，脊背抵到了门板上。

张三心里一紧。

随后，李峙的胸膛就贴到了她的身前，她几乎能够感觉到李峙刚刚爬楼梯而生出的热气，丝丝缕缕拂上了她的脸颊。

"李峙！"张三急眼了，手抵上了李峙还在靠近的胸膛，青年温和却令人难以忽视的气息笼罩下来，让她耳尖发烫，"你干什么？"

"我干什么？"李峙终于开口了，声音一如既往的温润，却只是重复了一遍张三的问话。

他的声音怎么变得这么低沉了？人上了大学还能变声的吗？长得好看就可以二次发育吗？话说回来，他到底什么时候学会抽烟的？

张三脑子里乱哄哄的，破碎的思绪四处翻飞，急需找到一个出口。她胡乱地推着李峙的胸膛与肩臂："好好说话，你别动手动脚的。"

下一秒，成年男性的手掌伸过来，轻易制住了张三的手腕。

张三猛然噤声。

这是他们认识二十年以来从未有过的动作。

在一片黑暗里，她盯着变得陌生的发小。

"我刚刚到小区门口去接你。"李峙背着光，张三看不清李峙的表情，然而他的视线却如有实质，沉沉落在她的脸上。

张三别过脸："所以？"

李峙没有作声，只有彼此越发急促的呼吸声。

"我只是跳舞……"张三也不知道自己为什么要解释这个，"他是外国人，中文不好，只能用肢体语言，你又不是不知道……"

"张三。"李峙打断了她的解释，脸往下低了些，于是张三终于能够看清他的眸子，桃花眼里神色清润温和，"我知道。"

她的眼睛也逐渐适应了黑暗。

"那你……"犯什么病啊？

李峙圈着张三的手腕力道松了些，却依旧没有放开，指腹有意无意摩挲着她腕侧最细嫩的肌肤。

他话音柔和："我周一领完证就要回北京，你有没有想过？"

"想什么？"张三茫然地问，她觉得自己在发烫，被李峙摩挲的那块肌肤更像是要着火了一样。

"你没想过。"李峙说，"我们只有三天时间能够待在一起，现在距离我离开还剩下二十个小时。"

张三哑然。

李峙无声地笑了笑，往她的方向倾身下去。

张三下意识身子一缩。

"哇哦。"李峙轻声惊叹，话音里听不出喜怒，"你在怕我哎。"

两人的身躯紧贴着，让张三细微的颤抖无处遁形。

"不是，我……"张三觉这真得解释一下，等张了嘴，却发现分明没什么好说的。

"眼睛闭上。"李峙低声说。

张三呼吸微窒。下一秒，白炽灯的光线照亮了狭小的出租屋。

张三被突然亮起的顶灯照得眼泪直流，难受地眨着眼睛。

李峙已经松开了她，转身去拿了拖鞋过来："鞋子穿好，踩脏了拖地麻烦。"

在急促的呼吸与朦胧的生理性眼泪中，张三避无可避地知道自己刚刚并没有闭眼。

而李峙也同样明白。

张三慢慢地蹲下去，把鞋子换了。

李峙已经若无其事地走到了书桌边上，将笔记本电脑拿到沙发旁，就地一坐开始加班。

张三坐到了沙发的另一端。

房间里很安静，只有加湿器发出细微的"咕噜"声以及李峙"啪嗒啪嗒"敲键盘的声音。

片刻后，张三起身，去卫生间洗手。热水器开始工作，房间里重新热闹起来。

张三擦了擦手，顺便把电视打开了。

《海峡两岸》正好到了尾声，张三思考片刻，觉得还是看《变形金刚》比较好。

"哎，"李峙开口了，他眼睛没有离开电脑屏幕，嘴上很不见外地要求道，"调到体育频道，今天卢顿踢热刺。"

张三下意识地"啧"了一声："你加班看什么球啊。"

李峙抬起一双漆黑的笑眸："我用耳朵听。"

"怎么和我外婆听新闻一样……"张三抱怨，手里还是调了频道，球迷的欢呼声响彻全场。

"谁进球了？"李峙问。

张三端详片刻，严肃道："全是外国人的那队进了。"

"臭球。"李峙很明显有自己的偏好，用力敲了一下回车键。

张三挤进沙发，李峙这么人高马大瘫在上面，两条长腿一伸展，留给她的位置并不太多。

"你能不能别老瘫我沙发上？"张三忍不住拍了李峙的小腿一下，"有点正形。"

"不行啊，地板上太凉了。"李峙说，"老了会得关节炎的。"

张三被噎住，半晌才开口："你还挺注重保养。"

"你明天几点去林月那里？"李峙随口发问，"我送你过去？"

"上午十点。"张三说，"不是，你工作能不能专心点？"

她看他从打开这个文件后嘴巴就没停过。

"不是什么很专业性的东西，"李峙很大方地指给她看，"就是比较烦琐。"

张三看了看，确实也就是表格的细节核对。

她想了一下，起身端了自己的笔记本电脑过来："我和你一起做吧。"

"谢谢你，你对我真好。"李峙没有推辞，把文件传给她，"你从第二个开始做。"

张三做事情专心，李峙也就不打扰她，两个人肩并肩开始干活。

原本还算有几分情调的小单间瞬间变成共享办公室，背景音乐是足球解说员激情澎湃的咆哮与感叹。

打工人的勤奋程度总经理听了伤心，董事会听了落泪。

半个多小时后，张三停下敲键盘的动作，往沙发靠背一靠，轻轻出了一口气："弄完了。"

"我也快了。"李峙确认了一下张三传过来的文件，"谢谢。"

"其实也不是很多啊。"张三翻了一下李峙先前完成的部分，"就这么点东西你干了一整天？"

李峙沉默了一下，温声回答："张三，我先前……不是很能集中注意力。"

"为什么？"张三下意识地发问。

李峙闻言扭过脸看了她一会儿，突然很用力地揉乱她的长发。

在张三的抗议声中，他用力合了合眼。

人不能，至少不应该和一块木头较劲。

"那什么……'李四'啊。"张三躲到了沙发的另一端，一边梳头发，一边眼睛直勾勾地盯着电视机，"你饿不饿？"

"噢，这个啊。"

李峙未语先笑，正要拿起手机，张三又开口了："就是，你不是马上要走了嘛，难得来一次，"她语速有些快，于是就带了点上海的口音，"我刚刚托朋友订了一家餐厅，现在八点钟去吃正正好，从这里过去，我开电动车带你。"

李峙微怔。

"很火的一家江边西餐厅，我朋友和那里的法国主厨关系好，硬给我们加了一桌。"张三说到最后整个人都快要缩成一团，讲的话也成了车轱辘话，"就……你难得来一次上海，还是得好好招待你一下……哎呀，我跟你讲你最好不要不识好歹。"

片刻，李峙摘下鼻梁上的眼镜，往沙发上一倒，手背搁在眼睛上笑了起来。

张三惊疑地看着笑得很开心的李峙。

她早说这小子脑子不正常，一定是被狗啃了。

"我的老天。"李峙喃喃道。

正当张三开始考虑要不要打电话给精神卫生中心的时候，她的手机响了。

031

张三接起电话,吴语兴高采烈的声音响起来。

"刚刚'李四'说你们要请我吃夜宵,我刚答应他就死活不回了,所以我们去吃什么?烤串?火锅?还是先吃烤串再吃火锅,然后来一场 city walk(城市漫步),最后去二十四小时健身房?"

吴语可开心了。

很少有人知道,在她都市丽人的外表之下,藏着一颗热爱撸串的心。

张三哑然。

李峙笑得更厉害了,在张三错愕的语塞中,他翻身把张三搂过去,胸膛连带着肩膀都笑得不停震颤。

"真的是天生一对。"他说。

吴语很无语。

江边高档西餐厅的景观雅座上,细白桌布边坐着三个伤心人:

一个是满心期待以为是吃烤串、火锅、轰炸大鱿鱼,结果是来吃法餐的吴语。

一个是本来能和老婆共进烛光晚餐,但因为行动力太强而与其失之交臂的李峙。

一个是鼓起勇气邀请李峙吃饭弥补一下,结果发现真的好难吃的张三。

是真的很难吃。

如果生活里面能够消消乐,他们三个人连成直线就可以告别这个美丽世界。

"你吃得明白吗?"

吴语一口吞下大盘子里唯一一小坨不明物体,瞥了眼周围衣香鬓影享受美食的其余食客,小声问张三。

法国红金枪鱼肝酱配开心果啫喱佐迷迭香泡沫,新鲜希腊柠檬调味。

四个单拆开来似乎没有什么杀伤力的食物,以一些新奇的方式被烹饪,最后组成了洁白瓷盘里面可怕的不可名状的黏稠古怪凝胶。

而且还很贵。

"法国人如果每天吃这个,"张三连喝好几口佐餐酒才把味道压下去,迷迭香特有的辛辣微苦气息又泛上来,"那可真有点可怜。"

她们看向李峙,后者正优雅地放下银叉,用餐巾擦擦嘴。

"别看我,"李峙说,"我是有妇之夫。"

两个人齐齐"喊"了一声。

"如果你真的觉得这个好吃,"张三说,"我认为我们要重新考虑一下我们的婚姻合作关系。"

"我只是比较隐忍。"李峙说,"这么做肯定有一定道理。其实我内心在哭泣。"

"不是,你们真的狼狈为奸了?"吴语睁大眼睛,撕着佐餐面包吃,视线在两人之间转来转去。

"说得也太难听了。"张三也开始吃面包,"我和你说,现在先婚后爱是热题材,很时尚的。"

"不像,不像……"吴语眯起眼睛,职业女性精明锐利的眼神流转着,"也不知道当时是谁对罗翔老师说自己绝对对'李四'没有兴趣。"

罗翔是他们高中时的教导主任。

"小孩子不懂事说着玩的。"李峙说,"而且我拿我的职业道德打包票,张三对我的感情比你做的账还清白。"

"哎!"吴语一听急眼了,"这话好乱开玩笑吗?搞不好要进提篮桥的。"

李峙笑着拿起酒杯要和吴语碰杯,吴语将杯子往后一撤,李峙不以为意一饮而尽。

动作极其潇洒写意,很难说不是故意的。

"张三你管管你男人。"吴语转过来捣鼓张三。

张三"啊"了一声,拍了一下李峙的肩膀:"你少喝点,好贵。"

"不过挺好。"吴语笑着叹气,"如果你们结婚不办婚礼,我可以少交份子钱。"

张三正色道:"你要是坚持交钱我双手欢迎。"

"'李四'你管管你老婆。"吴语说。

李峙来了一个标准扶额苦笑:"我惧内。"

吴语白眼要翻到天上了。

正闲扯着,白衣主厨从后厨走出来,脸上挂着笑,就像是一大块松软的面包,乐呵呵地和他们打招呼,并且说了一串法语。

张三瞳孔"地震",在一串莫名的音节中,她只能捕捉到自己拜托帮忙的同事的名字。

正当她硬着头皮准备回答的时候,李峙含笑开口了,说的也是一口流利的法语。

张三和吴语交换了一个震撼的眼神。

这实在是过于多才多艺,大家同样是活了二十五年,李峙同志是在梦中偷偷学习了?

两人交流了一会儿后,主厨爽朗地笑开,叽里咕噜说了一大串,期待地看着两位女士。

张三和吴语情不自禁地坐直了。

李峙也笑,在跃动的烛光与吊灯坠子散射出来的光线中,漆黑眸子里流光溢彩。

张三心中一动,再一次意识到自己发小确实有一副好皮相。

随后他转向她俩,温和道:"他讲了一个不好笑的笑话,你们配合笑两声得了。"

张三:有谁来管管"李四"啊!

没有人管李峙,于是李峙和主厨相谈甚欢(大概是单方面的),过了一小会儿,侍者又端上了几道菜单上没有的甜点。

主厨说这是送给他的新朋友们的。

张三看看李峙,觉得法国人还是过于单纯了,完全被臭男人玩弄于掌心。

这顿饭虽然说是大餐,但对于高收入的三人来说并不是吃不起的一顿。

餐后,李峙刷了信用卡,张三起身去洗手间。

过了一会儿,吴语也进来了。

"你们真扯证啊?"吴语单刀直入。

张三点头。

"……怀了?"吴语用怀疑的眼神看向张三的肚子。

张三刚洗完手,闻言朝她甩了甩手上的水。

"没怀就一会儿去吃烤串。"吴语说,"我没吃饱。"

张三和吴语一起出来,李峙已经站在门边等她们。

"你先回去吧,我和吴语再去吃点。"张三说。

李峙倒也没说什么,笑盈盈地颔首应了。

吴语果然选择了一家开在街边的大排档,负分的环境和服务态度,味道却是一百八十分的好吃。

张三原本以为吴语要和她说什么,没想到吴语只是笑嘻嘻地在吃,时不时分给她一把油乎乎的肉串。

张三还惦记着节食,一串里脊肉被吃了快一刻钟,只受了点皮外伤。

吴语埋头苦吃,吃饱了才优雅地拿着一张叠好的纸巾擦嘴,抬眼看张三。

"你是不是以为我要劝你不要发疯?"她问。

张三点头,片刻后又摇头。

"好样的。"吴语笑。

妆容精致的都市丽人托着下巴,眼妆化得妩媚干净,扬起的嘴角也是最漂亮的弧度。

然而坐在闹哄哄的大排档里,身后走过几个拎着"大绿棒子"、穿着老头衫的中年男人,还有人吆喝着叫老板再来二十串牛肉。

张三仿佛看见了十六七岁的吴语,她也是这么托着下巴,微微眯着眼睛盯着自己。

"跳吧。"穿着校服的少女这么说道，"跳成个瘸子，也还有一条健康的腿。实在不行，我以后帮你推轮椅，我们上街去乞讨。"

一身职业装的女人摇晃着装在脏兮兮的玻璃杯里的金黄啤酒，眼带笑意："你登台的时候，我要最好位置的票。"

张三最后骑了辆共享单车回了家。

晚风吹起她未绑起的长发，街边路灯盏盏，把她的影子裹进了婆婆的梧桐树影里。

枯黄的叶子落进她的车筐，张三下意识地停车，把叶子扔了出去。

已经到了小区门口，她索性锁了车，很遵纪守法地把车停到了非机动车停车区域。

走进小区，夜已经深了。

楼栋里灯火熄灭了大半，只有零星几扇窗户还漏出点光线，象征着仍有人挑灯未眠。

张三忍不住弯起嘴角。

她高中的时候也睡得很晚，数不清的作业，和看不见尽头的预习与复习。

她不是那种不需要努力学习也能稳坐第一名的学神，看上去漂亮的学习成绩总是用苦读支撑着的。

和她看上去的摆烂气质不同，张三是个很努力的人。

张三高中时，张爱华习惯在晚上十一点给她热一杯牛奶，然后就去睡觉了，反正已经不是小学生了，学习不需要家长陪。

她把牛奶喝完，再等半个钟头，张爱华就睡熟了。

张三就会轻手轻脚地跑到阳台上。

这种上海老房型总是逼仄，相邻住户的阳台挨在一起，亲昵又恼人。

微光从李峙那边的阳台里漏出来。

她敲敲不锈钢的晾衣杆，声音清脆又很有穿透力，很快隔壁就会响起"啪嗒啪嗒"的脚步声，玻璃门被推开。

李峙便会出现在阳台上。

夏天会是旧T恤和校裤，冬天会是中年人最喜欢的那款厚实的格纹珊瑚绒睡衣，他笑盈盈地望着她。

他们会漫无边际地聊个十分钟，如果没什么话好说，那就是五分钟。

对话往往是以张三的哈欠结束。

"晚安，'李四'。"她说。

"晚安，张三。"少年李峙也这么说着。

他往往是不看她的，而是望着远处的万家灯火。

零落的光芒落在漆黑的瞳孔里，像是星光坠入湖面，然后熠熠生辉。

道了晚安后,张三就会去睡觉了,而李峙的灯则会亮到半夜。
张三有时候凌晨起来上洗手间,探头能看见他阳台未熄的灯光。
张三知道李峙比她更加努力。
他和张三不一样,没有张爱华女士和整个家庭作为后盾和底气,而他想要的又更多。

他想要的东西现在都拿到了吗?
张三突然想到这个问题,体面的工作,优渥的薪水,现在还有已婚人士的稳定身份……这是十七岁的李峙想要的东西吗?
那年阳台暗黄的灯光下,张三没有问过他。
但对如今的她来说,又实在是过于矫情。
在初秋微凉的空气里,张三鬼使神差地抬起头。
属于她的小单间的位置,以往永远是一片黑暗的窗户,亮起了一隅光明。
李峙靠在窗台边上,手随意撑着脸,灯光给他镀上一层毛茸茸的勾边。
见张三抬眼,他笑着抬了下手。
张三犹豫片刻,也慢慢地抬起手招了下。

经历了白天的那档子事,李峙今夜很自觉,拿着一床毯子去沙发上睡。
张三松了口气。
"晚安。"她说着,准备把床头灯关掉,然后看见李峙的动作,微微一顿,"……你做什么?"
李峙缩在毯子里面正在戴耳机,闻言给她展示自己的手机屏幕:"马刺和湖人……"
虽然今天没有英超看,但是可以看NBA。
一想到可以看球,李峙同志又觉得人生美好起来。
"……不许看,小心得青光眼。"张三恶声恶气道,"睡觉。"
很惧内的李峙应了一声,把手机一扣,蜷缩着躺在沙发上。
张三熄灯,房间归于黑暗。
窗外有车子开过的声音,不远的楼栋估计有人在打小孩,更远的地方传来年轻学生喝醉酒的大笑,在寂静的空气里像打水漂一般声波漾过来。
张三翻了个身,听见李峙的呼吸声,轻轻的,很有节奏,还有一些布料摩擦的声音。
他轻手轻脚地在毯子里面换姿势,以他的身高,缩在沙发上实在是有些憋屈。
……也就这么一晚上了。
"来床上睡吧。"张三轻声说。

沉默几秒，李峙带着点笑音"嗯？"了一声。

"不来拉倒。"张三说。

她话音还没落，沙发那里传来细微的动静，然后是由远及近的脚步声，随后是身侧床垫往下一陷。

在一片漆黑和安静中，人的感官变得格外明显。

背后贴过来一个热烘烘的身躯，张三不自觉地屏住了呼吸。

"还是媳妇会疼人啊。"李峙陶醉地说。

"给我滚下去。"张三冷静道。

李峙无视张三的张牙舞爪，很不要脸地隔着被子把她拥住："别动，我冷死了。"

张三挣扎了一会儿未果，索性也就地开摆。抱就抱了吧，也不会少块肉。

"晚安，'李四'。"她轻轻地说。

"晚安，张三。"李峙笑着回答。

张三原本以为自己会因为明天的面试而忐忑到失眠，结果在暖和的被窝里一觉睡到自然醒。

睁眼看见窗帘缝隙中漏出的细微天光，张三心里一紧，赶快摸起枕头下的手机一看。

她醒得比闹钟还早。

张三松了一口气，重新缩回被子里，人呈"大"字形瘫在床上。

舒服……等等。

她发觉了不对，支起半个身子，边上那个位置已经空了。

再一摸，布料凉得就像是初秋的清晨。

位于闹市居民区的小单间一片昏暗静谧，只有"咕噜咕噜"的加湿器运作声和窗外隐约传来的自行车铃，以及上海秋季司空见惯的绵长细雨声。

闭上眼睛，甚至可以想象出有车驶过水洼开向远处。

在一片嘈杂的安静中，张三能够听见自己的呼吸。

走之前也不知道说一声，张三莫名有些不爽，这人真是对外人模狗样，其实素质差到令人发指。

张三坐了一会儿，想想再睡这么半小时似乎也没什么意思，还是决定起床。

视线逐渐适应了半明半暗的光线，张三突然察觉到余光中有些不对劲。

她眯起眼睛一看，哑然。

李峙穿着衬衫系着领带，靠坐在大门附近的木地板上，手长腿长的他偏偏缩在沙发与门之间极其狭小的空地。

笔记本电脑被搁在腿上，屏幕淡淡的荧光投在他的眉间，镜片上也映出一层沉静的淡蓝，看上去就不像是个好东西。

张三盯了他一会儿，人有些发蒙。

在她少女时代也出现过这样的场景，甚至不止一次。

在假期里，她总是出门忘记带钥匙，到家里一敲门发现张爱华女士和小姐妹打麻将去了，于是理所当然地去敲李峙的门。

李峙一般除了打球没有太多户外娱乐项目，多半就很自然地开门让她进来。

假期总不能学习，张三往他家沙发上一坐，就开始看《变形金刚》或者其他机器人打架的片子。

这种外国的爆米花片剧情总是大同小异，恢宏刚硬的配乐之下枪弹与四字脏话齐飞，穿着性感的金发美女与硬汉光头谱写乱世爱情，张三看着看着就打起了哈欠。

再次醒来的时候，夏天身上会盖着毛巾被，冬天会被盖上厚实的毛毯。

电视机早就被关掉，李峙蹑手蹑脚地躲在阳台上看书，偷偷卷她。

她问李峙为什么躲这么远，他笑得温文尔雅，然后告诉她是因为她呼噜太大声他怕吵。

张三拿拖鞋砸他。

客厅钟表的时针指向六点，再过一会儿张爱华女士就会来敲门喊他们去吃饭。

这么想想，已经快要过去十年了。

张三正发着呆，李峙抬起眼，和她对上了视线。

张三没说什么，放轻声音起床，进了卫生间洗漱。

等她出来的时候，李峙正好结束视频会议，一手拉下耳机，一手很潇洒地扯松领带。

张三梳着头发，盯着他几秒，后者微微挑眉，似乎在等她先开口。

张三想了想，从床头柜拿起他的长裤扔过去："你穿条裤子吧。"

李峙站起来，微笑着扯了扯自己的纯棉格纹四角大裤衩。

张三沉默："……虽然我理解你是想表达自己有穿裤子了，但是这个行为真的很像一个变态。"

"别害羞啊。"李峙说，"我昨天睡觉的时候就这么穿了，你睡了人家一晚上呢。"

张三硬了，拳头硬了。

"你知不知道，"她咬牙切齿，"如果你忘记退出会议，你的职业生涯基本上就此风光大葬。"

"太好了，可以直接退休。"李峙嘴上说着，实际上身体很诚实地去看了一眼摄像头，松了口气。

"这么早就开会啊。"见到李峙终于穿上了裤子,张三于是把窗户推开,秋风与雨声一起扑了进来。

"不是东八时区的。"李峙说完,活动了一下有些僵硬的肩颈,"你起这么早干什么?再睡会儿呗。"

"不睡了。"张三靠在窗户边往外看,底下行人打着伞,从上往下看像是一朵朵色泽鲜艳的塑料花朵,"我昨晚又打呼噜了吗?"

"你没打呼啊。"李峙回答。

"哦。"张三应了一声,托着脸接着看窗外的细雨。

李峙不再说话了。过了一会儿脚步声由远及近,张三以为他要从衣柜里拿衣服,没回头往边上让了几步。

后背贴上一个温暖厚实的身躯,他的手臂松松地从她侧面绕过来,搭在窗棂上。

"谁说你打呼的?"李峙的声音听起来很温和,"前男友?"

"你有病啊。"张三莫名其妙地转了个身,手很自然地搭在李峙的胸口,阻止他再靠近,"这不是你说的吗?"

李峙一愣:"我?"

张三懒得理他,身子一低从他臂弯下钻过去,片刻后回味了一下手感:"哎,'李四'。"

李峙还靠在窗边,很有忧郁帅哥氛围感地一回眸:"嗯?"

"胸练得不错。"张三很诚实地说,"再接再厉。"

尽管张三选择打车去林月那里,李峙还是坚持陪张三一起过去。

张三抱着自己的舞蹈包,里面有她最喜欢的舞衣以及软底舞鞋,还有一沓夹在硬壳文件夹里的履历。

"别紧张。"李峙帮她拉开车门,"林月会要你的。"

"你说这话就是站着说话不腰疼,"张三越来越紧张,短靴踩进水洼,湿滑的触感让她心情雪上加霜,"我感觉我没有优势……"

"林月这次说是谢幕舞剧生涯的最后一舞,但你没发现她是面向社会招人,而不是去内定那些已经有过很多演出经验的舞者吗?"李峙说,"其间必定有她的道理。"

张三抬头,李峙垂眸接过她的包,将伞往下倾了一些。

"怎么了?"李峙微微笑起来,"你难道不正是意识到这点才赌一把的吗?"

张三是很喜欢跳舞,但她也不是那种会为了梦想不顾一切的人。

她生长于俗世中,每分每秒的时光都在她身上留下痕迹,她从不抗拒这种改变。

正像她的名字一样,张三嫌弃着这个充满搞笑气质的名字,但是又坦荡地用了它二十余年,在每张具有法律效应的纸张上以正楷签下铁画银钩。

凝视着李峙温润的桃花眼,张三突然肩膀一松,也笑起来:"那当然。"

"只不过没想到你连这都清楚。"张三步伐轻快地走在前面。

"这也是我'守男德'的表现之一。"李峙说,"希望你能在泰水(岳母的别称)面前帮我多美言几句,毕竟小时候你妈吼你的时候,我在隔壁听得都害怕到晚上咬着被角掉'小珍珠'。"

张三微笑:"你别逼我骂你。"

林月那间大名鼎鼎的舞蹈教室已经出现在面前。

说是教室,其实并不确切。

位于上海"上只角"寸土寸金的地段,街道两边种着绵延开去的法国梧桐,奶油色的小洋房掩在烂漫的花树里,影影绰绰。

正是桂花盛放的时节。

雨适时地停了。

张三站住脚,回头看李峙,难免又有些紧张。

李峙将包递给张三,在她开口之前,轻推一把她的后腰。

张三猝不及防踉跄一步,一脚踏入了馥郁的花香中,一个候在洋房门口秘书打扮的中年女人朝她快步走来。

张三错愕地回头,只见她可恶的发小朝着她笑眯眯地做口型。

"你一定行。"他说。

张三以为自己会一辈子都记住她踏入这栋小洋房的瞬间,就像是命运书册上的某一页终于被翻开,或是舞台上深红帷幕拉开,昭示着主人公终于启程踏上旅途。

可实际上,日后她再回忆起来,只有湿润秋风中的馥郁桂花香气,以及门被推开时挂在檐廊上的木质风铃的清脆撞击声。

手上的舞蹈包有些重,勒得她的手有点疼,腹中传来轻微的饥饿感,她开始想念起自己早上反复拒绝的那块桂花糕。

一切都和林月后来跟她说的一样。

"你不会记得的,"她说,"你离死还太远。"

张三跟着王秘书走进了洋房。

不知道是林月租下这栋洋房时就是如此,还是她后面花了大手笔请人改造的。原本木质老建筑的逼仄走廊与分隔的房间被打通成平层,穿过以油画、花墙阻挡视线的玄关后,雨后阳光透过纤尘不染的玻璃窗落到木地板上。十几个年轻舞者在其上伴随着简单的乐声旋转。

听见脚步声，有人回头，看见张三和王秘书后，又不太感兴趣地转回去。

也有几个人停下动作，好奇地张望过来，和张三对上视线后友好地笑。

更多的人依旧做着自己的事情。

这是林月的舞团，近日又是紧锣密鼓且声势浩大的选角期，来采访的媒体与工作人员屡见不鲜，张三的造访并不能在这样一群年轻的舞者里掀起波澜。

"麻烦你在这里稍等一会儿，我去问问林老师有没有空。"王秘书客气地开口，随后快步离去。

王秘书脑后的小发髻盘得紧紧的，穿着很正式的西装过膝裙，却是光脚踩在木地板上的。

舞者与办公人员穿行在同一片区域，舞者的精力总是旺盛，时不时在非舞坪的地方来几个即兴跳跃也是常见的事情。

因此，整栋洋房的室内区域都不允许穿鞋，或是携带任何锋利的物品。

如果地板上有一些看不见的起伏或滑腻的污物，对于毫不设防的舞者来说会是毁灭性的打击。

张三深知这点，或者说她脚背上的旧伤深知这点。

她呼出一口气，很自觉地换了鞋，脱了外套，走到整面落地镜前整理自己的仪容。

张三今天化了淡妆，她不太确定林月对于女学生妆容的喜好，但是根据林月先前主演过的舞剧与采访，林月是一个轻灵如羽毛的女人，眼角眉梢都是溢出来的清气，应当会喜欢这种清淡优雅的打扮。

张三细细把落下来的鬓发捋到耳后，凝视着镜子里的自己。

"你就是那个张三？"甜腻到有些过分的女声在她耳边响起。

张三被吓了一跳，发觉身侧不知道什么时候已经悄无声息挤过来一个少女，正眨巴着眼睛看着她。

"嗯。"张三点头，友善地微笑，"叫这个名字的应该不算多。"

两人离得太近了。少女只穿着轻薄的舞衣，似乎因为刚刚跳过舞，身上的热气几乎要烘到张三手臂上。张三往边上让了让。

"嗯——"少女发出了很像偶像剧女主角的声音，亲昵地挽住张三的手臂，"原来是你啊，我还以为会是一个……嗯，像罪犯一样的人？"

张三失笑："法外狂徒的话应该要亡命天涯的啦。"

"你好有文化哦。"少女睁大了眼睛，"你是不是读过好多书？"

张三微怔。

"你的简历可不可以给我看看？"少女问她要了简历，每翻一页都会发出夸张的赞叹声,在她工作履历那栏停留得久了一些,很唐突地发问,"你是不是挣了很多钱?"

"怎么说呢……"张三有些为难,社交中一般不会随意询问对方的收入与积蓄,尤其又是第一次见面。

"我爸爸说,把跳舞当职业的只有两种人,"少女很天真地眨着眼睛,"有钱人和穷鬼。"

"你父亲可能说错了。"张三说,"也有许多只是把跳舞当作工作的人,都是……唉,生活嘛。"

她以一个很适合将对话敷衍结束的句子收尾,在少女开口前转移了话题:"你叫什么名字呀?"

少女自我介绍说叫苏啾啾,自称已经在舞剧里有了一个内定的位置。和张三对她的判断一样,几周前她才刚刚过了自己十七岁生日,是个实打实的未成年。

听见这个名字的时候,张三有些怀疑,真的会有父母给小孩起这种……"鸟语花香"的名字吗?

但转念一想,她自己顶着张三这个名字招摇过市二十余年,似乎没什么资格质疑别人的大名。

话说回来,这是一个盈利的舞团,让十七岁的女孩子来跳舞算不算雇佣未成年?工时是不是也要打个折扣?

回头得问问李峙。

张三以成年人娴熟的社交技巧应和着苏啾啾的对话,思维却不自觉地跑远了。

"哎呀!"苏啾啾抽出了履历里的照片,拿着和眼前的张三作对比,"你长得这么好看,化成这副鬼样子做什么?"

张三瞥了一眼手里的照片,那是她上大学时拍的,穿着衬衫与红毛衣,头发披散下来,笑起来明眸皓齿。

她又看了一眼镜子,她的妆容绝对不能说不得体,哪怕在雨中走了一小段路,眉尾与眼角的线条依旧干净整洁。

在职场上真刀实弹拼杀过的人,再怎么样也不会犯把自己化成"鬼样子"这种愚蠢的错误,只能归结于少女戏剧化的表达方式。

"你不明白,"少女含笑摇头,将文件夹还给张三,在把杆上以让张三咋舌的柔软性做了一个拉伸动作,"林月不喜欢太精致的。"

"林老师吗?"张三来了兴致,决定多打听一下林月的喜好,"她喜欢什么样的?"

"嗯……"苏啾啾维持着下腰的动作,"她喜欢吃甜食,但是要配黑咖啡。"

热的美式就是狗屎，林月的舌头大概早就老死掉了。"

张三哑然，这是什么和什么。

没等她想出怎么接话，王秘书在教室另一端喊她："张三小姐！"

王秘书把她带到了一扇木门前，示意她林月就在里面。

张三礼貌地向王秘书颔首，深吸一口气，推开了门。

她无比庆幸自己吸了那口气。

推门的瞬间，几乎能够具象化的灰白色烟气争先恐后地涌出来，尼古丁和焦油刺激的气味让她的眼泪控制不住地往外溢。

一片兵荒马乱中，张三只能拼命压抑住咳嗽。

在泪眼蒙眬里，她似乎看见老张家的列祖列宗在向她慈爱招手。

"快点进来。"在烟雾深处，有人不耐烦地"啧"了一声。

张三回过神，连忙一边应声一边反手关上了门。

"啪！"

是拨动开关的声音，随后一束强烈到足以做舞台聚光灯的光线打到她身上。

张三一惊，倒也没有瑟缩，强忍着不适站直了身体。

在明亮过分的光照下，她每一个细微的表情和动作都被无限放大。

她知道林月在看她。

"保持这个发色不要染。"片刻后，林月开口，"可以再瘦个两三斤。"

张三还没来得及回话，强光灯骤然熄灭，随后办公室里的柔光灯亮起。

在一片灰白烟雾里面，张三终于看清了林月，呼吸微微一窒。

随后铺天盖地的咳嗽欲望涌了上来，张三别过脸，咳得天昏地暗。

在她眼前的是一个老女人。

这三个字不包含任何对于女性的恶意，而是一种客观的叙述。

林月老了，老得太快，又太触目惊心。

靠在巨大老板椅深处的女人消瘦，脸庞与从针织衫里探出的小臂每一股肌肉都被地心引力拽着下垂，张三甚至能看见她逐步枯萎的皮肤上有些浅褐色的老人斑，像一根过熟又放了太久的香蕉。

没有化妆，林月嘴唇有些缺乏血色，两条深深的法令纹顺着鼻翼往下走，止于她紧抿的唇线。然而眼神是黑亮锐利的，像她指间夹着的猩红烟头一样，亮得慑人。

她记忆里的林月是轻盈柔软的白鸽，或是什么有着漂亮到透明的纤长尾羽的浅色鸟类，而不是一只……兀鹫。

张三回过神的时候，意识到自己已经盯着林月太久，久到超出了社交礼貌的范围。

她连声道歉，林月不在意地挥了挥手，像是赶走一只小虫子。

"工作辞了？"林月问。

"暂时上不了。"张三回答，其实是停薪留职。

公司和她都需要彼此做后路。公司舍不得一个好用又熟练的员工，她也舍不得公司给的丰厚薪水。

"舞团有工资，如果生活困难的话，就和小王说。"林月又道，"加入舞团，就不许做别的兼职了。"

张三连忙点头。

"要学会听话。"林月视线穿过浓厚的烟雾紧紧地盯着张三，"这是我的舞团，必须听我的话。"

"听明白了？"林月又问，"如果你不能完全属于我，我就不能教会你。"

"从今天开始，"林月粗鲁地说，"忘掉你学过的一切狗屁舞蹈，像一个弱智一样从头开始，懂了吗？明白就给我张嘴。"

在肺部的刺痛中，张三无比错愕地预感到，林月根本不是轻灵旋转的羽毛，而是一个不折不扣的暴君。

而这个傲慢的艺术家暴君，将大刀阔斧地修剪她的人生。

"出去吧。"林月像是耐心耗尽，"和小王把合同签了。"

张三鞠了个躬，后退离开了办公室。

新鲜空气涌入肺叶，张三扶墙咳嗽起来，喉咙深处火辣辣地疼。

"张三？"一只手抚上了张三的背，她下意识地要避让开来，然而温和的洗衣液香气侵入呼吸间。

张三抬眼，看见李峙含着担忧的温润黑眸。

"你怎么来了？"张三扶着李峙的胳膊站稳，莫名产生一种劫后余生之感。

李峙还没说话，王秘书拿着文件从走廊尽头走过来，正要笑着开口，视线却飞快地往下一瞥，又快速转了回来。

张三有些疑惑地低下头。

张三今天穿着一双白袜子，只有脚尖那里有着兔子三瓣嘴和黑豆眼的图案。

很可爱。

而旁边的李峙，线条锋利笔挺的西装裤脚下，露出一双棕色的，脚尖绘着泰迪熊花样的袜子。

也……很可爱。

张三震惊地看着李峙。

那是她大学双十一凑单买的家庭款袜子，她每次穿最大码的袜子，都会走着走着卷到脚底，恼羞成怒后，将袜子洗干净塞给了李峙。

李峙是真的很勤俭持家。

也侧面说明了李峙同志真的是一个很适合结婚的男青年。

王秘书把合同文件夹递给了张三。

"你回去仔细看一下，签过字就不可以反悔了哟。"王秘书笑着说道，镜片后的眼睛却锐利地盯着张三，像是要审视这个半路出家的舞者够不够格。

张三接过文件夹。

"过来吧，我和你讲一下咱们舞团的上课安排和一些规定。"王秘书指了指露天小阳台，又朝李峙笑了笑，"你朋友也可以一起来听。我备了点茶点，坐着听也好拿纸笔记一下。"

听王秘书说到朋友的时候，张三有些紧张，生怕李峙突然抽风冒出一句"不，我是她老公"，她下意识地瞥了李峙一眼。

幸好李峙基本上还算是一个稳定靠谱的成年人，笑着颔首："那怎么好意思呢。"

"不麻烦，请。"王秘书做了个手势。

舞团的上课和训练时间相当紧凑，几乎可以算是全年无休。

林月这次似乎开始注重起舞者灵魂的丰盈，每周还有一两个下午准备了文化课，安排了讲师过来上课。

工资聊胜于无，但好在包吃包住——包住这一点在上海就打败了百分之九十的工作单位，尤其他们的宿舍还是舞蹈教室背后的另一栋洋房。

张三当即眼睛放光，她死活没想到自己还有机会可以住上十几万乃至二十万一平方米的房子。

她一度以为这样的生活只出现于都市青春伤痛电影里面，并且还要冒着过生日被人浇红酒或者是下雪天在马路边上拿玫瑰花和人互殴的危险。

没想到做林月的学生还有这种好处。

张三这厢蠢蠢欲动，结果不小心撞见了李峙越发温煦的眸光，悻悻败下阵来。

她都能想象李峙到时候对着张爱华哭天喊地地说："你家不孝女刚结婚就抛夫弃子，去和一堆年轻人住在小洋房里面纸醉金迷夜夜笙歌。"

说真的，她觉得李峙确实干得出这档子事儿。

王秘书把事情都交代好了，又问张三要了银行卡卡号，想了想又莞尔："张小姐如果对合同细节有疑问，其实也可以找李先生把把关，这位可是专业的。"

李峙笑着摆手。

张三错愕。

舞蹈教室里传来了午间休息的铃声，王秘书道了声"失陪"，起身去布置舞蹈教室的点心台。

"她怎么知道你是搞法律的？"张三压低声音问。

李峙也压低声音回答:"因为法外狂徒边上总得有一个法律的化身……嘶!"

被踩了一脚,李峙老实巴交地回答道:"和她交换了名片。"

"你真是……"张三想评价一下他的交际花行为,然而注意力被点心台给吸引了过去。

点心台上只有能够勉强充饥的饼干和糖果,以及一大桶浮沉着冰块的黑咖啡。

她开始对王秘书嘴里的包吃产生了怀疑。

她的前公司也提供午饭晚饭和丰盛的加班餐点,行政还给他们准备秋天的第一杯奶茶呢,想你的风还是吹进了陆家嘴的高层玻璃格子间,甜腻的奶味饮料喝起来都是金钱和腱鞘炎的味道。

李峙看了看表。

张三知道李峙的意思——他要乘下午五点虹桥飞北京的飞机,虽然说出来有些离谱,但他们确实是有个婚要结。

事到临头她也有些不好意思,但是成年人上的第一课就是不能逃避,她拿着文件夹起身:"走吧。"

李峙乐呵呵地拎过她的舞蹈包。

"你这么开心干什么?"张三忍不住了,"生怕别人不知道你'英年早婚'。"

李峙朝她比了个数字:"我要是能晋升我工资每年能多这个数。"

"……那确实挺激动人心的。"张三很诚恳地说。

两个掉进钱眼的人相视一笑。

张三率先别开了眼睛,然后被少女抱了个满怀:"小三姐姐!"

苏啾啾也觉得这个称呼有些违和感,思考片刻:"阿三姐姐?"

张三莫名感觉身上充满了一股咖喱味,她轻轻挣脱出来:"叫我小张就行。"

"小张姐姐,"苏啾啾从善如流,"你通过了面试,对不对?林月肯定是要你的。"说着说着黑葡萄一样的俏丽眼睛一转,瞬间带上了几分八卦的味道,"小张姐姐,这是你的谁呀?"

真是一个直击灵魂的问题,比王秘书更加直接。

张三犹豫了一下,思考如果说"这是半小时后我的正式丈夫"会不会造成某种过于强烈的戏剧效果,让她招架不住。

李峙先开口了。

"我们是朋友关系。"他温和地说道。

苏啾啾意味深长地"哦"了一声,然后拉过张三,神秘兮兮且义愤填膺道:"这可不是个好人!"

她指指李峙的袜子，脸上的表情和高中时期吴语向张三控诉渣男前任的神色惊人地重合在了一起："你看，他就是看我长得好看，然后营造单身人设！"

"是的，这是一个坏男人。"张三和她同仇敌忾，对着李峙指指点点。

李峙微笑，扯了扯领带，正色道："我正在疯狂地追求她。"

张三和苏啾啾陷入了沉默。

片刻，张三秉持着成年人不能逃避的原则，诚恳道："有些油腻了，哥。"

李峙流露出一些恰到好处的困惑，以至于张三怀疑这点疑惑是不是也是他计划的一环。

"现在的女孩子不吃这一套吗？"

"五年前可能还是吃的……不对，"张三迅速察觉，"以前有别的女孩子吃你这套？"

就你小子背叛组织是吧？

"没，看我室友……"李峙举起双手以示清白，"就王武、赵柳他们，还有在女生宿舍楼下摆花圈的。"

"那个不能叫花圈。"张三冷静道，"你要是在我楼下摆这个，我马上拎着菜刀下来和你拼命。"

"我嗑了。"苏啾啾说，"好嗑，多来点。"

"你不要瞎嗑。"张三说，"什么都嗑只会让你深夜造访消化内科。"

苏啾啾脸上的表情写满了"真的吗？我不信"，下一秒却骤然变色，小脸上挂满了不悦。

一个漂亮到过分的男孩子走了过来。

他穿着黑色T恤和灰色运动裤，背心前襟被汗水浸湿了一些，精致的眉眼上也凝着点汗水，行走间有水珠从短发发梢落下。

莫名地，张三觉得他像一瓶刚从冷藏室拿出来的牛奶，甫一接触外界玻璃瓶上就会结满冷露。

苏啾啾抓紧了张三的胳膊，偷偷瞪着男孩。

男孩走过她们，突然停下了脚步。

他看了张三一眼："你就是张三吗？"

张三"嗯"了一声。

"什么语气。"苏啾啾小声吐槽，又和张三介绍道，"他是从隔壁大学舞蹈系借调过来的研究生，林月可能会叫他来带你。"

"我叫祁寒。"男孩说，"加个微信，回头联系。"

"加什么加！"苏啾啾炸毛，"反正练习时候天天见，你这张死人脸摆在联系人列表里都晦气，我和你讲……"

祁寒面无表情："是啊。总比某些人经常起不来早课迟到，被林老师喊去罚压腿好。"

"你!"苏啾啾松开了张三的胳膊,和祁寒一路吵着架往点心台那里走。

看着非常有青春喜剧画面的吵嘴场景,又琢磨了一下两个人的名字,张三评价:"如果生活是一本言情小说,这两人看名字应该是一对。"

李峙深以为然地点头,不像他们,名字摆在一起就像是某本法考案例集的常驻嘉宾。

其中张爱华女士立了大功。

"好嗑。"张三总结。

"嗑点好的!"苏啾啾的声音从点心台那里传来,她正在和祁寒抢最后一根撒了糖霜的巧克力棒。

张三微妙地觉得自己变成了言情小说里负责嗑CP和起哄的NPC。

李峙把张三拉走了。

他用手机叫了车,等车的时候,张三盯着他的行李箱瞧。

"你在想什么?"李峙问。

"我在想我能不能坐上去,然后你拖着我走路。"张三很诚实地说,"等会儿要面对政府直接管理的行政单位,我有点腿软。"

"最好不要。"李峙说,"它的承重设计不应该承受这么多。"

出租车来的时候,张三正试图踮起脚掐李峙的脖子,司机师傅狐疑地探出车窗看了一眼,李峙挥挥手表示这是他打的车。

两个人上了出租车,李峙报了民政局的地址,师傅从后视镜里打量了他们几秒。

"别看我们感情不怎么样。"张三友好地开口,"但我们是去领证的。"

"结婚证,"李峙补充,"不是离婚证。"

师傅有几分欲言又止。

"哎,这事儿你和王武、赵柳他们说了没啊?"张三发问。

"还没。"李峙回答,突然警觉道,"你是不是又要背着我和他们几个喝酒?"

张三眼神飘忽。

虽然说起来很离谱,但是在张三大学期间短暂几次"莅临"北京指导考察的经历中,她与王武、赵柳建立了深厚的友情。以至于他们有私下约着一起去吃烤串喝酒但不带李峙的案底。

"还不是因为你不沾酒。"张三回击。

"喝了酒怎么把喝醉的你搬回去?"李峙说,"我初高中就一直被你拿来挡桃花,好不容易大学分隔两市还得被你坐高铁过来糟蹋清白,我满腔苦涩无处诉说,后槽牙都要被咬碎两套。"

"这不是马上就有名分了吗?"张三闻言也觉得自己有些不地道,明明大家是张三李四王五赵六,偏偏因为李峙多了一个翘舌音而排挤人家。

李峙忧郁地扶额:"婚后自己老婆背着我去和我兄弟们喝酒,感觉更不对劲了。"

张三拳头硬了。

"哎,小伙子,"司机师傅开口了,一口浓浓的海派爷叔腔调,"你们两个真要领证啊?"

张三和李峙一起点头。

司机师傅用看傻瓜一样的眼神看着他俩。

"今天调休哦,公家单位不上班的。"司机师傅饱含同情地说道,"你俩不晓得啊?"

第三章
登堂入室

说起来十分离谱但是又合理。

张三的前东家是一家咨询公司,每天她加班到恨不得把睡眠都进化掉,日程表排得满满当当。

而李峙是围绕案例开展工作的,他在前面跑委托人在后面追,所有能喘气的日子都是工作日。

对他们来说,调休就和茅台拿铁里的老国窖一样存在感稀薄。

于是两人无比顺理成章且默契地忽视了今天休息这件事。

顶着司机师傅和蔼且有些微妙的幸灾乐祸的注视,张三征求意见般地看了一眼李峙。

李峙表情有些不好看,耸了耸肩道:"师傅你可以开去机场吗?"

"那小伙子你要给我回程空车费啊。"师傅说。

"是虹桥。"张三说,"开过去也不远,师傅你还可以进车库排队拉客。"

师傅勉为其难地答应了,有几分没有忽悠到空车费的怨气,在高架上左冲右突像一只灵活的老鼠。

"可惜。"下车的时候李峙已经恢复了过来,笑着摇摇头,"人生大事悬而未决使我不得开心颜。"

张三把舞蹈包搁在李峙的行李箱上让他拉,自己背着手跟在边上:"大丈夫何患无妻嘛。"

"你想多了。"李峙瞥了她一眼,"我在为自己可能错失工资而郁郁寡欢,等我回北京就躲进被子掉'小珍珠'。"

张三撇了撇嘴。

"去吃牛肉面?"李峙问,距他的航班起飞还有一段时间,而他们还没吃午饭。

张三拦住了他。

虹桥机场餐厅里的红烧牛肉面六十八块一碗，而虹桥机场全家便利店里的红烧牛肉泡面六块八一桶。

"不是，你真的……"李峙哭笑不得，被张三拽进了全家买泡面。

"好好好，"张三敷衍道，"给你加个卤蛋。"

"还要一根肠。"李峙得寸进尺。

张三给了李峙一脚。

两人站在收银台前排队，张三刷着手机开口："那我其实也损失了领养小狗的机会啊。"

收养要求明明白白写着要求收养者有稳定的居住环境，连同居的小情侣也会因为有分手风险而被拒之门外。

"那你可别因为急着收养小狗又去找别的野男人结婚啊。"李峙提醒道。

"哈？"张三下意识地反驳，"谁会因为领养小狗而去和男人领证啊？菩萨也不是这么做的。"

李峙的回答慢了半拍。

张三也意识到不对，从手机里抬头，发觉李峙抱着两桶泡面，轻笑地看着她。

"是谁啊？"李峙重复道。

张三静默两秒，冷静地把手里的卤蛋和玉米肠放到李峙手里："你先买单，我上个厕所。"

"哎！"李峙想拦她，然而手上东西满满当当，只能看着张三以一种十分有气势的方式离场。

看起来我佛慈悲亦有金刚怒目之相。

李峙一手拎着塑料袋，一手拖着行李箱在机场里转了半天，才在角落发现假装自己是盆栽的张三。

"你在干什么？"他蹲到张三边上。

"我在和龟背竹交流感情。"张三说，视线没有从叶片上挪开，"你有没有发觉它的纹路特别眉清目秀？"

李峙认真端详了一下："没感觉。"

"那你没有慧根。"张三说。

李峙大笑起来，把张三的头发揉得乱糟糟的。

张三烦死了，反手操他一下："别撩闲。"

李峙借着这个力道站起来："你看下行李箱，我去泡泡面。"

"哦。"张三闷闷地说。

突然，头上传来织物柔软的触感，张三手往上一摸，把脑袋上的东西摘下来，发现是一顶酒红色的画家帽。

"去接你的路上买的。"李峙说，"路边有人卖，感觉它很适合你。"

051

张三摸摸帽子，布料软软的："谢谢你。"

"不客气。"李峙说，"或者你把买泡面的钱分担一半。"

张三作势要打他，李峙笑得贱兮兮地小步跑了。

李峙端着两桶泡面回来的时候，张三已经调整好了情绪，决定把刚才在便利店的一幕遗忘在记忆里的某个角落。

"你戴这帽子还挺好看的。"李峙端详了一下，然后再度陷入了自恋中，"我的眼光真好。"

"你多少钱买的？"张三接过泡面，吃了一口。

"人家叫价一百五，我砍价到一百二。"李峙说。

"我的老天爷！"张三立马觉得嘴里的泡面都不香了，"这种店你直接对半砍再抹零人家都净赚百分之八十。"

剩下的钱都能在机场面馆堂食一碗红烧牛肉面了。

张三越想越心痛："你下次在那种实体店里买东西前先问我。"

李峙应了一声，一边吸溜着泡面，一边问张三："你领养狗的那个界面给我看一眼。"

刚刚不妙的画面浮现起来，张三本能地不想接触相关事物，但是又怕李峙以为她在掩饰，还是别别扭扭地把手机递给他。

是一只油光发亮的大耳朵比格犬。

"好家伙。"李峙说，"你有几间房子供它拆啊。"

"可是宝真的很可爱。"张三辩解，"狗好，人坏。宝能有什么坏心思。"

"你声音都夹起来了。"李峙失笑，突然眉头一皱，"嗯？"

张三凑过去，发觉手机的界面已经不是大耳朵小比，而是停在照片背景人物上，甚至在双击放大仔细查看女主人的脸。

"你干什么？"张三莫名有些不高兴，想把手机拿回来，"你变态啊。"

"不是。"李峙把手举高，又仔细辨别了一会儿后，笑道，"这人我好像认识。"

张三原本垮到一半的脸僵住。

停顿几秒，李峙冒着被张三殴打的风险，很头铁地开口。

"吃醋了？"他问。

张三最后的一点公德心阻止了她把泡面盖在李峙的头上。

"我和你说，你千万别想太多。"张三说，"我和你扯证根本不是因为喜欢你，而是因为对你我提不起任何人类原始的冲动，这样结婚后不容易恋爱脑。"

李峙表示理解，片刻后又很忧虑地捧住脸："可我长这么英俊你对我有欲望也是人之常情……"

"我现在对你起欲望了。"张三冷静道,"杀戮的欲望。"

李峙吃完泡面,一只手按在张三的帽子上,一只手把手机摸出来:"我看看能不能给你走个后门。"

小比的主人曾经是李峙的一个委托人,是一个相当好相处且好脾气的女士。

李峙给她发了消息介绍下情况,没一会儿她就回复了过来,问方便的话能不能打视频说。

张三把脑袋凑过去,李峙拨通了视频。

视频一接通就听见比格犬颇具有独特性和穿透力的嚎叫,女主人一只手拿着手机,另一只手试图控制住小比待在镜头前,有些狼狈地和他俩打招呼。

"'孩子'很乖的,"她艰难地说,"就是比较活泼。"

张三和李峙默默地看着开了模糊滤镜,也遮不住的如同被拆迁队呼啸而过的家居惨状。

"您说得对。"李峙说。

主人悄悄地把被咬得像拔丝玉米般的拖鞋踢到身后。

张三对这份临危不乱肃然起敬。

"李律确定要吗?"主人说,"要的话我现在就开车把狗给你送过去。"

这个语气活像是转移一个倒计时只有十个小时的定时炸弹,充满了苦难生活即将拨云见日看见曙光的希冀。

"它多可爱呀。"见张三有些犹豫,主人赶快把小比抱到镜头前,捏捏它的大爪子,"教好了它还能够坐下和人握手呢。"

张三决定不告诉她,张爱华女士养的那只中华田园犬只吃了半个馒头就学会了握手、坐下以及转圈圈。

"那麻烦您晚点送过来吧,"李峙说,"我一会儿把地址发给您。"

主人连说了好几个好,解脱当前才突然良心发现回想起自己的初衷:"对了,您二位是……也不是我刁难哈,就是小狗最好还是有稳定的环境比较好……"

尤其是比格犬这种容易造成情侣感情破裂、夫妻彻底反目的狗,收养人一旦散伙很可能变成两方都不想要的倒霉孩子。

"这是我爱人。"李峙很平淡地说,"近日我们准备领证。"

张三侧目,做律师就是不一样,什么鬼话都能一本正经地说出来。

李峙看了她一眼。

张三挽住他的胳膊,看着镜头的眼神无比坚定:"是的,我们情意比天高。"

主人愣了一下。

等挂了电话,李峙给她展示自己的手背:"我为了忍笑手背都被掐紫了。"

张三习惯性想动手，片刻后忍气吞声："要不我给你吹吹？"

李峙收回手："那夫妻感情可就太暧昧了。"

比格是当天傍晚送到的，家是半夜被拆的。张三被精力旺盛的比格搞得一晚上没睡好，第二天顶着黑眼圈去上课。

然而年轻舞者的精力足以和比格媲美，张三白天在舞蹈教室里面饱受折磨，晚上伴随着比格犬唢呐似的嚎叫声入睡，精神状态千锤百炼、磨砻砥砺，现在早已能够泰山崩于前而色不变。

直到三天后，张三蹲在地上收拾垂耳大叫驴扯出的棉花芯子时，门铃被按响。

张三开门，看见李峙左手挂搭着西装和领带，右手拖着行李箱，回家见老婆或者外出见小情人的风采不减当年。

"忘记和你讲了，"李峙很愉快地说，"我们律所刚在上海开了分所。"

张三试图把李峙关在门外，但他秉持着一贯不要脸的风格，拖着行李箱登堂入室，然后马上被比格犬咬住了裤管。

"还知道挑贵的咬呢。"李峙乐呵呵地把狗抱起来，熟门熟路地往沙发上一瘫，"它叫什么名字？"

张三一边把搭在沙发上的衣服收起来，一边没好气地介绍："叫张国庆。"

李峙默了默："我怎么记得之前人家给它取了一个外国名字，叫艾米还是露西来着。"

"西洋狗来这里也得叫中文名。"张三说，"不是，你大晚上跑过来夜袭我家到底想干什么？"

李峙说："我有点饿。"

张三用力把沾满狗毛的外套甩在椅背上，瞪着眼睛看了他一会儿："……家里只有饺子，香菜馅的。"

"什么馅的？"李峙问。

"香菜馅。"张三说。

李峙不吃香菜，张三也不吃。不然也不至于整个冰箱只剩下能够传到孙子辈的冷冻香菜水饺。

李峙沉默了一会儿，看了眼正在认真啃行李箱轮子的张国庆："狗能吃香菜吗？"

"正常狗应该不建议。"张三说，"但是比格犬不一定。"

"带上国庆出去吃吧。"李峙起身去找狗绳，突然反应过来不对，"你怎么会有香菜馅的饺子？"

张三把狗绳递给李峙，闻言抬眼："我有没有告诉你小耶也参加了林老师的舞团？"

"小耶？"李峙皱眉想了一会儿，做恍然大悟状，"那个喊你出去喝奶茶，结果跑到崇明岛还让你买单，后来和你在楼下拉拉扯扯依依不舍的混血对吗？"

"差不多得了啊。"张三说，"对。"

"这和香菜饺子的关系是？"李峙把门锁上，片刻又重新解锁，探身进去从衣帽架上取下红帽子盖在张三头顶，"你头发怎么没干？"

张三调整了一下帽檐，严肃道："这是小耶包的。"

李峙脸上出现了清晰的茫然。

等走到楼下，李峙才喃喃开口："他到底混的是哪里的血统？"

两人一狗走到小区门口的夜宵摊，李峙点了份炒面加荷包蛋，张三秉持着不吃夜宵就不会长胖的信念，抱着张国庆坐在他对面玩手机。

李峙律所的新址也在市区，张三用高德地图搜了下，"啧啧"道："好地段啊！李律。"

和林月的舞蹈教室就差了一条街。

李峙很专心地吃炒面。

"你房子定了没？"张三轻轻踢了踢李峙，"房东阿姨好像在那一块也有房，要不我把她微信推给你？但就是有些贵。"

李峙抬眼看她，拿筷子拨了一整个蛋黄出来，示意张三吃掉。

张三一边嫌弃重油重盐，一边拆了双新筷子吃了。

"所里有安排住宿。"李峙轻声说。

"哦。"张三应了一声，莫名松了一口气。

幸好李峙没有再提什么领证住一起的话，不然她总觉得不太对劲。

好像和之前不太一样。

"住在什么地方？"张三问。

李峙说了一个地名。

张三大为震撼："宿舍安排在那里，还不如直接再走两步安排到苏州。"

去上班坐高铁还快一些。

李峙抽了一张纸巾给她，"嘴巴擦擦。"

张三慢吞吞地擦嘴，只见李峙托着下巴饶有兴致地盯着张国庆："你说狗能不能吃炒面？"

"你敢！"张三伸手打他，"对身体不好的。"

"等着。"李峙起身，走到正在热火朝天颠大勺的老板面前，不知道在和人家说什么。

张三盯着李峙的背影，青年个子高，肩线平直宽阔，哪怕在逼仄飘着油烟味的路边摊，也有一种沉静里生出来的稳重。

悬在大平板车上的白炽灯摇动，暗黄的光线落在李峙柔软微卷的黑发上，像披了一层薄薄的糖衣。

之前真的不是这样的。

张三和李峙一起长大,几乎可以说是穿一条裤子的交情,对彼此的老底和黑历史一清二楚。

初中时李峙发育得比较慢,两人的身高差不太多。

张三又因为学过跳舞,身形清瘦挺拔,两人并肩站在一起,张三看上去隐约比他高一些。

李峙嘴上说不介意,其实每天都要干一大瓶牛奶下去,打篮球、跑步、跳绳一个都不落下,很有几分要和张三比谁长得快的意思。

可惜人类的发育规律摆在这里,青春期女生发育就是快于男生,李峙再怎么努力也只能换得身高表上一些不太显眼的进步。

于是他干脆把自己天然卷的小鬏毛弄湿抓立起来,试图用视觉效果弥补身高缺陷。

然后不怎么意外地被教导主任抓了个正着。

"在想什么,笑这么开心?"李峙走过来笑着发问,将一个塑料碗搁在桌上。

"这是什么?"张三探过身来看,发现里面是一块白水煮的鸡胸肉。

怎么说呢,小吃摊出现水煮鸡胸肉这种健康食物总觉得很违和。但是考虑到它在菜市场极其便宜的单价,又觉得不奇怪。

李峙把袖子挽了几下,以一种极其矜贵的姿势含笑撕起了鸡胸肉。

张国庆眼巴巴地看着他。

"你就宠它吧。"张三抱怨一声,把张国庆放在地上,后者马上扑到李峙腿边,在西裤上留下两只灰扑扑的爪印。

"你还记得初中时教导主任怀疑你烫头发的事情吗?"张三问。

李峙闻言,眼尾的笑意变得更深了一些:"还是你妈妈过来证明我从小这个头发就长得不正经。"

张三应了一声,垂着眼睛看李峙逗狗:"你今天就去那里住?"

"是的。"李峙拿鸡肉条逗张国庆,"叫声哥哥就给你。"

狗自然不会叫哥哥,李峙也不至于真的为难一只狗。

"这都多晚了。"张三说。

"来,"李峙抓住张国庆的两只爪子,让它面对张三,"叫阿姨,阿姨要养生。"

"我是说……你闭嘴。"张三拳头硬了。

她叹口气,脸偏过去一点,视线落在炒菜的老板身上。

"你今天就在我家凑合一晚上吧。"张三说。

这个世界总是瞬息万变且让人猝不及防。

张三一边坐在床上吹头发，一边听着李峙在浴室里洗澡的水声。

幸好他没有洗澡唱歌的习惯。

她盯着大剌剌摆在房间中央的黑色行李箱，以及霸占了她新买的衣帽架的西装与领带，心里一时五味杂陈。

自己是不是有些太缺乏防备心了呢？屡次被一个男青年登堂入室，进她家就像呼吸一样自然。

如果同样的事放在她的任何女性亲朋好友身上，她都会抓住人家的肩膀恨铁不成钢——

信任男人是美女倒霉的开始，此事同样适用于同情或者心疼男人。

张三对此一直贯彻得很好，所以她那接连六任光速找到真爱的前男友没有对她造成真正的心理阴影。

她只是平等地辱骂这个世界，这是一个遵纪守法的成熟都市女性对这种糟糕人生最激烈的反抗。

但是那个男人换成李峙……张三"啧"了一声，看向了被张国庆啃得开始摇晃的衣帽架。

酒红色的优雅可爱风画家帽盖在深灰色的男士大衣上，有种微妙的和谐。

首先把李峙当成男人来看这件事对张三来说就十分的吊诡且不适应。

但是在各种意义上，李峙确实是个男人，生理性别男，心理性别男的……婚龄期男性。

幸好李峙大体上是个遵纪守法并且道德品质良好的优质青年。

……话说回来，他突然想和她结婚，不会是因为单身太久，想要蹭蹭她身上旺人真爱的桃花运吧？

张三垂下眼睫，突然想起今天下午和吴语的聊天。

吴语显然是在上班时间"摸鱼"，回复起消息有一搭没一搭，问她跳舞还顺利不顺利，然后又问她和狗相处得如何。

问了一圈都没有问到李峙身上。

抱着一种莫名的忸怩以及微妙的倾诉欲，张三问她，你怎么不问我结婚的事情？

下一秒吴语的电话就打过来。

电话那头女人声音惊讶："你别和我说你们真的领证了。"

"没呢。"张三回答，毕竟他俩没有一个人按照正常公休过日子。

"这不就对了呀。"吴语听起来真的很无语，"你刚刚的语气让我以为你俩真的搞一块去了。"

张三哽了一下。

"说领证就领证,你以为是过家家呀。"吴语越说越好笑,"这可是人生大事。"

"工作没了可以再找,还能领失业保险。"吴语吹吹手指,在灯光下欣赏了一下自己新做的美甲,对着自己一向靠谱程度有些不稳定的闺蜜调侃,"不小心沾到了男人还得等离婚冷静期。"

"哦,对了,"她想起什么,失笑,"如果是'李四',感觉打离婚官司还讨不到好。"

"感觉离不掉。"张三下意识地回答,说出口才觉得不太对劲和不合逻辑。

谁说离不掉的。

"别咬!"李峙擦着头发走出来的时候,正好看见张三光着脚踩在木地板上,掰着张国庆的嘴解救他的行李箱。

"让国庆咬吧。"李峙看了一会儿,蹲到张三对面,"大不了换一个。"

"你有钱没处花是吧!"张三正被狗搞得火大,人不能和狗计较,但是能够和同类计较,张三干脆把火气都撒在李峙身上,"孩子都是这样被宠坏的!"

李峙后知后觉地明白了狗的前任主人那句"这狗容易造成夫妻感情破裂"是什么意思了。

"零食买了一大堆,它理都不理。"张三终于把张国庆从行李箱上扯下来,气得狠狠地揉着它的脸,"就喜欢咬拖鞋咬沙发脚,我真怕哪天半夜起来发现它把我给吃了。"

"它就是咬着新鲜,"李峙说,"它咬了你就夸它,它觉得你在和它玩呢。"

"你帮我按着它一下。"张三说。

李峙按住尾巴摇成电风扇的张国庆:"怎么了?"

张三咧了咧嘴,露出一排从小到大被牙医大肆赞叹的整齐小白牙:"我要把它耳朵咬下来。"

"哎。"李峙哭笑不得,松开张国庆,"你冷静一些。"

张三冲着张国庆龇牙。

李峙失笑,伸手去揉张三的脑袋,然而张三反应很大地往后一退,一屁股坐到了地上。

李峙的手顿在空中几秒,倒也没有坚持,重新搁回自己的膝盖上:"你是不是有些紧张?"

"不是,"张三把脸别过去,"我觉得你手摸过国庆,太脏了。"

李峙严肃地指出:"你刚刚几乎是抱着国庆在地上打滚。"

"……我去洗个澡。"她起身,拿着浴巾往卫生间走去。

"张三。"李峙喊住她。

张三回头,看见青年盘腿坐在地上,正用拧绳逗小狗玩,侧颜专注温柔。

张国庆一口咬住拧绳。

李峙一边和小狗拔河,一边侧过脸来,笑容温润又带着点欠揍:"今天凌晨凯尔特人打黄蜂。"

"所以,"李峙同志征求意见,"我睡沙发好不好?"

张三在卫生间里吹完头发,再出来的时候,李峙已经收拾整齐,连毯子都已经铺到了沙发上,怀里抱着哼哼唧唧的张国庆,后者正在一边犯困,一边咬他的袖角。

"'李四'晚安。"张三窝到被子里。

"晚安张三。"李峙戴上耳机端着平板,准备开始彻夜看球。

张三闭上眼睛,几秒之后,忍不住长叹一口气,睁开眼睛:"'李四'。"

"嗯?"李峙摘下一边耳机。

"你用电视机看吧,对眼睛好。"张三说,"声音调小一些。"

李峙安静地看着她。

"烦死了。"张三破罐子破摔一样掀开被子,翻身下床,"我今天也想看球。"

李峙又沉默了几秒,拿起遥控器:"把袜子穿上。"

最后局面变成了两人一狗挤在沙发上,张国庆躺在两人中间睡得四仰八叉。张三担心毯子把它原本就左支右绌的智商因为缺氧变得更糟,拨弄了半天把它的脑袋露出来。

"你过来点。"李峙在毯子另一头动了动,把毯子往张三那里扯了些,"盖得住吗?"

"嗯。"张三应了一声,调整了一下被张国庆压麻的腿,脚不慎擦过温暖的布料。

……是李峙的腿?

张三一僵,下意识地想要抽回自己的脚,然而腿上的张国庆哼唧一声,很有几分要作妖的意思,张三不敢动了。

李峙看了过来。

张三头皮发麻,一向对李峙有话直说的她莫名多了几分顾虑,生怕一句话不对就把气氛推向更尴尬的局面。

李峙弯了弯黑眸。

张三头皮更加发麻,这个无风都能起三尺浪的男人该不会以为她故意在……撩拨他吧。

该死。失策。

"你把腿放上来吧。"李峙动了动,肩膀结结实实地抵上了张三的肩,男性更高的体温透过身体紧贴的部位传递过来,"这样悬空不累吗?"

虽然确实会累,但把腿压在一个异性大活人身上实在是有些太过了,张三下意识地要拒绝。

"你又不是没压过,"李峙说完,扭脸去看球,"以前你的脚都直接跷在我腿上。"

他们小时候确实是这样,过年时张家人多,长沙发被长辈们坐了,两个半大小孩便挤在一张单人沙发上看春晚。

看着看着就你的脑袋枕着我的肩,我的腿压着你的肚子,最后一起睡得四仰八叉,在《难忘今宵》的歌声中被张爱华叫醒,一人塞一个红包。

张三盯了李峙几秒,后者真的很认真在看球,电视机屏幕的荧光落在他镜片上,看不太清他的眼神。

"那我就不客气了。"张三说。

张三慢腾腾地把脚搁上去,一开始还有些紧张,背用力绷着。

绷着绷着,她就累了,看李峙正认真看球,索性也放松了,整个人没骨头一样靠在李峙身上。

李峙身上的味道很好闻,是她很喜欢的洗衣液香气,还有一股淡淡的烟草气味。

"你什么时候开始抽烟的?"张三轻声问。

背后传来细微的衣料摩挲声,李峙把手搭在她侧腰上,张三吓了一跳,瞪起眼睛看他。

"胳膊这样摆比较舒服。"李峙很坦然地说,"你是不是看不太懂球?"

张三默了默:"投到对方篮筐就算得分不是吗?"

李峙也跟着默了默:"看点别的吧。"

"看什么?"张三起了劲,"这个电视有电影盒子,可以点播的,你给个思路?"

"看点轻松的?"李峙提议。

"《武林外传》!"张三很开心,"你想看点费脑子的也可以,我们看《甄嬛传》滴血认亲那一集。"

李峙眉尾一挑:"看外国片子怎么样?"

"你这是对我国文娱产业极大的不尊重。"张三谴责,手上的遥控器倒是流畅地切换到了外国电影选片界面,在科幻、动作和犯罪几个频道里切换,"轻松一些……《速度与激情》?"

李峙温声道:"看点感情戏的吧。"

张三狐疑地看着他。

李峙面不改色:"天气冷了,就想看别人谈恋爱治愈一下自己。"

"嗯……"张三觉得有道理,转过头认真地挑起片子,突然眼睛一亮,

"有了!"

张三播放了《变形金刚5》。

"据说感情戏特别浓烈,干柴烈火情投意合,九个编剧呢。"张三兴致勃勃地介绍,"而且大黄蜂还帮忙打了二战。"

李峙看着张三亮晶晶的眼睛,突然感觉有些气血不畅。

"那你坐过来些。"他说。

张三莫名其妙地靠过去了点,几乎整个人都躺进他的怀里。李峙眉间刚要舒展,睡得酣甜的张国庆哼哼唧唧几声,睁开眼睛。

活像是半夜起来发现睡在身边的妈妈不见,和爸爸滚在一起,于是开始哭天喊地的倒霉孩子。

李峙憋着气用力揉了几把狗头,把它按进毯子里:"看吧。"

张三难得感觉到"李四"的情绪,虽然不太明白他不爽的原因:"……要不换个?"

"就看这个。"李峙冷笑,"我倒要看看大黄蜂怎么打二战的。"

《变形金刚》的片头打出来的瞬间,张三一脸期待,李峙似笑非笑。

剧情行至三分之一,垃圾厂里机器人暴揍机器人,意味不明的冷笑话和凌乱剪辑齐飞,张三眉头紧锁,李峙表情凝重。

电影过半,冷笑话变成了并不好笑的黄色笑话,张三如坐针毡继而困意上涌,李峙面无表情乃至眉宇间隐约出现了一些佛性。

摇晃的镜头又继续了一刻钟,李峙把张三靠在他肩头的脑袋往自己怀里拢了拢,后者眼睫轻颤,脸带红晕……已经睡熟了,脸上的红纯粹是热出来的。

李峙稍微低了下脸,闻见了女人发间洗发水的清香,还有一股更加熟悉的,属于她自身的香气。

两人中间的张国庆蹬了蹬腿,像是踹到了张三,她眉头微微拧在一起,一副要醒转的样子。

李峙把张国庆抱到自己这一侧,又将张三拢得紧了些,轻轻拍了两下。睡得迷迷糊糊的张三无意识地安心叹了口气,伸手搂着李峙的胳膊,就像抱着只泰迪熊。

李峙微妙产生了一种左手老婆右手儿子的此心安处是吾乡感,"唯二"的问题是老婆并不知道自己是他老婆,而且儿子还喜欢咬裤管。

电视机光芒一闪,"黑化"的擎天柱闪亮登场,大黄蜂眼角闪烁着电子眼泪,李峙往沙发背一靠,嘴角挂上了货真价实的冷笑。

我倒是要看看你怎么圆。

李峙,二十六岁,是律师,已"黑化"。

…………

在光怪陆离的特效和配乐中，张三恍惚梦到了过去的事情。

十三四岁的少年很瘦，像是清瘦的竹，靠上去都觉得有些硌。

没有小学时的懵懂喧闹，也没有高中时逐渐萌发的男女意识，初中是他们最亲昵的时光。

在漫长闷热的暑假下午，两人经常躺在一起消磨时间。

竹席用沾着凉水的毛巾擦过，躺上去还有些湿湿的。电风扇放在几尺远，把湿意一点点吹走。

老旧电视放着暑假少儿特供节目，但没有一个人提得起兴致去看，懒洋洋地头靠头瘫着。

话题翻来翻去就那几个，倒也不觉得无聊，半大孩子最喜欢畅想将来。如果每天都能有一百块钱，然后去肯德基点一个全家桶，就是想也不敢想的美梦。

"一百块钱不够，"李峥说，"我要挣很多钱，买一间大房子，再买一辆车，要黑色的，耐脏。"

张三翻个身对着他，电风扇的凉风把他额上的小鬓毛吹得一晃一晃的，张三有些手痒："你一个人住的房型和我家差不多大呢。"

"不一样的。"李峥温顺地任张三拨弄自己的额发，目光漫无边际地落在天花板上，"那是我爸的，以后不会给我。"

张三不说话了。她对李峥的家庭情况不算清楚，可再怎么样也不至于低情商到直接去问李峥本人，但是从张爱华和外婆的闲聊中了解过一点。

李峥已经被父亲放弃了。

张三以前见过李峥的父亲，是一个剑眉朗目的英俊男人，未语先含三分笑，丧妻之后明显憔悴了很多，整个人像是褪色了一样。

一开始他一个人带着李峥，笨手笨脚地烧菜做饭，颇有几分单身老父亲含辛茹苦的味道。

张爱华好心，干脆自家做饭时多烧一些，给他们送去。又提议说既然你工作忙，不如白天就把孩子送来和我家张三做个伴，晚上再接回去。

男人感激到眼圈都红了，连声道谢。

但是渐渐地，男人接李峥的时间越来越晚，再后面一天到晚出差，最后就干脆不回来了。

唯一能证明两人父子关系的就是存折上每月定期打进来的钱。李峥把存折交给张爱华，张爱华挥着锅铲赶他去写作业，说你就这点个子能吃多少，小孩子别老想钱不钱的。

有一次张三和李峥一起放学回家，看见一个男人带着一个年轻女人站在家门口，手里提着很多东西。

他俩看见并肩站着的张三和李峙,男人有些局促,女人却笑着走过来,摸了摸李峙的头,夸他一个人照顾自己真的很能干很独立。

李峙站得很直,没有说话。

张三的视线落在女人碎花裙下微微隆起的腹部,有些出神。

李峙的父亲已经有了一个新家了。

而李峙还留在原地。

"张三。"李峙轻声喊她,"动画片开始了。"

张三回神,支起一点身子看了一眼,又兴致缺缺地躺了回去。

"买房子好贵的……"她小声说,"一百块是不够。"

李峙叹了口气,小孩还未能明确感知到生活的艰辛,但是未来的图景已经在想象中朝他们咧开森冷獠牙:"那是的。"

"'李四'。"张三拍了拍李峙的肩膀,靠得近了一些,"那我帮你。"

"嗯?"李峙侧过脸来,比常人更黑一些的眸子盯着她,"什么?"

"我帮你存钱呀。"张三掰着手指,给他算账,"我们两个人的钱肯定比你一个人的多呀,而且可以把多余的钱借给别人,利滚利的那种。"

"一般利滚利是高利贷。"李峙说,他们学过复利公式,"搞不好要被抓去坐牢的。"

张三不想坐牢,闻言又提出几个建议。

李峙默了默,诚恳道:"你的思想真的很危险,这些都够你枪毙十分钟了。"

能挣钱的方式都写进了《刑法》,互联网诚不欺我。

张三长叹一声,愚蠢者才以身试法,她才不干这种蠢事,把脸贴到凉席上降温。

边上传来窸窸窣窣的声音,李峙也趴了过来,脸贴在凉席上。

两人离得很近,能够感觉到自己脸上的绒毛被彼此的呼吸拂过。

"但是谢谢你。"李峙轻声说,"那你呢?以后想做什么?"

"跳舞啊。"张三理所当然地说,哪怕只有周末可以去上课,她也是整个课堂最漂亮优雅的小天鹅,"做大明星。"

"好。"李峙说,"我知道了。"

"你知道什么?"张三莫名其妙地看他一眼。

李峙没有说话,黑眸弯弯地看着她,反手拉了条毛巾被盖在她后腰上:"护一下肚子。"

再后面张三就记不清了,就像她记忆中无数个平凡又自在的午后,两人大概就这么靠在一起入睡,直到被晚饭的香味勾醒。

十三四岁的少男少女,未来对他们而言是一个遥不可及的概念,在那虚幻的幕布里,坚信自己一定能闪闪发光。

…………

张三睁开眼睛，先入目的是青年沉静的睡颜。

李峙五官生得英俊，眼尾细长，鼻梁高挺，一副细框金丝眼镜架着，其实是给人点疏离感的长相。

幸好嘴角常年带笑，而且确实笑点也低，才不至于变成什么清冷律师"高岭之花"。

其实他从小就好看。

但初中的时候因为他发育晚长得矮，而担心过他会不会以后找不到老婆。幸好基因还是发挥了作用，如今李峙身高一米八三，长得十分盘靓条顺。

看上去很好找老婆。

张三欣赏了一会儿，才突然发觉哪里不对，身下温暖踏实的触感可不像沙发。

她僵硬着撑起一点身体，不好的预感成真。

自己是趴在李峙身上睡着的，也就意味着，李峙同志被压了一晚上。

别被压死了。张三想要赶快爬起来，然而后腰被一股力道一收，她手一滑，摔回李峙怀里。

受到重击，李峙闷哼一声也跟着醒转，眉头微皱。

张三僵住，觉得眼前这幕有些解释不清。

幸好李峙不用她解释，他眼神还带着点近视者特有的虚焦和茫然，往边上看了眼："几点了？"

"……不知道，闹钟还没响。"张三说。

"那就再睡会儿。"环在张三腰后的胳膊用了点力往下压，李峙困倦道，"你要拆家吗？"

张三顺着力道躺回他身上，让人安心的温度透过青年结实有力的躯体传来，张三不能免俗地产生了两个想法：

一、李峙的身材确实练得不错。

二……

"'李四'。"张三忍了忍，还是开口了，"你顶到我了。"

安静了几秒钟，李峙睁开眼睛，黑眸里的神色已经清醒了不少。

"张三。"他一本正经地开口，"我是一个身心健康喜欢异性的青年男性。"

"甚至喜欢异性这点也可以不需要。"李峙表情很正直，"哪怕我怀里现在抱着的是张国庆，我还是会支棱的。"

张三：……是这个道理。

李峙扣着她的腰用了点力，往边上一翻，两人面对面侧躺在沙发上。

张三下意识地往后躲，然而身后是柔软厚实的沙发背，止住了她的退路。

"我不会对你做什么的。"李峙很专注地看着她,随后嘴角一挑。

"我,二十六岁,是处男。"他骄傲道,"要睡我,得加钱。"

"咣叽"一声,李峙被张三踹到了地上。

张国庆兴奋地嚎叫起来。

李峙一把捏住张国庆的"嘴筒子"。

"闭嘴。"他咬牙切齿、面带微笑地柔声道,"不许扰民。"

李峙的处男宣言过于振聋发聩,以至于到了中午张三都没有彻底缓过来。

"小张姐姐?"苏啾啾端着缤纷沙拉碗坐到张三边上,后者正机械地把全麦面包塞进嘴里,两眼发直。

苏啾啾捅了一下她的腰。

张三猛然回神,对上苏啾啾狐疑的眼神。

"你今天怎么了?都把林月惹生气了。"

"和这个没关系。"张三叹口气,"林老师生气是因为……"

张三垂下眼睛,收住话音。

"是因为?"苏啾啾追问道。

"是因为她跳的感觉不对。"祁寒走过来,手里拿着一瓶喝了一半的冰牛奶,眸子往下一扫,"你当时在走神?"

"跳舞的时候,谁会一直盯着别人看啊!"苏啾啾炸毛,"等人家注意到的时候,林月已经在生气了嘛。"

"怎么会这样?"张三有些丧气地把脸埋到膝盖间,"我明明看着自己和别人没区别啊。"

祁寒耸肩,给了苏啾啾一个"你看吧"的眼神。

——明明有人一直会看别人。

苏啾啾连沙拉都不要了,暴跳起来要打人。

祁寒单手护着牛奶,瘫着一张脸熟练地闪避。

"讨厌讨厌讨厌!"

张三默默地啃了一口面包,莫名尝出了点狗粮的味道。

现在的年轻人,真是不讲武德。

"三三。"亲切甜蜜的台湾腔传来,金毛大男孩一屁股坐到张三边上,"你不开心?"

"别这样叫我。"张三往旁边挪了挪,"这么喊我的男性只有外公。"

"明明这么喊很可爱耶。"小耶说完,往嘴里塞了一大口三明治,"你妈妈让我这么喊的。"

"你别听她的。"张三果断道,"她想把你招到老张家做外国赘婿。"

小耶无辜地眨着自己的蓝眼睛。

张三头疼地叹气,搓了把自己的脸。

如果她没有一时冲动辞职,她现在应该正吃着有滋有味至少不会像浸湿的硬纸板的午饭,坐在二十四寸显示屏前人模狗样地和同事高谈阔论几个亿的项目,并且在心里盘算下个月的外卖会员充给哪个平台。

不管怎样都不是坐在这里进行这种莫名其妙的谈话,身体各处都叫嚣着疲乏和酸痛。

张三闭上眼睛,无力感仿佛从脚背上的旧伤泛上来。

林月这次组的舞团成员很年轻,而且里面科班出身的成员没有几个,中文都说不太明白的街舞老师、身份成谜天真过分的未成年少女,还有一个半路出道迷途知返未遂又扭头往南墙上撞的张三。

舞剧的曲目和编舞都没有定下来,只知道舞剧有一个很文艺忧伤的名字,叫《赴海》。

这些天,他们只是配合一些很简单甚至枯燥的旋律练基础舞步。

和林月说的一样,真是把之前学的内容全部忘掉,像一个傻瓜一样从头开始。

——管你之前学的是优雅的芭蕾,还是火辣的拉丁,抑或是风情的爵士、中国舞、京剧、黄梅戏、街舞等,都给我回到原点。

然而就这么简单的事情,也被她搞砸了。

当着十几个人的面被林月拉出来,训斥为什么跳成这副鬼样子。她上次这么丢脸还是高中在罗翔老师的课上睡着,被拎到讲台上做了一节课的教具,给大家表演法治与法制。

罗翔老师是教思想品德的。

张三觉得自己也很文艺忧伤,毕竟她自认在舞步上没有任何失误,没有落后她年轻的同侪半分。

然而,她就是被林月盯上了,舞蹈中途被粗暴地打断,扯到舞坪中心厉声质问。

林月狠声一字一顿地说:"如果还跳成这样,你明天就给我滚蛋。"每说一个字,就拿食指使劲戳张三的心口,弄得她连连后退。

说实在的,自从她开始上班自力更生挣钱,就没有感觉这么……无能为力过,她只能涨红着脸连声道歉。

明天就是舞团的初步考核,过了考核,舞剧里的人数基本上就确定下来。

据说《赴海》里的角色是林月为每个成员亲手贴身打造的。

当然,过不了就卷铺盖走人。

张三连声叹气，挫败感混合着某种尘埃落定的破罐破摔感涌起来，随后又产生了一种不合时宜的庆幸。

还好只是停薪留职，靠谱的成年人自然知道给自己留后路。

"小张姐姐。"苏啾啾又开始捣鼓她了，"你在想什么呀？"

"嗯？"张三回神，冲着苏啾啾笑笑，"我在想还好我很能挣钱。"

苏啾啾一张俏丽的小脸皱在一起："你再能挣钱也没我爸爸能挣钱。"

张三无语，这些天的相处让她勾勒出苏啾啾的人物画像：一个家境优渥但是不知为何过于天真不谙世事的未成年人，在应该读书的年纪没有上任何学校，完成九年义务教育后就自由支配自己的时间，加入了林月的舞团。

祁寒把喝空的牛奶瓶搁在苏啾啾的头顶，苏啾啾回身去打他。

看着年轻人打闹，张三撑着脸鬼使神差地开口："啾啾，问你个问题。"

苏啾啾扭脸看她。

"如果一个男的，和你抱着睡了一晚上，"张三挑拣着措辞，"醒来和你说他是处男，要睡他得加钱，他是……"

"他不行，"苏啾啾斩钉截铁道，"或者是骗婚的。"

被少女豪放的用词惊到，但想想她高中的时候似乎也没有文明多少，张三思考了一下。根据早上的情况来看，李峙应该不是不行，或者更贴切地说，是不行的反义词。

精神得很。

……总不能真的是骗婚吧？张三思维放空，回忆一下李峙对同性友人无意识地放电和调情，似乎确实……

苏啾啾用一种同情的眼神看着她。

"主要是，如果他年龄和你差不多的话，"苏啾啾说，"二十几岁还是处男很少见哎。"

张三还没开口，祁寒淡淡地接话："我也是啊。"

苏啾啾用怀疑的表情看着他。

张三猛然回神，站起来要去捂祁寒的嘴："慢着慢着，这话不适合对着未成年说。"

不算犯法但也算是在违背公序良俗的边缘横跳。

"我不是耶。"小耶吃完了三明治起身，很响亮地说。

"你也闭嘴。"张三回身去捂他的嘴。

"咦。"左手一个男人，右手一个男人，张三突然发现了新大陆，"我现在有种左拥右抱的成就感。"

苏啾啾很捧场地鼓掌道："十分般配。"

"而且一个冷艳白月光，"张三看看面无表情的祁寒，又看看笑得很灿烂的小耶,"一个热烈红玫瑰。"

"你帮我拍个照片。"张三很高兴,"我要发给朋友炫耀一下。"

那个幸运朋友自然是吴语。

苏啾啾起身,小跑去储物柜拿手机。

身后的大门传来开合声音,风铃声清脆作响。

张三并没有放在心上,在林月的舞团待了一阵子,她也养成了不受进出人员打扰的习惯。

"来了来了。"苏啾啾端起手机,对准张三几个,"三二一茄子!好啦。"

她把照片递给张三看。

照片里,三人脑袋挨在一起,祁寒很有几分被迫营业的味道,小耶明显是搞不太明白状况但是乐在其中,张三脸上洋溢着小人得志的笑容。

张三看得忍不住笑,正放大照片查看表情的时候,发觉背景的门口站着个人影。

后期可以P掉……慢着。张三手指一僵。

来人身形修长,穿着深灰色风衣,英伦风围巾随意绕了一圈半,几缕微卷黑发落在额前,细框眼镜片在模糊像素中闪着不怀好意的光。

张三僵硬地回身。

李峙站在门边,一手拎着好几盒鲜切水果,见她看过来,扶了下眼镜,笑眯眯地抬手和她打招呼。

张三艰难道:"我可以解释的。"

"不用呀。"李峙松了松围巾,笑容温和,"我就是离得近来看看你。"

张三连忙竖掌以表清白:"我们平时不这样的。"

"不怎么样?"李峙微笑地发问,"不和两个男的头靠头挽手肩并肩拍大头贴是吗?"

张三头皮发麻。

没等她整理好措辞,王秘书小跑着从刚布置完的点心台过来,招呼道:"李先生?"

"王秘书。"李峙转过头来又是一张极有亲和力的笑脸,将那几盒水果递给她,"我就是路过,我家张三承蒙您多关照了。"

"哪里哪里……"王秘书笑道,"都是分内的事情。"

"最上面一盒是给您的。"李峙说,"然后听说林老师喜欢吃甜的,这盒释迦果不知道合不合她的口味。"

"正好是午休时间,剩下的我就给大家分了哈。"王秘书心领神会,没人会不喜欢有礼数的人,"你太客气了。"

张三欲言又止。

"你们聊你们聊。"王秘书也不打扰，拎着水果去给点心台增加花样。

"出去走走？"李峙提议道，"下午是自由练习时间对不对？"

张三有些犹豫，李峙莞尔："还是照片没拍够呀？"

莫名心虚，张三妥协："那我去换衣服。"

李峙颔首。

张三刚转身要走，肩膀传来一股温柔又强硬的力道，她往后退了几步，脊背抵上李峙的胸口。

青年的气息喷洒在她的耳畔，张三浑身僵硬，整个人的注意力都集中在和李峙相触的部分，以及轻轻落在她颈侧的指尖上。

然而那种温热暧昧一触即逝，李峙往后退了两步，拉开距离愉快道："你刚刚头发乱了，帮你捋好了。"

"哦……哦。"张三迟疑道，"那我去了。"

她前脚堪堪脱离李峙视线，苏啾啾和小耶立马闪现到她身前，眼睛里闪着八卦的光。甚至祁寒都很清冷帅气地靠在不远处的墙边，一副不在意但是可以偷听一耳朵的样子。

张三后知后觉拳头硬了，她探头出去，看见李峙站在门边，手揣在口袋里，不怎么意外地朝她露出一个温暖无害的笑。

"不对。"两人肩并肩走在秋风里，张三突然反应过来了，"我心虚什么呀我。"

我们又没有在谈恋爱，这种背着家里老公在外面和两个小年轻偷情被当场抓奸的感觉是怎么回事。

李峙双手拢在大衣口袋里，闻言侧眸微笑，笑容颇有几分意味深长。

张三一看他这张脸就烦，轻轻捏了把他的肘弯："所以找我干什么？"

"离得近过来看看你。"李峙还是那套说辞，"你午饭吃了吗？"

张三点头。

"一片面包不能算午饭。"李峙说，"你是黄种人，不要搞白人那一套。"

张三没吭声。

李峙伸手拨弄了一下她头发，目光在肩胛上停留得久了一些："都瘦成这样了。"

张三别过脸："我想吃黄焖鸡米饭。"

李峙失笑。

上海是一个矛盾的城市。

它寸土寸金，它纸醉金迷，它空气中都弥漫着 GDP 和 KPI 的味道。

走在法国梧桐下的是穿搭博主和潮男潮女，手里拿着网红冰激凌或者咖啡，各种口音的英语是他们的松弛感的外在表现，然后又具象成社交网站上一个个飞速上涨的点赞。

或是行色匆匆冷漠的都市精英，手中端着一杯结着冷露的冰美式，裹在风衣里的不知道是温热灵魂还是这座超一线的钢铁森林里的精密齿轮。

在文学作品里，它要么被描述成一个无情的资本巨兽，要么被盛赞为一个自由开放、处处生花的未来港口。

张三不太清楚自己具体是属于哪一方的，也许哪方都不属于，她只知道在这精致又瞬息万变的世界里，被折磨的身体和挫败感需要一碗加了肥肠的黄焖鸡来治愈。

李峙在一众很有情调的成衣与香料店铺中，熟练地找到了卖黄焖鸡和重庆鸡公煲的小苍蝇馆子，打包了两份饭食。

"……你到底是怎么找到的？"张三对于李峙的寻路能力叹为观止，甚至产生了一种这人是不是其实内置了 GPS 的哲学思辨。

"认识快二十年了，"李峙叹息，"你终于发现了我的靠谱。"

"好吧。"张三说，"那我还想喝奶茶。"

李峙无比娴熟地忽视了这句话，领着她走到街心公园那里，在人少的地方找了张长椅坐下。

两个人开始吃盒饭。

正值工作日中午，早上锻炼的老大爷已经回去歇午觉了，而傍晚遛小孩的年轻夫妻和遛彼此的小情侣还没开始出没，被花草掩映的小天地难得宁谧。

"说实话，我觉得有些浪漫。"张三扒了两口米饭道，"如果这种时候铺一张红格子野餐布，准备一个小饭盒，里面放点饭团和小香肠还有水果沙拉，就特别温馨。"

"这是秋游。"李峙说。

"哦。"张三慢吞吞地啃着骨头，突然想起什么，"'李四'，你说实话，你是不是被裁了？"

李峙顿住，抬头看她。

"不然你怎么这么闲？"张三很诚恳地说，"你现在就像是被裁员后不敢和家人说，假装白天去上班，其实是去肯德基疯狂投简历的中年男人。你看……你都从北京回到上海了，形成了一个 SB 的闭环。"

李峙扶了扶眼镜："律所刚搬迁，案子和资料还没有移交过来。"

"看吧！"张三放下筷子，"你看你这个动作好心虚！哎呀，我和你说，被裁不是什么大事情，总归有办法的，白天也别待在肯德基了，去家里陪陪国庆也挺好。"

还能防止它拆家。

李峙默了默,摸出手机建议道:"要不你一会儿和我去办公室看看?正好和他们炫耀一下我未来老婆。"

坦荡的"未来老婆"四个字一下子击中了张三,她快速往嘴里扒了好几口饭,"不必了不必了……咳。"

李峙拍拍她的背,语气调侃:"不和你抢。"

张三踩了李峙一脚,做工考究的皮鞋上留下了一个灰扑扑的运动鞋鞋印。

确定了发小不是真的被裁员了,张三松了口气,开始专心吃饭。

"说说吧。"李峙吃完了自己这份,慢条斯理地用筷子摆弄鸡骨头,"你为什么心情这么差?"

"我有吗?"张三惊讶,"我就是被《变形金刚》难看到了,你现在和我说这块骨头是宇宙大帝我都信。"

李峙微笑。

"好吧。"张三自知瞒不过李峙,这位从小就鬼精鬼精的,现在工作了又是和各种人精周旋,看破她是再简单不过的事情,"是跳舞的事情。"

张三搁下了筷子,轻轻地叹口气:"我觉得自己已经跳得很标准了,不比任何人差,可是林月就是不满意。"

"如果明天她还是觉得我不行。"张三看着前方,目光空茫,"我就滚蛋了。"

能够感觉到李峙的视线落在她身上,张三刻意避开了对视,故作轻松道:"还好我是停薪留职,就当我去西藏自驾游净化一下心灵了……还比旅游省钱,甚至没有被晒黑。"

"——跳给我看看吧。"李峙突然开口。

张三错愕地扭脸,正好看见李峙侧身对着她,黑眸很专注地凝视着她,嘴角含笑,又重复了一遍刚才的话。

"你突然发什么疯……"张三下意识抵触,"这里都是人。"

"是呢。"李峙叹了口气,"我以前打球被你免费看了这么多回,你现在跳舞都不让我看一下,果然是我年老色衰没有魅力了。"

"哈?你自作多情。"张三说,"那不是被你硬拉着给你送水吗?"

"那我想看,就是想看,不看我彻夜睡不着觉的。"李峙很坦荡地开始耍赖,"这里又没什么人,别人看了也只会夸你跳得好看。"

张三还要拒绝,李峙又开口了,语气和先前一样温煦:"而且跳舞对你来说不是开心的事情吗?"

就和男生走在路上会突发恶疾一样原地转身无实物跳投一样。因为喜欢,所以这样。

张三微怔，随后投降一样起身，环视了一下行人稀少的周围："你最开始找地方就是打着这个主意吧？"

李峙轻笑着没有否认。

张三脱下外套，走到了空地中央。

秋风吹过来，树叶婆娑，有些凉。

她深吸一口气。

没有配乐，运动鞋落地无声，她于一片安静中起舞。

每一个手势都烂熟于心，躯体起落间带着芭蕾陶冶出的优雅，就连眼神也刻意练习过。

张三一直是个很努力的孩子。

即便顶着这个扯淡的名字，即便摆出看上去最无所谓的随性态度。

不用对着镜子，张三也知道自己的舞蹈是完美无缺的。

脑海中的音乐达到高潮，肢体陡然一转，张三回身时，却突然注意到李峙的眼神。

很认真凝实的视线，落在她的身上。

随着动作起伏，黑眸从她的伸展指尖落到飞扬发梢，又转移到绷紧的脚尖。

张三突然有种奇异的感觉。

被观赏的跳舞的她，却像是在操纵着坐在那里的他一样，一举一动牵引着他的视线和思绪，乃至眼神与呼吸。

而她也正被这视线托举，被毫不掩饰地触摸。

张三突然有些慌乱，就像是手里突然被塞了一个可以操控某个大活人的遥控器，又像是十四岁少年被要求拯救世界去开巨大人形兵器。

无比荒谬的责任和权力。

但是又莫名生起一种踏实，和某种跃跃欲试来。

因为那是"李四"，可以登堂入室的，也可以毫无防备的"李四"。

怎么样都可以的"李四"。

不用完美，甚至不需要努力，可以毫无正形的，可以抛弃一切作为社会人士所需要的乔装与修饰。

只作为她本身存在。

张三闭上眼睛。

在一片黑暗中，风声和叶声与街边传来的嘈杂都成了毫无意义的背景，她感受着自己的指尖拂过秋风，衣料划破微凉的空气，在看不见的湖面漾起一圈圈涟漪，正如鸟雀振翅。

薄薄的翅膀划过水面，机械波做着简谐运动扩散开去，如果没有风没有雨没有一切阻力，这个世界将被这样一只小鸟雀拨动。

然而鸟雀不在乎，只在意能否找到果腹的食物以及过冬的栖身之所。

张三也不在乎。

她看不见自己，然而感官却无限扩散开去。她不知自己跳得是否标准是否动人，她只是在感受，在呼吸，在顺应着自己身体里每一个细微的变化——

一股大力把她拉扯向前，轻盈的鸟雀顿时坠回人间，被锁在一个温暖又坚实的怀抱。

张三急促喘息，汗水浸湿鬓角，耳侧"嗡嗡"作响，像是被人从深水里打捞起，无数声音重新涌回耳蜗，其间最为响亮的是……

李峙的心跳。

一声比一声急切，像是要跃出胸膛。

搂在她腰间的手臂，比任何时候都要用力，已经超出了友谊的范畴。

"李、李峙……"张三慌乱道，他粗重的呼吸让她陷入不知所措，不知道是因为运动后的心跳过速还是别的什么。

李峙没有回答，甚至没有看她，极度克制地侧过脸去。

"哎哟，小年轻锻炼身体也要注意一下啊。"有大爷骑着电动车路过，手指从喇叭按钮上收回来，回头调侃，"差点就撞上了。"

还好小伙子手脚快。

张三后知后觉，望着大爷潇洒离去的背影，才发觉自己已经跳出了原定的区域。

舞幅比平时都要大，她甚至挥洒到了人行步道。

原来刚刚差点碰瓷成功，痛失半套全款房。

"差点就不用上班了。"张三惊魂未定，表现比平时都要浮夸，正如她比平时要嚣张百倍的心跳，"大爷在步道上开'电驴'，撞我他肯定全责。"

被吓到的，一定是被吓到的，更何况刚刚运动过，如果不是她的心脏被锤炼得如钢铁一般坚硬，被这么一激灵，张爱华女士直接坐收人寿保险赔付款都是有可能的。

她伸手去推李峙的胸口，语气轻松："可以了啊，注意市容市貌……"

没推动。

"嗯？"张三说。

"嗯。"李峙低声应道。

她腰上的手臂再次用力，两人的身躯彻底紧贴。李峙微微俯身低头，脸埋在她的肩颈上，呼吸温热。

张三整个人都僵住了。

谁来告诉她这是什么情况？"李四"终于疯了吗？

秋风再次吹起，头顶树叶婆娑，金黄灿烂与暗绿苍翠互相辉映，蚕食着她的感官，将思维蛮横地涂抹成一团油画颜料。

她不敢去看被浓厚颜色所遮掩住的纸面，本能地想要逃离，然而却生不出挣脱的力气。

她觉得自己离疯也不远了，眼前的一切都过于荒谬和超出逻辑，就像是被胡乱翻页快速读完的小说，里面男女主角爱得深情又恨得惨烈，像两个从精神病院跑出来的疯子。

张三绝望地想，我到底错过了什么？

罗翔老师，这题我不会啊。

"哟。"大爷又原路折返回来，看两人还抱在一起，啧啧称奇道，"感情好啊。"

"……是不是前面路口有交警在抓没戴头盔的？"张三冷静道。

大爷一拧油门跑了，阳光下他的秃脑壳油光发亮，熠熠生辉。

李峙闷闷地笑起来，他的额头抵着她的肩，笑从胸膛深处滚出来，于是带着张三也一起轻震，痒痒的。

张三垂下眼睫。

李峙手臂的力道松了些，在张三以为他要松开的时候，他又把她抓过去用力一搂，才彻底放开她，后退半步拉开距离。

"抱歉。"他笑得很诚恳，甚至看上去还有几分羞涩，"我刚刚一时被艺术冲昏了头脑。"

张三默了默："'李四'同志，你这是在违背妇女意志。"

"不算吧。"李峙说。

"怎么不算。"张三据理力争，"爷叔为我做证。"

"爷叔都跑了。"李峙不认账。

"他马上就回来了。"张三说。

李峙扬眉，下一秒就看见大爷又骑着电动车过来，只是神情不复先前的潇洒，略有焦灼。

"一般交警抓违章都堵两头。"张三说。

李峙笑着扬声道："大爷你下来推，别骑了！"

大爷会意，立刻变成了携带着电动车的行人，恢复了一身潇洒，朝李峙行了一个飞行员两指礼致意。

李峙笑容温煦地颔首，目送大爷远去。

张三盯着李峙。

"怎么了？"李峙问。

"如果你也这么敬礼，"张三说，"我们从此就江湖不见，漂流瓶联系。"

"怎么会。"李峙笑，"还是要有格调的。"

"有格调地抓着女同志的手不放，"张三说，"你作为一个有志青年不能这样。"

"怎么办，"李峙深思道，"我堕落了？"

"没有关系，"张三说，"边上就有一大会址红色教育基地，我带你去净化心灵。"

"张三。"李峙手上用力，手指慢慢挤进张三的指缝，微微弯着的黑眸一眨不眨地凝视着张三，"我们刚刚是不是说好了？"

"什么说好了？"张三往后躲，然而手却抽不出来，有些莫名的羞恼。

"如果我被裁了，"李峙说，"我就回家陪张国庆。"

"你这不是没被裁嘛！"张三仔细一想是有这回事，隐约明白了他这句话的用意，却梗着脖子不愿意合作。

"张三。"李峙喊她名字，眸子里笑意渐深，"看我。"

"干什么？"张三说。

阳光落在李峙黑眸里面，烧得他眼睛很亮，像是要开出花一样："回家。"

回家。

我们的家。

血液在耳边轰鸣奔涌，张三心脏不受控制地用力跳动起来，秋日的香气似乎变得更浓郁了，熏得她晕晕乎乎。

"我……"她像是喝醉了一样，微微启唇。

李峙专注地凝视着她，嘴角笑容柔软。

手机铃声突兀响起。

"你是我这一生想要的美丽女人，你是我这一辈子最难忘的人……"

来自千禧年的《美丽女人》跨过那充满希望和对美好未来幻想的二十余年再度登场，复古迷幻的电子音中略带一丝对于眼下场景的诙谐和挑衅。

两人陷入了沉默。

"张三。"李峙真诚道，"你确定不换一个彩铃吗？"

没有一个想要正常社交生活的年轻女性，会用这样的电话铃声。

"……这是我妈拿我手机设置的。"张三艰难地说，"专属彩铃。"

"……噢。"李峙沉默了几秒，"阿姨挺……母女关系真好啊。"

在诡异的沉默中，张三慢吞吞地接起了电话。

"三三啊。"张爱华在手机那头问，"你在哪里啊？"

"我在公司。"张三看了眼李峙，回答道。

张爱华"哦"了一声，随后开口："那个和小李手拉手的不是你喽？"

张三脖子僵硬，扭头的时候都能听见脊椎骨一节一节转动的声音。

脖子上围着红丝巾的张爱华女士隔着马路举着手机，朝张三招了招手。

第四章
为情所困

众所周知，张爱华女士是一个保守又靠谱的女人。

保守之处在于如果她知道张三和"李四"已经连狗儿子都抱上了，当下的选择无非是立地成婚或是就地正法，且正法了之后两个人还得一起埋进老张家的祖坟。

靠谱之处在于她知道作为现代人结婚应该去民政局，而且冥婚是要摒弃的封建恶习。

张三有些害怕，毕竟人很难不害怕一个具有极强行动力的强势的中年女人。

上一次这么害怕是张爱华拍板决定回老家后，三天之内连夜搬家，张三出差回来看见人去楼空的家，还以为来到了灵台方寸山、斜月三星洞，自己就是那只被菩提老祖扔下的泼猴。

"你们两个处对象啦？挺好，挺好。"张爱华笑得春风满面，抓着李峙的手拍他的手背，活像这是她的漂亮大胖童养媳，"这孩子和她爸一样，别的不行，但找对象眼光特别好。"

张三不可避免地想起了自己六任找到真爱的前男友，开始怀疑张爱华嘴里说的话的真实性，和是不是阴阳怪气的可能性。

李峙脸上的笑容完美无缺："那是三三本身就很优秀。"

他补充道："和张阿姨一样。"

张三震惊地侧目。

这人怎么喊三三喊得这么顺口，如果让她来喊四四的话，她觉得自己嘴巴都脏了，然而李峙就喊得这么亲近这么自然。

果然律师的嘴骗人的鬼，语言艺术玩得炉火纯青。看着就不像一个好东西。

"你从小就嘴巴甜。"张爱华女士被逗得"咯咯"笑，转眼看见张三正瞪着李峙，那种别人家的孩子的感觉又涌上来了，条件反射地开口，"三三！挤眉弄眼做什么怪腔！"

张三摸摸鼻尖:"我害羞。"

"阿姨。"李峙往前半步,不着痕迹地挡在张三身前,脸上有恰到好处的羞涩,"不要说三三。"

"哦哟哟,心疼了心疼了。"张爱华女士捂嘴"咯咯"直笑得花枝乱颤,脖颈上的红丝巾都鲜艳几分。

张三偷偷地踩了一脚李峙。

"哎,对了,"张爱华笑完,才突然想起什么,"你们今天放假啊?"

张三后背一凉。

然而李峙已经开口了:"三三公司电路整修,所以今天下午放假,我陪她出来转转。"

"好,这样好。"张爱华连声赞道,看李峙的眼神又多了几分满意,"和我一样会疼人。"

张三无语。

"你怎么又来上海了?"她问。

"我来一趟还要和你打报告啊?"张爱华轻轻地捏了把张三的脸,"哦哟,你又涂脂抹粉,小年轻化什么妆啊真是的。"

"你嘴唇涂得比丝巾还红,你说我。"张三没好气道。

"这孩子!"张爱华也不会真的生气,笑着嗔了一句,又开口道,"你姐姐和姐夫回国了,我去机场接接。"

"我怎么不知道?"张三诧异道,她看了眼李峙,"你知道吗?"

李峙摇头。

"是我说你工作忙,不要打扰你。"张爱华说,"过段时间回老家见面是一样的。"

张三微微皱了眉。

"小铃姐姐这次在国内待多久?"李峙问。

"她没说,"张爱华女士回忆道,"但说了回老家住几天。"

"啊,对了!"张爱华一拍手,朝着李峙笑,"小李,阿姨要拜托你一件事情。"

"嗯?阿姨您说。"李峙也笑。

"好好说说张三。"张爱华说,"我说的话她不听,你让她不要玩物丧志。"

张三呼吸一窒,李峙神色微变。

"什么年龄段该做什么事情,"张爱华说,"该拼工作的时候,又养小狗,还跳什么舞。"她冲着李峙笑笑,"三三之前的医生怎么说的,你也知道的吧?"

⋯⋯⋯⋯

回家的出租车上。

"张三。"李峙轻轻撞了撞张三的肩膀,"你妈妈是担心你。她肯定是怕我为了讨你欢心主动支持你跳舞,才这么提点我的。"

张三压着心里的烦闷没说话,探头给司机指路:"师傅往左边开,这么走快一些。"

"有点绕路啊,姑娘。"司机说。

"红灯少,不堵。"张三说。

司机将方向盘一转,拐上了左边路口。

张三往椅背一靠,揉了揉眉心,试图把烦躁压下去。

"她总是这样。"张三低声道,"姐姐也是,回国还要被管,我要是她我就死在外面也不回来。"

这就是气话了。

张三的姐姐和张三不一样,有一个相对好听的名字,叫张小铃。

她的人生也和张三不一样,她优秀、温柔,懂事,从小都不让张爱华操心,事事做到最好,整个学生生涯都没拿过第三名以外的成绩。

在学校里,如果不是张爱华女士接连出席两场家长会,也许别人都不会相信她们是亲姐妹。

"她是怕你再受伤。"李峙说。

"——那她凭什么要你管我!她一个人管我还不够吗?"张三声音情不自禁地提了上去,"我都这个年纪了要死要活和她有什么关系!"

李峙眨了眨眼。

"张三。"他轻声道。

"抱歉。"张三意识到自己的失态,轻声道歉后不再说话,扭头看着窗外。

窸窸窣窣作响,李峙把手伸过来盖在张三的手背上。

"没事的。"他说。

一下车张三就走得飞快,三步并作两步蹿上楼梯,掏出钥匙打开了门。

张国庆欢天喜地地扑了出来。

张三松了口气,弯腰捏了捏它的大耳朵:"还好还好……"

下一秒,她的视线触及屋内,呼吸顿住。

"……我的舞衣。"她说。

原本晾在阳台上的衣服都已经被张爱华叠好放在床上,只有舞衣还在外面摇曳。

张爱华没有碰,更没有收回来。

"……我好像错怪我妈了。"张三和李峙说,"我还以为她要把狗送走,把舞衣扔掉。"

李峙拍了拍她的脑袋："不怪你。"

"长大就是好。"张三蹲下去揉揉狗头，很没坐相地瘫在地上，"如果是高中生的话就会被处理掉了。"

"毕竟你已经二十五岁了。"李峙蹲在她旁边，捏捏狗尾巴，"又不是十五岁。"

"你好意思这么说！"张三一听就不爽了，"你刚刚也很紧张对不对？"

李峙默了默，把自己的袖口从张国庆嘴里扯出来："毕竟我很胆小。"

张爱华生张三的时候属于晚育，张三最为叛逆的青春期正好撞上张爱华最为暴躁的更年期。

都算不上温柔的母女俩隔三岔五天雷勾动地火大吵一架，偶尔还有锅碗瓢盆被摔出来的巨响，把住在隔壁的李峙（自称）吓得躲在被子里一边掉"小珍珠"，一边辗转反侧彻夜难寐。

最严重的一次是张爱华从衣柜里发现了张三藏起来的舞鞋和练功服，两人吵得嗓子都哑了，最后以那一兜子衣物被从三楼抛下去告终。

"什么年龄该做什么样的事情！"那个时候张爱华也是这么喊的，一字一顿，手指用力地戳着张三胸口，"和你姐姐学一学！"

"其实现在想想，衣服扔就扔了，也不是买不起。"张三搓着张国庆的脸，"主要就怕我妈把狗从五楼扔下去。"

"这也太残暴了。"李峙笑，"你妈妈知道会伤心的。"

"不能怪她。"张三说，"它前几天半夜长嚎的时候，我就想着和它一起从五楼跳下去算了。"

对于别的小狗说这种威胁或许过于残忍，但是对比格犬不会。

比格犬值得。

"等一下。"张三动作一顿，突然意识到了某个盲点，视线转向床单上叠好的衣服。

柔软的针织衫下面，压着挺括的男士衬衫。

"……我妈妈知道你住我这里了。"张三僵硬道。

李峙揉了揉眉心。

张三绝望地把脸埋在李峙的背上："完了，马上全世界都知道了。"

按照张爱华女士的信息传播能力和惊人的后期篡改水准，罗翔老师知道他们终于还是违背了当时检讨书上的承诺，十分嚣张地共同作案也就是时间问题。

"感觉罗老师知道的时候，消息已经会被传成我们二胎的满月宴办在花园饭店。"李峙冷静道，"猜猜是谁没有被邀请来这个超棒的派对？原来是罗老师。"

张三发出一声呻吟。

"当时我还和罗翔说，我削发为尼出家都不会和你沾上半点男女关系……"她戴上痛苦的面具。

"你算好的。"李峙说，"我当时发誓说一辈子谢顶。"

张三叹为观止："好狠的男人。"

"人啊！"李峙感叹，"就是要豁得出去。"

"我觉得我们还是很清白的。"张三说。

李峙扬眉刚要接话，两人的手机同时响起。

张三和"李四"对视一眼，各自忍着笑接起了电话。

出乎张三的意料，电话那头是苏啾啾，兴高采烈地叽叽喳喳了一堆，张三费了半天劲才梳理清楚她在说什么。

听明白的瞬间她失笑，"李四"这人一向玄乎，没想到这次又应验了。

舞蹈教室电路故障停电检修，下午放了假。

"我们去看电影吧！"苏啾啾在电话那头很兴奋，张三忍不住回想，自己高中放假半天是不是也激动得像是看见狗粮的张国庆，"我来请客！"

……好像是的，毕竟高中的时候下场大雨全班都会一起挤到窗户边上看。

啊，青春真好。

即便如此，陷入回忆的张三还是很冷静地说："你是不是还约了别人？"

苏啾啾心虚地沉默几秒："就……还有祁寒。"

张三："……不去。"

"为什么？"苏啾啾一秒破防，"你下午又没有什么事情！"

"因为未成年人不可以谈恋爱。"张三露出了邪恶的微笑，虽然她没淋过雨，但是她也要把别人的伞给撕烂。

"谁、谁说要谈恋爱了！"苏啾啾炸毛。

"没有。"张三也不逗小孩了，"我昨天看了一部不好看的电影，这两天暂时不想看片子。"

苏啾啾有些郁闷地挂了电话。

张三收起手机，回头看李峙还在通话中。

他的对话内容显然不像张三那样轻松愉快，眉头微微蹙着，眉眼压得很低，用词简短到只有"嗯"和"啊"。

对面说了什么，李峙颇为忍耐地合了一下眼，把眼镜摘下来搁在边上，手往口袋里探去——

像是猛然想到什么，他侧脸看了眼张三，手从裤袋边离开，伸过去拨弄了下她的刘海。

手被张三一把拍开,她用眼神示意他不要动手动脚的。

李峙也不恼,接着讲电话。

张三犹豫了片刻,就着坐在地板上的动作往李峙身边探了探。

李峙用诧异的眼神看着她。

张三从他裤兜里摸出了一包只剩小半的白沙,抽出一根,垂着眼睫打量。

等李峙打完电话,她把烟推回烟盒:"李律很有财力啊。"

"我抽得又不多。"李峙笑,伸手要把烟拿回来,被张三躲过去,无奈道,"结了婚这点烟钱总得给我吧。"

"这个容后再议。"一听李峙提起结婚这事,张三就头皮发麻,把烟盒扔回李峙的怀里,"别老结婚结婚的,多暧昧啊。"

"什么时候议?"李峙眯起眼睛笑。

张三不吭气了,朝张国庆招招手:"来,妈妈抱抱。"

李峙起身,伸了一个懒腰,语气带了点烦闷:"我去下律所。"

"嗯?"张三一愣,"不是说没什么事情吗?"

"这种东西都是说什么来什么。"李峙说,"开庭日程临时变动,当事人又作妖,材料好像也出问题了,我去看看情况。"

张三对此深有同感,她放下张国庆:"那你去洗把脸,我帮你叫车。"

"还是媳妇会疼人……你轻点,我医保还没转回来呢。"李峙被张三一脚踹进了卫生间。

流水声"哗哗",李峙弯着腰捧水洗脸。张三订好车后也跟进来,靠坐在洗衣机上:"你今天几点回来?"

"嗯?"李峙有些错愕地看她,"你晚上有事情?"

"哦。"张三面无表情,"问清楚你的日程我比较好约小白脸来偷情。"

李峙洗脸的动作顿了顿,几秒后才拧上水龙头,从镜子里定定地看着张三。

"张三。"黑眸里映着张三的脸,一向让人如沐春风的眸子里难得没有笑意,他道,"我不喜欢你说这种话。"

张三沉默几秒,把毛巾扔到他脸上:"谁管你喜不喜欢啊。"

李峙不闪不避,毛巾甩在脸上,又落到了洗脸池里,浅蓝色的柔软布料慢慢变深。

他安静地看着张三。

张三别过脸:"我也不喜欢你抽烟。"

李峙捞起毛巾,指节拧过湿透的褶皱,水声淅沥。

"我会戒。"李峙轻声道。

"那你早点回来。"张三说。

"是做什么呢?"李峙又笑起来,跟着张三走出卫生间,把西装外套穿上。

"看《变形金刚5》下半段。"张三把围巾拿给他,"所以早点回来。"
李峙垂下眼睫凝视她几秒,温煦地微笑道:"帮我围。"
"滚。"张三把他踹出了门。

事与愿违往往是人生的底色。
李峙这一出门就是一去不回如羊入虎口,材料文书以及杂乱的电话将他压在律所,活像被雷峰塔镇在西湖的白素贞。
别说看《变形金刚》了,"李素贞"连喝口水都没有时间,一杯浓茶从滚烫放到毫无热气,喝到嘴里已经变成又苦又凉连中药都不如的阴间风味。
一阵如灾难性的手忙脚乱中,李峙产生了一种想法——擎天柱真是一个好同志。
换作是他,这个世界早被毁灭无数次了。
然而,此刻张三正在小房间里承受另一种灾难。
把李峙一脚踹出门后,整个单间冷清了不少。
幸好还有张国庆,在那里一边偷看张三的脸色,一边咬着李峙的拖鞋。
"别咬你……"张三卡了下壳,干脆把拖鞋用力抽出来,"李叔叔的鞋。"
把狗咬绳塞进张国庆嘴里,张三突然产生了一种明媚忧伤的惆怅。
如果要形容贴切一些的话,是单身母亲看着自己傻儿子,和一位热烈追求者的为情所困的一种惆怅。
不可辩驳的一点,她顶着张三这个名字从小到大,像无形中被剥夺了多愁善感的权利。
比如一份满是少女情怀的日记,它的落款可以是苏啾啾,可以是吴语,可以是软软绵绵枝枝娇娇。
但一旦写上了张三的名字,看上去就像某个伪装成日记本的犯罪手册。
也正因为此,她像滑稽剧一样的爱情之路并没有在她身上留下任何伤痕。
可现在情况有微妙的不同。
如果张三此刻生活在影视作品中……不是《今日说法》,也不是《守护解放西》,而是那种镜头朦胧摇晃配着小语种抒情歌曲的文艺片里的话,现在应该会响起她的内心独白。
"我必须考虑,这是不是我此生唯一的机会……"
去把自己的发小当作一个男性去看待。
这一步一旦踏出去,就再难以回头。

吴语是张三毋庸置疑的最好的朋友,但李峙在某种程度上,比吴语在她生命中存在的时间更长,意义更加深远。
张三不喜欢煽情,但如果问她,她不得不承认,李峙同样是她最好的朋友。

然而她现在生活的混乱很大一部分都源于她最好的朋友李峙向她提出了求婚。

都不需要仔细想想也会觉得很奇怪，虽然先婚后爱经常出现在文学作品里，而且是一种经久不衰的热门题材，但是人物设定上出现了些许偏差。

张三毕竟不是娱乐圈的大明星，李峙也不是影帝或者政界大佬。她不是富家不受待见的末位千金，也不是面临家族破产危机的旗袍美人儿，李峙更没有往手腕上绕几圈佛珠的习惯。

他甚至不是京圈的，在北京属于外来人士，念大学时挂靠的是集体户口，念儿化音的时候偶尔还会加错地方。

但李峙就是向张三求婚了，更离谱的是她还答应了。

虽然结婚未遂，但当事人仍然有强烈的遂行意图。

这会不会在某种程度上，也许，可能，不可以排除掉这个可能性——

他对她有好感？

这个可能性闯入脑海里的时候，张三一哆嗦，她甚至有些忧愁。

"李四"是不是被夺舍了？

很难有人会对小时候一起穿一条裤子的同伴产生男女之情，但是按照"李四"这人的变态程度，似乎也在情理之中。

大学四年，皇城根天子脚下，"李四"到底发生了什么，才能一路发展成一个真正的不折不扣的变态，甚至不惜对与自己穿一条裤子的发小出手。

张三忍不住拿起手机，给李峙下单了一款三块九包邮的男士佛珠。

希望不要掉色。

想了想，她把购买记录截图下来，发给李峙。

也懒得等他回复，张三把手机往床头柜上一放，抱着张国庆往床上一坐。

上床，睡午觉。

天大地大睡觉最大，李峙再变态，总归还是那个"李四"。

张三这一觉睡得天昏地暗，再醒来的时候窗外已经华灯初上，有放学的高中生按着车铃弯过弄堂。

张国庆窝在她枕头边，轻轻地打着小呼噜。

张三打着哈欠起身，伸手去摸手机，视线聚焦的瞬间瞳孔"地震"。

手机屏幕上充斥着数不清的未读信息，其中还夹杂着几个未接来电，最为醒目的来自吴语小姐的。

十二个未接听记录，手机智能助手贴心地询问要不要把该来电标记成骚扰电话。

张三连忙回拨过去。

电话只响了两声,吴语就接了起来:"张三?"

"是我。"张三紧张道,"你怎么了?"

"我?"吴语诧异,"我没怎么,问题难道不是在你身上?"

"我?"张三放松下来,打了个哈欠,"我怎么了?"

"出了这么大事情,你居然在睡觉?"吴语不可思议道,"你真是干大事的女人。"

张三说:"这里不用三十秒广告,你有事情能不能直接说。"

"哦。"吴语声音里有一种诡异的淡定,"你妈问我能不能年前请假给你做伴娘。"

张三:嗯?

"冒昧地问一下,我老公是……"张三谨慎道。

"不是,"吴语没绷住,"你除了李峙还有别的男人?生活作风要注意啊,张三小姐。"

"主观意愿上没有。"张三说,"包括李峙也是有待商榷,但是很难保证我和我妈的一致性。"

"是李峙。"吴语说,"你妈让我和你商量一下要不要再叫几个伴娘,分享你们的幸福瞬间。"

张三揉了揉眉心:"你……没试图阻止她吗?"

"你知道的,"吴语饱含同情道,"和你妈妈讲话时插嘴是一个体力活。"

而吴语是一朵娇花。

"我的老天。"张三也陷入了一种诡异的淡定,"她是什么时候打给你的?"

"下午四点半。"吴语说,"她几点知道的?"

"一点左右。"张三冷静中带着一丝看淡世事的平和,"看来她已经把别的阿姨都通知到位了,才想到你。"

"理解。"吴语说,"毕竟结婚是父母的养成成就展示活动,肯定是先通知自己的朋友。"

张三无声地尖叫。

"你和李峙内部消化了?"吴语说,"我就说那小子看你的眼神算不上清白。"

"你放屁,"张三说,"他看张国庆的眼神也一样深情款款拧得出水。"

吴语不置可否地哼笑一声,电话那头传来模糊的人声,她捂着话筒答道"马上就来"。

"你先去忙吧。"张三说。

"那你自求多福。"吴语说,"你和李峙郎才女貌,豺狼虎豹,其实也挺狼狈为奸的。"

张三觉得吴语的文学造诣不容乐观。

挂了电话,张三查看了一下信息,绝望又平静地发现,全都是来问她婚讯的。其间社交跨度从小学隔壁班同学到某一任前男友的母亲,可见张爱华女士的宣发能力卓尔不凡。

事已至此,张三已经进入了一种出奇的平静中,这种平静从她幼儿园时看见电视机里面打着马赛克化名为"张三"的犯罪嫌疑人绵延至今。

都活到现在了,总不能去跳楼。

张三草草扫了一遍各式信息,挑出几个比较重要的客套回复一下,随后点开了李峙的对话框。

消息栏最上面还是她发给他的三块九毛钱京圈太子爷同款佛珠截图,只不过是染色大理石,温馨标注尽量避免孕期佩戴。

想必李峙也没有这个烦恼。

李峙回复了她一个问号,随后也给她发了一张截图,商品详情是一件包邮十九块九的旗袍。

沪上旗袍美人张三和京圈清冷佛爷"李四"。

天仙配。

两人身上的装备加在一起都凑不够双十一满减。

张三捂着额头笑出了声,她诡异地想着,崩溃到极点人的笑点就会变低,这就是笑对人生的真相吗?

好像也没什么过不去的,尤其是同谋是她最好的友人。

消息页往下一滑,李峙又来了条新消息:醒了给我打电话。

张三索性就着趴在床上的动作给李峙打电话。

李峙接得很快,电话那头有他的脚步声和逐渐远去的交谈声:"张三。"

"哎。"张三应了一声,犹豫几秒,"抱歉,我妈给你添麻烦了。"

"没事。"李峙那头安静下来了,"你怎么样?"

"怎么样?"张三重复了一次,"就这样。我妈妈有没有和你说什么?"

"她问我婚宴要办在花园饭店还是回你老家?"李峙低低地笑。

张三抓着头发静音尖叫。

电话那头传来几声轻微清脆的"咔嗒"声。

张三警觉:"你是不是又抽烟了?"

"我没有啊。"李峙的声音听起来很无辜。

"放屁,我都听见了。"张三说。

"嗯?你等我一下。"李峙挂断了电话,几秒后,手机弹出了视频电话的通知。

张三接起视频。

手机那头李峙站在路灯下，暖黄的灯光落在白衬衫上，眼底亮亮的，笑盈盈地给她展示自己手里的圆珠笔。

拨弄开关的时候，"咔嗒"一声。

"我哪次不是说话算话。"他说。

张三有些不自在地对着镜头整理了一下自己的刘海。

李峙很夸张地把手机往远处挪了挪："注意直播尺度啊，张小姐。"

"我睡衣纽扣都扣到甲状腺了。"她没好气道，"什么尺度不尺度。"

"我心脏，所以我看什么都脏。"李峙说，"我是一个要和工作彻夜抵死缠绵的青年，你不要撩拨我。"

"神经病。"张三说，随后又生出了点微妙的忸怩，"你和我妈妈怎么说的呀？"

"噢。"李峙温和地笑笑，"我和她说我们的关系暂时还没到考虑办婚礼的地步。"

张三一怔。

"什么？"她坐直了身子。

"被大骂了一顿。"李峙摸摸鼻尖，又眼睛一弯笑起来，"我对不起你老张家的列祖列宗，和张家掌上明珠都睡一张床了，还不想负责任。"

"可……"张三张了张嘴。

"总不能让阿姨真的订酒店吧？"李峙说，"咱们两个聊领证是一回事，让阿姨大张旗鼓地办婚礼又是另一回事。"

再这么发展下去，明天估计连喜糖都订好了。

沉默几秒，张三感叹道："你真是一个好人。"

混乱的闹剧被暂时中止下来，以李峙被骂得狗血淋头为代价。

"知道就好。"李峙闷闷地笑，把圆珠笔重新插回胸前的口袋里，"那能不能帮好人闪送一点换洗衣服，好人想做香香男人。"

"好。"张三回过神来，突然着急，"你快点回去！晚上这么凉你就穿一件衬衫！要死哦你。"

"还是媳妇……"李峙话还没说完，就被张三一把挂断了电话。

她把脸埋进张国庆的肚子里，脸颊有些发烫。

手机一振，李峙把律所的地址发给她。

张三盯着手机屏幕几秒，犹豫了一会儿，终于下定了决心。

"你怎么来了？"李峙接到电话，小跑出律所，看见等在路边的张三，语气惊讶。

随后他作势要解脖子上的围巾，被张三阻止。

"我不冷。"张三把装着换洗衣服的塑料袋递给李峙,"我看现在是夜宵运送高峰期,叫闪送比较难。"

所以她骑着自己的"小电驴"就来了。

"这样。"李峙也不客气,接过了塑料袋,"那你早点回去。"

张三皱起眉。

"天这么凉,"李峙无奈地笑笑,"你又穿这么点。"

"春捂秋冻你懂不懂。"张三说。

李峙无声地笑,扶了扶眼镜没说话。

张三垂下眼睫,拨弄了两下电动车车灯开关,远光近光切换几下,照亮脚下一块地面。

"我就是……"她小声说,"我有点想见你。"

张三低着头,说完这句话就抿住唇,更加不敢抬头了。

等了几秒钟还没有回音,张三心里一沉。

完蛋,看起来是她自作多情了。她还是尽快离开这里吧。

突然间,脸颊上传来了轻微的拉扯感。

张三抬眼,看见李峙的眸子正亮亮地盯着她。

他又捏了一下她的脸,黑眸微微弯着:"这话对多少个好哥哥说过了?"

"你别逼我用电动车撞你。"张三说。

"那能不能抱一下?"李峙问。

张三没吭声。

李峙探身过来,轻轻地环抱了她一下。

他拍拍她的脑袋:"快回去吧。"

随后李峙忍不住笑:"下次搞这种浪漫的事情的时候,能不能先把头盔摘掉?"

"我遵纪守法。"张三说。

张三回到家,张国庆欢天喜地地扑过来迎接她,尾巴摇得和起飞了一样。

"……你这次又拆了什么?"张三叹口气,把张国庆抱起来。

视线投向屋内,李峙黑色的行李箱摊在房间中央,暗色内衬露在灯光下,杂物被拖行了一路。

看起来这次遭殃的是行李箱。

"下次不许了。"张三拿拖鞋轻轻拍了两下张国庆的屁股,"去一边玩吧。"

随后认命地开始收拾。

李峙带的行李很简单,基本上就是换洗衣物。他在北京的其余家当都被装进纸箱,和同事的一并寄到了位于郊区的员工宿舍,只有证件和贵重物品随身携带着。

张三把户口本给他塞回内衬口袋里,没忍住翻开看了一眼。

常住人口登记页上面铅字印着李峙的名字和身份信息,户主身份往下数几行是婚姻状况,未婚。

李峙,男,汉族,籍贯上海,183cm,血型 A……足以翔实描述一个人身份的锚点被铅字印下,又被敲上象征公权力的印章,从此在浩如烟海的公民数据库中留下身为"李峙"这个存在的信息。

张三摸摸纸页,突然产生了一种奇异的陌生感。

这寥寥几个字,是大活人李峙的存在象征,在某种意义上,比他本人更具有法律效力。

可这又不是李峙本身。

话说回来,原来李峙是 A 型血?原本看李峙这种花蝴蝶样,她还以为他是被互联网星座博主声讨最多的 O 型天蝎座。

他到底还有多少惊喜是她不知道的。

张三突然涌起一股强烈的好奇心,她和李峙太过熟悉,但这些日子又发觉他分明有许多她从未见过的面目。

比如相处快二十年,她第一次知道原来李峙和人拥抱的时候喜欢揽腰,而且体温这么高。

尽管并不讨厌,但……总让人很在意。

张三没有什么罪恶感地以整理为由头翻起了李峙的行李箱,很快发觉这小子既铺张浪费又勤俭持家。

铺张浪费的点在于外穿的西装衬衫一摸都是好料子。

勤俭持家的点在于内穿的老头衫都洗得半透明了,甚至背后还有个小破洞。

显然是穿出感情舍不得扔了。

看起来李峙起码近期是真的没有任何男女关系。

不然两个人干柴烈火往床上一躺,这厢"李四"帅气地单手扯领带脱衬衫准备化身禽兽,小姑娘一看,衬衫下面是老头版纯欲吊带。

再伸手一摸。

嚯,还是渔网蕾丝款。

这叫一个地道。

李峙的行李箱底部还装了两本厚厚的笔记本,张三随手打开,错愕地发觉一本是账本,一本是日记,红、蓝笔迹密密麻麻。

她立马合上。

人不能,至少不应该这么随意去窥探对方的隐私。

原来李峙是那种会用纸笔来写日记和记账的老派男人啊。张三一边收拾一边想，这还真看不出来。

手机一振，李峙给她发短信，问她到家了没。

张三回复自己安全到家，然后接着收拾行李箱，把杂物归拢到一起。

余光看见张国庆嘴里咬着的东西显然已经不是狗咬绳，张三警觉道："松口！"

张国庆眼睛一耷拉，连忙低头准备遁走，被张三一把揪住尾巴。

"你要死哦，什么东西都敢吃。"张三一边数落，一边娴熟地抠它的嘴，"这次又是什么？咦。"

她迟疑地看着被咬烂一个角的小纸盒。

正红色的包装，里面的东西已经被咬破一片，米黄色的橡胶露了出来。

张三不是偶像剧女主。

因此她不会发出很天真的感慨——"这是气球吗？"

她只会叹为观止。

李峙，一个永远会不断给人带来惊喜或者惊吓的男人。

居安思危，思则有备，有备无患。做应急准备，保安全无忧。站在新时代的起点，唱响健康婚姻生活的最强音……

——神经病啊！

张三崩溃地想把这盒东西扔出去，临到扔的关头，又想起这里还有一只虎视眈眈的张国庆，又连忙止住动作。

仔细一看，居然还是大容量装的，封皮上写着大大的十二枚装。

神经病啊！张三抱头无声尖叫，他竟然！到底是想多有备无患啊！

这小子，果然不是一个好东西。

这么想着，她下意识地把里面的小包装都倒出来。

"嗯？"张三一愣。

她对数字算不上太敏感，但是眼前的数量显然离十二太远，一片片点过去，也才八片。

不会被张国庆当口香糖嚼了吧？

张三连忙抓过张国庆，掰开它的嘴巴，仔细检查了没有可疑的碎片，又趴在地上，没有找到失踪的四片。

她不死心地又把衣物都翻了一遍，很难以置信却又无法回避地确信了一个事实。

这盒套子是拆过的，确实只有八片。

……不是吧。看起来真的有人好蕾丝老头衫这一口。

张三捏着盒子，心情十分复杂。

搁在边上的手机又一振，张三颤颤巍巍地拿起手机，发现又是李峙：我明

天尽量早点回来^ ^

张三盯着那个微笑表情，越看越觉得一股邪火涌上来。

他还说自己是处男……装什么纯，老黄瓜还想刷绿油漆。

张三冷漠地回复：你死外面吧。

正在绝望加班中的李峙：嗯？

害羞了？他茫然地想，原来张三是傲娇型的？

有点可爱。

"李律。"一起被迫加班的同事抬起头，沉默了几秒开口，"你笑得好荡漾。"

"嗯？有吗？"李峙笑着抬眸，很风骚地撩了一下自己的小鬓毛，"我们恋爱中的男人就是这样的。"

但再给张三发消息时，"李四"发现自己被拉黑了。

"李四"：嗯？又是哪个步骤出了问题？

"这也是你们情侣间的小把戏吗？"同事很大大咧咧地凑过来，正好看见李峙对着屏幕上的红色感叹号摸摸鼻尖。

"你不懂。""李四"很费解，但是"李四"嘴硬，"她超爱。"

"你不要自我催眠。"同事说，"二十六岁的单身人士没有资格这么自信。"

"王武。"李峙熄灭手机屏幕，温和道，"你现在很闲？"

"不闲。"和李峙一起搬来上海律所分部的王武很诚恳，"但我想看笑话。"

"很闲的话就把这份材料对了。"李峙把厚厚一沓文件递给王武。

"不是吧，哥哥。"王武哀号，很衰地往后一瘫，"好无聊啊做这个。"

"要不你来跟我换一下试试看？"李峙微笑着展示了一下自己的电脑屏幕。

王武对着密密麻麻一片的显示屏咋舌，像看见什么脏东西一样捂着眼睛："我不看，我感觉我眼睛脏了。"

"所以你快点做。"李峙看了眼手表，"我半小时后要。"

王武安静几秒，突然怀念道："我想赵柳了。"

"怎么了？"李峙问。

"那种和他一起被你奴役鞭笞的感觉，"王武说，"好爽好喜欢好欲罢不能。"

李峙沉默几秒，谴责地从电脑显示屏前抬起眼："你好骚啊。"

"一个宿舍睡不出两种人。"王武抛了个媚眼，"加油啊小处男，争取赶快用上我送你的小礼物。"

李峙低低地笑："决定权又不在我手上。"随后他揉了揉额角，"而且你要送，送你用剩下的算什么意思呢。穷成这样？"

"嗨，这不是我老婆还在北京嘛。"王武挥了挥手，"作案工具放着也是放着，还不如支援给有需要的人。"

"我谢谢你啊。"李峙说，随后伸了个懒腰，"快点弄吧，我回去还得哄老婆呢。"

"啧啧啧，这就叫上老婆了。"王武指指点点，"当时看她谈恋爱恨得在阳台上抽烟，还叫我跟老赵过来陪两根，现在春风得意着呢。"

"你还有二十五分钟。"李峙瞥了眼屏幕右下角的时间。

王武惨叫一声开始干活。

李峙在这里疯狂加班，张三在家里盯着那盒剩下的东西生闷气。

好烦，好讨厌。

这人怎么……这样呀？

居然还就这么大大咧咧带出来，她看上去就这么……心胸宽广吗？

死渣男。

张三在心里把"李四"骂了一顿，又安慰自己：明天要考核了，不要为狗男人生气，这不值得。

而说到底——她干吗生气？他们又不是什么情侣关系，清清白白的，什么都没有。

最开始也是说得好好的，只是为了张国庆和升职进行的求婚，甚至现在连结婚证也八字没有一撇。

什么也没有。

张三把盒子放在桌上，面无表情地起身去洗澡刷牙，关灯睡觉。

房间陷入黑暗中，过了几分钟，张三又猛地翻身起床，"噌噌噌"走到桌边，把盒子用力地扔到垃圾桶里。

狗男人。张三咬牙切齿，心道：我再也不理你了。

这一觉张三睡得比想象中的要沉，几乎是没有梦的长眠。

张三保持着这个好心情来到了舞蹈教室，其余学员也都到了，早早开始热身进入状态。

苏啾啾难得来得这么早，在更衣室里一边盘头发，一边眨着清澈的大眼睛和张三搭话："小张姐姐。"

"早。"张三瞥见她青春而未着衣物的身体，有几分不适应地转过脸去，"快点换衣服，天冷了。"

"哎呀，都是女孩子害什么羞。"苏啾啾嬉笑道，"林月不是最喜欢强调身体之美吗？"

"虽然是这么说。"张三也开始换衣服，垂眸看了眼自己脚背上的伤，"但这是她的艺术风格和主张，跟你不穿衣服到处跑是两回事。"

林月是跳现代舞的，风格强烈又独特，就像她暴烈古怪的性格一样。

尊敬推崇她的人会说这是艺术家的清高，而不喜欢她的人就认为这是哗众取宠,是一个浮夸的老女人。

"她前几年脾气更差呢。"苏啾啾对着镜子漫不经心道,她抬手绾发,每一根肌肉的走向都是向上攀升的,带着青春甚至是野性的美,肆意又不自知地展示着自己的年轻,"现在是快要死了,所以其言也善。"

张三的发绳断在手里,她重新取了一根发绳开始盘发:"你胡说什么。"

"真的呀。"苏啾啾的语气一如既往的天真甜蜜,却又换了个话题,"你知道昨天我和谁去看电影了吗?"

"和祁寒?"张三问。

"他不和我去看。"苏啾啾捧着脸,脸上满是少女的烦恼,"他说不能和未成年纠缠不清,明明只是看个电影而已。"

"他是个好人。"张三感叹道,"看着像个冷漠酷哥魅惑狷狂类的,没想到还挺有原则的。"

苏啾啾拍了她一下:"讨厌。"

"你们两个让让。"又有人走进来,带着一股强烈的烟味。

张三回头,看见林月正一脸不耐烦地看着她们。

张三连忙拉着苏啾啾让开。

林月占了正对着镜子的位置,干脆利落地褪下衣物,露出自己的身体。

张三呼吸一窒,被刺痛了一样别过头去。

和先前看见苏啾啾的羞涩不同,这次是强烈的视觉冲击。

苍白干燥的皮肤下肌肉纤维已经随着岁月变得绵软,因地心引力而每日离土壤越近,浅褐的老年斑在身体各处开花,每一天都更接近于入土的瞬间。

"还不快去。"林月赶她们,准确来说是赶苏啾啾,"衣服穿上,看什么看。"

苏啾啾嬉笑着穿衣服,张三又摸了摸自己的头发。

眼尾不经意看见林月也在绾发,灰白色的发丝从指尖掉落,过分的多,落在地上萎靡不振的一小团。

"还有你。"林月突然开口。

张三悚然一惊,才意识到林月正从镜子里紧紧盯着她,眸子亮得像正在猎食的鹰隼。

这么亮的眸子,不应该出现在这样一具正在枯萎的躯体上面。

正如任何一个惜命的人,都不应该摄入这么多尼古丁。

张三恍惚觉得她像是烟花,以暴烈绚烂的光与声来宣告自己即将到来的无声的朝着永夜的坠落。

林月死死盯着张三,吐字清晰。

"今天要是再跳不出来,就给我滚出去。"

张三落荒而逃。

等人到齐了，林月穿着白舞衣姗姗来迟，一手夹烟一手端咖啡，靠在桌边喊开始。

学号排第一的学员已经站到了舞坪中央。

张三强迫自己冷静下来。

等轮到学号末位的她还有不到一小时，她必须在这一小时里面，找到能够让自己留下来的机会。

她紧紧地盯着舞动的学员，又时不时去看一眼拿着记分板的林月，试图寻到打分的规律。

一舞毕，林月简单地"嗯"了一声，喊了下一位上去。

完全看不出，张三心脏飞快地跳起来，生出一种死到临头的绝望感。

她就像是高中毕业多年突然被传送到高考考场的文盲，仔细一看上面的题目是在问你红烧肉加上嫩黄色可以得到多少月亮当量，一头雾水的同时边上的考生都在奋笔疾书，而且有个旁白在恶魔低语说如果考不合格你的工龄全部吊销并且没有应届生身份。

思绪飞转，舞者鞠了个躬，喘息着下了台，苏啾啾走了上去，冲着林月轻松一笑。

——"你不是喜欢跳舞吗？"

突然间，李峙的声音闯入脑海，连带着当天下午灿烂的秋日阳光。

青年眼神认真："你不喜欢吗？不开心吗？"

"你……试试看享受一下？"他温和地说，"跳给我看，也跳给你自己。"

张三呼吸微窒。

试着享受一下。

她跳舞一向很专心很拼命，力求每个点都恰到好处做得出彩，享受这个词对她来说过于素质教育，属于无法触及的高层建筑。

但是……如果她今天过不了考核，马上就会被赶出舞团。

或许这是她最后一次这么近距离地去接触这些年轻又美丽的舞者。

张三深吸一口气，把视线落在苏啾啾身上。

轻柔的乐声响起，苏啾啾肩膀往上轻盈一提，开始起舞。

一舞毕，张三近乎热泪盈眶。

她以前怎么没有注意到过？这个傻白甜到近乎愚蠢无知的少女，原来能够跳得这么柔韧这么投入？

接下来是祁寒，是小耶，是她并没有费心记住的同僚们。

张三像是被搁置于干旱环境大半年的吊兰一样，用力乃至贪婪地吮吸着水分，目光一刻也舍不得从他们身上挪开。

原来一向板着脸的祁寒的舞蹈语言是这么丰富多彩，而被语言限制住的小耶又是这么沉静而坚定,像鲸鱼的脊梁。

张三恍惚感觉自己像是失聪多年的聋子,在这一天,第一次听见了风与海的声音。

"张三。"林月喊她。

被喊到第二声的时候,张三才回神,低头飞快地在眼角擦了擦,走上了舞坪。

她久久地直立着,合着眼睛。

张三听见自己的心跳,听见自己的呼吸,感受着指尖垂于身侧。

她又想到了李峙,黑眸是这么安静地看着她。

不是为了评判她的舞技,甚至都不是为了欣赏艺术。

他只是……是什么?

不要紧。哪怕被舞团赶出去,做一个落榜生,但她还能跳。

甚至她还有一个沉默只会鼓掌的观众。

以布满旧伤的脚尖点地,张三扬起手臂起舞。

她听不见音乐,她以自己的呼吸记拍,视野变得一片模糊。她把自己抛起来,进入了绕着世界一圈一圈奔涌穿行的风,又用肢体与那不止步的气流缠绵。

在略为眩晕的旋转中,张三从未这么清晰地感知到自己的存在。

旋转完最后一圈,张三收步,完美地回到了教室中心。

模糊的视野重新归于正常,又有剧烈运动后的恍惚感,张三喘着气,和林月对视。

林月也盯着她,如鹰的眼睛里看不出什么神色。

张三微微扬起下巴,正如十岁那年在少年宫里骄傲的小天鹅。

"嗯。"林月最后简短地说道,"今天就到这里,下课。"

都等不及林月走,苏啾啾一下子扑上来,抱住了张三。

"小张姐姐,我从来没见你跳得这么好过!"她开心地说。

张三笑了,她懒洋洋地推了下撒娇的少女,有种松弛的幸福感涌上来:"都是汗。"

张三说:"一会儿出去吃烤肉吧,我请客。"

"哎?真的吗?"苏啾啾狐疑道,"我很能吃的。"

"成年人这点财力还是有的。"张三笑着把她从身上扯下来,朝祁寒和小耶点头,"你们也来。"

四个人换回常服,经过了决定命运的大考,尽管结果未知,但都心情很好地走出了教室门。

刚踏入秋风,张三若有所感地抬眸,看见有人正穿过马路朝她走来。

李峙弯着眸子温和地朝她笑,步伐轻快,风吹过他围得松垮的围巾,露出有些皱巴巴的衬衫领子。

他没有回家换衣服。

张三一愣。

"哦,是你那……"苏啾啾反应过来。

李峙在他们面前站定,未语先带三分笑。然而没等他开口,张三冷静道:"我不认识他。"

李峙因为过于茫然,以至于脸上的笑容都僵住。

"我们走。"张三不理他,绕过他就往前走。

苏啾啾挽着张三的胳膊,看热闹不嫌事大地捂嘴笑着。

祁寒一向面无表情,酷哥双手插兜抬脚就走。

只有小耶,金毛大男孩上下扫视了一下断线重连中的李峙,突然露出一个灿烂的笑容。

"你惹三三生气了是不是?"他兴高采烈地说,咧出一口白牙。

"三三?"李峙说。

张三愤怒地回头:"嘴巴给我闭上!"

小耶指了指自己闭成一条直线的嘴巴。

"不是说你!"张三一跺脚。

李峙举起双手做投降状。

张三说完转身就走,走得气势异常汹涌澎湃。

四个人一起走到烤肉店,此时是上午十一点钟,正好赶上开门营业第一波。

服务员走出来,笑眯眯地迎接:"四位?"看见落后两步的李峙,话音有些迟疑,"……五位?"

另外三人都看向张三,张三在原地犹豫几秒,气急败坏道:"让他坐宝宝椅上。"

服务员:啊?

"对不起。"张三回神连忙道歉,"有稍微大一点的桌子吗?现在还没到饭点,位置比较空吧?"

"有的有的。"服务员引着他们到了一张八人聚餐桌,两边足足可以各坐四个人的长方形桌子。

没等张三落座,祁寒、小耶、苏啾啾三个人飞快落座到一边,把空着的一边大方地让给了张三和李峙。

李峙笑眯眯且无比乖巧地双手交叠地握在身前,等张三发话。

张三:……烦死了!

两人虽然坐在同一边,但是中间空出来的距离足以塞下三只张国庆以及一位张爱华女士。

张三看着菜单,翻页的时候余光不自觉往边上飘,总感觉有一股强烈的视线定在她身上。

不能被臭男人影响!

她忍。小不忍则乱大谋,坚持奋勇砥砺前行,不给狡猾敌人任何可乘之机。

又忍了半分钟,边上的视线变得更强烈了,强烈到让人无法忽视。张三用力合上菜单,臭着一张脸扭头:"你干什么?"

狡猾敌人笑眯眯地撑着脸趴在桌子上,一言不发地看着她。

对上了视线,他眼尾的笑意变得更深了。

张三把菜单推给李峙,语气硬邦邦的:"你自己看。"

"你点什么我吃什么。"李峙笑盈盈的。

"那你吃大肠刺身。"张三说,"我看着你吃。"

"噗!"对面传来没有绷住的声音。

张三警觉地抬头,对面三个人挤在一起躲在硬壳菜单后面,只露出三个毛茸茸的发顶。

张三:……烦死了!

"你来点。"她撂挑子不干了,抱着胳膊生闷气。

李峙好脾气地接下了这个活,利落地点好了肉和小菜。

肉是好肉,油在炭火上"嗞嗞"化开,肉汁落下去,香气升腾起来。

张三吃烤肉的时候喜欢吃主食,热腾腾的一碗白米饭冒尖,刚烤出来的肉放在上面,混着饭一口咽下去,油脂香气和碳水的幸福感一起腻腻地漫起来。

一口饭一口肉,再喝两口发酵小麦果汁溜溜缝儿,张三幸福到产生一种大彻大悟恍如隔世的虚空,血糖不断上升,甚至开始发饭晕。

晕着晕着,她突然觉得不对,别过脸去,正好看见李峙把烤好的肉剪成一口大小,用公筷放在她的饭上。

然后她的身体就完全不经过大脑地把那一口肉和饭放进了嘴里,下意识地嚼了起来。

呜呜……好吃。

"全自动投食。"祁寒锐评。

"主要是三三把我训练得好。"李峙正色。

"再说话你们两个都给我滚出去。"张三说。

"小张你这话好过分……"小耶为男同胞鸣不平。

张三:"你也滚。"

苏啾啾笑得快要趴到祁寒的肩膀上去,后者瘫着一张脸挪开了点距离,专心烤肉。

桌上的水壶被喝空了，李峥起身去找服务员添水，祁寒发表重要讲话。

"他长得像是会为了委托费奋力突破人性底线钻法律空子的司法败类。"他说。

"这不是很有职业精神嘛。"李峥回来，正好听见这个评价，温声接了一句。

祁寒郑重地点头。

"我把单给买了。"李峥拿起挂在椅背上的衣服，"回去吧，你们下午还有课吗？"

今天没有课。

祁寒、小耶和苏啾啾都是住在宿舍里面，只有靠谱的都市丽人张三是走读生。

三人站成一排朝他们挥手，目送他们上了出租车远去，活像三只土拨鼠。

等司机师傅开出了两个路口，张三才猛然醒神，扭头冲着坐在身边的李峥问道："你跟着我干什么？"

"我回家啊。"李峥无辜道，"你总不能让我流落街头吧？"

张三气闷，干脆抱臂不理他。

到了家，张国庆又是欢天喜地地冲出来，然后咬着李峥的裤腿不放。

"爸爸先去洗澡哈，一会儿陪你玩。"李峥好声好气地哄小孩。

"谁说你是它爸了！"张三一激灵，赶紧把张国庆抱起来，"我警告你，今天马上带着你的行李箱给我滚出去，不然我立马报警。"

李峥：嗯？

原来攻略进度能够倒退的是吗？

"怎么了？"他一头雾水，"我让你不开心了？"

"昨天抱你……"李峥小心翼翼，"抱得不舒服？"

不提昨天的拥抱还好，一提张三就想起来自己兴冲冲过去要了纯爱抱抱后，回家发现他的生活滋润且精打细算，顿觉自己就是哥谭市真正的小丑。

"不许说这个！"张三急道。

李峥：嗯？

"呃……"他试探道，"我抱得太用力了？还是你其实不想大晚上出来？"

"啊啊……闭嘴！"张三气得上前捂住李峥的嘴。

李峥乖顺地安静下来。

等空气沉默了，张三才反应过来自己做了什么，捂在李峥嘴上的掌心微微发烫，她甚至能感觉到李峥呵出湿润温热的气流。

李峥眨了眨眼。

"呃……"现在张三彻底体会到了什么叫骑虎难下，手举在那里不尴不尬的，也不太敢缩回来。

李峥弯起眼睛，笑了。

"哎，你别笑！"张三急眼，突然腰上一紧，李峥把手搭了上来。

没等她做出反应，两人的距离已经被拉近了，李峥黑眸亮亮地盯着她。

"你是不是害羞了……哎哟！"李峥轻呼一声，哭笑不得，"我现在知道什么叫一个天一个地了。"

张三收回踩在李峥脚背上的脚，戒备地和他拉远距离："你离我远点——你洗澡去。"

"到底怎么了？"李峥也不急着洗澡了，往沙发上一坐，"咱们好好说说话。"

"我和你没什么好说的。"张三垂着眼睛，背过身去。

空气静止了好一会儿，才听李峥慢慢开口，声音很低："不要这样。"

张三犹豫了一会儿，慢吞吞地回头。

看见李峥垂头坐在沙发上，低眸看着摘下的眼镜，神色辨不太清。额前微卷的刘海软趴趴搭着，让他看上去像一只没精打采的黑色大狗。

他看上去有些可怜。这个想法出来的瞬间张三心中警铃大作，心疼男人是美女倒霉的开始，但是对着从小玩到大的朋友，这么拽着不管似乎有些过分。

如果是吴语，她一定会问清楚再生气的，那么换成李峥应该也是这样。

张三克制住心里微妙的不爽，半坐到沙发扶手上："那你解释一下。"

"解释什么？"李峥抬起眼来。

张三刻意不和他对上视线："我发现了你行李箱里的小秘密。"

"小秘密？"李峥有些困惑地拧起眉来，随后又舒展开，"啊！是这个啊。"

"是红盒子吗？给你压力了吗？"李峥侧眸看她，姿势放松了些，靠回沙发上，"你不用这么紧张的，毕竟我们本身就是在互帮互助嘛。"

互帮互助。什么鬼话。

张三捏紧了拳头，幸好打工的经历让她能够维持成人间基本的交谈礼貌："我倒是不觉得互帮互助到能够有这个业务范围。"

"做样子嘛。"李峥更松弛了，他重新把眼镜戴回去了，弯着眼睛笑，"你喜欢吗？"

张三声音控制不住冷下来，她甚至感觉到一种微妙的愤怒和委屈："不喜欢。"

愤怒在于她的好友，陪伴她走过青春岁月的至交就这么在她眼前烂成了面目全非的样子，再无回旋余地。

而委屈……张三也不知道自己为什么眼尾一阵阵发酸，她一向是钝感又乐观地活着，那些纤细精巧的情绪都默认不会出现在她的身上，而她本人也没有异议。

但幸好生活不是阅读理解，张三不需要为这些复杂的情感做出回答，她只别过脸去："很不喜欢。"

"试试嘛。"李峙好脾气道，"我特地为你准备的。"

说着，他起身去翻行李箱："你放哪儿了？"

特地准备的。

这句话彻底成了压死骆驼的稻草，她自前夜就不断生长的抵触与怨怼彻底化成了百分之百的冷感。

张三无法不往那个方向想，反胃感在身体内部升腾，她一下子站直了身子，几乎是厉声道："我不需要！"

"张三？"李峙僵住了，他蹲在行李箱边上，黑眸愣愣地看着她，"你这么讨厌我吗？"

张三没说话，指甲用力抠着掌心，她低着脸，努力维持着看在友谊上最后的体面："带着你的行李箱，出去。"

停顿良久，李峙才开口，声音有些发涩："……张三。"

"我以为我们说好的。"他一手按在行李箱上，眼神也晦涩，"原来你这么勉强，我完全……没想到。"

"没人和你说好。"张三说。

"抱歉。"李峙说完，起身往她那里走了两步，又反应过来停步，手有些无措地摆动了几下，"你别哭。"

"谁哭了！"张三跳脚道，偏偏声音里带着浓厚的鼻音。她转过身子去，背对着李峙，"你滚出去。"

又沉默了好久，李峙蹲下去收起了行李箱，拿起外套，走到门边："那我帮你把垃圾带下去。"

"多谢。"张三闷声道。

门把手被压下去，发出尖锐的一声，李峙迟迟没有抬手，最终还是温声发问："我能知道我做错了什么吗？"

有些人真的是不见棺材不掉泪，或者换个说法叫坚持到最后一分钟。

张三回过脸，眼角鼻尖红红地瞪着他："你看看你手里的垃圾袋。"

"嗯？"李峙低下头，抖开垃圾袋。

八片超薄小袋明晃晃地躺在里面。

李峙瞳孔"地震"。

"等等，不是，"他难得出现了手足无措的状态，"张三，你听我说……"

"快点出去！"话都说到这份上了，张三也顾不得成年人的体面了，气冲冲地要赶他。

"不是，张三……"李峙急道，"你误会了！"

他伸手去拉张三，成年男人的体格轻易制住了她的动作，但是一招不慎，反而被她咬了一口手腕。

"哎呀，你小心你的牙……痛痛痛，留牙印解释不清楚的。"李峙被咬得直皱眉，借着力量优势干脆把她按在沙发上，"张三！"

"'李四'！"张三被控制得严严实实的，气势倒也不减半分地吼回去，瞪着眼睛看他，"你给我松手！"

虽然嗓门很大，但她和紧贴着她的李峙知道，她身体正在不断地轻颤。

李峙默了默，漆黑的眸子里映着她强作镇定的神情，突然轻轻一叹："不要哭了，不是故意吓你的。"

他起身，张三立马缩到了沙发的另一头，警惕地看着他。

"这个套子不是我的，是王武的。"李峙头疼地揉揉眉心，"你可以自己去问他，问他老婆也行。我真是处男。"

"嗯？啊！"张三愣住。

李峙大学室友王武"英年早婚"的事她也知道，甚至是先领了结婚证再领毕业证的，为我国逐年下降的结婚率做出了一点微薄的贡献。

"可是、可是你还说我会喜欢……"她语无伦次道，"你开黄腔。"

"不是啊。"李峙叹气，从外套口袋里掏出一个丝绒小盒子，"这个给你。"

他把盒子抛给张三。

张三接过，慢吞吞地打开盒盖，里面是一条天鹅的水晶手链，亮晶晶的，很漂亮的款式。

"啊……"张三明白闹出误会了，有些不好意思，"对不起……我以为你想睡我。"

"没事。"李峙彻底放松下来，瘫在沙发里，"你吓死我了。"

张三把手链扣在手腕上，递给李峙看："好看吗？"

"好看。"李峙说，"那我还需要滚蛋吗？"

"不、不用了。"张三尴尬到脚趾抓地，"你去洗澡，一会儿好好休息，我去给你烧点吃的。"

"麻烦你了。"李峙说，"因为我刚刚被误会还被咬了一口，我认为我有资格吃两个鸡蛋、一根火腿肠。"

他又把行李箱重新打开，准备拿出换洗衣物。

张三又"咦"了一声，审视着小盒子："这个是黑色的。"

李峙抬起眼定定地看着她，灯光打在他的脸上，衬得他神色柔和温润。

"因为还有一个。"李峙犹豫了一下，还是起身去行李箱深处翻出了一个红丝绒的小盒，"在这儿。你要看看吗？没有要求你现在一定要收下。"

张三接过小盒子，沉甸甸的。她端详着精致的盒身，莫名有种预感："该不会是……"

"就是。"李峙说完起身，走到张三面前，"原本想着如果你不讨厌的话，就送你这个。要是你真的很抗拒的话，手链是备选。"

李峙的身量高，靠得这么近，张三下意识地抬头。

"但是我现在改变主意了。"青年温声道。

张三呼吸一窒，他从她手里拿走了小盒子。

"我加了一晚上班，现在精神很恍惚，"李峙说，"这么累的我是没有理智的。"

"张三。"李峙喊她的名字，在她错愕的注视下，打开了小盒子。

里面一枚素圈戒指熠熠生辉。

"你知道的，我很追求仪式感的。"李峙笑盈盈道，"不讨厌的话就戴上吧。"

张三看着眼前的戒指，有些傻眼。

她并不是太憧憬婚姻的类型，或者说恰恰相反。

张三小时候的解闷读物是张爱华明令禁止的武侠小说——这种东西往往是大人越不让看吸引力越大。

小孩子没来得及对栖身的现实世界有一个大致印象，就已经一脚踏入侠气与酒肉齐飞的书中江湖。

武侠小说的主角往往是男性，他洒脱，他英俊，他处处留情。

家乡里有守着他回来的邻家女孩，旅途中有活泼爱笑的师妹，拔剑时有潇洒飒气的女侠，亦有清冷如雪的高岭之花。

她们鲜活又各不相同，但难以免俗的是，她们大概率陷入情网从而成为某朵被冠名的鲜花，一颗剑心柔肠百结情丝千转，为伊人红袖添香。

或是对爱人求而不得后从此大红唇黑眼线加身，在"黑化"道路上一往无前。

年幼的张三从那时候起就意识到了。

爱情使人发疯。然而也总有例外。

那个例外就是——寡妇。

武侠小说里的寡妇总是一身黑衣，武功高强或是风情万种，用武力或者手腕操纵着棋局，素手纤纤可破新橙，亦可拨动千里江湖。

神秘又强大。

这种刻板印象在她开始看《武林外传》后又加深了不少，原来寡妇还有钱。

于是小学的张三在作文课上，认认真真地写下了：我的梦想是成为一位寡妇。

在一众当科学家、宇航员、医生、老师的梦想中脱颖而出，并且成功让张爱华女士被叫到了学校。

妈妈听了很开心，奖励了她最爱的大耳刮子。

在回家路上,张爱华数落了她一路,中心思想是你想嫁人或是当寡妇都随你的便,但你不能把它当成一个梦想或者是一个身份。

就像是《武林外传》那风情万种的佟湘玉,她的名号也是佟掌柜而不是佟寡妇。

你可以是张三(丧偶),而不是寡妇张三。

然而十分可惜,随着岁月的变迁,当时极具有时代先进性的张爱华女士,现在也变成了催促她早点结婚好抱孙子的中国式家长。

生活就是一把无情的锉刀,把所有人都磨得血肉模糊,张三也不知道自己还能坚持多久。

话说回来,如果结婚对象是李峙的话,他应该就是那种会很风骚地把自己名字改成张三之夫李峙的人。

如果有一天她真去找小白脸了,李峙会不会马上穿黑衣服画上粗眼线,从此变成灭绝老李头,专挑小情侣判刑,一个关漠河一个关海口。

这种事情不要发生啊。

"……张三?"李峙喊了她一声。

张三猛然回神,发现自己又开小差了:"啊……"

李峙发出了一声忍不住笑的气声,摇了摇托着戒指盒的手:"能不能先回到这边的世界?"

张三大窘。

"我……我想想。"张三朝着桌子上胡乱一指,"你先放那儿吧。"

"好。"李峙也不逼她,把盒子放过去,调笑道,"你之前倒是一口答应了,都不带犹豫的。"

答应什么?答应领证。

张三愣了一下,一时不知道怎么回答:"这……"

"这很好啊。"李峙直起身,黑眸含笑。

"不如说张三,"李峙轻声道,"我希望你多想。"

李峙去洗澡了,张三去厨房给他做点果腹的东西。

锅都已经架在煤气灶上,正要把鸡蛋在锅边磕破的时候,张三突然反应过来。

刚刚不是一起吃的烤肉吗,怎么可能有肚子再吃一顿?

她当时说给他烧点吃的纯粹是慌乱之下找的托词,而李峙居然也一口答应了,甚至还要求加两个鸡蛋、一根火腿肠。

会不会他那个时候其实也……挺慌的?

他慌个泡泡茶壶!张三愤愤不平地想。

等李峙洗完澡擦着头发出来,看见餐桌上的白瓷盘时,哑然失笑。

"你是想让我蛋白质过量,然后趁早丧偶吗?"他指了指盘子里很有存在感叠在一起的四只荷包蛋。

张三没说话,李峙干脆用筷子拨弄了一下,感叹道:"哎哟,还有煎煳的——致癌物是魔法攻击啊,张三小姐,看出来你作案动机很强烈啊。"

"你给我吃掉。"张三凶巴巴道。

李峙默了默:"那我能不能拿到茶几上吃?"

张三:"哈?"

"我想看球。"李峙很诚恳地说,"比较下饭。"

李峙看球确实不挑,篮球也看,足球也看,乒乓球也看。

他端着瓷盘一边吃一边看,电视机屏幕的荧光映在他镜片上,如果不是窗外明朗的日光,颇有几分吃夜宵熬夜看球的潇洒。

张三开了听啤酒,坐到李峙的边上。

"点评一下?"张三说。

"如果不是我刚吃完烤肉。"李峙说,"我会觉得特别好吃。"

"我说乒乓球。"张三也看着电视。

"我哪里看得懂。"李峙说,"你看这男选手都快拉出残影了。"

"要不……"张三说。

"现在不看《变形金刚》。"李峙说,"我脆弱的精神状态受不起任何折磨。"

"好吧。"张三叹口气,突然道,"你是不是喜欢我?"

"咳……"李峙非常明显地被呛到了,弓着身子连连咳嗽,额角上鼓起一小根青筋。

张三把啤酒递过去,他飞快地灌了一大口,才勉强缓过来。

"不是,没事吧?"张三有些担心了,拍拍李峙的背。

"没事。"李峙抬手挡开她的手,往沙发里面坐了坐,深吸一口气看着她,"你为什么这么问?"

"没啊,我随便问问。"张三托着下巴,"我感觉你小子和我求婚绝对不是想升职,而是对我有好感。"

"哎,喜欢我也是人之常情,"张三宽慰他,"毕竟我长得好看,性格又好,想追我的人可以从打浦桥排到陆家嘴。"

"那中间的人是沉黄浦江底下吗?"李峙忍不住问,"你这么对待你的追求者是否有些残忍?"

"走延安东路隧道。"张三说,随后轻轻踹了李峙小腿一下,"你回答我的问题。"

李峙定定地看着她几秒,突然呵了一声,大爷似的往沙发深处一瘫:"你想多了,我只是想要挣钱。"

张三狐疑:"是吗?"

"是。"李峙说,"我们干法律的干到最后都是灭绝人性的,我对女人不感兴趣。"

嘴硬,你就嘴硬吧。

张三无语地盯着他。

"我确定一定以及肯定。"李峙说。

"那你之前说那些话……"张三想复述一下又觉得有些说不出口,干脆破罐子破摔地"啧"了一声,"反正没喜欢上我就好。"

"因为我是个风流的男人,"李峙说,"嘴上花花是常规操作。"

张三翻了个白眼。

"那轮到我问你了。"李峙换了个瘫得更舒服的姿势,"你有没有喜欢我?"

张三匪夷所思:"这种问题你怎么说得出口的?你这个人好自恋啊。"

"你发现套子开封了,所以在生气是不是?"李峙显然洗了个澡已经把事情的经纬梳理清楚了,"你这是吃醋了。"

"天方夜谭。"张三说,"我只是对于你掩饰自己风流史而产生的嗔怒,做人要诚实。"

"是吗?"李峙学着她的口吻。

张三回答:"我确定一定以及肯定。"

嘴硬嘛,谁不会?

等一下,她必不可能是嘴硬。

李峙笑着拿起啤酒,冰了一下张三的脸颊:"来干一个。"

张三一愣,然后怒道:"这罐是我的!"

李峙把手举高:"我喝了它就是我的。"

"小学生啊你!"张三急眼,扑过去和他抢,"你要喝自己去冰箱拿。"

"不给你。"李峙往后倒,手伸得远了些,努力维持着不倒出来。

幸好沙发大,两个人打闹绰绰有余。

更何况两个人都怀着点说不太清楚的心思,动作都带了点刻意装出来的浑不在意。

像是要努力证明自己对彼此毫无情意,清白得像是张三的犯罪史。

嬉笑中李峙干脆把啤酒放到茶几上,张三蹭上来要掐他的脖子。

动作间她卫衣下摆卷上去一点,一小截腰身露出来。

张三还没感到凉意,李峙手很自然地往下一探,帮她撸回去了。

带着暖意的柔软布料重新覆盖身体,避免了在这种情景下十分微妙的走光。

李峙的动作很快,然而也就是因为快,指尖不慎擦过张三腰侧的肌肤,两个人都一僵,随后格外有默契地同时别开眼睛。

好像贴得太近了。

停下来张三才意识到,她几乎整个人趴在李峙身上,他的呼吸轻柔地喷在她的脸上,能够闻到一股淡淡的须后水的味道。

这是他自己买的吗?张三的思维忍不住跑远,还挺好闻的味道。

鬼使神差地,张三把脸凑过去又闻了闻。

搭在她腰上的手紧了一下。

张三猛然反应过来,撑着他的肩往上试图起身:"不是不是……"

突然,李峙空闲着的左手抬起来,握住了张三的手腕。张三起身的动作一顿,莫名屏住呼吸,垂眸看着李峙。

李峙眨眨眼睛,眼尾有轻微的笑意。他咬字很慢,像是意有所指:"你心跳好快。"

"哈?"他在瞎说些什么,张三正准备反驳,却发现他的指尖正按在她腕侧的脉门上。

李峙眼底的笑意染上了点胜利的意味。

张三怒向胆边生,恶从心头起,干脆把手不轻不重地按在他的胸口。

青年宽厚的胸膛下,与他镇定的神色不符,一颗心脏正在激烈地跳动着。

一下,又一下。

"哼。"张三扬起嘴角,微微挑着下巴。

李峙喉结滚了滚,也没作声,眸色变得沉了些。

他贴着她腕侧的指尖轻轻摩挲了几下。

"……戒指为什么不戴?"他轻声问。

"我……我喜欢浮夸一些的。"张三说,"那种十心十箭,边上围着一堆小碎钻的,粉钻、蓝宝石、祖母绿之类的……"

"周末一起去买。"李峙轻声说,他微微支起了一些身子,张三也跟着他起了点身,像是被搂进怀里一样,"好不好?"

"你这会不会算我以婚姻恋爱名义诈骗男方财物。"张三很警觉,"处三年以下有期徒刑,还要罚款的。"

李峙忍不住笑,嘴角笑出了一个柔软的小梨涡,"到时候备注我自愿赠予。"

"有多自愿?"张三追着问。

"不好说。"李峙说,"实在不行我给你翻翻法典看看有什么罪可以和这个抵一抵。"

"这话不要瞎讲。"张三急眼了,"我和你说,我是上海遵纪守法单身女子组第一名好伐。"

"什么时候可以早日编入已婚女子组？"李峙问。

张三猛地语塞，随后别开眼睛："一年一届，今年报名窗口还没开，不着急。"

"说得像真的一样。"李峙笑，按在她腰上的手用了点力，"抱一会儿。"

张三垂着眼睫，正纠结要不要顺势窝下去的时候，突然听见轻微的水声，她神色一变。

李峙也听见了，两人齐齐一扭头。

只见张国庆两只前爪搭在茶几上，正在欢快地舔着已经被它弄翻的啤酒。

"张国庆！"李峙喝了一声，张国庆连忙尾巴一夹，臊眉耷眼地往沙发下钻。

张三起身，去收拾残局。李峙去厨房洗了抹布出来，也帮着一起把酒液擦干净。

"噢哟。"张三擦着擦着突然想到什么，忍不住抬头笑，"你刚刚倒是第一次喊它大名。"

之前都是"国庆国庆"这么喊，亲热得像是要追求它离婚已久但是风韵犹存的母亲，于是刻意讨好它的某位起码四十五岁出头的爷叔。

"我……"李峙收拾的动作顿了一下，侧头笑道，"说明我还是没有摒弃人类的劣根性，非常受本能驱使。"

张三笑，起身去洗抹布。

还没踏出一步，手被李峙牵住了，张三回头。

李峙轻轻捏捏她的无名指。

"周末说好了哦。"他说。

第五章
不愧是你

测试结果被公布在进门玄关处，一张白纸大大方方地贴在花墙上，幸存者与落选者由一根红线划开，泾渭分明。

张三站在白纸前看了一会儿，教室里的暖气把她身上属于秋日的凉意给烘干，她抬手摸摸自己的名字。

身后传来一声啜泣，张三回头，看见一位与她并不算相熟的女学员站在后面，正捂着脸，有水珠从指缝里坠下去。

张三只记得她是某个大学舞蹈社团的，很腼腆温和的姑娘，会把最后一块点心让给别人。

她的名字在红线之下。

张三拍拍她的肩。

女学员摇摇头，声音哽咽："我完蛋了。"

"不会的。"张三宽慰她，"人不会这么简单就完蛋的。我大学刚毕业的时候找不到工作，我也以为我完蛋了。"

女学员抬起红红的眼睛："你不懂的……你都选上了。"

张三想了想，感觉自己这话确实有几分上岸者的可恶的傲慢，有些懊悔地叹气。

女学员嘴角努力挤出一个笑："没事的，谢谢你。祝你以后顺利呀。"

"借你吉言。"张三抱了抱她，"你也是。"

肩膀上被泪水泅湿了一片。

张三走进了舞蹈教室，苏啾啾还没来，祁寒和小耶靠在窗边聊天。

说是聊天，其实也只是小耶在说话，祁寒一边喝咖啡，一边"嗯啊"几声，就像是个复健中的失语者。

"张三！"小耶看见张三后很开心，挥挥手，"我看见你的名字了！"

"嗯。"张三终于可以真心实意地笑起来，同时又升起了一点庆幸，"我以为我要滚蛋了。"

"说实话，"祁寒说，"我看你跳的舞幅这么大，以为你会当场被喊滚出去。"

作为舞者，尤其是跳群舞的舞者，一个动作不慎，很有可能影响到边上的无辜同僚。

不管是撞人者，还是蒙受无妄之灾的被害者，都是一件很有可能彻底毁掉前途的惨事。

"小苏还没来？"张三说，"你们昨天后面有出去玩吗？"

"亚历克谢耶维奇说要去酒吧喝 happy hour。"祁寒耸耸肩，"我先送苏啾啾回去了。未成年人最好不要去这种场所。"

"你真是个好同志。"张三感动道，"如果所有的人都能像你一样遵守公序良俗就好了。"

祁寒：嗯？

"对了！"小耶被提醒后很开心，一拍手，"下次三三也带着四四一起来吧！"

"……四四。"张三被哽住，"你怎么喊得这么熟络？"

小耶给她展示了一下自己的手机屏幕，他和李峙互加了联络方式，备注是"李四"。

"搞不懂你们。"张三说。

这么说着她就想起来今天早上醒来，边上的半边床铺已经变凉，上面放着一封信。

房间里属于李峙的行李箱已经消失不见。

张三：这又是玩什么花样？

她困惑地拿起信，展开来看，随后眼前一黑。

"亲爱的张三，当你看到这封信的时候，我已经在去机场的路上了……"

忍着强烈的吐槽欲，张三把这封信看完，发觉中心思想就这么一句话——

李峙，临时出差去了。

打工人是这样的。

前一秒还在你侬我侬你是我的唯一，没有人能够把你和我分开。下一秒领导一个电话，马上就得收拾行李出差，买机票的时候还得记得开发票，不然不好报销。

更何况他俩也没有你侬我侬。

他们昨天中午收拾完了张国庆搞出来的烂摊子，李峙坐在沙发上开始居家办公，张三趴在床上开始看小说，就像是许多个再平凡不过的下午。

午饭吃得多，李峙又被迫加了四个鸡蛋的餐，于是晚餐也就随便炒了个小菜吃两口。

吃完饭也没有人提要往哪里睡，李峙也不提要看球。张三洗漱完就窝在被子里玩手机，过了一会儿李峙洗好澡也过来了："挪个位置。"

张三给他让了个地方，紧张地……玩起了手机。

然后没等她紧张完，李峙把平板电脑拿了过来："你靠过来些。"

然后两个人开始看起了《变形金刚5》。

张三最后的记忆停留在男女主在混乱中奔向彼此，仿佛他们就是对方的唯一，然而她脑海一直盘旋不去的是"他们明明刚认识六个半小时。什么？我怎么知道？我帮忙算着呢"——来自李峙没忍住的点评。

这个世界上的精神病太多了，很多时候，张三甚至分不清谁的病情更严重一些。

"小张姐姐？"苏啾啾走过来的时候，正好看见张三表情狰狞，一时有些迟疑。

"没事。"张三说，捏了把她满满胶原蛋白的脸，"早上好。"

换好衣服，林月也结束会议，拿着一张名单出来公布舞剧的角色。

"这么突然？"张三给了苏啾啾一个疑惑的眼神。

苏啾啾嚼着口香糖，翻了个白眼。

从选拔中幸存下来的十几个人坐成一圈，林月身着白舞衣站在中间，像是操纵他们命运的神祇。

《赴海》，由零零散散十几支舞曲连起来的，八十分钟的现代舞剧。

不局限于传统的姿势与技巧，而是以不同舞者的身体情绪配合音乐与舞台表达艺术之美——从这个角度来说，修习古典芭蕾的张三和现代舞的主张背道而驰，她早已习惯了每个动作都要落在精准的点位。

而这次的舞剧更是符合了林月一贯的风格，剧情线薄弱到可以忽略不计，象征意义却抽象又浓厚，像一幅像素模糊但是纵深强烈的画。

因此林月只是简单介绍了一下这次的剧情，讲的是在很久之后，人类灭绝，飞禽走兽变成了新的人，建立起了新的城市。

舞剧的前半段是这些新人类怎样在这个世界上颠沛流离又筑起高楼，一群友人如何发现了自己的起源，错愕地发觉他们不过是自己咀嚼进食的走兽和用作衣着装饰翎羽的飞鸟。

后半段是有人重新隐回了世间做回人类，也有人不断地向前追寻，直到以不再适合水生的人类之躯淹死在了咸涩的海水里。

他的前身是鱼。

这种晦涩又带了点虚无主义基调的小故事张三听着就有些头疼，幸好林月立即将舞角和对应的演出者念出来，张三精神一振，很有几分小时候听老师报成绩的刺激感。

然而林月用力将手上白纸一抖，背在了身后，彻底抛弃了纸稿。

深邃如鹰隼的眼睛紧紧盯着坐着的学生们，视线缓缓从他们脸上扫过，一一念出他们的角色。

那条淹死的可怜的鱼由小耶扮演。小耶脸上洋溢出喜色，这是一个需要张力与反差的角色，恰好这是他最拿手的部分。他汉语和英语都只能勉强满足于生活交流，肢体语言或许才是他的第二语言。

苏啾啾的角色和她很配，听起来就很有奇幻色彩的星辰鸟。张三不确定现实生活是否有能够对应的物种，起码苏啾啾立刻就掏出了手机，开始百度星辰鸟是个什么东西。

祁寒也领到了自己的角色，是一只沉默的豹，全剧都是爆发性的力量舞。这是他最擅长的。祁寒耸耸肩，没有任何异议。

而公布全剧中戏份最多的，串联起整部舞剧的主角——白鸟时，张三看见林月把脸转向了她。

"张三，白鸟。"林月说。

张三一怔。

然而没等张三反应过来，林月已经接着宣布其他人的角色了。

苏啾啾朝她无声地鼓掌，张三抿抿嘴，笑得有些勉强。

林月宣布完了角色，又开口道："这些角色是为你们每个人量身设计的。担任的角色任务重，不代表你们跳得好。"

不知道是不是张三的错觉，她总觉得林月说这句话的时候，用力地看了她一眼。

"如果对角色安排有异议，那就退团。"林月说，"成员不再递补。"

这已经是很绝的狠话了。

"要赔违约金的。"有成员小声说了一句，大家笑了起来，这是难得轻松的时刻。

林月把属于每个人的剧本发了下来。说是剧本，其实也就是一个个导入的小故事，张三看了一眼，立马被里面文艺的忧伤搞得头晕眼花。

这是她最不对付的类型。

排练的时间也被岔开，张三与许多人都有大量的双人舞或是三人舞，时间被拆得零零碎碎。

其中合作最多的还是和小耶。

林月宣布完这些事后就走了，张三视线追着她，总觉得她走路的步伐有些不稳。

小耶坐在地上，费了半天劲也没看明白自己的A4纸，缠着祁寒用翻译软件把它翻译成俄文，饶有兴味地阅读。

张三拿起他的原件看。半晌，小耶叹了口气，嘟囔了一句俄语。

"什么？"张三问。

"他太想回去了。"小耶说，"可惜他回不去了。"

一口很可爱的台湾腔。

张三托着下巴想了想："你回去吗？"

"下课就回去啊？我还不累。"小耶说。

张三说："我说你的老家。"

"我的老家？"小耶没听懂，"老家是什么？"

"就是你在哪里出生的。"张三解释。

"我妈妈生的我。"小耶笑起来，不太熟练的汉语给了他直白用词的权利，"她死了，所以我没有老家。"

张三呼吸一室："抱歉。"

"这又没什么。"小耶倒回地板上，细细咀嚼着新学的词汇，"老家……"

张三翻了翻自己的纸页，干脆拍了几张照片发给李峙，后者没回，大概打工人正在飞机上紧急办公。

打工人就是这样的。

她干脆又转发给吴语。

此时正好是午饭时间，吴语回复得很快，是一条明显在嚼饭的语音："你先发给哪个阿乌卵（方言，意指没出息的男人）了？"

什么东西？张三定睛一看，才发现自己是用的合并转发。

没什么好掩饰的，张三直接承认："是先发给'李四'的。"

"原来我才是那只阿乌卵。"吴语说，"三个人的电影，我就是那个没有姓名的捧哏。"

张三笑，也仰躺在地板上，等王秘书把属于他们每个人的舞曲 demo 分派到手里。

没想到，没等到 demo，王秘书赤着脚从内室跑出来，慌乱道："你们谁有车？快点开出来。"

"我有！"小耶应道，奔到更衣室去拿车钥匙。

所有人乱作一团，拥入办公室。张三混在人群里面，看见林月仰躺在椅背上，如群蛇般的烟在屋内蔓延，嘴角有一点白色的细沫，已经陷入昏迷。

"我就说她要死了。"苏啾啾嚼着口香糖，吹了个泡泡。

靠谱的成年女性张三帮忙把林月抬进车子里，闻言抽空瞪了一眼苏啾啾，心里默念几句童言无忌。

"张三，你跟我一起去搭把手。"王秘书求助地看向张三。

111

张三连忙点头。

"我也一起去。"苏啾啾举起手,很自然地说,"我知道她的全部病史。"

到了医院,一顿东走西忙。王秘书照看着林月,小耶那点中文在医院里完全不够用,张三拿着林月的证件跑上跑下。

幸好苏啾啾和她说的一样,对林月的病史说得头头是道,甚至被问到林月吃什么药的时候,从手机翻出药盒的照片。

护士把林月推进病房,王秘书奔去请护工,张三终于得闲松一口气,转向苏啾啾:"你……"

苏啾啾把口香糖吐掉,很随意地开口:"林月是我的大姑啊。"

"哦。"既然这样,那平时苏啾啾和林月亲近又随性的相处似乎就不奇怪了……等等,张三狐疑道,"可她姓林啊?"

"我和我妈姓。"苏啾啾又往嘴里放了一颗糖,还递给张三一颗。

"哦,我也是。"张三说,剥开糖塞进嘴里,补充体力。

"我妈是小三,"苏啾啾问,"你妈也是? 好巧啊。"

张三咬到了舌头。

没等张三探究下去,王秘书回来了,很无力地坐在冰凉的铁座椅上。

"林老师是肺癌中晚期。"她把脸深深埋在掌心里。

"你又不是第一天知道。"苏啾啾很无所谓地说,随后转向张三,"一会儿吃什么?"

医院走廊里弥漫着消毒水的味道。

张三坐在病床边,看林月戴着呼吸机,小小的枯瘦的一团,卧在病床正中央。

水蓝色的床帘拉着,能看见其余病人与家属的走动,影影绰绰。也幸好有这一道床帘,隔住了许多好奇的窥视。

张三又把床帘拉得紧了一些,托着下巴看着林月。

心电监护仪的"嘀嘀"声听起来就像是某种奇特的节拍器,只可惜林月现在已经无法起舞,昔日舞台上轻盈柔软的羽毛落在了病床上,变成乌七八糟干枯的老太。

有谁知道以前这个老太一场舞最好位置的门票可以炒到五位数,而现在近在咫尺的位置坐着个张三。

张三记得自己最后一次去看林月现场的时候,是她一向温柔到有些窝囊的父亲带着逃学去舞蹈教室的她去的剧场。

那时候张三刚过十六岁,正是看谁都不顺眼的叛逆年纪。

没有提前预约,自然买不到票,张三看着父亲掏出钱包,花了远超门票三倍的价格从一对年轻情侣手中买了票。

他带着她进去。

灯光暗下,帷幕拉开,一束光落在林月身上,白舞衣像是晒得白炽的日光。

她跳得这样好,这样动人。一舞毕,张三才发现自己已经泪流满面,父亲给她递了一沓纸巾。

从这一天起,张三就暂时收起了自己的舞鞋。

只有成为一个普世意义上的优秀的人,有稳定的收入,才能这么自然又轻易地从钱包里掏出钱,去购买想要的机会。

很残酷很市侩,但是不得不承认,能够用金钱解决问题真的很爽——或者换个说法,这样更上进。

她与张爱华也暂时歇战。

张三知道父亲是不挣钱的,这些钱掷在演出上无非是有着张爱华的默许。

母女俩的关系维持了和平,直至今日。

但是想想,或许还是张爱华棋高一着。张三恍然想笑,如果不是这次机会,她也没有想到……她这么久没去看舞了。

幸好有林月,幸好是林月。

"林月。"张三轻轻地念了一下床头卡上的名字,两个字融化在唇齿之间,有些陌生。

王秘书回去安排那群舞蹈学生了,苏啾啾去医院门口买饭,还没回来。

张三口袋里的手机一振,她摸出来,发现是李峙给她回消息了:好文艺的故事。

可不是嘛。

他又补了一条:我觉得它很适合你。

张三一愣,心里浮起一点茫然。

她下意识地看向林月,然而后者没有给她任何回应,往日的暴君安静得像一具预备入土的尸体。

白鸟的故事很简单。

《赴海》是一部群像舞剧,而戏份最多的白鸟相比主角,更像是贯穿始终的线索,一位在近侧伴飞又未真切参与的旅人。

它跟着角色们旅行,在钢筋森林中腾挪,冷眼观看着友人们欢笑、相爱、争执、哭泣、诀别。

直到华丽的大尾巴锦鲤于海水中淹死了自己,璀璨梦幻的星辰鸟迷失于灿烂花田,黑豹沉默地追着光点消失于深夜。

只留下最中规中矩,连羽毛都是最枯燥单调的无色的白鸟,安静地走向了约定的旅途终点。

113

她只身来到了悬崖上被废弃的观海高楼边缘，底下是万丈海涛，无尽的风托举起她的裙袂与披风。

人类之躯一跃而下。

纯白的披风随风轻盈远去，而幕布重重坠下。

我很适合这种跳楼的角色吗？事实上还挺恐高的张三小姐陷入了沉思。

她一直觉得人类进化成这个世界的主宰，绝对不是为了花钱和一堆同类坐在一台铁机器上，从九十度的铁轨上快速滑下并整一些三百六十度大回旋的花活的。

更何况那位白鸟小姐并没有安全带。

张三给李峙回复：我现在在医院。

李峙几乎是秒回：你现在方便通话吗？

张三起身，走到走廊上，给李峙打了电话。

电话拨号音还没来得及响过一声，李峙就接了起来，声音听起来很急切："你怎么了？"

"啊，没事。"张三意识到他是误会了，"是……"

"你在哪家医院？"李峙追问道，"我看看有没有朋友在……"

"'李四'！"张三打断他，有些哭笑不得，"不是我，不用担心我。"

李峙那里的声音很明显是他往椅背上一靠，放松下来："下次能不能先说清楚？这对我柔弱的心脏不太好。"

"抱歉抱歉。"张三也明白他的心情，连声道歉后，又升起了一点点微妙的甜，"这么关心我啊？"

"不关心你我关心谁？"李峙说，"我一向十分惧内而且专一，回头就把网名改成上海第一深情。"

张三咬到了舌头，走廊尽头有人在哭。

她一下子被拉回了现实生活，陡然升起一种"别人还生着病呢，我在这里打情骂俏"的罪恶感。

"哎，不说这个，是林月生病了。"

"这样。"李峙默了默，"有什么打算吗？"

张三耸耸肩，后知后觉李峙看不见。

其实林月病了有一段时间了，医生建议她化疗，被她一口拒绝。医生又说起码戒烟戒酒戒咖啡吧，很显然她也就这么潇洒地当作一个屁放了。

但如果说她要这么优雅无畏地走向死亡，好像又不是这么一回事。

林月像是对死神竖起了一根中指，并且坚决地拒绝跟着"祂"离开这个该死的世界。

电话那头传来询问声，张三眉头一皱，辨认出有些熟悉的声线："王武？"

"嗯。"李峙说，"我和他一起出差，现在在去开会的路上……好吧，他申请和你打个招呼，方便开视频吗？"

张三接了视频。

王武看她，她看王武。沉默良久，王武开口："原来李峙不是在吹牛啊。"

李峙在边上温和地笑，靠在车窗边上撑着额头看她，睫羽沉沉。

张三：……受不了了，这人为什么看谁都这么深情？

"人家穿着西装，你怎么穿这么随便？"张三对着李峙发难。

李峙看了眼西装革履金牌律师打扮的王武，又扯了扯自己的黑色卫衣："我比较青春洋溢。"

张三无语地看着他。

"他神经病，一会儿到了地方我再换。"李峙说，"他穿西装坐三小时飞机难受死了。"

"我这是在提醒自己保持身材。"婚后就很有幸福肥趋势的王武说，"我老婆在备孕，我也戒烟戒酒减肥。"

"噢。"张三应了一声，下意识地接话，"所以才把用不到的保护措施分给'李四'用啊。"

"是这么回事……呃……"王武回答，随后一哽。

过于成人的话题让两人有些尴尬，李峙拿过手机："张三。"

张三应了一声，有点心虚地撩了下头发。

"能不能不要和别的男人聊这种话题，我很小心眼会吃醋的。"李峙说，"小心我'黑化'。"

张三扬起眉毛："细说。"

"我会去找张爱华女士，然后一边掉'小珍珠'，一边哭着抱住她大腿'咣咣'磕头，"李峙说，"叫她来主持一下公道。"

张三无语。

她叹口气，这么一打岔，心里因为林月突然病倒的阴云也散了不少，慢慢地把发生的事情都跟李峙说了。

李峙一边听一边点头，突然边上挤过来王武的半张脸。

"他小心眼！"王武告状道，"他故意不让我入镜！"

"有空一起喝酒。"张三说，"有发现不错的店。"

"好呀好呀。"王武很开心。

"你不是戒酒备孕吗？"李峙含笑地说，又一肘子把他拄远了，"张三你看，不是每个男人都能像我这么说话算话。"

有的时候张三真的很担心李峙走在路上被打死。

115

"备孕怎么了？啊，对了，"王武突然想到什么，好奇道，"那你们两个什么时候备孕啊？"

张三和李峙同时被噎了一下。

两人隔着屏幕对视了几秒，又不约而同地转开视线。

张三耳尖有些发烫。

李峙也轻咳一声，摸摸鼻尖，镇定道："我们先享受一下二人世界。"

"二——人——世——界——"王武摊着手阴阳怪气道。

"我试试看能不能刚好把你打出个轻微伤。"李峙挽袖子，"理论很重要，实践也很重要。"

挂了电话，张三盯着手机屏幕，伸手摸摸自己的脸颊。

不自然的热。

还备孕呢，严格来说连小手都没拉过。

这都算什么。张三搓搓自己的脸，把脸搓得热乎乎的，决定不要折磨自己。

成年人的第一步，就是要明白不是什么事情都需要搞得清清楚楚，也不是什么事情都能搞清楚的。

正当张三准备把自己新冒出的哲学思想发个很有深度的朋友圈记录一下的时候，一群戴着墨镜的黑西装出现在了走廊尽头，正中央簇拥着一个有些年纪的男性，还有穿灰色燕尾服、戴白手套的跟在边上喊他老爷帮忙开路。

后面还跟着几个端着摄像机的神秘人。

Cosplay？二次元真可怕。

随后她就眼睁睁地看着这群黑西装走进了林月的病房。

——"等等！"张三瞳孔"地震"。

苏啾啾拎着两碗冒菜轻快地走进病房的时候，正好赶上张三和神秘人奋力搏斗的高光时刻。

"赵管家，住手！"苏啾啾将冒菜一放，脆生生地喊。

张三：嗯？

在她难以置信的注视下，"灰色燕尾服"朝苏啾啾行了个礼，尊敬道："二小姐，日安。"

苏啾啾骄矜地颔首。

不是？这什么情况？可恶的有钱人。张三不可置信，这种事情是真实存在的吗？

苏啾啾又对着那个明显是上位者的男人道："爸爸。"

男人看着被张三母鸡护小鸡一样遮得严严实实的病床，轻哼一声："呵，有趣。"

张三：原来是霸总？

再结合上林月是苏啾啾大姑,苏啾啾又是私生女,张三深觉自己卷进了一场豪门家庭大戏。

但无论如何,不管是港圈还是京圈抑或是娱乐圈,演员表名单都不应该写上张三的名字。

张三脖子一缩,正准备扯个什么理由好糊弄过去,没想到灰衣管家一招手。随后立马有个黑西装给她送上了一张卡。

张三:嗯?

"一百五十万,"中年霸总冷酷地说,"忘记这里发生的一切事情。"

"这、这算赠予吗?"张三颤抖着问,"您给我一大笔钱,您太太不知情,这算是违法转移财产吧?"

霸总:嗯?

等到被"黑西装"们像老鹰抓小鸡一样丢出医院,走在秋风萧瑟的街头时,张三放在兜里的手机一振。

王秘书群发消息,说林月因病休养几天,嘱咐大家自主练习,乖乖等她回来,不要担心。

只有在医院的张三、苏啾啾与王秘书本人知道,林月至今昏迷。

《赴海》将会无限延期。

没有林月这个强而有力的中心人物,舞团不过是非正规舞者组成的松散社团。

坚持不了几天,也许就这么散了。

抱着这种不祥的预感,一阵秋风吹过,张三瑟缩一下。

深秋到了。

林月不在的日子里,大家就按着王秘书后面分发下来的demo自己练习。

和张三想的一样,没有林月坐镇,渐渐开始有人迟到早退,再后面连苏啾啾这种迟到大王都算是按时签到了。

甚至这两天午休时,能听到有人在聊以后的出路,听见别人的脚步声,他们又嬉笑着噤声,交换着眼神。

再过几天。

"人走茶凉啊。"苏啾啾一边热身,一边看着没有几个人的空荡荡的教室。

"正常的,鸟择良木而栖,人总是要未雨绸缪。"张三说,对着镜子整理头发,"现在还没散呢。"

没散,是因为王秘书还在。

刚想到王秘书,就看见穿着灰色工作服的娇小女人小跑进来,手上抱着一袋放在点心台上的零食糖果。

她刚从医院回来。

王秘书匆匆把纸袋子放在桌上,又忙着奔向热水壶。

"王秘书,咖啡我泡上了。"张三扬声道,指了指桌上的不锈钢保温桶。

王秘书感激一笑,趁着教室人少,趴在地上一寸寸检查地面的平整。

每个起毛边或者有木刺的地方,都要用砂纸搓平,最后抹上透明指甲油。这是林月千叮咛万嘱咐过的。

这项责任重大的活,王秘书从来不假手他人,张三干脆去整理点心台。

"人少就是好。"苏啾啾过来取食了一颗橘子夹心软糖,"都不用赶这么大早。"

张三闻言手一顿,装糖果的罐子险些倾翻。她扶正罐子,小声问苏啾啾:"你清楚林老师现在是什么情况吗?"

苏啾啾很无辜地看着她。

林月是大家族(会随便拿一百五十万封口,但是不愿意写赠予协议的神秘豪门,张三补充)的长女,原本是按着辅佐弟弟这个继承人的方向培养的,没想到她中间就一声不吭地离家出走。

再次见面就是在舞台上一炮而红的惊艳舞者。

"我爸爸不喜欢她。"苏啾啾很娇俏地托着下巴,"我爸爸也不喜欢我,所以林月很喜欢我。"

"不是这个逻辑吧。"张三叹气。

"你不懂,姐姐,你不懂。"在灯光下,未满十八岁的少女很玄乎地摇着头,咬咬指尖,"我们都是除了跳舞什么都不会的废物。"

好吧,我确实不懂你们有钱人。张三摇摇头,放弃了对话。

她的舞曲基本上都是和别人合舞,来的人少,她没有搭子,于是只能自己一个人跳,跳着跳着心里生出一种寂寥。

一个高难度的她很难处理好的转身,张三再次失败,踉跄地跌了出去。

幸好垫步失败的时候,她早有预感,摔下去时已经在心里做了准备,倒也不是很疼。

只是压到了脚上的伤,发出"嘶"的一声抽气声。张三没了起身的力气,就这么侧趴在地上,看着寥寥舞影缤纷,一颗心渐渐沉了下去。

身为东亚经典款家庭的经典款不争气,但也不是叛逆到过年不许进家门的经典款女儿,张三感觉自己已经走到了非正确选项的尽头,其余线索都在用力呼喊她回头是岸。

被选中的喜悦与兴奋已经燃尽,而剩下的一切都像是即将凄惶结束的美好梦境,只等着钟表指向十二点,所有都被打回原形。

其实也不是这么差,张三默默地想,她也不讨厌先前那经典又平凡的人生。

毕竟她也不过如此。

午休的时候，四个人围在一起吃盒饭，不可避免地谈到了将来打算的话题。

"我是研究室借调过来的。"祁寒平淡道，"导师让我在这里跳多久，我就跳多久。"

"我不知道哎……"小耶仗着吃不胖的身体优势，咬着可乐的吸管，"我大概会接着跳舞吧，找个地方教书，或者去打工。上海也好，别的市也好，都一样。"

"你不回老家？"祁寒问，"家里父母不催吗？"

"他不回。"张三打断祁寒，不想让他追问下去。

"哎哟！"苏啾啾露出八卦的眼神，"小张姐姐你……痛痛痛。"

张三捏着苏啾啾的脸，感叹胶原蛋白的魅力。

"老家死了，我是孤鹅（儿）。"小耶说。

张三一听就知道小耶还是没学懂，他把自己出生的老家误认成了母亲的另一种表达方法，正要纠正，就听苏啾啾很开心地说："那个叫孤儿！我妈也死了，我是半个孤儿。"

张三微怔，下意识地看向祁寒。祁寒淡定道："我不是。但我宁愿自己是。"

张三捏紧了自己的筷子，莫名地，她涌起了一种奇异的感觉。

这些舞者都不是正规舞者，而是林月从茫茫人海中挑选的。

她在意的除了他们本身的舞蹈能力，似乎也在考量着……他们来自哪里，他们是什么样的人。

然后创作成舞剧的角色。

真是一个……张三斟酌着用词，古怪又严格的艺术家。她有些遗憾，要是有机会的话，一定要问问林月是否真的如此。

今天下午的练习也是草草收场。

张三回到家，抱着张国庆一顿狂亲后，坐到办公椅上打开了笔记本电脑。

果然，邮箱里躺着一封邮件。

张三点开，发觉有些长，干脆抱着电脑躺到床上读。张国庆也跳上来，窝在她边上。

是李峙发过来的。

他出差走得急，日记本连着一些不必要的杂物被搁置在张三家里。张三这两天没什么事情做，正好在大扫除，那些东西也就被她顺手整理了。

想到这里，张三抬眼看了下书架，李峙那两个笔记本安安稳稳地和她别的书籍放在一起。

看上去还挺和谐的。

就和他"咣叽"一脚搀和进她的世界里一样。

邮件是李峙另一种形式的日记,虽然题头写着张三的名字和见字如面,写的东西却完全是他的见闻和经历。

他说这样是存档,等他回上海就打印出来夹进日记本里,算是一种科技的进步。

按理说,这是他的日记,张三是不该读的。但是都写着见字如面和她的名字了,不读好像又有些浪费。

李峙的文笔不怎么样,基本上只是停留在能把一件事情前因后果讲清楚的程度,甚至有的时候过于清楚,以至于让张三觉得自己在读他提交的证据材料。

今天份的日记……其实是昨天晚上通宵加班来不及写,今天中午抽空补上的。

日记的字里行间都透露出他处在被工作逼疯的边缘。

有些人表面上西装革履人模狗样,实际上早就不正常了。

啧啧。

张三读着读着嘴角就往上翘,因为林月的病而终日笼罩的阴云也散了不少。

手机一振,李峙问她:今天份的日记你审阅了吗?

张三打字回答:刚看到你在休息室里心中破防打算往对方小胡子律师的咖啡里下毒的那段。

李峙回复:你要看完,这一场是我打赢了,破防的是小胡子哥哥。

张三闷闷地笑,张国庆抬起头来,把脑袋搁在她肚子上。

张三摸摸狗头。

手机一振,在张三没来得及回复的时候,李峙又发了一条消息过来:晚点可以给你打电话吗?想听听你的声音。

哎呀。

哎呀呀。

张三老脸一红,故作镇定地回复:视频也可以。

信息刚发出去,她就和手机烫手一样把它塞到了枕头下面,一个翻身把脸埋进枕头。

猝不及防被压的张国庆气得直哼哼。

张三把张国庆扒拉出来,揉揉狗脸,捏捏大耳朵。

宝啊,你可能要有爸爸了……算了,好像还有些远。

仔细想想她和李峙干的事情都挺暧昧的,虽然小手没拉小嘴没亲,但确实是睡在了一张床上。

幸好李峙是一个二十六年的单身人士,单身人士能有什么坏心思,估计连接吻都不会。

嘿嘿。

张三又把电脑拿到面前,把李峙日记的后半段给看完了。

后半段更像是流水账,张三看得昏昏欲睡,在陷入昏迷前,她只来得及看见最后一句:早点弄完,我想回家。

半梦半醒间,张三想起,初高中的时候,两人每天约着放学一起回家。

但是上了大学,李峙似乎就不提家了。

最多的,也只是一句。

"回上海看看。"

好吧。还好李峙不会跳舞,不然林月多少也得给他安排个角色。

什么样的角色呢?应该是那种黑灰色的、毛茸茸的、性格稳定温顺的、执行力很强的大狗。但是一动怒,獠牙咧出来冷森森的。

张三再次醒来是被枕头下疯狂振动的手机吵醒的。

她迷迷糊糊地接起来,思绪还停留在梦里坐在高中生李峙的自行车后座的场景,黏糊糊地喊了声"李四"。

电话那头停顿两秒,随后张爱华女士气吞山河的声音冲出来:"张三!"

张三脑子还在困倦中,头皮已经下意识绷紧了——不管在什么场合,被妈妈喊大名绝对是不祥的信号。

"你这两天都游手好闲在干什么!"张爱华气冲冲道,"你都上《新民报》了!"

这年头"摸鱼"也要上报纸了?

张三一骨碌坐起来,强制醒来的眩晕感让她头痛欲裂,她捂着额头忍着痛,一边听着张爱华气得语无伦次地指责,一边打开电脑看新闻主页。

先看法治版,还好没有她,然后往经济版翻,中途路过文艺版。

——《昔日舞星重病缠身,最后一舞命运未卜》。

十六个黑体加粗的方块字看得张三脑壳发疼,她一滚鼠标。

面色苍白的林月躺在病床上,照片的一角,正在和黑西装们单挑的张三露出小半张脸。

在新闻文章的最后,笔者以无比遗憾的语气写道,主治医生表示,恐怕林月已经时日无多。

张三怔怔地攥着手机,张爱华还在愤怒地训小孩,然而她像是被浸入深水,所有的话语都忽远忽近,隔着一池透明冰凉的水。

时日无多。

等张三回过神来的时候,电话里已经只剩下忙音。

121

她放下手机,安静地把那篇不算长的新闻读了一遍。

在后半段,记者已经把林月的代表作和生平高光给列了出来。

林家中年霸总表示,他一向支持姐姐的艺术道路,如果姐姐不在了,林氏集团会不计代价出资接管舞团,帮助她完成生涯最后一舞。

记者表示感动,并洋洋洒洒写下一段溢美之辞,林总正能量满满的民族企业家的形象脱颖而出。

张三浑身发冷。

她当然能够理解林总的想法。

资本逐利,抓住一切能够扩张的契机。大艺术家的陨落,无疑是一次绝佳的营销机会,没有理由放过。

手机又响起来了,张三接起,是她优秀的姐姐张小铃。

张小铃就连声音也比张三的好听,温柔又不容拒绝:"三三,明天回家一趟。"

"可是我……"

张三下意识地说不,然而张小铃又开口:"三三,妈妈哭了。她好担心你。"

张三呼吸一窒,沉默了一会儿,她听见自己说:"我现在买车票。"

"好。"张小铃轻轻一笑,"外婆和爸爸一定会很开心。"

张三挂了电话,静静地坐了一会儿,才抬手摸了摸自己的脸。

热热的,湿湿的。

张国庆舔了舔她的脸,张三无言地抱住它。

手机铃声再次响起,这次是李峙。

张三开了免提,仰躺着陷进了被褥里。

"张三?"李峙的声音带着笑响起,"刚刚有点忙,所以一直没给你打电话。"

"嗯。"张三闷闷地说。

"打视频好不好?"李峙说。

张三摸了摸自己还湿漉漉的脸,拒绝:"不好。"

李峙默了默,随后娴熟地道歉:"不要生气嘛,王武刚刚和你说了?我也想早点回家的,但是工作没办法,我尽快做完……能早一天是一天……"

"你又要延迟回家时间?"张三一愣。

李峙:"你不知道?"

两个人隔着话筒都很茫然。

许久,张三才很小声地开口:"可是我现在真的好想见你。"

李峙呼吸安静了片刻,随后温声问:"你怎么啦?"

发生了什么?那可太多了。

张三张了张嘴，然而比话语先涌出来的，是压抑不住的哽咽。

她下意识地用手去捂嘴，眼泪热热地淌到手指上，像是因失误被打翻的茶水，争先恐后地渗入袖口的布料里。

张三突然有些惊慌，不该是这样的。

她从小到大都是乐观的，开得起玩笑的，不管面对什么事情都能没心没肺大大咧咧一笑而过的。

毕竟都叫张三这个名字了，多愁善感或是心思细腻这些词语，完全不适合放在她身上。

绝不。

张三不应该是这样的，起码不应该在人前哭成这个样子。

可是为什么呢，为什么眼泪就是停不下来呢？好丢人。

但在这铺天盖地丢盔弃甲的狼狈中，张三莫名又产生一种解脱感——事已至此，还能怎么办？

你都在梦里找到厕所了，接下来的事情都是留给醒来的你的，现在只需在梦中享受剩下的松弛和舒适就好了。

张三自五岁起就不再尿床，偏偏此刻又重新感受到那种破罐破摔的一片混乱中的平静。

她索性哭个痛快，哭到张国庆都担心地趴在她腿上，用温热的舌头去舔她的脸，小声地呜咽着。

她也不知道自己哭了多久，哭到房间里彻底暗了下来，只有床上的电脑屏幕泛着黯淡的光，窗外传来晚归的人的车铃声。

张三终于哭够了，她清了清嗓子，才发觉举着手机已经哭了快半个多小时。

她转了转酸痛的手腕，将手机放下来，错愕地发现屏幕居然还亮着，"正在通话"四个字熠熠生辉。

她骂了一句脏话，一分钟可要两毛钱呢。

半小时的通话话费足够她喝一杯奶茶了。

张三现在可是属于只有花钱没有收入的赤字状态，连忙要挂电话。

鬼使神差地，挂之前她把手机再次放到耳边，听见里面传来一声温和的询问。

"好点了吗？"李峙问。

"啊？"张三傻眼，下意识地坐直了身体，"你……不是，你刚刚一直在听？你没挂电话？"

"嗯。"李峙说，"好点了吗？"

"嗯……哭出来就好多了。"张三吸了吸鼻子，起身给自己倒了一杯水，"抱歉。"

"和我有什么好抱歉的。"李峙笑,又耐心地发问,"那能不能和我讲讲是发生什么事情了?不想讲也没事。"

既然都到这个地步了,张三也不矫情,慢慢地把事情给讲了。
讲了林月,讲了张爱华,讲了张小铃。
李峙认真又沉默地听着,电话那头有人找他,被他以手势制止。
等张三全部讲完,他才开口:"你想怎么办呢?"
"回去呗,总不能死在上海。"张三说,"就是不知道票好不好买。"
"我顺便查过了,这两天的票售空了。"李峙那里传来敲击键盘的声音,"不过本身上海直飞你老家的班次就很少,你要是愿意去别的城市中转回去倒是有票的。"
张三拉长了声音:"好麻烦——"
这是在撒娇吗?李峙很识相地把这句话咽下去,又温和道:"开车怎么样?不远的。"
"我没车……"张三说。
"问吴语借。她上次说她爸爸买了新车,旧车给她开着练手用。"李峙说,"和她说一下,应该会借的。"
"你说得对。"张三觉得是个好主意,情绪舒缓下来,身体也渐渐放松,"我这就和她说一声。"
"不用了。"李峙笑,"如果你不吃醋的话,我来问吴语就好了。你吃点东西看部《变形金刚》睡觉去吧。"
"谁要吃你的醋了……"张三不和他客气,"交给你了哈,小李子。"
"喳。"李峙应了一声,但还在笑,"我说的是你吃吴语的醋。"

电话那头沉默几秒,随后传来了恼羞成怒般的忙音。
李峙摸了摸鼻尖,真心实意地笑了起来。
隔着一千多公里,张三也轻轻地弯了下嘴角。
这个世界破事很多,事与愿违无疾而终的更不少见。
但是把这些事情一件件拆分开来寻求解决方式,这本身就是一种让人安心的动作。
总归有办法的。张三已经不是以前那个尿床的五岁小孩,二十年岁月过去,她与更为广阔的世界相连。
世界是不会因为发生在某个人身上的某件事而轻易崩塌的,它只会就这么平稳而混乱地运行直到人类灭绝。
抱着这种"终归会有办法"的莫名好心情,张三平静地吃了点东西,洗漱完甚至还敷了张面膜,抱着张国庆熄灯上床了。

大概是因为这是今天第二次入睡,她又做了好多梦。

梦里的场景纷繁又混乱,有张爱华在狭小的厨房里烧饭,有张小铃贴了一墙的光辉灿烂的奖状,还有她的老家,与被留在老家的父亲。

总是温柔微笑着的寡言男人,在乡村老家操持着家务照顾老人,以便让张爱华得以带着两个小孩在大城市拼搏,放下后顾之忧。

她对父亲的印象很模糊,他话少,她比起张小铃又是不这么能够……拿得出手的孩子。

许多个待在老家沉闷多雨的下午,张爱华带着张小铃去走亲戚,剩下父女两人只是这么安静甚至是尴尬地对视着,随后父亲就会转身走进厨房,给她端出熬得很浓的鸡汤,里面盛着一只鸡腿。

张三就端着汤碗,坐到门前的台阶上,吃一小口鸡腿,喝一口汤,数着回上海的日子。

昏睡间,张三听见有人正在打开房门,张国庆跳下床,压着嗓子低吼。

张三一惊,正要翻身起床,就听见了李崝熟悉的温润嗓音:"是我。"

随着脚步声由远及近,一只带着室外寒气的手落下来,轻轻地拍了拍她的头:"没事。"

睡意立刻汹涌蹿上来,张三挣扎着睁眼:"你怎么……"

"我身上凉。"李崝往后退,然而胳膊被张三在被子里焐得暖热的手搂着,哭笑不得道,"你清醒的时候也这么黏人就好了。"

张三靠着本能把他往被子里拉,然而到底还是比不过清醒者的力道,自己的身子反而被拖了半个出来。

李崝连忙把她塞回被子里,和她商量道:"我这件外套起码一周没洗了,你确定要拽我上床?"

张三立马松手,转而揉了揉眼睛:"现在几点?"

"北京时间凌晨四点半。"李崝说,把张三揉眼睛的手塞进被子,"睡觉。"

张三坚持了片刻,手又不死心地伸出来抓着他的袖口。李崝叹了口气,道:"起码你得让我上个厕所吧。"

张三飞快撒手,甚至气呼呼地翻个身背过去。

李崝轻笑着摸了摸她的头,又被她一巴掌拍开,他也不恼,哼着歌去卫生间洗漱了。

再次入睡之前,张三感觉身侧床垫往下一陷,随后青年暖热的体温热烘烘地传过来,贴在她背后。

"睡过去一点。"张三说,"别黏黏糊糊搞不清楚。"

"看上去已经醒了。"李崝笑,手上没用什么劲就把张三翻过来对着自己。

在黑暗中,张三盯着他的眼睛亮晶晶的,偏偏又皱着眉头:"你怎么回来了?"

"你哭的时候我买的车票,还发到工作群里让同事帮我助力抢票。"李峙说。

张三还想再问,李峙把她往怀里一拢,沐浴露的清香泛上来,他说:"睡觉,晚安张三。"

"晚安'李四'。"张三说。

晨光从窗户里照进来。张三醒过来,有些茫然地看着睡在她身边的青年。

他睡得很沉,眼下有淡淡的青色,浓黑的鬓发湿漉漉地搭在额前,有一层细汗。

张三才想起李峙是火气旺比较怕热的体质,艰难地从他的怀抱里抽出胳膊,把他身上的被子松了松。

李峙微微蹙眉,叹出一口气,醒转过来。

"醒了?"张三说,"抱歉,我应该动作轻点的。"

"没事。"李峙摇摇头,抬手揉了揉额角,"现在几点?"

"七点半。"张三说,拨开李峙湿润的额发,"早安。"

"早安。"李峙回答,停顿几秒,他忍不住展颜,"我们好像不太说这个。"

张三点点头,莫名有些羞赧。

"以后可以多说说。"李峙说,"还挺浪漫的。"

然而,这种浪漫并没有持续多久,因为张三忍不住开口:"你不上班了?旷工?"

"我和他们说我爸死了,"李峙一本正经地说,"我来奔丧。"

张三默了默:"你可真孝顺啊。"

回去不得被同事打死。

"开玩笑的。"李峙笑,顺势把张三往自己怀里拢了拢,"和他们说了,我下午开会之前回去。"

"那你费力跑这一趟……"张三说,"我其实还好的。"

像是怕李峙不信,张三絮絮道:"这也不是第一次了,我当了二十五年我妈的女儿了,这点承受力还是有的,也就是昨天比较突然事情都堆在一起……"

——"我不好。"李峙开口。

张三一怔,猛地噤声。

黑沉沉的桃花眼凝视着张三,李峙温和又清晰道:"听见你哭,我很不好。"

"我……"

张三刚要张嘴,李峙又补充道:"当然你要是不跟我说,后面我自己发现,我会更加不好。"

他的黑眸弯了弯:"是我好想见你。"

"……天啦!"

张三像是被吓到了一样大叫一声,连忙反应过来捂住了嘴。

李峙显然被吓了一跳,用询问的眼神望着她。

"这里隔音不好。"张三松开手,眼睛东张西望就是不看李峙,"没事,我就是有些……呃,被你'咯噔'到了。"

李峙闷闷地笑,也不去揭穿嘴硬的张三,意味深长道:"隔音不好啊……"

"老房子都这样的。"张三显然没有发现李峙的险恶用心,抓救命稻草一样抓着这个话题讲下去,"楼上打个喷嚏,我在楼下都要说一声一百岁。"

"邻里关系真好。"李峙说,随后弯起眼睛笑,"隔音不好啊……"

"怎么了吗?"张三感觉不对,抬起眼睛看他。

"没怎么啊。"李峙说,"就是以后晚上做有些事情得小声点。"

什么事?张三茫然地看着他,随后眼睁睁地看着李峙很有暗示性地一挑眉:"小孩不能做的事情……哎哟。"

张三收回掐李峙腰的手,微微红着脸骂他:"你要脸不啦,一个处男还敢想这些。"

"我说的是看《变形金刚》。"李峙说,"你在想什么?"

"《变形金刚》哪里是成年人能做的事情了?"张三不依不饶。

"你自己去百度,"李峙说,"《变形金刚》的电影分级是 PG-13……好痛好痛,别捏了,好姐姐,我错了。"

张三转捏为挠痒,怕痒的男人怕老婆,李峙被挠得忍不住笑,反手去挠张三的腰。

张三身子一拧要躲开,被李峙胳膊拦着,仗着体格优势挠。

"好啦好啦,不要啦!"张三笑得上气不接下气,喘着气求饶。

"女人,你点起的火,"李峙冷笑一声,"你自己灭。"

他追,她逃。他们插翅难飞。

京圈清冷佛爷强势夺情,沪上旗袍佳人美眸含泪。

两人正战况火热,门口突然传来了门铃声。

李峙松开张三,把她往被子里塞了塞:"我去开门。"

张三应了一声。

李峙走到门边看了下猫眼,回头朝有些紧张,钻进被子把自己裹成一只羊角包的张三笑:"是吴语,来送车钥匙的吧。"

张三点点头,李峙打开门。

门口的吴语一副死了好几天的死鱼模样。

李峙:嗯?

"早上好。"他说,"你怎么了?"

"你好。"吴语放下捂住耳朵的手,很诚恳地问,"请问我也是你们爱情中的一环吗?"

"不是,你听我解释。"张三闻言,一激灵从被子里爬起来。

李峙体贴地往边上让了让,方便张三挽回自己的小姐妹。

然而吴语看着披头散发的张三,下意识地往后一退。

张三:你退半步的动作是认真的吗?

当时不是说好时代姐妹花永远不分家吗?

大概是张三的眼神太过于难以置信且受伤,吴语默了默,指了指她的领口:"你现在不太雅观。"

怎么可能?张三一向遵照老张家的祖训,为了防止受凉嗓子不好,扣子老老实实扣到最上面,恨不得把下巴都包进去。

她抬手一摸,发现自己领口大开,可谓是十分有伤风化。

张三一边连忙把扣子重新扣好,一边抽空瞪了李峙一眼。

李峙赶快举起手很无辜地发誓:"不是我解的,我哪有这个胆子,我看都没敢看。"

张三还瞪着他。

李峙诚恳地补充:"就算我有这个狗胆,我也没有这技术啊。"

他可是二十六年的金牌处男,哪里会这些花活。

张三把怀疑的视线投向开始啃吴语裤腿的张国庆。

吴语受不了了:"你居然宁愿怀疑狗也不怀疑'李四',你真的,你超爱。"

"我好感动。"李峙说,"这就是信任的力量吗?"

"我好恨我听得懂普通话。"吴语说,"你们以后能不能不要用我,我老板不允许我们打两份工。"

"这算不算违背《劳动法》?"张三问。

"签过合同或者员工手册上写了的话,"李峙说,"属于单位的用工自主权。"

"两个精神病。"吴语总结,"我时常因为我的精神状态过于健康稳定而感觉和你们格格不入。"

"进来坐,进来坐。"张三拉着吴语进来,"给你烧点早饭,我开车送你去上班。"

李峙很自觉地去厨房烧开水准备下饺子。

"蘸料要醋还是辣酱油?"张三一边拿小碟一边问。

吴语抱着张国庆回答:"番茄酱加美乃滋。"

"我觉得你绝对没资格说我们疯。"张三冷静道,"你疯得让我害怕。"

张三正在帮吴语调蘸料的时候,吴语蹭了过来,悄悄拉了拉她的衣角:"三啊。"

"你和李峙进展到什么地步了？"她问。

"睡一张床以上，"张三很严谨道，"但拉小手未满。"

"你们真的是好经典的先婚后爱。"吴语说，"然后呢？体验如何？有没有食用点评？"

"什么？"张三愣了一下才反应过来她在说什么，哭笑不得道，"我们盖着棉被纯睡觉的。"

"害羞什么。"吴语操了张三一下，看她表情停顿几秒，才睁大眼睛道，"真的？"

张三点点头。

吴语表情凝重："你们两个……这么纯爱？"

张三："……嗯。"

"我的老天！"吴语小声感叹，随后拉了一下张三，表情认真，"三啊，你和我说实话。"

张三摆出洗耳恭听的架势。

"虽然我一开始说李峙要和你在一起，你一定不能放过这个靠谱保底饭票的机会，但我是开玩笑的。"吴语说，"没有什么比你真心喜欢更重要。"

"你和我老实说，"吴语问她，"你喜不喜欢李峙？"

怎么会有这么青春的问题？张三又被拉回到了十六七岁的少女时代，吴语挽着她的手在操场上散步，也问了同样的问题，甚至一字不差。

当时的她暗恋着隔壁班的班草，毫不犹豫地回答："当然不，我喜欢谁都不会喜欢'李四'。"

话音刚落，她的卫衣兜帽就被人从后面扣上了脑袋，张三回头，不出意外对上一双温和的笑眸。

"哎呀，李峙，你正好听见了这悲报。"吴语说，"好惨。"

"没事，"李峙说，"我要感谢不被她惦记。谢谢你，张三。"

张三气得跳起来，追着李峙跑了半个操场。

没想到小十年过去，同样的问题又来到她跟前。

张三沉默地想着，直到手腕被吴语给攥住："可以了，再挤饺子就成配菜了。"

吴语低头看看被挤成小山的美乃滋，突然笑了笑："看起来你还挺喜欢的。"

张三"啊？"了一声。

吴语又笑。她和虽然有六任前男友但是交往时间加在一起甚至没有三个月的张三不一样，她与自己男朋友从大一恋爱长跑到现在已经在谈婚论嫁，自认有丰富的经验来做恋爱导师。

不就是木头女主和闷骚男主吗？小菜一碟手到擒来。吴语自信满满，这杯媒人酒她喝定了！

"你看，李峙从小就和你相距不超过十米，"吴语启发道，"二十年来没有桃色新闻，你觉得会是什么原因？"

"呃，我挡了他桃花？"张三说，"主要是他也没和我说，我没注意到。"

吴语一哽。

"不是，有没有可能……唉算了，我直说吧，"吴语破罐子破摔，"这小子暗恋你。"

"不能吧？"张三和吴语蹲在一起，扭头去看十分贤惠地在厨房里忙活的李峙。

"怎么不能了？"吴语说，"不然他怎么会这么宜室宜家。"

"可能只是喜欢做家务？"张三说，"不是有些人的解压方式是这种吗？而且朋友落难帮一把不是很正常吗？"

"我郑重地提醒你，我和李峙也认识十年了。"吴语说，"你看他有没有来我家做家务，他都懒得给我拼多多砍一刀。"

"而且你看，"吴语循循善诱，"现在他都要把'喜欢你'刻在脑门上了。"

"……难道不是因为我本身就很有人格魅力？"张三说，"都睡一张床了产生好感很正常。"

"你试试看和李峙那个朋友……王武，哦，王武有老婆了，那就跟赵柳睡一张床，"吴语说，"你们不是关系也挺好经常一起去喝酒吗？"

张三整张脸皱在一起，浑身上下写着拒绝："别拿这种事情开玩笑。"

"是吧。"吴语托着脸笑，"感情这种事情哪里是能够睡出来的。"

"我感觉你的逻辑有问题。"张三说。

"这不是重点。而且你想想看为什么你们两个人睡在一张床上，他还什么都没做。"吴语不受影响气吞山河道，"这就是喜欢是放肆爱是克制，想触碰又收回手……"

"因为违背妇女意愿是犯罪，处三年以上十年以下有期徒刑，"张三打断，"而且小孩不能做公务员。"

吴语："你是不是故意的？"

"遵纪守法。"张三说，"总不能是他不行？"

这谁带得动？

吴语盯了她几秒，突然转头朝李峙扬声道："李峙！"

李峙拿着锅铲看过来。

"张三说你不行！"吴语很有气势道。

张三和李峙两个人同时僵住。

随后，李峙微微歪头，锅铲在锅边轻敲两下，轻声道："我不行？"

"不是。"张三连忙撇清自己身上的脏水，"我不是这个意思。"

"她说你太安全了，睡了这么久还是素觉，一看就不行。"吴语说，"不行是男人最好的福报。"

李峙不说话了，脾气再好的男人承受这方面的质疑也很难保持好脸色，他越过越发心虚的张三，看了眼吴语。

没想到吴语朝他偷偷竖了个大拇指。

李峙：嗯？

姐们只能帮你到这里了。

吴语心满意足，并且非常潇洒地起身，去吃饺子了。

张三愣愣地看着搞完破坏若无其事的吴语，李峙从后面走过来，拍拍张三的头："去吃早饭。"

张三视线往上移，落在李峙温和的笑脸上："你不生气？"

李峙把她拉起来："我又不是真不行，我破什么防？"

"噢。"张三一愣一愣，从他边上路过。

擦肩而过的时候，手腕突然被轻轻握住，张三猛然抬眼。

李峙垂眸看着她，眼底沉沉的，倒也不像是在生气的样子："不过你连这都告诉吴语了啊？"

"也不是什么不好说的……吧？"张三犹疑道，"都是朋友。"

"那我现在倒是有些破防了。"李峙说。

张三："啊？"

"没事，我一会儿有话和你说。"李峙抬手把她头发揉得乱糟糟，不出所料被踩了一脚，"但我得先组织组织语言。"

吃过了饭，张三开着吴家老爹的车，载着去上班的吴语和要坐火车赶回去开会的李峙，以及第一次出远门的张国庆，浩浩荡荡地出了门。

"怎么说呢，有种拖家带口的感觉。"

张三开着车，看了眼副驾驶摆弄导航的李峙，又从后视镜去看跟张国庆打成一团的吴语。

"挺好，一夫一妻制。"吴语说，"我当你老婆，'李四'当你老公，你坐享齐人之福。"

"我觉得这犯法。"张三说。

"不领证就不算。"李峙说，"但算宣传不正确男女价值导向，不做提倡。"

张三狐疑地看看李峙，李峙笑而不语。

张三先送吴语，后者到了工作地点，笑眯眯地下了车，朝她招手说再见。

131

"笑这么灿烂，总觉得有问题。"张三嘀咕着，一脚油门往火车站开。

李峙坐在副驾驶座上，安静地看着窗外。

"这条路我们小时候好像经常来。"张三等红绿灯的时候，张望了一下路况，"买包书纸和文具什么的，还有三块钱的香芋奶茶。"

李峙看着已经被扩建成四车道的柏油马路，笑起来："那时候你妈妈还不让我们走这条路呢。太窄了，怕被自行车撞。"

"是啊，结果我们还老是去那里玩，"张三有些怀念，"你和我妈说是上兴趣班，我妈还信了。"

"去文庙里逛地摊也算是一种社会实践。"李峙说，"当然主要是我人设经营得很好。"

张三抿着嘴巴笑，方向盘一转，桑塔纳缓慢汇入高架车流。

"今天吴语和我说，她也认识你快十年了。"张三盯着前车的尾灯，"这么想想，我和你也做了二十年的朋友了。"

李峙的视线沉沉落在她身上，张三不受影响接着讲："和你做朋友是很开心的。"

"包括大学四年，我们虽然很少见面，但我也没觉得孤单过。"张三笑了笑，"没有刻意想起过你——想起来反而会比较奇怪吧，毕竟我们男女授受不亲的。"

"但是昨天……很不一样。"很快就下了高架，张三顺着匝道往下开，"我真的很想念你。"

"醒过来的时候看见你，我还以为我在做梦，"张三说，"结果你和我说你要上厕所。"

李峙忍不住摇着头笑，火车站的指示牌已经出现在了道路尽头："那没办法。"

"所以……嗯。"张三思考了一下，没有想明白自己想表达什么，干脆把车靠路边停下，"你在这里下车吧，再往里走就是单行道，出来好麻烦。"

李峙坐着没动，过了半分钟，才长长舒出一口气，往椅背上一靠："我还以为你要和我绝交，说什么好朋友不能谈恋爱。"

"那倒也没有。"张三把车先熄火，趴在方向盘上看着他，"但是万一分手会很可惜，我和我前任们都老死不相往来的。"

"你能不能想点好的？"李峙说，"我们本身就是奔着领证去的。"

李峙不提这个还好，一提这个张三就把脸埋了下去，披散着的头发把她的脸遮得严严实实的，只露出两只耳尖。

李峙伸手，把她的头发挽到耳后。

张三侧过脸看他。

李峙又笑了："感觉像你高中时一样。"

132

高中的时候,他们坐过一段时间的同桌,虽然后面罗翔老师担心他们早恋把他们活生生拆开了,张三喜提前三排黄金听讲区,李峙因为身高被发配到最后一排。

在他们短暂的同桌时光里,张三就喜欢趴在桌子上,懒洋洋毫无正形地和他说闲话,有的时候趴久了,脸上露出几道袖口褶皱的印子。

"干什么?"张三干巴巴地说,"追忆青春了是吧。"

"不用追忆。"李峙摇摇头,突然正色起来,"那我也有话要说。"

张三直起身子,莫名有些紧张:"怎么了?"

她隐约有种预感,惴惴又期待,只能故作镇定地看着李峙。

"张三,我一直觉得,你的恋爱经验比我丰富,应该比我更明白……流程。"李峙声音很平静,手指却紧紧捏住了公文包的边缘,"所以我一直很没有自信,做每件事情都是瞻前顾后。"

张三微微睁大眼睛:"你没自信?"

"嗯。"李峙很坦然地点点头,"毕竟我是一个二十六岁没拉过任何女同胞小手的处男。"

张三哽住。

李峙弯起黑眸:"但你今天的话提醒我了。"

"我们是最好的朋友,相信以后也会是。"他说,"这个身份让我可以很自然地待在你身边。"

"但……我现在不满足这样了。"李峙笑了笑,放松下来,侧着身子倾向张三,"我想作为一个男性,或者说是一个追求者来面对你。"

张三有些惊讶地"啊"了一声,往后面退了些。

"会被吓到吗?"李峙失笑,"你被追的次数又不少。"

"倒也不是,"张三艰难地回答,"就是有些突然。"

"突然吗?"李峙眼尾笑意更深了,往后靠了靠,"我以为我表现得挺明显的。"

"确实明显,"张三松了口气,"但我以为是那种……大家心知肚明情投意合暗度陈仓的路线。"

"很遗憾,我不喜欢这种类型。"李峙说,"我难得大男子一回,你包容我一下吧。我想要清清楚楚明明白白。"

张三一怔。

李峙嘴角敛了笑意,偏偏又有更浓郁的笑从眼尾透出来。

"张三小姐,我好喜欢你的。

"希望你能考虑一下,能不能让我做你的男朋友?"

张三呼吸微窒,但还是没忍住煞风景:"你都不问问我喜不喜欢你?"

李峙表情一僵,失算,没想到还有这一层。

133

光顾着问能不能谈恋爱了。

二十六岁恋爱经验为零的处男哪里知道这么多,第一次告白就惨遭滑铁卢。

"那……那你连带这个也想想,"李峙强作冷静道,"不急着答复我,我都可以等。"

张三眨眨眼睛。

"哎呀。"李峙一看中控台上的时间,猛地往上一弹,"我快赶不上高铁,我……我先走了。"

他一着急,说话就咬了舌头,"嘶"了一声。

张三忍不住笑起来,整个人松弛下去:"你能不能坚持多帅几秒……啊。"

接下来的话语被一个拥抱止住。

男人温暖的体温笼在她的身侧,脸颊碰到他颈边柔软的织物,一股淡淡的洗衣液香气。

张三听见了心跳声,一声比一声快,也不知道是她自己的,还是另外一个人的。

耳尖像是被什么温暖干燥的东西擦过,对方似乎也犹豫了一下,那柔软的触感在发间一掠而过,李峙才慢慢松开她。

张三怔怔地看着他,后者脸上也染上了一些不自然的绯红,黑眸湿漉漉的,却努力镇定地看回去。

"那……我先走了。"李峙说。

张三感觉自己钝钝的,幸好还有本能支撑着她:"那……你注意安全,到了发消息报平安。"

"你也是。"李峙笑了笑,拿起自己的公文包,"到老家和我说声,路上多在高速休息站停下来歇歇,一个人开车不要疲劳驾驶。反正也不急这一时了。"

"嗯。"张三应道,"也遛遛张国庆。"

"对的。"李峙笑,探身摸了摸后座的张国庆,"那我走了啊。"

"再会。"张三挥挥手。

李峙潇洒地转身,然后在张三的注视下,拉着行李箱在平地脚一崴,很狼狈地踉跄几步,干脆头也不回往前跑。

很有几分仓皇逃窜的意思。

天哪,哪里来的小炫男。

张三笑得趴在方向盘上,笑得浑身颤抖,笑到耳尖一阵一阵泛热。

她侧过脸枕着胳膊,眼睛亮晶晶的。

张三掏出手机,有些促狭地编辑了一条信息发出去:*走路注意脚下。*

第六章
救星出现

张三快开到 Y 市的时候，下起了这个季节罕见的大雨。

雨水猛烈击打挡风玻璃，雨刷奋力把水扫开，早就该退役的老桑塔纳承担了自己不该承担的重担。

张三把音响关掉，专心开车。

陈旧的钢铁车顶被雨珠敲得"噼啪"作响，世界一片嘈杂，又因为这喧闹盖去所有的杂音，陷入了一种奇异的安静。

后座的张国庆不知道自己科三考了三次才过的主人正在和暴雨搏斗，它窝成一团打着小呼噜，睡得很香。

张三突然有些走神。

以前都是张爱华开车带她回去，这是她第一次自己跑这段归乡路，风景甚至是陌生的。

毕竟她以前的角色是张国庆。

张三按照导航老老实实地在前方路口下了高速，提前给张爱华打了电话说自己很快就到。张爱华表示收到，并下达最高指示说不要买任何东西直接回家。

张三应了，一脚油门直接往老宅开。在路边风景越发荒凉、越发陌生之时，她回到了家。

她父亲站在门口等她，撑着一把去佛寺念经，碰上雨天分发给施主的明黄色的佛号伞给她指挥倒车。

张三把车停稳，刚一打开车门，父亲就把伞撑到了她的头上，又张罗着帮她去取行李。

"怎么用这把伞？"张三帮父亲打伞，忍不住吐槽，"我们家没人信佛啊。"

"信不信的，不都一样。"父亲说，把行李拿下来，"你这只狗……"

"我来抱。"张三说，"它的脚弄脏的话擦起来很麻烦。"

父女俩把行李和狗搬进了家，张三把伞撑着晾干，又问："我妈呢？"

"和你姐姐出去买凉菜了。"父亲说,"你小时候喜欢的那家。"

我有很喜欢的凉菜店吗?张三自己都不知道有这件事情,但也不纠结:"我开车去接一下?雨这么大。"

"算了,你妈也会叫你别折腾。你去看看外婆吧。"父亲说。

张三应了,走进了外婆的房间。

外婆自前几年摔了一跤,股骨骨折,虽然做了手术,但行走还是不太方便,一动就喊疼,最后干脆就不愿意动了。

她成了一株栖身在床和轮椅上的植物,而之间的移动都由张父代劳。

外婆正在床上坐着打盹,房间拉着窗帘,暗暗的、静静的,能听见雨水落在窗棂上的声音。

张三走进去,站在外婆的边上。

外婆被惊动了,倦倦地睁开一双眼睛:"小铃?"

"是我,我是三三。"张三说着,走到外婆身后,帮她往腰下垫了两个枕头,轻轻捏起了她的肩。

"好痛,老骨头了……"老人喃喃着,"到了雨天,到处都疼。"

"吃点药吧。"张三说,"我给你倒水。"

张三把止痛药拿过来,只见外婆又盯着她,怔怔地笑。

"从美国回来啦?"外婆说,又恍惚地叹气,"年轻人忙啊,忙点好啊。"

她还是分不清张三和张小铃。张三也不恼,应了一声:"嗯,回来了。"

伺候着外婆吃了药,张三慢慢地给她揉肩。外婆嘴里念着费解的乡音,头一点点往下垂。

等外婆彻底睡着了,张三扶着她躺下。父亲蹑手蹑脚地走进来,端着一个冒着热气的瓷碗,朝她招手:"来。"

张三过去,顺手把门带上。

父亲把碗递给她,张三低头一看,只见黄澄澄的鸡汤里浸着一只鸡腿,鸡皮上插着半排虫足或者触手一样的东西,看上去十分的不可名状。

"冬虫夏草。"父亲冲着她笑,"给你补补身子。"

张三无声地表示抗议。

父亲递给她一双筷子:"你没吃午饭吧?先吃点垫垫肚子。"

张三端着汤碗坐到了桌边,把虫草扒拉出去,有些抵触地喝了口"虫子"的洗澡水。

她的舌头说好鲜,她的灵魂说好恶心。

父亲又去厨房烧饭了。

张三盯着汤碗几秒,拿筷子把虫草一根根插回去,拍了张照片发给李峙。

随后她慢吞吞地喝着汤。

李峙的回复过了一会儿才来，是一个被咬了一口的包子。

张三打字问：怎么就吃这么点？

李峙回复：省吃俭用攒老婆本。

张三抿着嘴笑：你醒醒，你还没有老婆。

李峙发了一个很可怜的表情包过来。

张三想了想，给他发了个三块五的红包：去买根烤肠吃吃。

李峙过了好一会儿才回：王武问我为什么笑得这么恶心？

他又补充了两句：这么补，小心流鼻血。不过我猜你也不吃。

张三看着被她重新挑出来的虫草，忍不住笑出了声。

等她把整只鸡腿都吃干净了，父亲又从厨房出来，在她面前摆了一碟糕点："吃吧。"

"太多了。"张三表示拒绝，"爸，你别忙活了。"

"你和小铃难得回来一次。"父亲坚持道，"多吃点，你看你都瘦了。"

张三不再推辞，拿起一块云片糕。父亲帮她打开电视，又走回了厨房。

张三看着父亲在灶台前的背影，叹了口气。

她不得不承认，她少女时代抵触回老家，除了老家待着很无聊，也有父亲的原因。

父亲和张爱华不一样，不会训斥她，当然也不会拥抱她。

他只是沉默，沉默着伺候老人，沉默着料理家务，沉默着在案板前忙碌。

明明是血脉相连的父女，张三面对父亲总是感觉到一种奇异的隔阂，就像是一堵透明的墙立在两人中间，挡住了所有的话语。

年少的张三甚至觉得愤怒，凭什么你明明是我的父亲，却只把我当作一株花或者是一只比较通人性的宠物狗来养？

在无数个沉闷的，只有他们两个人的午后，父亲温和地回避了张三的对话，以脊背对着她，在案板前准备晚饭。

直到长大了，张三才渐渐明白。

父亲不是不喜欢她，也不是觉得她不如张小铃优秀。

他们只是不熟。

大门被拧开，张爱华女士昂首阔步地走进来，手里的黑色塑料袋"哗哗"作响，脖子上的金边红丝巾让人挪不开眼睛。

"老陆！"她一进屋子就开始大声嚷嚷，"搭把手！"

父亲连忙从厨房里小跑出来，接过张爱华手里的塑料袋，往里面一看，笑得眼尾的细纹都挤在一起："好新鲜的带鱼。"

"我和小铃走了半小时去买的,"张爱华一边扯丝巾,一边面露喜色道,"刚好抢到了最后几条肥的。"

"三三呢?她不是说要回来了?还是迷路了?让她在路边停车,等着我去找她。"张爱华一说话就停不下来,"对了,停在门口的那辆破桑塔纳是谁的?修空调的师傅来了?哎哟,我得去盯着看,现在不像以前了,没人看着就偷奸耍滑做小动作……"

嘴上抱怨着,脸上的笑却很灿烂,她一边"噔噔噔"往屋内走,一边扬声吩咐父亲:"烧菜的时候酱油少放点啊,三三她——"

"妈,车是我的。"张三出声打断了张爱华,张爱华才注意到堂屋中间坐了个人。

几乎就是一瞬间,原本喜气洋洋的脸一下子垮下来,张爱华没好气地说:"你还知道回来?"

张三抿起嘴。

"要我现在走也可以。"她硬邦邦地说。

张爱华把挽着的漆红色小挎包往桌上用力一放:"走?走哪儿去?走了你就不要回来!"

张三站起来,原本的好心情已经消失得一干二净,从童年开始就不断阴燃着的愤怒又再次涌起来。

她想要逃离这个地方。

"给你们和外婆买的东西放在那里。"张三指了指角落里堆放的礼品,"还有给阿姨、姨夫什么的,你们自己看着分。"

张爱华冷笑:"我差你这点东西?"

"那我带走卖给礼品回收的。"张三无所谓道,脸上又浮现起一点让张爱华气得咬牙切齿的满不在乎,"正好抵一趟油钱。"

"滚出去!"张爱华气道,"我就当没生过你!"

张三冷着脸大步走向礼品堆,正要喊上张国庆时,张小铃从大门进来了。

"三三?妈?"她一向优秀的姐姐诧异道。

张小铃一看臭着脸的张三,又看着脸色难看的张爱华,再看看手在围裙前不安绞动的父亲,一下子明白发生了什么。

"三三,买这么多好东西呀。"张小铃笑着,不动声色地把张三手里的礼品袋接过来,拢着她往沙发上坐,"有没有给我的份?"

"有。"张三语气缓和了些,"在那个粉色袋子里。"

"好的呀,我也有给你带。"张小铃朝她亲热地眨眨眼睛,"你去房间里自己找,也是粉色的袋子。"

张三起身去房间了,张小铃连忙去顺张爱华的毛。

张小铃的行李已经归置好了，张三不怎么费力地就找到了一个粉色的小袋子，用手捏捏，沉甸甸的。

有咖啡豆的干香从里面散发出来。

张三低头嗅闻着咖啡豆，耳边听见张小铃哄张爱华的声音，心情低落下去，无力感泛上来。

张爱华应该也挺头疼的，怎么大女儿优秀聪明又温柔懂事，小女儿偏偏头铁又不服管教。

她小时候也曾经努力过，想要和姐姐一样什么都会，什么都能做到。但不得不挫败地承认，人各有命，不是每件事都是努力就可以成功的。

甚至在她的学生时代，有些老师教过她姐姐又教过她，对她的称呼变成了"张小铃的妹妹"。

幸好张三这个名字足够魅惑狂狷，没有人能够抵抗住在现实生活里喊别人张三的诱惑。

人如其名。张三有些想扶额苦笑，原本是饱含着父母祝福的名字因为小失误而变成了充满诙谐气质的张三，就像她努力想走入正轨，但最后还是乱七八糟的人生。

"三三。"张小铃从后面走过来，轻笑着喊她，"找到了？"

"嗯。"张三说，掂了掂手里的袋子，"谢谢。"

张小铃的视线被张三手腕上亮晶晶的手链给吸引住了，在一片昏暗的房间里格外明显："这个蛮好看的。"

张三大大方方地展示给她看："别人送的。"

"男朋友？"张小铃打趣她，"第七个？"

"'李四'送的。"张三说，"不是男朋友。"

"哦，那个经常来找你的男小孩是吧？"张小铃笑，她在上海和张三一起生活的时间并不多。

她高中念的是寄宿学校，大学去了外地，后面干脆远渡重洋去了美国工作，在所有亲人祝福声中和一个华裔工程师结为伉俪，可谓是前途一片大好。

"是的。"张三说，又撩了下头发，笑道，"我和他也没比你小几岁，你怎么老是和小妈妈一样。"

"还不是因为你总是和小孩子一样，"张小铃嗔怪地拧了下张三的脸颊，"老是气妈妈，妈妈脾气大你又不是不知道。"

张三撇了下嘴。

"哎哟，你这是什么啊？"张小铃注意到张三领口里挂着的细项链。

张三吓了一跳，赶快捂住自己的领子。

"不像是普通的项链啊。"张小铃颇有深意地看着她,"讲讲,讲讲。"

张三一噎。

她把项链从领口里拉出来,细细的银链子上挂着一枚素圈戒指。

"我的老天,戒指啊!"张小铃把戒指托在掌心细细打量,"也是那男小孩送的?"

张三没有否认。

"男男女女之间戒指可不好乱送的啊。"张小铃说,"不过是素圈,小孩还挺有分寸的。"

张三耳尖发热,把戒指收回去。

"热恋期真好啊。"张小铃突然轻声感叹了句。

"嗯?"张三抬眼,又笑,"你不也挺好,上次打视频还看见姐夫和你如胶似漆。妈妈还说你们什么时候准备要小孩,要去美国帮忙带孙子。"

出乎张三的意料,张小铃没有笑,眉眼之间拂过一层浅淡的郁色。

"你姐夫他……"她张嘴。

"你们还要在房间里待多久?"张爱华在外面喊她们。

张小铃拉着张三出来,被张爱华一顿数落。

张爱华对着张三依旧没什么好脸色,但幸好有张小铃调停,母女俩得以顺利对话。

张爱华骂她脑子昏头这么好的工作辞掉不干,又跑去跳什么舞。张三沉默以对消极抵抗,猛吃云片糕。

父亲把菜端上来,张小铃去房间里把外婆推出来,张三去帮忙。

老人看着消瘦,身体却不轻,姐妹俩费了点力气才把她挪到轮椅上。

昏暗的房间里,张小铃轻声对张三说:"你姐夫精子质量不太行,医生叫我们做二代试管。"

"哈?"张三愣了一下,"啧啧"道,"他生活作息不健康啊,你看看能不能让他先调养调养呢?试管还是比较伤身体的。"

"他工作忙,又有应酬。"张小铃挽了挽头发,低着头笑,"他叫我辞职养身子,说什么女人家家的,没有孩子不完整的。"

"昏头了?"张三傻眼,"这缺西(缺心眼)话他自己说的?"

张小铃没有否认,像是有些难为情地别开脸。

"他疯掉了。"张三都被气笑了,"你和他说,不行就离婚,这种话也好意思讲出口,都什么年代了,"张三越说火气越大,"还有这种老瘪三活着啊,新奇的呀。"

说着她就已经摸出了手机,一副准备订机票随后赴美去手撕清朝老僵尸的样子。

140

"……三三。"张小铃打断张三,她把外婆推出房间,声音很轻地和张三说,"所以我很羡慕你。"

张三错愕地看着张小铃。

张小铃很短暂地笑了一下,一向精致完美的严妆之下,张三第一次看见她眼角的细纹。

"这是真话。"

父亲做的饭一向很好吃,餐桌上每道菜都用了十足的功夫,连豆腐羹都是用文火煨了一上午的。

张爱华把红烧鲤鱼的鱼子夹出来,放在张三的白米饭上。

张三把鱼子很嫌弃地拨开:"我不吃这个的。"

"都是精华,补脑子的呀。"张爱华说,见张三还是一脸抗拒,一边数落她,一边把鱼子夹给张小铃,"那给你姐姐吃。"

"你在这里待多久?"父亲问,他正在给外婆喂海鲜粥。

"十来天吧,长则一个月。"张小铃说,把鱼子吃了,"还没订回去的机票。"

"这么久。"张爱华说,"你老公那里没意见啊?"

"她回不回去关她老公什么事。"张三很没好气,"又不靠他养。"

"又关你什么事!"张爱华斥道,"你当你姐姐和你一样不着调啊,做什么事情都随心所欲的。"

"你也说说她。"张爱华转向张小铃,"都这个年纪了,还脚踩西瓜皮到处滑的……"

张三用力地放下筷子,"啪"的一声。

"造反了哦?"张爱华瞪起眼睛,"我和你说,我给你安排好了,这里有家公司你过两天去报到一下,很稳定的,也不要到处漂了,能攒下几个钱?"

"哈?"张三很难以置信地看着她。

"你小阿姨的朋友开的。"张爱华絮絮道,"离得近,住在家里也方便,都好照应一下……"

"我不。"张三推开碗,站起来,"我不。"

"你不要不知好歹。"张爱华皱起眉头,声音也扬起来,"我不能看着你这么不靠谱下去,你这是把前途当儿戏!好好的工作不要了,咣叽一下跑去跳舞。你现在年轻还能作,你以为你能年轻多久?"

"这是我自己的事情,"张三努力压抑着声音里的愤怒,"不用你来管。"

张爱华一拍桌子:"你要是能和你姐姐一样,我也不管你。"

"我吃饱了。"张三感觉这顿饭吃不下去了,端着碗筷就往厨房走。

"你站住!"张爱华气得声音都抖了,"我怎么生了你这样一个不听管教的讨债鬼!"

141

在极度愤怒中,张三莫名想起了那天林月在一片烟雾中对她说的话。
——"如果你不能完全属于我,我就不能教会你。"
一股强烈的厌烦涌上来,张三回过脸,脸上的表情冷淡到近乎冷感。
"是的,你就是生下了我这样的货色。"张三说,"我不属于任何人,我也成不了任何人,我只能做我自己。"
短暂的沉默,张爱华暴怒:"滚!你快给我滚!"
滚就滚,张三捞起感觉气氛不对瑟瑟发抖的张国庆,大步往外走。
门一拉开,她和原本应该在千里之外的某个男同志撞了个正着。

李峙左手拎着烟酒礼品,右手拖着行李箱,很有几分准女婿初次上门的意思。
他有些诧异地看着张三:"你?怎么穿这么点就出来了?"
张国庆见到熟人,开心地叫了一声。
父亲和张小铃听见声音,从桌边起身张望,错愕地看着李峙。
张三愣了两秒,反应过来。
"跑!"她把李峙带来的礼品放在地上,抓着他的手就跑上了车子。
在家人惊愕的呼喊声中,张三将安全带一系,油门一踩。
老桑塔纳爆发出了引擎不该承受的轰鸣,沿着小路就窜了出去。

张三把手机关机,又夺过李峙的手机把声音调成静音,打开了车载音乐。
京韵大鼓在狭小的车厢里震耳欲聋,这显然是吴语父亲的品位。
张国庆兴奋地欢叫起来,张三也莫名忍不住笑,笑这荒诞的展开,就和她的名字一样。
李峙靠在椅背上看她,把座位往后调了下,又把张国庆抱在怀里,很贴心地把暖气调大。
等红灯的时候,张三侧过脸看他,笑容带着几分挑衅:"感觉如何?"
"原来我还有发表意见的资格,我前面都没敢吱声。"李峙摸摸狗头,表情有些微妙,"我感觉我像是在丈母娘眼皮子底下抢婚……好像也不对,被抢婚?被迫抢婚。"
张三大笑起来。
"我本来是想着给你一些心灵上的援助的。"李峙说,夕阳透过还有雨痕的窗户照在他脸上,神情微妙得就像是文艺片里走投无路的男主角,"但我觉得现在我特别想要上吊。"
张三笑得肩膀发颤,李峙伸过来一只手稳住方向盘。
"好好开车。"李峙说,"我还不想英年早逝。"
李峙的手机不断地振动,他低头摆弄了几下手机,看了张三一眼。

张三刻意避开了和他的对视，李峙接起了电话。

"嗯，对，我和她在一块。"李峙语气温和，"嗯……阿姨，三三是成年人了。"

又是几秒的沉默，李峙笑："那当然。阿姨不要担心。"

你来我往几句客套话之后，李峙挂了电话，把下巴搁在张国庆头顶上，盯着张三看。

"怎么了？"张三抽空看他一眼。

"我在想我现在在令堂眼里是什么形象？"李峙沉思道，"一开始是都和你睡一张床了，但还是不打算负责的死男人，现在又在她全家面前当众抢走她宝贝女儿扬长而去，感觉加急上靶场是众望所归。"

"好像挺不妙的。"张三诚恳道。

"但你妈还让我多照顾你一些，说让你不要乱来。"李峙说，"信任到这种程度真是让我汗颜。"

"可能因为你是个好人？"张三猜测，"看上去比较靠谱？"

"靠谱到当众强抢民女？"李峙笑起来，摘下眼镜，捏了捏眉骨。

"怎么说呢，作为一个人类受到这种程度的信任我很感激。"李峙笑着摇头，"但作为一个男同胞，我觉得很挫败。"

正好遇上红灯，张三警惕地看着他："你说说，作为一个男同胞你想做什么？"

"这是可以说的吗？"李峙惊讶道，"这说出来可就过不了审了。"

红灯转绿，张三一脚油门开了出去，很有几分恼羞成怒的味道。

李峙靠在椅背上懒洋洋地笑，摸摸张国庆，把它的大耳朵捂上："大人讲话小孩子不要听。"

"不过你怎么来了？"张三换了个话题。

"我拜托王武帮我应付两天，"李峙说，"我尽量把能做的工作都远程办公做了。"

"很麻烦吧。"张三皱起眉头，"还要交接什么的，我不太清楚你们的工作内容，但……没这么自由吧。"

"当然啊。"李峙也不愿意多谈这个话题，"王武帮了很大的忙。"

"回来我请他喝酒。"张三敲了敲方向盘，"哎，不对，他备孕来着。"

"请他喝喜酒。"李峙笑，"喜酒可以喝，实在不行让他喝橘子汁。"

张三瞪了他一眼，却没什么气势。

"你是不是开错了？"李峙看了眼地图软件，"这是往哪里开？"

"你没来过Y市吧。"张三说，"我带你去一个地方。"

方向盘一转，张三驾车驶上一条布满烟尘的黄土路。

"好。"李峙乖顺地应道,又忍不住嘴贱,"感觉你像是要把我抛尸。"

车子在颠簸的小路开了一会儿,路边树林渐浓。在夕阳快要坠下树梢的时分,前方道路一转,视线豁然开朗。

一条小河出现在他们眼前。

河岸荒凉,全是光秃秃的石头和几根杂草,灰扑扑的一片绵延开去。河水倒是清澈,映着烧红的夕阳像是破碎摇曳的金与深蓝。

张三停车,把车门打开。

张国庆欢叫一声扑了下去,在河滩上撒欢。

几只鸟被惊得飞起,纷纷鸣叫着飞向夕阳尽头,最后消失在云层阴影里。

张三也下车,从暖气开得很足的车内出来,她一下子就被河边的秋风冷得颤了一下。

李峙把大衣披在她身上,又转头去倒腾自己的行李箱:"还好我比较骚包,带的行头多。"

张三一边扣扣子,一边看着李峙笑,等他从行李箱里找出外套穿好,又把车给锁上。

两人往河滩走。

张三把手插进大衣口袋里。大衣是李峙的尺寸,她穿显然有些不合身,有风从领口灌进来。

她伸手要拉住衣领,但手一旦脱离温暖的衣袋,关节处立马被冻得泛红。

张三有点后悔,自己从家里冲出来的时候起码应该记得带上自己的外套。

李峙按着习惯走在她身后半步,见她瑟缩,犹豫片刻。

张三肩上一沉,李峙的手臂虚虚压在她的肩上,青年热烘烘的体温靠过来,顺势把不断漏风的领口拢住。

"走吧。"李峙笑笑,黑眸里神色温柔又笃定。

张三嘴巴张了张,还是没忍住开口:"有关于上次你问我的事情……"

面上镇定无比的李峙脚下一踉跄。

张三大笑起来。

"小时候大人和我说这里通往大海,是大海的源泉。"张三冲着潺潺河水扬了扬下巴,"海从这里来,我还觉得很神奇,"张三笑,河面上的波光映在她眼睛里,也亮晶晶的,"这么一条不起眼的小河,居然可以变成这么大的大海。"

"后来才知道,百川东到海。"张三说,"它不过是汇入大海里再普通不过的一条水沟。"

"说实话,我那时候很失望,"张三笑着叹气,"又觉得很正常。"

"不如说这样才正常。"她看着远方,在河滩上坐下来,"毕竟它连名字也没有。"

张三一直待在上海,像是被困在钢筋水泥森林里的一只灰扑扑的家雀。

张小铃倒是跑得远。张三记得在某一年春天,张小铃和新婚丈夫跑到了贝加尔湖那里度蜜月。

全世界最清澈也最深的湖泊,见证了他们爱情的最高光也是最甜蜜的时刻。

张三不行。她付不起昂贵的机票与酒店钱,哪怕付得起她也不舍得,宁愿坐在无名的小河边,看张国庆咬小树枝。

"我一直觉得我和别人都不一样,"张三轻声说,"毕竟正常人也不会叫张三。是我在屈就这个世界,我有很多离经叛道的想法,我是自由的飞鸟。"

思维发散出去,脸颊被寒冷的河风拂过,身躯却是暖融融的,张三也不太清楚自己在说什么。

大约是林月的引入文本过于煽情,又可能是今日实在是疲惫,抑或是边上的人足够让她安心。

"我总觉得我是在伪装,把自己塞进一个合适的壳子里面,其实真正的我是与众不同的,是独一无二的。"

"被林月选中的时候,我有种感觉……我终于被发现了,我是舞坛遗珠,我是蒙尘璞玉。"张三说,"但是现在我又发现……连这种自以为是都是很平凡的,很常见的。"

张三很短促地笑了一下:"一点都不特别。"

"今天被妈妈凶了。"她回避着李峙的注视,垂眸看落叶被水波推着流下去,"我感觉我真的……有点没用。"

"一点都不特别,想做点不一样的事情,最后又会被各种原因塞回去,还因为这些尝试落后别人一截。"张三吸了吸鼻子,眼角有些酸,"最后灰溜溜地重新去上班,还要被问为什么不跳了。"

"张三。"李峙突然喊她名字,从地上捡起几片叶子,"怎么会不特别呢?"

他往水里一片片丢叶子,枯黄的叶片被水流卷着,打着旋儿往东方奔流。

"这片叶子叫张三,这片叶子叫'李四',"他一边丢叶子一边说,"这片叫'王五',这片叫'赵六'……"

"等到了大海里面,它们还是叫张三'李四',腐烂了被鱼吃了,张三和'李四'就死一块了,然后被拉出来……"

"好了好了。"张三忍不住笑,"你怎么这么不会安慰人。"

"我要是很会安慰女人那就出问题了。主要是你刚刚提出的是一个很深奥的哲学问题,不太像是高中作文勉强获得平均分的我能解决的。"李峙说,又扔了几片下去,"你看,孙七周八吴九郑十,还有小帅和小美。"

"你说为什么都是张三'李四',前面两个老一老二是谁呢?"张三飞快地擦了下眼角。

"熊大熊二。"李峙说,"哎哟你看,'李四'被张三反超了,张三杀疯了张三,张三还在输出!张三要第一个冲到吴淞口!"

张三被逗得"咯咯"笑,伸手去拍李峙的胳膊,又被他一把塞回大衣口袋:"冷,别伸出来。"

李峙的手被晚风吹得也凉,几根手指圈在一起桎梏在张三手腕上,冰得张三一激灵。

察觉到张三的瑟缩,李峙要把手抽出来,却被张三反手按住。

李峙微微挑眉,倒也没有坚持,就这么和张三的手叠在一起,挤在大衣口袋里。

张三刻意不去看李峙的表情:"你饿吗?不饿的话,我们再坐会儿。"

"嗯。"李峙低声应道。

停顿片刻,他又笑起来:"那我们能不能换个动作,这样我的胳膊好难受啊。"

张三翻了个白眼,"啧"了一声后,也跟着笑了。

在萧瑟的秋风里,张三光明正大地窝进了李峙的怀里,脊背抵着青年的胸膛,耳侧有暖热的气流擦过去。

两人都默契地没有提为什么又把手插进了同一个口袋的事情。

"会不会冷?"李峙问。

夕阳已经渐渐落下,有归林的倦鸟飞起来,桃花色的薄云渐渐染上墨蓝,月亮即将升起。

"有点。"张三说。

背后传来窸窸窣窣的动静,李峙把外套拉链敞开,将张三包了进去。

他顺势把下巴搁在张三的肩膀上,手又伸进了大衣口袋。

"我觉得你现在特别像抱窝的母鸡。"张三很真诚地说。

李峙默了默,开口:"我刚刚特别想咬一口你的脸,但又怕被你打。"

"你会被打的。"张三说,"我会把你抛尸在这里。"

李峙闷闷地笑,下巴用力蹭了两下张三的颈窝。张三侧眸去看他,发觉桃花眼亮晶晶地看着她。

"你眼睛长得真好看。"张三忍不住夸他。

又明亮又深邃,微微弯起来的时候,笑意温润又柔和。

李峙眨了眨眼睛。

张三停顿几秒,发现新大陆一样睁大眼睛:"你脸红了!"

"乌漆麻黑的你怎么看出来的?"李峙坚决否认。

"怎么看都是红了。"张三盯着李峙脸颊上一小片红,随后这片红晕又飞快地蔓延到了耳朵上。

李峙不自然地把脸往后仰，张三就往前凑，坚决不放过任何一个给他添堵的机会："有些人嘴上稳得很，实际上抱一下就脸红，来来来，让姐姐摸摸……"
　　她猛然收声。
　　先前胜负欲上头得意忘形，等她回过神来的时候，才发现自己几乎是趴到了李峙身上，手搭在他的肩上准备摸他的脸，倒也不觉得冷。
　　两人呼吸相闻，是一个不是接吻就是打架的距离。
　　李峙喉结滚了滚。
　　张三有些讪讪地往后退，然而李峙的手不知道什么时候已经扶上了她的后腰。
　　原本是为了防止她摔下去，现在又有了别的意味。
　　李峙轻轻地按了按，像是催促，又像是在提醒她此刻的不合时宜。
　　嘿，这是在激谁呢？张三怒从心头起恶向胆边生，摸上李峙的脸。
　　鼻尖与眉骨被风吹得有些凉，但是脸颊与耳尖又暖热发烫，浓黑的小鬓毛时不时拂过她的手背，带来奇异的冰凉。
　　李峙垂眸望着她，鸦羽似的睫毛被夜风吹得微微掀起，遮不住底下璀璨的眸光。
　　张三有些微的愣神。
　　这不是她第一次看见李峙用这样的眼神看她，甚至这是她无比熟悉的眼神。
　　在少年时被擦得冰凉的竹席上，在高中人满为患的操场上，在街心公园的长椅上，他都这么看着她。
　　甚至……甚至是她在为自己前几段中道崩殂的恋爱而暴风哭泣的时候，他也这么安静地坐在她边上，时不时递给她一张纸巾，也是那样的眼神。
　　只是此刻的视线比任何时候都要直白和肆意，毫不遮掩地落在她的脸上，将她每一寸微表情都收入眼底。

　　明明是张三在摸李峙的脸，她却觉得李峙的视线代替了手指，细细摩挲过她脸上的每寸肌肤。
　　"……你是不是从很久之前就喜欢我了？"张三轻声问，"什么时候？"
　　李峙没有说话，抬起手覆上张三的手背，指尖无意识地轻捏她的无名指根。
　　"吴语说你绝对在很久之前就喜欢我了。"张三说。
　　李峙沉默了很久，突然认输一样别过脸，眼神里有几分生无可恋。
　　"那怎么办呢，等我发现的时候已经喜欢你很久了，"李峙恨恨地说，"你都和那小子亲上嘴了。"
　　"谁？"张三一下子没反应过来。
　　李峙说了一个名字。
　　张三这才反应过来那是她初恋对象的名字，脚指头用力缩起来，下意识要

捂脸。

　　李峙难得强硬，攥着她的手腕不许她把脸藏起来："那赤佬不是后面喜欢青梅去了吗？我还特地打飞的过去揍了他一顿，回去差点没赶上考试。"

　　"啊，还有这事？"张三也想起来了，"他发朋友圈说他是被车撞的，哎没事，我本来也只是看他这张脸好看，打肿了和猪头三一样的。"

　　李峙的表情更郁闷了："长得好看？"

　　"没……没你好看。"张三赶快顺毛，"你现在特别好看。"

　　"我想你们分了手，我总归可以试试看了吧，但又怕万一我们在一起了，你空窗期这么短会不会被人说无缝衔接。我们又是发小，怕你被传闲话说你暗度陈仓。"李峙说，"然后，嘿，你转头找了个文科男，那文科男能有什么好东西啊。"

　　"你清醒一点，"张三说，"你自己也是文科男。"

　　李峙很忧郁地盯着河水。

　　"好好好，你不是。"张三叹气，"求求你别回忆我的恋爱史了，我现在特别想跳河。"

　　"等一下。"张三突然想起什么，开始兴师问罪起来，"我有一年不是空窗期快半年嘛，你还和我一起过单身圣诞节，去黄浦江边瞻仰东方明珠。"

　　李峙又安静了一会儿，坐直了些，抬手把张三被晚风吹得凌乱的发丝拢到耳后。

　　"我太害怕了。"李峙轻声道，黑眸湿漉漉的，偏偏又执拗地盯着她，"我们可以做一辈子的朋友，但是分手的话，我这辈子都不敢见你。"

　　"……敢？"张三抓到了一个关键词。

　　李峙笑笑："人总是需要一点体面和克制的。"

　　"可……"张三耳尖发烫，她现在半跪着，被李峙圈在怀里，这个姿势对于友人来说暧昧得过分。

　　"你现在不怕了？"她说，"你还直接原地求婚，万一我甩你个耳光，从此消失在茫茫人海呢？"

　　"因为我克制不了了。"李峙笑，眼底亮亮的，月亮从他身后升起来，"我再也承受不住了，如果有第七个人……"

　　"好了好了好了。"张三耳尖已经烧起来了，她抵着李峙的肩想往后退，然而腰被揽得死死的，"哎呀，这六个人加在一起都没超过三个月。"

　　"不可以，一天都不可以。"李峙身子往前倾，手扶着她的腰慢慢放下她，张三居然被按倒在了河滩上。

　　"喂！"张三恼羞成怒，"脏不啦！"

　　"反正是我的衣服。"李峙很恶劣地笑，碎星与月亮在他头顶铺展开来，于夜空熠熠生辉。

他也倾下身去。

于是张三再也看不见夜空，漂亮的桃花眼占据了她的视线。

张三不敢说话了，她能够感觉到李峙的呼吸轻轻喷洒在她的脸上。

他刚吃过薄荷口香糖。

张三心头微颤，在一片微醺似的眩晕中，她慢慢地闭上眼睛。

下一秒，她的鼻尖被蹭了蹭。

张三睁开眼睛，看见李峙与她额头相抵，轻轻地蹭着彼此的鼻尖，眸光清明又温柔。

李峙像是在撒娇一样，轻声说："喜欢我一下好不好？"

"然后呢，然后呢？"吴语趴在新买的地毯上，一边和张国庆拔河，一边兴奋地问道，"你们后来做羞羞的事情了吗？"

"他像是能做得出来的样子吗？"张三诚恳发问，把煮好的咖啡倒进杯子里，"而且这个温度在野外做羞羞的事情，第二天就会上头条说不知名河滩边发现两具冷藏尸体……而且是艳尸。"

"你说得对。"吴语承认，低头用力嗅闻了一下咖啡的香气，"这个好香。"

"我姐给的。"张三说，捧着杯子坐到吴语边上，"哎，二代试管有没有什么不用女人打针的方法啊？"

吴语表情空白一秒，手中绳结一下子被张国庆咬走："'李四'真不行？"

"……被他听见了小心他打官司告你。"张三说。

吴语忍不住笑："好有力的威胁。"

"心胸狭隘的男人是这样的。"张三说，"当我发现他把我六个前男友的名字和信息都如数家珍倒背如流，甚至能精确到现在的工作单位的时候，我就感觉如果我不以身饲虎，他迟早走上犯罪道路。"

"不是，你现在还和他们保持联系啊？"吴语说，"我连大学室友的工作单位都不知道。张三小姐，你不太对劲啊。"

"我没核实。"张三愣了一下，"主要他说的时候太像那么回事了。"

吴语打开手机，看了看张三的初恋也是她们共同的高中同学的朋友圈。

"'李四'说你的初恋在哪里上班？"吴语问。

"在一个什么法国公司做技术支持。"张三回忆。

"他外派去非洲了。"吴语说，把手机给张三看，"'李四'唬你的。"

张三看了眼，被占了大半屏幕的漆黑面庞上的一口大白牙给吓了一跳："外派一下怎么人种都变了？"

"噢噢噢，翻错了，"吴语收回手机，"这是他的非洲好兄弟，这张才是他。"

张三已经失去了兴趣，把手机推开，喝了口咖啡："是我姐姐。"

"小铃姐姐啊……"吴语高中时去张三家里玩过，对她优秀的姐姐有所耳

149

闻,"老公不行?"

张三颔首默认。

"离婚又不可能离?"吴语说,"凑合着过呗。"

"谁说不能离的。"张三很用力地把咖啡杯搁在桌子上,吓得张国庆嘴里的绳结都掉了,"涉外婚姻离婚的话去大使馆就好了,比国内还好离。"

"起诉离婚也行,让李峙去办。"张三说,"这点用场总归派得上的。"

吴语笑而不语,慢慢地拆开牛奶倒进咖啡里,又加了致死量的糖,心疼得张三直抽气:"我这么好的咖啡……"

"你姐姐怎么可能离婚。"吴语最后开口,"她又不像你。"

张三"啊"了一声。

"你姐姐这么乖,干不出来的。"吴语摇摇头,叹了口气,"女孩子养太乖了不好的。"

她一边说着,一边吃了来张三家做客后的第五盒肉松小贝。

"可以了,可以了。"张三把肉松小贝的盒子拿开,"你公司是不让你吃饭还是怎么样。"

"这里面有好多沙拉酱。"吃饺子都要蘸沙拉酱的吴语很真诚地说道。

张三翻了个白眼。

"那你后面和李峙怎么说?"吴语喝了口已经变得极度甜腻的咖啡。

"我去给你洗点水果。"张三说。

"哇啊,你绝对是在害羞!绝对是!"吴语大呼小叫起来,扑过去抱住张三的腰。

试图仓皇离场失败的张三开始"摆烂":"下面是付费内容。"

"老娘有的是钱。"吴语很豪横地说,"说!"

张三别开眼睛,半晌才轻声开口:"……嗯。"

"什么嗯?"吴语没反应过来。

"我对他说嗯。"张三抬手捂住了脸,指缝间露出的一小片皮肤红通通的,"已经喜欢上了。"

沉默良久,吴语感叹:"爱情啊。"

张国庆叫了起来,吴语眼疾手快地把绳结塞进它的嘴里。

"然后呢?然后呢?如果是张国庆打断你们的话,我们今天晚上就吃狗肉火锅。"

张国庆识相地叼着绳结躲在了张三背后。

"他的手机一直在振。"张三说,"我和他说'你先接吧'。"

"然后发现是他老板。"张三也忍不住笑,"于是我送他去最近的火车站了。"

打工人是这样的。

吴语安静几秒，突然露出一个灿烂的微笑："李峙老板家住哪个区来着？"

"你正常一点。"张三把吴语按下去，"我们看部《变形金刚》睡觉。"

"承认了吧！你终于承认了吧！"吴语大叫起来，"你也觉得《变形金刚》很催眠是吧！"

"没有，是极致精神享受后的空虚期能够让人无痛入睡。"张三嘴硬，把被子拿下来，和吴语窝在一起。

电影片头点亮，光影在小小的房间里浮动。

吴语还是没忍住开口："我感觉好青春啊。这种和小姐妹聊完男人，然后靠在一起看电影睡觉的事情。"

"嗯？"张三看着她。

"看看看。"吴语一把搂住张三，"今天就让我男朋友独守空房。"

"你没和他说你不回家？"张三错愕道。

吴语娇羞一笑："我和他说明天公司放假，今天晚上有惊喜。"

惊喜就是老婆今晚夜不归宿呢。

张三沉默几秒："你男朋友会不会买凶杀人？"

"虽远必诛。"吴语说。

冷场。

冷着冷着只听擎天圣大吼一声，攀着树就开始追逐飞箭勇士。

"……它不是会飞吗？"吴语迟疑着问。

"节能降碳可持续发展理念吧。"张三说，"《2030年前碳达峰行动方案》里面交通运输绿色低碳行动是第五条。"

吴语光速入睡。

张三忍不住笑，抬手把电视机声音调小。

身侧手机振动起来，张三探身一看，肩膀下意识一颤，做贼一样回头看了眼抱着张国庆睡着的吴语。

犹豫片刻，她才拿起手机，轻手轻脚地爬出被子，在窗边接起电话。

"喂？"她轻声说。

"三三。"李峙在那头轻声喊她，"在做什么？"

"在和吴语看《变形金刚》。"张三如实回答。

"啊，闺密之夜。"李峙感叹，"好温馨好青春！"

"但我现在蒙上了死亡的阴影。"张三说，"她男友可能以为今夜可以大展身手，没想到他女朋友和我一起在看小卡普尔没活硬整。"

李峙闷着声音笑，片刻后又温声道："开视频好不好？"

"干什么啦？"张三小声抱怨。

"想看看你。"李峙说。

沉默几秒,张三挂了电话。

李峙握着手机等了一会儿,果不其然张三的视频打了过来。

电话接通,张三对着镜头理了下乱糟糟的刘海,眼睛到处乱瞟:"下次打视频要提前申请啊。"

李峙笑起来。

他站在宾馆的阳台上,背对着身后的城市夜景,街灯在夜色里闪烁着。

"那我先预约明天的。"李峙说,"然后明天的明天,明天的明天的明天……"

张三被逗得忍不住笑,又怕吵醒吴语:"你又这副死相!"

"预约一辈子。"李峙说。

尽管背对着半城的灯火,他黑眸也依旧是亮亮的,像是浸了星光一般。

"哎呀……"张三不太适应这种场面,摸了摸自己的耳朵,"你怎么老是说这种话呀?"

"我专门看了情话大全来着。"李峙说,"读法典都没这么认真过。"

"你来一句?"张三笑。

李峙深情背诵道:"我是九你是三,除了你还是你。"

张三无声地笑得好崩溃。

"你这真是……"张三想了半天,还是没找到合适的形容词,手在空中挥了挥。

"得意忘形。"李峙说,"是的,我们初次脱单的大龄男青年是这样的。"

张三受不了了,把手机拿远了些。

"被嫌弃了。"李峙做黯然神伤状,"我知道你有过六个好哥哥了,我这种姿色是入不了你的眼的,也只能做你的消遣用用。"

"……你再这样小心我半夜拿领带勒死你。"张三威胁。

李峙眼睛一亮:"真的吗?你真的要这么奖励我吗?"

张三沉默几秒,郑重道:"我真觉得我和你们这些变态没什么好说的。"

李峙笑出了小梨涡。

"好喜欢你呀。"李峙说,"真的好喜欢你。"

张三被弄得脸上发烫:"知道了别说了……"

李峙听话地闭上嘴,却冲张三眨了眨眼睛。

"好了好了,早点睡觉了。"张三说,"你这几天都没怎么睡呢。"

"好想你。"李峙笑,"你也早点睡。"

"哎呀。"张三又撩了撩头发,"怎么谈恋爱后就这么黏人了。"

李峙抿着嘴笑,过了一会儿才轻声开口:"其实以前我就很想。"

"只是那个时候不能说。"他摸摸鼻尖,"一直不能说。"

张三呼吸微窒。

"那……你早点回来。"最后,张三轻声道。

李峙笑着答应了。

挂了电话,张三又在窗边站了一会儿,后面干脆把脸贴在冰凉的玻璃上。

等脸上温度降下来了,张三才后退两步,对着玻璃映出的倒影摸了摸脸颊。

……"李四"是第一次谈恋爱,她又不是。张三莫名开始生闷气,她脸红像什么话。

都是"李四"的错。

张三回到了吴语身边,窝进温暖的被子里。

在《变形金刚》极度催眠的轰鸣声中,张三莫名梦见了前年和她一起过圣诞夜的李峙。

他们一起靠在江边的黑色栏杆上,夜风吹过两人的头发,张三瑟缩一下。

李峙很大方地把围巾让给了她。

"还是你好啊。"张三抱怨了一句,"我前任的白月光打一个喷嚏,他当场把我一个人抛在电影院,坐动车去找她了。"

李峙靠在栏杆上漫不经心地笑,随口问道:"什么电影?"

圣诞档很火的一部灵异片。

"他是被吓到找了一个借口跑路吧?"李峙说,"好脆弱的男人。"

张三捶了他一下。

李峙反手把她的手塞进她的口袋里。

不远处有人放烟花,一阵笑闹声传过来。

李峙侧脸去看,烟花的光淡淡地笼在他的侧颜与黑发上,流光溢彩。

"过两天一起去看完吧。"他轻轻地说。

……那个时候,李峙是怎么想的呢?

张三莫名地不敢想下去了。

因为那时候的张三笑嘻嘻地用肩膀撞了一下李峙。

"不合适吧,'李四'。"她笑得很灿烂,"孤男寡女的,多冒昧啊。"

……………

原本以为会是一场漫长的睡眠,没想到被手机给叫醒。

张三揉着额角醒转,赶在吴语被吵醒前接起电话:"……喂?"

"小张姐姐!"苏啾啾声音很急,"林月说八点半还不来的人都开除团籍!"

"哈?"张三愣了一下,眯着眼睛看向墙上挂着的钟表。

八点一刻。

张三猛地推开洋房的门,挂在门边的木风铃被用力撞起来,一阵"叮当"

乱响。

她捂着因为快速奔跑而隐隐作痛的侧肋,眯起眼睛去看挂在墙上的时钟。

八点二十八分。

张三松了一口气,这才看向房间中央。

苏啾啾坐在地上朝她招手,周围稀稀拉拉几个学员在热身,祁寒跟小耶很酷哥地靠在窗边,两个人叽里咕噜在讲话。

慢着。张三不由得多看了一眼,小耶不知道什么时候给自己染了一个芭比粉的头发,看上去十分享受大家奇异的视线。

张三挪开眼神,走到苏啾啾边上,苏啾啾小海豹式鼓掌:"太好了,你赶上了。"

张三摆了摆手,气若游丝道:"我差点闯了红灯。"

人生第一次,张三小姐一个守法市民差点走向法外狂徒的不归之路。

"哦……"苏啾啾颓靡下去,随后又支棱起来,"那你以后住得近一点就好啦!"

"租十二万一平方米的房子你还不如让我住桥洞。"张三说,"这句话伤到了贫穷的我的心,赔钱。"

"让你男朋友给你买。"苏啾啾随口道,给张三递了一瓶果汁。

张三刚喝了一口就被呛住,咳得惊天动地。

"我和你说,"张三拍了拍无忧无虑的富二代少女,面露沧桑,"哪怕我和他加在一起去搞电信诈骗,房子顶多只能买到滴水湖。"

苏啾啾同情地看着她。

"我和你们有钱人没什么好说的。"张三忧郁道,"你最好不要再刺激我,不要让我走向违法犯罪的深渊。"

她来得急,头发只是胡乱地扎起来,又被电动车头盔压得乱糟糟的,现在对着镜子整理仪表。

打上薄薄的粉底,再描上眉毛,正在画眼线的时候,林月从更衣室出来了。

或者更准确地来说,最先出现的不是林月的人,而是她响亮的咒骂声。

一串俄语像炸雷一样响起,林月把属于战斗民族的语言说得更为枪林弹雨气贯长虹,即便张三听不懂也知道她骂得相当脏。

小耶将头发一撩,昂首挺胸地用俄语争辩了几句。

林月"啧"了一声,大步从更衣室里走出来,切换成了中文。

"你、给、我、把、头、发、染、回、来——"她大声命令着,每说一个字就用力戳一下小耶的脑门。

小耶原本站得直挺挺的,一副要捍卫自己的时尚品位和芭比粉共存亡的样子。但是等到林月吼出最后一个字,很明显能够看出来小耶的勇气已经消失殆尽。

林月手一收,西伯利亚娇花小耶虚弱地躲到了祁寒背后,抱着脑袋瑟瑟发抖。

张三看傻眼了,手中的眼线笔悬在空中不上不下,一时不知道该摆出什么表情。

林月看上去比她还要健康。

林月注意到正从镜子里暗中观察的张三,朝她投去气势凌人的一瞪:"是让你来跳舞,不是让你来选美,动作快点!"

张三吓得手一抖,眼线笔歪斜地画了出去,脸颊上一道茶色的痕迹格外滑稽。

林月无比忍耐地闭上了眼。

苏啾啾"扑哧"一声笑出了声,捂住了嘴。

林月的火气立刻找到了出口:"你指甲上是什么东西?"

苏啾啾连忙把手背到身后:"没有没有。"

林月一把拽起她的手,脸上的表情活像是快要爆发的火山:"谁允许你镶这种花里胡哨的东西了?给老娘卸了!"

苏啾啾努力挣扎:"我不会刮到别人的——"

"小王!"林月回头吼,"把剪刀拿过来!"

"我下午就去!"苏啾啾立马认怂。

林月面色稍缓,看见面无表情的祁寒,火气一下子又扬起来:"你穿的什么破破烂烂的东西!"

穿了潮牌的酷哥飞快地钻进了更衣室。

华丽归来的林月把教室里每个人都修理一顿,一阵辱骂之后,林月神清气爽地喝了一口王秘书端过来的咖啡:"好了,都给我站直了。"

看上去骂人比化疗更有效。

没等张三腹诽完,林月转头吩咐王秘书:"把没来的人名字给画掉。"

张三环顾周围,整个教室在场的人还没有原人数的一半。

林月为每个人都编订了角色,如果这么大刀阔斧地腰斩人数,不说舞剧应该怎么进行,首先出资方就会有意见——这种大规模舞剧自然牵扯到多方利益,哪里容得下林月搞一言堂。

大概是吓唬人的。张三心想。

王秘书摊开硬壳本子,开始登记名字。

林月又咳嗽两声,拿帕子擦了一下嘴角,接着命令:"张三,过来放音乐。"

突然被点名的张三愣了一下,在林月不耐烦的注视下,跑到音响边上,换上了训练用的舞曲。

"现在每个人都跳一遍给我看。"林月坐在王秘书端过来的椅子上,发令。

不妙的语气,张三和苏啾啾交换了一下视线,后者无所谓地笑了一下。

果然,随着前几个学生磕磕巴巴的表演结束,林月脸上愠色愈浓,咖啡杯被她紧紧攥在手里,手背鼓起枯瘦的筋。

轮到了张三,张三连忙飞奔上场。

前半部分她没有太多主角戏份,只是一只伴飞的白鸟,偏偏时长又极长。

张三的舞伴大约是紧张,跳着跳着,走位一个错误,背对着她的张三猝不及防,被挥起的手臂撞个正着,踉跄着跌了出去。

"接着跳!"林月暴躁地吼道,舞伴喏喏地应了,颤颤巍巍地跳着舞步。

"你还能站起来吗?"林月皱着眉问张三。

张三摸了摸自己的脚背,露出一个有些勉强的笑容:"可以。"

她忍着旧伤上蔓延开来的一阵阵钻心的疼痛,重复了一次:"我可以。"

"去边上待着。"林月道,随后朝着苏啾啾怒道,"该你上场了!"

苏啾啾应了一声,清灵梦幻的星空鸟入场。

张三心里惴惴,这是放弃她的意思吗?已经在心里给她打了不及格,所以不需要再看她的表现了是吗?

她忍着痛,靠着墙坐下。

趁着没人看她,张三卷起裤袜,只见细嫩的皮肤已经一片通红。她都不用怀疑,明天这块地方一定会变成可怖的瘀紫。

王秘书拿了冰袋和毛巾过来,又给张三塞了瓶云南白药的喷雾。

张三道谢,王秘书本身对张三这种靠谱成年人很有好感,干脆坐在她身边。

张三动作娴熟地上药和敷冰袋,王秘书看得啧啧称奇:"你这里经常受伤?"

"嗯。"张三说,"我这里以前受过很严重的伤,热身没热好,又摔了,拄了好久拐杖。"

王秘书"咦"了一声,她虽然不会跳舞,但跟着林月这么多年,也多少懂一些。

"有旧伤的话,"她说,"一般不都是会更多地使用健侧,减少负担吗?"

张三笑笑,脚上的疼痛已经缓解了许多,变成了一种钝钝的疼:"嗯……我野路子嘛。"

当时的她哪里知道这么多。

年纪小、性格又硬,却也没有硬到可以破罐子破摔闯出张爱华为她设下的框架。

无人的舞蹈室,或者是深夜空旷的广场,抑或是荒凉的河滩,未成年的少女执着乃至偏激地坚持着舞蹈。

但她其实也知道，没有用的。

再跳又能跳成什么样呢？就像是李峙当时很直白地质疑她，而她没能回答他的那样——

也许张三根本就没这么喜欢跳舞。

这只是某种类似于抽烟酗酒般的自我放逐，暂时逃离这个不断挤压她的世界。

她只是不断地跳啊跳，脚背上的旧伤层层叠叠，千锤百炼后竟然比另一只脚还要强壮，以至于她每次偏离重心时都下意识地以它作为支点。

张三摸摸自己的脚，和王秘书随口闲聊："您跟了林老师多少年？"

"很多年。"王秘书推了下眼镜，笑起来，"我是林老师刚出舞坛时，看的她的舞。"

那时候的王秘书还是个年轻的大学生，林月的一袭白舞衣在舞台上轻盈旋转，让她看完演出回到宿舍后还是心绪难平，躺在宿舍狭窄的床上，看着光秃秃的天花板上的污渍，睁了小半夜的眼。

实在是睡不着，她牙一咬，翻身起床披星戴月骑着自行车去了剧场。

也是缘分，毫无目的甚至不知道自己为何冲动来此的王秘书，与一身烟酒气味疲惫走出休息室的林月撞了个正着，而后者脸上的舞台浓妆都没有卸掉。

看见林月的瞬间，王秘书才想起自己为何要来这里。

她央求林月说想要学舞，而林月美丽而狭长的眼睛上下扫视着她。

"你不适合跳舞。"林月给她判了死刑，又抛给她一根稻草，"但是你可以跟在我身边。"

…………

"于是我就这么跟了她三十几年。"王秘书说，随后又笑，"我原本还想着她可能教我一点的，后面发现……"

"没天赋就是没天赋。"王秘书笑着摇头，"林老师也不避着我，我偷偷学了，笨得像只鸭子……所以最后还是给她当管家婆啦。"

"我以前以为我会很嫉妒你们。"王秘书看着舞动着的青春舞影，"特别是这些给了机会又不抓住的人。"

她指了指花名册上被画掉的人，张三配合地笑笑。

"但是我现在想想，他们也只是不适合跳舞。"王秘书说。

"是不适合跳林老师的舞。"张三还是很客观的，"林老师的风格很强烈，不是每个人都可以承受的。"

"是这样。"王秘书笑，"以后会越来越少的，你看着好了。"

张三一愣。适时，林月把咖啡杯一放，又喊了几个人出来。

"收拾东西。"林月说，"滚蛋。"

那几个舞者面面相觑，脸上神色精彩纷呈，有不服有心虚有恼怒，有个人试图挣扎一下："林老师……"

林月合起眼睛，彻底拒绝沟通。

干枯瘦小的重病老女人，偏偏有着说一不二的气场。那舞者欲言又止几次，手握紧了又松开，最后还是像泄了气的皮球一样，悻悻离去。

被驱逐者们走进更衣室去收拾东西，有人到底还是心有不甘，在门口站定："林老师，我是赵教授推荐过来的……"

林月睁开眼睛，厉声问道："这是我的舞团还是他的舞团？"

所有人一起噤声。

等那几个没好好练习的人陆续离开后，留下的幸存者们站在舞蹈教室里，交换着劫后余生般的眼神。

"好。"林月用力一拍手，将所有人的注意力都抓取到她身上。

鹰隼般的眸子——从他们身上扫过，所有人都下意识地站直了，就连坐在地上的张三也挺了挺背。

张三发现，经过这次灾难性的住院后，林月的眼窝更加深陷，也因此看上去更加锐利和具有压迫感。

简直就像是某种正在捕猎的饥肠辘辘的兽。

"舞团成员不会再递补。"林月一字一顿说，"也就是说，你们要是做了什么傻事，马上就给我滚蛋，永远没有机会回来。"

这句话对她来说太长了，林月马上用力咳嗽起来，向王秘书伸出手："小王，给我烟。"

王秘书拒绝道："老师，您不能抽烟了。"

林月面露错愕，这份惊讶让她看上去有点活人气了："啊？"

苏啾啾笑出了声音。

林月瞪了她一眼，又冷声道："我再说一次。"

"如果你们不能完全属于我，"林月慢慢地说着，视线再次扫过每个人的脸，"我就不可能教会你们。"

不知是不是张三的错觉，林月的视线在她脸上停留得久了些。

张三没有转开眼神，安静地看了回去。

林月死死地盯着她。

教室的空气凝滞，像是有某种如有实质的东西在视线中抗衡。

所有人都噤若寒蝉，连苏啾啾都没有发出声音。

终于，林月先开口打破了死寂。

"尤其是你。"她近乎恶狠狠地盯着张三，"你今天跳得简直就是一坨狗屎。"

张三没有作声。林月拂袖而去，王秘书连忙追着林月走进办公室。

大佛一走，剩下的幸存者们马上就活跃起来，有人直接瘫倒在地面，直呼以为自己也要被赶出去。

苏啾啾兴奋地凑过去，亲热挽住张三的胳膊："你是我见到的第一个敢和林月对着干的人哎！"

"我没有与她对着干。"张三纠正她，"我只是……持保留意见。"

"这不就是对着干嘛。"苏啾啾说，"你又在搞文字游戏那一套了，生怕别人不知道你读过书一样的。"

"没事。"张三怜悯道，"我真要炫耀的时候都是把学信网上的表格打印出来贴脑门上。"

"真的没人和林月唱过反调吗？"小耶爱惜地摸着自己的粉头发。

"这么想想是有的哎。"苏啾啾摸摸下巴道，"有过一个，被林月开除了，而且狠狠打了她一个耳光。"

"我还是把头发染回去吧。"小耶说，"我不想被打耳光。"

"那我就是仗着她现在身体虚弱打不动我……哎呀，我这说的什么话，"张三轻轻打了一下自己的嘴巴，"不算不算，长命百岁长命百岁。"

祁寒冷不防地开口："其实对她道歉就好了。老古董都这样的。"

"我又没做错。"张三说，低头看了眼手机，上面显示着张小铃的短信，劝她对张爱华服软。

老母亲气到晚上睡不好，又担心到白天也无法合眼，全靠张小铃顺毛和父亲煎的助眠茶，才哄她安睡片刻。

"我又没做错。"张三重复了一遍，又摸摸脚背上已经开始发烫的伤。

"我没有做错。"她自言自语。

第七章
最佳爱人

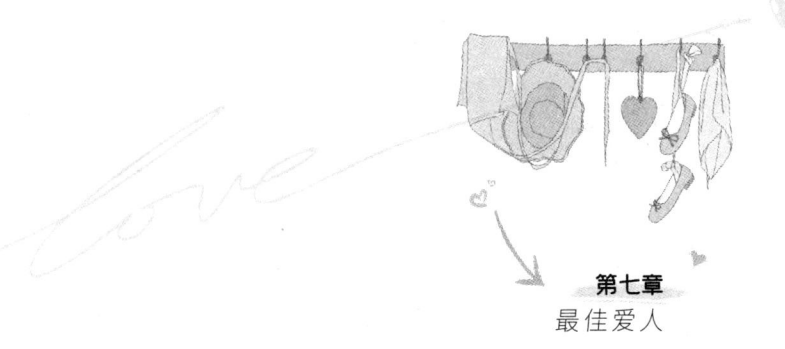

张三这段时间生活作息十分规律，甚至规律到吴语怀疑她是不是进了看守所。

早上起床洗漱完第一件事就是下楼遛张国庆，顺便去排队买个早饭，一边遛狗，一边慢慢啃个包子或者玉米。

遛完狗，相隔千里的李峙也起床了，给她发消息来请安。

李峙的工作进展缓慢且推进极度不顺利，伴随着整个团队日益增长的火气，李峙的请安动作越发风骚。

今日的请安是一张自拍，李峙收拾得清爽，并比着剪刀手，朝着镜头来了个甜美 wink，背后的王武正一脸衰相地打哈欠。

"……请问王武也是我们恋爱的一环吗？"张三问，"他知情吗？"

"没事的。他给他老婆发照片的时候我也在后面做背景板。"李峙回复，"力争衬托出他的英俊潇洒卓尔不凡。"

诡计多端的直男。

等她吃完早饭收拾好家里，就会骑着她的"小电驴"去舞蹈教室。

自从天气变冷，她也给电动车添置了新衣——指电动车上加绒加厚防水防风被，为了安全考虑她还买了有反光条的款式。

同时想到自己现在是热恋中的女青年，张三于是选了格外粉嫩又甜美的樱花粉。

总而言之又土又潮得格外别出心裁，把第一次看见的苏啾啾丑到站在原地半天说不出话来。

"人可以没有道德底线，但是不可以没有审美。"被硬拉出来陪苏啾啾买奶茶的祁寒评价道。

张三左看右看都觉得这个挡风被十分有艺术气息，和小耶的头发一样，一看就知道是个搞艺术的。

最重要的是，这款最便宜。

"……是因为太丑所以滞销了吧。"祁寒很诚恳地说，"它丑得很真诚。"

张三拍了一张电动车的照片发给李峙，这几天对她百依百顺的李峙也罕见地沉默了。

吴语说："求求你告诉我你是 P 的。"

张三不管，每天骑着"小电驴"，被粉色挡风被拥抱着，温暖地奔走在寒风里。

直到被交警拦下，并处以五十块的罚款，才知道使用不合格的挡风被也是一种违法乱纪。

法网恢恢，疏而不漏。

张三含泪送走了自己的小粉被，回头迁怒李峙，问他为什么不提醒她。

李峙真情实感地道歉，并表示要送上海交警一面为民除害的锦旗。

"真的，太丑了。"李峙说，"警察叔叔应该也是被丑得看不下去了，所以挺身而出了吧。"

看不下去的还有林月。

大刀阔斧地赶走了一半的人，现在舞剧角色人员凋敝，林月干脆一边指导他们练习，一边当场改编。

边上王秘书在笔记本电脑上十指翻飞，把林月的安排一条条记录下来，又整理成了能够读懂的剧本。

出自王秘书手中的剧本比起林月亲手编写的更容易阅读，或者说起码更适合身份复杂，受教育程度良莠不齐的舞团成员们。

这个评价显然激怒了林月，而成员水平不一的舞剧更是助长了她的火气。

平心而论，《赴海》的编舞并没有太多高难度的动作，但毕竟成员们大多不是出身于科班，甚至比不上初学者，他们身上有着许多需要被纠正的习惯。

这些错误习惯并不止于舞蹈，张三感觉林月似乎想要插手他们的人生。

下午不断增加的文学讲座、电影评鉴以及更多围绕着某些在她眼里虚无缥缈的议题的探讨佐证了她的猜测。

林月的选择明显有她自己的取向。

作为一个风格强烈的现代舞艺术家，她更偏向于虚无、孤寂，以及无处发力的愤怒的选材，偶尔还会佐以一些让张三微微皱眉的尖锐批判性的作品。

他们是一张张已经被绘上色彩的纸页，而林月傲慢地将自己的颜色覆盖于上。

午休的时候，张三有时候会忍不住去揣摩林月的意图。

很显然，林月的舞剧角色是按照每个人的特点来编排的，所以才会一口咬定不会换角。

林月想要的是自然而各有差异的舞者,但她又要求所有人都要属于她。

张三越想越觉得发冷,莫非林月自认为能够将他们塑造成她想要的模样?仅仅是为了一出舞剧?

思及此,她又有些想笑。

换作是以前的她——甚至也就是几个月前的她,为了加入林月主导的舞剧能够赴汤蹈火,天上下刀子雨都愿意去。

对于林月来说也许是稀松平常的舞剧,但对于张三来说便是人生最华丽的一舞。她舞蹈生涯的最高峰,只是林月艺术生涯中一个微微的起伏。

即便如此,张三也是愿意的。

本该是这样的。

但现在这个机会已经躺在盘中,不知为何,张三却迟迟无法下定决心举起自己的刀叉。

又是这样,她再度成为一个走到半路又止步不前的胆怯者。

这份犹豫成为点燃林月怒火的火星,在某个下午,林月大吼一声喊停,所有人一起停下,像鹌鹑一样瑟瑟发抖地看着林月。

林月干瘦的胸口剧烈起伏着,她鼓着已经近乎阴鸷的眼睛瞪了他们半晌,手在身上拍找一番,最后愤怒地转向张三:"去给我拿包烟。"

张三下意识地看了眼王秘书经常坐的位置,今天王秘书去医院帮林月取药了。

在忤逆林月和背叛王秘书之间张三挣扎了片刻,林月怒吼起来:"还不快去!"

张三下意识地往大门跑,临到门边时发现自己还穿着舞衣,又掉头奔回更衣室。

她在舞蹈包里翻找着自己的衣服,突然摸到一个四四方方的小纸盒。她捏了捏,内容物堪堪剩了一半。

张三把它拿出来,发现是李峙不知道什么时候放进来的小半盒烟。大概是两人因为抽烟闹不愉快的那回,他顺手给塞进去了。

张三捏着烟盒想了想,还是拿着它出去了。

出去一看林月已经不在教室里面,所有人都是一副心有余悸的表情。

"林老师回办公室了。"祁寒告诉她。

张三往办公室走,苏啾啾又喊住她:"林月刚刚翻毛腔了,问我们到底为什么跳舞。"

"翻毛腔是什么意思?"小耶摸着自己漂回金色的头发问。

"发火。"张三说。

"那她翻得很厉害。"小耶说。

张三没有教外国友人上海方言的兴致，她看向苏啾啾："你怎么回答的？"

"我说除了跳舞我什么都不会，祁寒说是为了追求艺术之美，被林月骂了。"苏啾啾幸灾乐祸，"最后他说是因为跳舞可以不用解释自己，不像画图总有二货问他想表达什么，林月说这才勉强像话。"

张三推开办公室的门，林月正坐在办公椅上一脸愠色，看见她手上的烟盒才面色稍缓。

张三连忙给她点上。

林月迫不及待地将烟递到嘴边深吸一口，猩红的烟头一下子亮起。

都是肺癌晚期的人了，竟然能够一口就抽掉小半根烟。

办公室里没有烟灰缸，在林月的示意下，张三拿咖啡杯接了烟灰。

林月往椅背上一靠，在一片烟雾中，她审视着张三。

张三也看着林月。

在她眼前是一个标准的活得不太耐烦的女人。

林月不想死，但也不会老实地遵照医嘱，比起死她更怕老。

"你一直有话想说。"有了烟，林月说话时明显变得有中气起来，她用一种可以说是宽和的眼神看着张三，"说吧。"

张三眨了眨眼。

她深吸一口气开口："林老师，我觉得我的戏份太多了。"

她饰演的白鸟从开场跳到谢幕，是群像剧里贯穿始终的线索人物，所有的故事都沿着她的视角发生。

"你跳不动了吗？"林月问。她分明知道张三说的不是这个。

"我只是觉得有人比我更适合。"张三回答，"比如亚历克谢耶维奇，他的语言障碍让他没有办法真正融入这个地方，就像白鸟一样只是在旁观。"

"哦，所以现在你是在分析我。"林月笑起来，她慵懒地换了一个姿势。张三终于在这具老去的躯体上找到了当时年轻白衣舞者的妩媚。

"说说看，旁观？"林月说。

"剧情虽然是由白鸟的视角来展开的，但是除了最后，她没有做出任何影响剧情走向的决定。"张三说道，"她甚至没有和其他的角色产生太多的互动，私以为去掉她也不会对舞剧造成变化。"

"看来你想了很多。"林月饶有兴致道，"怪不得你午休一直在发呆——这么惊讶做什么？我一直在观察你们。"

她用力吸了一口烟，又缓缓吐出去："你和安德烈是两种人，白鸟只能由你来跳。"

张三张了张嘴，被林月竖掌打断："你为什么要跳舞？"

对于这个问题，张三已经准备好了腹稿，她狡猾地答道："艺术最不应该

谈目的，只是为了美与传达。"

林月"哧"的一声笑起来："张三，我都病得没几天好活了，你不要用这种话来浪费我的时间。"

"说吧，为了钱？为了名声？为了男人？还是为了什么？"林月问，"张三，你想要什么？"

张三失语。过于直白的话语牵扯出一个更加直白的事实，她比谁都知道跳舞给不了她这些。或者说，这是性价比最低的选项。

"我……想要跳舞。"张三最后说，"只是很想跳舞。"

"跳舞，然后呢？滚回你的格子间工作吗？"林月追问。

这种居高临下的指责让张三微微拧眉："我并不觉得回到职场是什么不能接受的事情。"

"不能接受……"林月品味着这个措辞，突然"哈"的一声笑了出来，"那你回答我，如果有天你不能跳舞了，你会怎么样？"

张三猛然一噎，她从未考虑过这个问题。

"你不关心，你从来没有想过。其实你根本不喜欢跳舞，辞职去跳舞和现在坐飞机去热带雨林打猎，在你眼里都是一样的。"林月说，"你喜欢看着别人，却讨厌自己被别人观察。你一定在心里分析过你的同僚，你也分析过我，你想知道我是怎么变成今天这样的。

"但是你不愿意或者说是刻意不去改变其他人，你对措辞过分谨慎，你不喜欢给别人提建议，为什么？"

这一套人物分析让张三无可避免地感觉到了冒犯："因为我懂得尊重别人。"

"哈，你现在觉得我不尊重你了。"林月越说越精神，黑眸爆发出强烈的光彩，"我告诉你，因为我尊重自己，我认为我有能力为我的话和举动买单，我不逃避我的责任——"

"告诉我，你童年有什么创伤？家人离世？性侵？被家暴？"林月支起身子，"为什么你总是在观察别人模仿别人，从来不看你自己？你在逃避什么？你为什么这么抗拒和别人亲密？不要反驳我，我看见你好多次把小苏推开，不让她碰你。然后告诉我，你一直很愤怒，从第一次见面的时候，我就知道你在愤怒，那么你在愤怒什么？"

"我没有任何创伤。"张三把声音提高了，"我家庭完整幸福，我母亲与父亲都很爱我，他们尽到了自己的责任，我没有被侵犯过，更没有无缘无故受到家暴。林老师，生活不是电影没有这么多戏剧情节，我没有在愤怒，我很喜欢我这样的日子。"

"如果您对我不满意可以让我走，而不是在这里攻击我。"张三说，"您是老师，我很尊重您，但我们人格上是平等的。"

"是吗？你又要逃跑了吗？"林月盯着她笑，"你很聪明，你避开了最重要的问题。"

"什么？"张三皱起眉。

林月却已经失去了谈论的兴致，她的黑眸锐利地盯着张三："你根本没有勇气去爱任何人。你谁都不喜欢，谁都不讨厌，你连自己都不爱。"

"我有爱人。"张三说。

"是吗？"林月反问，"还是因为他是最合适的选项？有了更好，没有也不影响你自己？"

张三握紧了拳头，努力维持着冷静："林老师，这是冒犯，您不要再问了。"

"经不起吗？"林月深吸一口烟，"你前面说对了一半，你和安德烈很像，但是又完全不一样。他是不能，你是不想。"

"张三，你是最冷漠的，你到哪里都能活下去。你什么都不想要，却又用所有能用的东西。所有人里面，你最自私。"

足够了。

这些话已经到了张三的极限，她转身大步离开，林月没有拦她。

张三走到门边，又折返回来，抓起桌面上的小半包烟，在林月愤怒的呼喊中离去。

同门都已经离开了，整个教室只有大概是苏啾啾为她留的一盏灯。深秋天黑得很早，教室一片昏暗。

张三胡乱换上衣服，走出洋房。

一阵风刮过，张三瑟缩起来。

下起了细雨。

她没带伞，干脆一路小跑到了附近的便利店。

张三买了杯热乎乎的关东煮，然而暖热的食物不能填补她的胃，反而造成了一种更加巨大的空虚。

手一滑，纸杯倾翻开去，滚烫的汤水倒在身上，张三连忙用纸巾去擦。

在一片狼狈中，张三突然感觉到了铺天盖地的孤独。有眼泪从脸上落下来，掉进外套上溅的关东煮的汤汁里。

她的母亲爱她，但是更爱姐姐。

父亲爱她，但是更爱厨房的活计。

姐姐爱她，但是更爱丈夫。

吴语是她最好的朋友，但在擅长交际的吴语小姐的人际关系圈里张三顶多排个前三。

张三是知道的，但是在隐秘的角落里，张三甚至很庆幸是这样的局面。

她不是第一名，她的存在与否不会对他们的人生造成太多影响。哪怕有一天她突然死了，他们顶多也就是悲伤一阵，然后在爱人的安慰中重新振作起来。

张三喜欢自己的不重要。

更喜欢这种不重要带来的自由和不需要负责。

林月说得对，她是自私的。

她自私地享受着一切。但是她毕竟也没有自私到要求他们更爱她，她向来是一个有分寸的人。

比如现在，她不知道有谁能够接住她现在这足以吞食一切的孤独。

在胃部的痉挛中，张三弯着腰去捂自己的肚子，手不经意地摸到了烟盒。

不加思考地，她掏出一根咬在了嘴里，是陌生的味道，但是又在某个人身上闻到过。

她大概需要尼古丁去安抚自己极度凌乱的情绪。张三想去买打火机，然而胃部的剧痛加重，张三一下子瘫坐在满是雨水和脚印的台阶上。

边上有个大叔蹲下来问她有没有事，张三说叔叔能不能借个火。

见多识广的上海爷叔大概以为她是一个失恋醉酒的女人，一边劝着小姑娘要爱惜自己，一边熟练地掏出打火机点着了火。

张三刚要把烟递过去，然而手腕被人用力攥住。

张三猛地抬头。

她对上了一双漆黑的眸子，他的眉微微压着，脸上没有笑意。

"你在做什么？"李峙也蹲下来，撑开的伞滚到一旁，他的大衣下摆也浸进了泥水，"怎么把自己搞成这个样子？还有为什么不接电话？"

张三看着他，指间的烟掉了下去。

李峙注意到她脸上的泪痕，微微一怔后，连忙伸手帮她擦："谁欺负你了？"

张三摇头，胃部还在火烧似的疼，但突然变得不这么重要了。

她莫名地委屈了起来，抓住李峙的袖子。

"没事了没事了。"李峙身子往前倾抱住了她，手像哄小孩一样拍着她颤抖的背，"没事啦。"

张三嗅闻着李峙身上的味道，其实也不算好闻，是一种长途旅行后疲惫的气息，但她又用力地吸了两口。

李峙拍拍她的脑袋，温和地抚摸她的长发："不用怕了，我在这里。"

张三主动环抱住李峙。

林月说得不对，张三绝望地想，除了自私冷漠，她还很贪心。

不管在哪家医院，急诊都是兵荒马乱的，空气中弥漫着一股消毒水的味道，每个人都行色匆匆。

张三低头坐在候诊椅上，自觉身上一股关东煮的味道，想把毛衣脱掉，但是又冷得下不了手。

边上有人用同情的眼神瞧着她，又好奇地盯着她被泥水浸湿了一大半的牛仔裤。

张三把脚往椅子底下收了收。

急促感混合着铁椅的寒气从脊柱升起来，胃又确实难受，张三弓起背，把衣服上的乌七八糟都抱在两臂之间。

简直就是灾难。

她自暴自弃地闭着眼睛，关闭了平时最大的信息来源，别的感官就变得格外强烈。

身前已经变冷的黏滑的汤汁，毛衣领口刺刺的触感，还有无法关闭的听觉。

周边的声音变得更加嘈杂，有人在哭，有人在用力抖一个塑料袋，护士站那个方向传来铁器碰撞的声音。

不管她喜欢与否，海量声音争先恐后闯入她的鼓膜。张三恍惚觉得自己像是成了一只应激的猫，脊背上是乍起的毛发。

在一片让她控制不住烦躁的杂音里，突然有熟悉的足音传来，由远及近。

她下意识地屏住呼吸，静静地等待着。

不出她所料，足音的主人停在她头顶，随后有一只手落在了她的头顶：

"张三。"

张三从双臂间抬起脸。

李峙好笑地看着她被雨水和泪水弄得乱糟糟的脸，眼妆花了一点堆在眼角，脸上又多了几条被衣服褶皱印上去的红痕。

"哪里来的小花猫？"李峙把她颊边的湿发拨弄开来，又在她边上坐下，"号挂好了。"

"谢谢你。"张三说。

"你这么客气真让我猝不及防。"李峙说，"我一下飞机就给你打了十几个电话你都不接，我还以为我被甩了。"

"抱歉。"张三闷闷地说，"让你担心了。"

李峙沉默片刻，脸上的笑容渐渐淡下来，微微皱眉："张三？"

张三不说话了，又把脸低了下去。

李峙在边上也安静了几秒，转身向边上热心的阿姨借了几张湿巾，又转过来。

张三余光注意到李峙的动作，吸吸鼻子想要接过纸巾："谢谢。"

李峙没有递给她。

与黑眸对峙一会儿后，张三放下了手，默许了他的动作。

脸上传来湿润温暖的触感，李峙把湿巾在手心里焐了一会儿，才轻轻碰到她脸上。

这种感觉不算舒服，李峙没有干这种事情的经验，手上的动作轻了擦不干净，重了张三像是被弄疼了一样眼睛用力一闭，他动作立刻迟疑起来，观察着张三的神情。

张三垂着眼，难得乖顺地任他这么注视。

李峙用手托住她的下巴，方便他动作。

张三没有意见，只是干脆把眼睛给闭上了避免对视，睫毛轻轻颤着，像是受惊的蝶。

"你真的太瘦了。"李峙收回了手，把纸巾收拢成一团，"又没有好好吃饭？"

张三本身就是瓜子脸，现在又清减下去，下巴尖尖的。原本的妆容被擦得干干净净，五官也清淡秀丽，唇色浅浅的。

"吃了。"张三小声说。

"不吃你总不能靠光合作用吧。"李峙有意逗她开心，"不谈剂量你就是在和我耍流氓。"

"我感觉你是急性肠胃炎。"李峙说，"我之前也老这样，规律饮食给调理好了，回头我给你熬粥喝。"

"李峙。"张三突然开口，"我有话和你说。"

"哎哟。"李峙夸张地畏缩一下，"你喊我大名好吓人啊。"

张三很勉强地笑了一下，正要开口的时候，诊室喊了张三的号。

在急诊里面，张三这点病实在算不上什么，医生问了几句，病历本上被一阵涂写，在电脑上开了几张单子出来："缴完费去抽血。"

张三虽然难受，但也没到走不动路的地步，李峙帮她拎着包一起去缴费。

自助缴费机在大厅里面，离诊室要走过一段走廊，急诊尽头的玻璃自动门开了又关，一阵阵湿冷的寒风刮进来。

"等等。"李峙停下了脚步，张三回头。

李峙把身上的大衣脱下来，披在张三身上："走吧。"

张三无言地接受了，拢了拢衣领。

缴费完去抽血，窗口边的候诊椅上坐着一对情侣，张三和李峙坐在了他们隔壁。

那对情侣是男生要抽血，哼哼唧唧地朝着女生撒娇，大个子男生还要装出小鸟依人的样子往女生怀里拱，被女生笑着拍打肩膀："十三伐（神经兮兮的意思）！"

比起他们，张三"李四"这对沉默得出奇。一点都不像是热恋的情侣，倒像是早已同床异梦的十几年夫妻。

李峙想去牵张三的手，张三借着翻看单据的动作避开。

李峙微微皱起眉头，声音有些沉："张三。"

张三不吭声。

"你到底怎么了？"李峙摘下眼镜，捏捏鼻骨，"你不要和我打哑谜，我脑子不好用的。"

"没事……不是。"张三脱口又发觉失言，艰难勾起嘴角笑笑，"不是你的问题，是我自己的事情，和你……没有关系。"

"你自己的事情？"李峙这次真的深深蹙眉了，"张三你在说什么东西，打算和我割袍断义了？"

张三试图辩解一下，又被李峙打断："我们认识这么多年，你什么事情问我，我没有帮过你？现在更应该觉得你的事情就是我的事情，和我分这么清楚做什么？"

"我以前叫你帮我要你那个长得特别帅的同学手机号，你不去……"张三说。

"这能一样？"李峙被气乐了，强行把她的手拉过来，捏捏她细瘦的腕骨，"我也是有骨气的。"

张三不理他，又絮絮说下去："是我有些东西没想明白。"

"说来听听。"李峙摆出洗耳恭听的架势，黑眸认真地注视她。

张三抿起嘴。

李峙"哧"的一声笑了。

有护士出来叫号，两人一起回头，才发现边上的情侣不打情骂俏了，而是一起当他们两个的吃瓜群众。

暴露之后，小情侣朝他们不好意思地笑笑，又匆匆起身去抽血。

护士又喊了张三的号，念名字的时候有些犹疑："……张三？"

"是我。"张三很自然地应了一声，把手臂伸过去。

护士开始拿酒精棉消毒，李峙的手轻轻搭在她的肩上。

张三已经过了打针哭天喊地的年纪，垂着眼睛看血液经由细细的透明软管流进采血管。

李峙站在她的背后，也垂着眼睛。

张三披着他的大衣，大衣布料厚重，把她松垮的毛衣领口往后扯着，李峙干脆伸手帮她提了一下。

手指无意触碰到温热肌肤，李峙连忙退出来。虽然他是个色胚，但毕竟不是流氓，然而抽出指尖的时候，却碰到了一根细细的链子。

169

他记得张三不太爱戴项链,更何况这个季节她把自己裹得严严实实,戴这种细链子一点意义都没有。

李峙是一个好奇心旺盛又手贱的男人。

他下意识地把这根链子挑起来。

张三反应很大地一转身,然而针还扎在她的血管里,随着动作被拉扯一动,护士和张三一起小声尖叫了一声。

"哎哟,你这……"护士连忙按住她的手,一边调整针的角度,一边训李峙,"你乱动人家做什么!"

李峙讪讪地道歉,又俯下去关心张三:"疼不疼?"

张三没吭声,空闲的手飞快地把被他扯出的链子往衣领里塞。

李峙眼尖,一下子就看见了那一闪而过银亮亮的闪光。

他呼吸微窒,然后摸了摸鼻子,努力压制着声音里的笑意:"原来你把戒指挂身上了呀。"

张三没有否认。李峙心情一下子好了起来,动作慢而细致地帮张三把领口披好。

抽完血,化验报告出得很快,李峙接过去扫了一眼,松弛下来:"应该就是肠胃炎,但还是要听医生怎么说。"

医生看了报告,给她开了点止疼和治肠胃炎的药,低下头"唰唰"写病历本。

"年轻人生活作息不规律,压力大。"医生抬头见张三脸色不太好,以为她担心,于是宽慰道,"自己多调养调养就好了。"

"谢谢医生。"张三点点头。

两人走出医院的时候已经过了晚饭时间,张三因为吃了药而胃口不佳,李峙也没说什么,帮她撑着伞。

"你吃不吃饭?"张三问李峙。

"回家烧。"李峙回答,掏出手机开始买菜,"正好晚高峰堵回去,菜应该也到门口了。"

"我骑电动车来的。"张三说。

"就你现在的样子还想骑车?"李峙笑着拨弄她一下,"都病成这样了。"

"什么话。"张三不满,"这种小病在我老东家那里都不会批病假的。"

"你老东家不心疼你,我心疼呀。"李峙弯起眼睛随口调笑,在手机上打车。

张三低着头,小声反驳:"你和我老东家能一样啊,老东家给我交社保呢。"

车子叫到了,他把手机揣进裤兜,又揽过张三。

"我想你多依靠我一点。"李峙说。

以为这又是骚话,张三抬头,却发觉李峙虽然脸上还挂着温润的笑容,眼神却是极其认真。

"真的。"他轻声问,"好不好?"

张三张了张嘴,却发现自己已经失去了说出话语的勇气。

她再一次成了一个做到中途就止步不前的犹豫者,无数次扮演着不上不下的角色。

她捏捏自己的手指,下午林月的质问又在她耳边响起,吵得她心烦意乱。

"车来了。"李峙提醒她,又把车门拉开来。

张三一路沉默,李峙也没有主动搭理她,靠在座椅上玩"开心消消乐"。

张三偷偷看他,发觉她的发小以及如今的男朋友真是情绪稳定得惊人,感觉不管发生什么都不会对他造成影响。

他和他的名字一样,如山巍峨,似寺沉稳,稳固又坚实地矗立,面对惊涛骇浪也能笃定地露出笑容。

所以她才选择了他吗?因为她深知他经得起。

这不公平。

没有人能够有权力有恃无恐地去享用另一个人,不管是出于什么名义。

车到了小区,李峙付了钱,两人一前一后往楼上走。

李峙一看见挂在门把手上的塑料袋就笑:"我说什么来着?"

他把装得满满当当的袋子拿下来,自我陶醉:"张三,我和你说,你男人就是这么的运筹帷幄。"

"李峙。"张三突然喊住他。

她垂着眼睛,不敢看李峙的表情,心跳一声比一声响亮。

我在做什么啊?我又要把这件事情搞砸了。但是……

"对不起。"张三垂下头,难堪得脸颊一阵阵发热,"我根本没有像你喜欢我那样喜欢你……"

话说完,张三突然又产生了那种破罐子破摔的松弛感。

"我和你在一起只是……"她接着说道。

然而温暖的手落到她头顶。

张三错愕地抬脸。

李峙表情温和,甚至没有丝毫不悦与错愕。

"我还以为多大事情呢。"李峙轻松道,"这我早就知道啊。"

张三傻眼。

"不是,你是不是没听清?"张三问,"还是主语搞错了?"

李峙用看傻子的眼神看看她,转身把门拉开了:"进门再说。"

张三愣愣地跟着李峙进了家门,看他熟门熟路地脱鞋挂衣服,又把暖空调打开,窗帘拉上。

张国庆扑到张三的身上，兴奋地嗅闻着衣服上的汤汁味道。张三把它脑袋推开，又被它一下子咬住了袖口，原本已饱受磋磨的毛衣再添新伤。

"家，甜蜜的家。"李峙感叹，把买的菜拎进了厨房，把食材一样样拿出来摆到台面上。

张三抱着张国庆跟进去。

张国庆一下子被抬到了不属于它的高度，又看见摆在桌上等它开动的食材，激动地大叫起来。

"要死哦。"李峙抄着锅铲去赶张三和张国庆，"炒个菜还要给我伴奏是不是？"

张三一把握住狗的嘴筒子，站在原地不动。

李峙忍不住笑了，往前捏了把张三的脸："受不了了，你真的超爱。"

张三："嗯？"

她睁圆了眼睛。这人是不是终于疯了？

"张三，"李峙笑，"我看上去情商很低的样子吗？"

张三面露犹豫。

李峙提醒她："你考虑一下谁离菜刀近。"

张三用眼神控诉他不讲武德。

李峙懒洋洋地笑："很正常的事情啊。而且这样难道不是我比较赚吗？"

张三"啊？"了一声。

"你没这么喜欢我，但还是被我糟蹋了。"李峙说，"就和我虐恋我老板一样，他嫌我烦，还是得给我发工资。"

"这叫什么？"李峙风骚地一撩刘海，"舔狗的胜利。"

张三真心实意："你好骚啊。"

"你试过我别的方面会发现我更骚。"李峙说。

张三面无表情："你其实什么都不会吧。"

李峙捂住心口："你永远不会知道我背着你做了多少努力。"

张三："……你出差的时候带学习资料了？"

"通宵达旦挑灯夜读，王武说要打电话给扫黄办举报我。"李峙说，"我高考时都没这么认真过。"

"你们学法律的真变态啊。"张三有感而发。

李峙很有责任感："你不要牵连我的同行，纯粹属于我这个人是个下流的色胚。"

张三有些不自在地抿抿唇。

"开玩笑的。"李峙笑起来，又捏了把张三的脸，"你不想的话，我什么都不会做。"

172

张三脸颊被捏着，一说话原本明亮的杏眼就被挤成一道细线，含混不清地开口："我没担心过你这个……"

"哎呀。"李峙又捏住她另一边脸颊，"我属于男性的脆弱的自尊心被你捏碎了，我汗流浃背了，你赔我钱。"

张三被捏着脸撇扁着嘴说不出话。

"这样好可爱啊！"李峙发现了新大陆般，很放肆地搓起了张三的脸，"你再吃胖点会更可爱……嘶。"

张三收回踩住李峙的脚。

"你去洗澡吧，毛衣放洗衣机上，我待会儿看看怎么洗。"李峙说，"说实话，你身上的味道像是一块白萝卜……哎哟。"

张三又踩了李峙一脚，转身就往浴室走，看似镇定的步伐里面能够读出几分落荒而逃的仓皇。

张三刚进浴室，还没来得及抬手开灯，就听脚步声从后面传来。

张三要回头，然后腰上一沉，温热的气息从背后覆上来。

李峙俯身把下巴搁在她的肩膀上，环着她温声道："你想成为林月那样的人吗？"

张三想了想，慢慢地摇了摇头。

"嗯。"李峙回答道，"那你就不要太听她说什么。她是你的舞蹈老师，不是你的人生导师。"

张三垂眸，看见白瓷砖上，两个人交叠的影子被客厅射来的灯光拉得很长。

"可是……我就是被影响了。"张三说，莫名生出一点委屈，"我破防了。"

"人家是大艺术家。"李峙笑，"艺术家这点感染力都没有怎么行。"

"去洗澡吧。"李峙帮她打开灯。

张三洗完澡，原本有些发冷的身子终于暖和了起来。她一边擦头发，一边走出来，就闻见了一股浓郁的粥香。

张三探头过去看，李峙不知道什么时候抽空把衣服换了，穿着一件黑色连帽卫衣，袖子挽到小臂那里，很贤妻良母地在切小葱。

下半身倒还是西裤，裤腿被张国庆咬着，走线岌岌可危。

他没注意到张三的动静，轻轻哼着歌，把切好的小葱撒进架在一边炉灶上正煮着的粥里。

张三用力地清了清嗓子。

李峙回过头，脚边的张国庆很识相地夹着尾巴试图溜走，被张三轻轻地踹了一脚屁股。

张国庆十分戏精地惨叫一声，瘸着后腿假装骨折。

173

张三作势要脱拖鞋。

"好了好了，国庆还小。"李峙又开始扮演追求有一个叛逆期儿子的单身母亲的中年和稀泥大叔的角色，"家庭条件又不是不允许咱们多买几条裤子。"

"孩子就是这么被宠坏的。"张三痛心疾首，转头去看李峙煮的粥，"这是什么？"

"这是粥。"李峙介绍，然后果不其然被踩了，"青菜瘦肉粥，吃点营养的。"

张三绕到李峙的边上，手掐到他帽子后面。

李峙问她："你手冷？"

"刚洗完澡不冷。"张三老实地回答，"但是看见你的帽子就忍不住把手伸进去。"

"你现在客气了好多。"李峙感叹，"你以前直接大冬天把手伸我脖子后面。"

这是实话。在他们骑自行车上学的岁月里，这种缺德事张三没有少干。

"其实我本来可以长到一米八八的。"李峙说，"但是为了方便你焐手，我硬生生把身高控制到一米八三，怎么样，感不感动？是不是特想给我一个法式舌吻夺走我二十六年的初吻？"

"那是这样的，"张三说，"你没上清华是你不想。"

李峙弯着眼睛笑。

张三过了两秒才想起眼前这位出身于五道口职业技术学院，恼羞成怒转身就要走。

然而被李峙拦着腰给揽回身前，另一只手拿着勺在锅里盛了点粥出来："你派用场的时候到了，试试味道。"

张三刚要张嘴的时候，李峙却先把勺子放到自己嘴边吹了几下后才递到张三嘴边。

张三把吹得凉了一些的粥慢慢地吃了。

李峙没加什么调味料，哪怕被吹过的粥也是温热的，含在嘴里黏稠熨帖，米香慢慢化开来。

"好吃的。"张三说，"能不能加点胡椒？"

"不能。"李峙无情拒绝了她，先把粥盛出一碗给她，"你先垫垫肚子。"

张三端着粥碗也没走远，靠在厨房门边，一边看李峙把厨具洗了，一边小口喝粥。

张国庆讨好地蹭着她的裤腿，张三索性蹲下去和张国庆靠在一起，一块儿仰望李峙洗碗刷锅。

李峙低头一看这个画面就乐了："你俩干什么呢？"

"监督你有没有厨子偷吃。"张三说。

李峙闷笑了几声，指挥张三："那你把隔热垫拿到茶几上。"

张三起身把隔热垫放好，李峙把粥锅放上去，又打开电视。

"咦。"李峙对着一打开正好是体育频道的电视画面发出了困惑的声音，"你开始看球了？"

正在盛粥的张三愣了一下，镇定道："大概是家里进贼了吧。"

"那贼还挺劳逸结合的。"李峙已经反应过来了，撑着下巴对着张三笑，"说得我都想转行了。"

"吃你的粥。"张三把碗搁到李峙面前。

"噢，反正不是你看的。"李峙说。

张三使劲点头。

李峙终于绷不住了往沙发里一瘫，手往刘海一插，笑了起来，甚至笑出了小梨涡。

张三瞪着他。

李峙终于笑够了，一把将张三拉起来，让她坐到自己边上："承认你想我想到都开始看球了有这么难？"

"一派胡言。"张三说，"我就是突然生出了对于体育运动的热爱。"

"刚刚不还说是小偷吗？"李峙逗她。

张三抿起嘴，李峙搓着她的脸玩："回头我去给自己打张奖状，喜报她超爱。"

张三用眼神骂人。

"来，抱一个。"李峙嘴上是征求意见，实际上直接把她拉到怀里，像抱抱枕一样把她环住。

房间里开着空调，两人穿得都不多，隔着薄而柔软的衣物，拥抱在一起。

张三原本还梗着脖子，渐渐也软和下来，放松地伏在李峙身上。

他换了一件衣服，飞机上那股奇特的味道去了不少，属于李峙本身的气息从衣服里面渗出来，温暖踏实。

张三圈住李峙的脖子。

李峙轻笑几声，张三抬脸看他，在一向温润的黑眸里看见了自己的模样。

她有些失神。

林月说她讨厌被人观察，但是眼前分明有一个人一直在注视着她，从幼时延绵至今。

"在走神。"李峙说，手不知道什么时候搭到她的脖颈上，把她脑袋勾下来一点，两人鼻尖相抵。

张三下意识屏住呼吸。

"好想你。"李峙轻声说，"真的好想你。"

"我不是在这里嘛……"张三不得不开口了，一说话就感觉到唇瓣闪过柔

175

软触感，身子一僵。

李峙的眸色明显变深了。

他垂下眼睛，鸦羽般的睫毛在眼下投下一层淡淡的暗色。

"可以吗？"他轻声问。

张三不说话了。李峙的手搭在她腰上，轻轻地敲击着，像是在等待，又像是不动声色地催促。

张三抬眸盯着他，李峙也凝视着她。

这次他没有退让。

张三轻轻点了下头，慢慢地闭上了眼睛。

"谢谢。"李峙说。

哪有人接吻之前还说谢谢的。

张三有些想笑，然而嘴角刚刚往上一翘，就感觉到有温暖湿润的触感落在她嘴角。

一小口一小口，像是在耐心享用某种甜品。

搭在她后颈的手也动了起来，轻轻地抚弄着头发，又摸摸她的脸颊。

像是摸到了她脸颊的热度，李峙轻笑一声，张三一下子羞恼起来："'李四'——"

她唇齿一张，却给了他可乘之机，然而舌尖探进来后很明显地无措了一下。

张三这回是真的想笑了，李峙确实什么都不会。

"菜就多学。"张三好心又带着点莫名的优越感道。她主动勾住李峙的脖颈，气息流连。

李峙呼吸变得重了，按在她腰上的手不自觉用力，让两人抱得更紧。

张三示范完毕，也有些气息不稳，撑着李峙的肩膀支起一点身子，有些得意地居高临下望向李峙。

李峙睫羽颤了颤。

出乎张三意料，李峙眼里没有笑意，甚至隐隐有一丝薄怒。

尽管他耳尖通红。

突然，按在她腰上的手一用力，张三视野一下天旋地转，反应过来时已经被李峙按在了身下。

青年眉眼中压抑着怒意与不甘，然而脸颊绯红如朝霞，让他看上去有些矛盾。

李峙倾下来，与张三抵着额心。

"我不学他们教的。"李峙咬牙切齿道。

张三这才意识到自己刚刚说了什么鬼玩意，连忙试图补救："不是，哎呀这……"

　　"没事。"李峙突然又笑了，只不过笑音让张三莫名品出一点危险味道来，她警惕地看着他。

　　"多亲几次就可以了。"李峙温和道，"亲到你忘记为止。"

　　"等、等等。"张三心里警铃大作，然而手被李峙一按，青年的气息再次铺天盖地压下来。

　　在一片微醺般的眩晕中，张三后知后觉地意识到一个事实。

　　李峙是一个很好学而且十分勤奋的……好同志。

　　等李峙松开张三的时候，张三已经没什么力气和他计较了，干脆静静地窝在他怀里。

　　李峙把脑袋搁在她的肩上，微微侧过脸去平复呼吸，顺便让不可描述的部位也冷静一下。

　　张三戳戳李峙的小梨涡："感觉怎么样？"

　　"忍不住想我真的可以吃这么好吗？"李峙说，"有种明天就此与世长辞也没问题的感觉。"

　　张三忍不住笑："就这么点出息啊？"

　　"我很矜持的，先学好走路再学跑。"李峙说，"好了，我现在又可以了，我们再练练。"

　　张三笑得肩膀发抖，把李峙的嘴捂住："不要啦。"

　　"要嘛。"李峙很没有架子地撒娇，"二十年的份我要亲回来。"

　　"如果你要是亲六岁的我的话，建议直接拉出去枪毙。"张三说，"你已经触犯了法律的红线。"

　　"好吧，还是你比较懂法。"李峙妥协，"那我从你十八岁开始算，七年？"

　　"不行啊，"张三说，"十八岁那年我有对象来着。"

　　李峙不说话了，黑眸微微眯起。

　　张三猛然反应过来，连忙挽回："但是马上就分了……"

　　"哈。"李峙突然展颜一笑。"我看你是休息好了。"

　　"没有没有没有，"张三挣扎，努力转移话题，"你看那边的鞋架，我给你买了冬天的棉拖……"

　　"刚回来我就已经穿上了。"李峙笑，轻柔的吻落在她的眉心，"谢谢你。"

　　青年眸光温柔。

　　"张三，你真的很会爱人。"

　　张三呼吸微窒。

　　李峙接着轻笑道："以为我这就放过你了？"

　　…………

张三醒来的时候莫名有些生无可恋。

她租房子的时候是打算一个人住的,但家具是房子自带的,床是双人床。

当时张爱华女士听说张三一个人独享双人床后,连忙给她发了好几个公众号过来,提醒她千万要记得睡前竖一个枕头放在边上。

不然按照玄学的说法,空着的那半边是在邀请某些"好朋友"一起上床睡会儿,必须放点什么把位置占住。

老实孩子张三坚持了几天后放弃了,每天到家随便往床上一倒就睡得天昏地暗——上班的她怨气比鬼还要重,不抢鬼的地方睡觉已经算是她人性光辉闪闪发亮。

没想到张爱华女士一语成谶,空的那半边确实招来了好朋友。

李峙躺在张三边上睡得很沉,脚边还有一只偷偷上床的张国庆,轻轻打着呼噜。

张三昨天晚上特地把闹钟给关掉了,原本是打着睡一个好觉的主意,没想到还是按照生物钟醒了过来。

她轻手轻脚把李峙搭在她腰间的手拎起来一点,给自己争取了一个翻身的空间,侧躺着打量着李峙。

李峙平时睡觉偏浅,边上张三这么动他都没有醒过来,眼下一片淡淡的青黑,眉间微微蹙着,每次呼吸像是叹息一般。

青年绝对是累坏了——不是什么奇怪的原因,纯粹就是因为出差耗尽了人的力气。

劳心劳力的连轴转工作之后,他逃了庆功宴和一系列慰劳活动,拎着行李箱上了飞回上海的飞机,满心欢喜可以见到自己的亲亲女友。

结果一下飞机,女朋友手机怎么打也打不通,急着去舞蹈教室找,窗口望进去已经一片漆黑。

幸好在不远处的便利店找到她,然而她却十分青春疼痛地跌坐在台阶上问大叔借火要抽烟,紧接着又跑了一趟医院,最后担惊受怕差点被甩。

张三觉得自己很惨,但比较起来李峙更惨一些。

惨,大写的惨。

张三忍不住有点想笑,伸手去抚平李峙的眉心。

放下手的时候,李峙的眼睛已经睁开了。

他显然还没睡醒,湿润的黑眸有近视者特有的虚焦,目光空茫地定在张三脸上。

张三冲他笑了笑。

李峙一下子放松下来，伸手摸了摸张三的脸颊："现在几点？"

"还没到你该起床的时候。"张三说，干脆把他刘海往边上拨了拨，"还能睡会儿。"

"嗯……"李峙应了一声，把她的手抓下来，放在手心里摩挲一下，重新塞回了被子，"你来得及吗？"

"我今天不去，"张三往他身上靠了靠，"明天也不去。"

"你和林月请假了？"李峙问。

张三把脸低下去一点："算是吧。"

"她和我说想不通的话就不要来了，来了也不会让我上场，宁愿把这个角色删掉。"张三把脸埋到李峙胸口，闷闷道，"但我想不通。"

李峙摸摸她的头发。

张三咬着嘴唇不吭声。

相比一个德艺双馨的老艺术家形象，林月属于离经叛道那一类的，这从她早年精彩又充满了让人诟病的污点的经历就可以看出来。

但是她的舞蹈确实圣洁而轻盈。

美丽到足以把当时处于最叛逆时期的张三拉回了正轨。

少女张三原本已经做好了为了跳舞撕破脸孤注一掷的准备，看见了林月台上一舞后，掉头扎回了现实世界里。

只有金钱与知识，能够让她于这个社会上生根发芽，才能让她有机会和能力坐在台下再次看见那轻灵纯白的鸟雀。

而张三确实也差点想不起来这只白鸟。

幸好回过神来，能够翱翔于天际的鸟雀也不在意底下人类的喜好，只是接着振翅。

林月不是白鸟，她是一个无法飞翔的人类，也是一个堪称狂妄的艺术家。

她从社会上搜寻能够作为她艺术品的坯子，然后再大刀阔斧改造成她想要的模样。

或许艺术本身就是这么狗屁且不公平的事情，任由艺术家凭着自己专横的诗意去创作天才。

而他们只是天才使用的材料罢了。

"你这话说得就很有哲理。"李峙说，"真是发人深省，回头我就写到日记本里去。"

"那你还是不够了解我，"张三说，"我这种振聋发聩的段子多了去了。"

"你以后可以和我多讲讲。"李峙弯起眼睛笑，"我陶冶一下情操。"

"你不会觉得有些矫情吗？"张三说，"这么反复不决的，本来辞职要跳舞，但是现在又觉得不合适……"

张三当时抱着满腔热忱和对于林月的向往奔向她的舞蹈殿堂,然而在尼古丁的烟雾与纷飞的咒骂声中,张三才震惊地真正认识了这位暴君。

"你折腾自己又不是折腾我。"李峙说,"当然我郑重欢迎你来折腾我。而且搞艺术就和谈对象一样,试了才知道。"

尽管李峙后半句话显然有些意有所指,张三想了想,严肃道:"'李四'你真是个好人。"

为了表示这句话的含金量,她搂着李峙的脖子主动亲了一口他的脸颊。

李峙默了默,把张三扒拉开一点:"大清早的你别贴这么近。"

张三:"嗯?"

"好人现在意志饱受煎熬。"李峙说,"你不要考验我。"

张三愣了一下才反应过来,揽着李峙的脖颈笑得花枝乱颤。

李峙嘴角抽了半天,最后泄愤一样揉张三的脸:"我如果憋出问题真的去出家你得负责任的。"

"哎,我之前送给你的佛珠呢?"张三想起来这茬了,"我给你寄到你出差时住的宾馆前台了。"

"收了。"李峙说,"但是那玩意看着像是染色大理石,王武叫我把它拿出去,他怕伤他身体。"

"他好金贵。"张三忍不住吐槽,"你们读大学时,我看熬夜看球最狠的就是他。"

"备孕嘛。"李峙说,"他又没生孩子的功能,只能在别的地方注意一下。熬夜是没办法,工作性质。他现在连辣的都不吃了,生怕影响那啥质量。"

张三肃然起敬。

"那旗袍呢?"李峙反问。

"寄到家第一天就给张国庆咬了。"张三说,"它双目猩红,自制力在看见旗袍的一瞬间崩塌殆尽,狠狠地撕碎了这该死的甜美。"

李峙闷着声音笑,然后轻轻拧了下张三的鼻子:"我根本就没下单。"

"啊……"张三面不改色,"这是我的艺术创想。"

李峙坐起来逗听见自己名字醒过来的张国庆,后者尾巴摇成欢快的螺旋桨:"你妈妈在污蔑你,不要害怕,爸爸保护你。"

张三瞪了眼暗搓搓给自己升咖位的李峙,用力地一拍被子:"谁允许你上床的!"

张国庆尾巴一夹,眼睛圆溜溜地看着她。

李峙看看张国庆,又打量了一下张三的眼色,过了几秒指了指自己的鼻子:"你在赶它还是赶我?"

"你们两个都给我滚。"张三无情道,"带着你的儿子一起滚。"

李峙带着自己的便宜儿子一起滚下床,还被张三踹了一脚。

两人吃早饭的时候,张三才反应过来:"你今天不上班啊?"

"嗯。"李峙说,"哥几个连着两个多月连夜加班一天都没休息,哪怕是生产队的驴都得给放个假吧。"

"哦,这样,"张三低头喝了口馄饨汤,"那你好好休息。"

"三三。"李峙突然喊她,吓得张三手一抖,汤差点洒出来。

"这么喊我,我怪不适应的。"张三说,又连忙喝了口咖啡顺一顺。

"你这搭配够摇滚的。"李峙说,"搞得我都想拿油条蘸拿铁试试了。"

"那我保证半夜拿枕头捂死你。"张三说,"可以冷门但不可以邪门。"

"上海什么咖啡没有,"李峙说,"推出网红八宝粥冰沙麻薯叽叽拿铁是迟早的事情。"

张三在桌子底下轻轻踹了李峙一脚:"吃饭呢,别说怪话。"

"那我们今天出去约会吧。"李峙非常快速地一转话题,张三差点没跟上,"动物园?水族馆?啊,还是去游乐园吧,那个摩天轮……但今天挺冷的,还是去电影院然后逛逛室内的娱乐场所?博物馆怎么样?"

张三冷静地喝了一口咖啡,亲姐张小铃搭配的咖啡醇香在唇齿之间化开。

"你这是什么男高中生的恋爱幻想。"张三说。

"啊?"李峙一愣,"约会不是去这种地方吗?"

"你刚刚是不是想着要在夜色中的摩天轮到了最高点,然后亲我一口。"张三说着就觉得头皮发麻,"这样就可以长长久久在一起一辈子。"

"……不行吗?"李峙有些茫然地摸了摸鼻尖,"王武说他们当时就是这么个流程啊,老浪漫了。"

"……我斗胆请问一下,"张三说,"鉴于我见到他和他对象的时候,他们已经进入老夫老妻状态了,你说的这些事情是什么时候做的?"

"上学吧。"李峙说。

张三指出:"兄弟,你已经二十六岁了。"

"二十六岁怎么了?"李峙昂首挺胸,"你不要搞年龄歧视啊。"

张三无语地看他一眼,低着头开始吃饭。

"那你是不是和前任们一起去过?"李峙冷不丁开口。

张三一口馄饨差点噎在喉咙里。

"哈,我就知道。"李峙哀怨道,"果然和前任们去过了,来晚的人就没这么重要了。"

张三放下调羹,看着他表演。

"有些事情只有头几次有意思。"李峙戚戚道,"第七次就没意思了,我懂。"

张三头皮发麻。

"但是没有关系,"李峙摘下眼镜假装擦眼泪,"你的过去也是你的一部分,我就是喜欢这样的你。"

张三听着听着轻咳一声:"'李四'。"

"哎。"李峙收住泫然欲泣的表情,端起杯子喝了口咖啡,"你打算可怜可怜我了?"

"也不算是。"张三说,"就是我想约你做点成年人的事情。"

李峙被呛住了,咳得天昏地暗,咳到耳郭都泛起一片绯红。

张三走到边上帮他拍背。

"这……"他终于止住咳嗽,伸手圈住张三的手腕,黑眸有些咳出来的湿漉漉,又有点期待和担忧,"这……这真的可以吗?你不用勉强的。"

"你想哪里去了。"张三憨笑,"我说的看房子。"

李峙一愣,随后表情凝重地思考了一下:"这……如果不想太降低生活质量的话,顶多只能咬咬牙买到中环沾点内环那几个区。如果你不考虑通勤的话,看看浦东的几个楼盘……哎,我把我的账本拿出来看看。"说着就要起身去拿东西。

张三忍不住笑了出声,按住了他的肩膀:"没叫你买房,我说的是换一个租的房子。"

李峙蹙着眉头盯了她半晌,突然有些失落地叹口气:"你逗我开心。"

张三环着他的脖子,玩弄着他的天然卷:"换一个嘛。"

"为什么换?"李峙很自然地把手搭在张三的腰上,"这个房间你不是待得挺好的吗?房东阿姨也很好,除了上次看见我还是把我当你表哥,要给我介绍对象以外。"

"啊?"张三傻眼,"那你怎么说?"

"我说我的性取向是……"李峙说,"她说我有些像阿缺西(缺心眼)。"

"一个是租约本身快到期了。"张三说,"另一个是……"

她拉长声音,杏眼狡黠地瞥着李峙。

"这个房间衣柜太小,装不下你的羽绒服。"

第八章
两人一狗

李峙十分高兴。

他高兴的主要表现是从话多的帅哥变成烦人的男性,一张嘴从出门开始就没有停下来过。

张三听不下去了,轻轻踹了李峙一脚:"你知不知道,话少是男人最好的医美。"

李峙很风骚地一撩头发,低头和张国庆确认眼神:"我们靠的是内在美,对吧国庆?"

张国庆忙着嗅闻地上的小树枝,理都没理李峙一下。

"我和你说,你现在的出路就只剩下去搞说唱。"张三说,"这张碎嘴怎么就闭不上呢。"

"我可以去搞脱口秀。"李峙说,"我这么幽默风趣的男人,少一个人看见我的闪光点,我都会觉得可惜。"

张三冷静道:"走错赛道了。你适合做小丑。"

李峙捏了一把张三的脸,再度被她踩脚,夸张地泫然欲泣。

"差不多可以了。"张三也忍不住笑,"你怎么开心成这样?"

"你说呢?"李峙拉过张三的手,摸摸她的腕骨,也弯着眼睛笑。

"我怎么知道。"张三装傻,抖了抖拴着张国庆的狗链,"国庆,我们走。"

李峙弯着嘴角没说话,手指顺着细细的手链摸上去,探进张三的袖口。

张三被这个动作搞得一激灵,连忙紧走两步走在李峙的前头。

这毕竟是个色胚。

今天天气好,他们决定先把张国庆牵去宠物店洗澡,然后再去房产中介那里转转。

迎面有一对带小孩的小夫妻走过来,张三停住步子,李峙蹲下去把张国庆抱起来,靠到边上让路。

小夫妻朝他们友好地笑笑,牵着小孩从他们身侧走过。

小女孩好奇地看着吐着舌头的张国庆:"妈妈,狗狗被抱抱——"

年轻的母亲笑了起来,弯腰把小女孩的头发理理好:"嗯,狗狗。"

话音刚落,父亲一把抱起小女孩让她骑到自己脖颈上,作势往前冲:"囡囡被举高高——"

"哎呀!"母亲又笑又骂,追着父女俩拍打着,"小心点!"

张三"李四"目送一家三口远去。

半晌,张三才慢悠悠地开口:"好温馨。"

"不过,我小时候好像也这样过。"张三回忆了一下,"但我爹不小心把我从肩上摔下来了,挨了我妈一顿揍。"

"是。"李峙温和道,"后面令尊还不信邪,拿糖骗我说再试试看是不是他背的方法不对。"

如果家里小孩的运气一共一石,张小铃独占八斗,张三还能剩四斗,因为隔壁"李四"倒欠二斗。

那次"李四"直接摔进了医院,亲生父亲出差去了不在上海,似乎也不太关心。

张爱华倒是担惊受怕了许久,生怕把他脑子摔出问题,又心疼他小小年纪遭遇了无妄之灾。

张家爸爸挨了好几顿收拾,顶着满头包给李峙烧补脑子的菜,又装在张三的可爱粉色小饭盒里给李峙送过去。

"我记得当时住院,你妈妈陪夜时和别人打电话,她以为我睡了,其实我没有。"李峙说,"她说如果真把我摔傻了,你家就把我养着了,实在不行就当她又生了个傻儿子。"

张三忍不住笑,这确实是张爱华女士会说出来的话。

"我那时候好羡慕你。"李峙说,他们已经走到了宠物店附近。

张国庆似乎意识到这次散步的终点是哪里,一副被暗算的样子梗着脖子,想要往反方向走。

李峙干脆换了条路走,张国庆如蒙大赦,摇着尾巴走在他们脚边。

张三笑笑:"我那时候也羡慕你。"

李峙侧眸看她,漆黑的桃花眼里有点诧异:"你安慰人不用这么离谱。"

"我那时候是真觉得你好自由。"张三说,"你爹也不管你,零花钱又多,我妈还不打你。"

李峙弯起嘴角:"你那个时候老挨打。"

张三看得很开:"我皮嘛。如果以后小孩遗传我,我很难保证我不打她。"

"像你的话一定会很可爱。"李峙说。

张三盯了他半响，才谨慎地开口："说实话，我谈了这么多任就你一个人说我可爱。"

李峙："啊？"

"大概是因为张三和可爱这两个词放在一起比较……诙谐？"张三思考了一下，双手合十，歪头，"这么可爱真是抱歉！"

李峙扶了下眼镜笑起来，突然抱起张国庆就跑。

张国庆傻眼几秒，等它反应过来时已经被李峙夹着冲进了宠物店，气得它一阵乱叫。

狡猾的人类会绕路！

张三捂着耳朵笑得肩膀发抖，尽管她听不懂狗话，但从店里别的笼子关的其他狗狗脸上的震惊神色能看出来，张国庆骂得相当脏。

"我总感觉我听力受损了。"坐在房产中介店里，李峙揉揉自己的耳朵，一本正经道，"我都听不见你说'李峙哥哥，我最喜欢你了'。"

张三面无表情地在桌子下面踩了他一脚，诡异地发现自己做这个动作越发熟练。

李峙轻笑着，慢慢地翻看着宣传册。

他们约的中介小哥还没结束上一份工作，只好拜托店内的同事帮忙接待一下，让他们在沙发上稍等。

"你看这个不错。"李峙用胳膊轻轻撞了张三一下。

张三凑过去看，发现是一套三室一厅的房子。

"你飘了，这么大的房子你都敢看。"张三接过册子看了看，"这是预售楼盘啊，我们不是来租房子的吗？"

"可以先规划起来了。"李峙说，"有个安稳地方也不错，起码有个奋斗方向。"

张三翻了两页，指着那三室的布局笑："怎么的，你想和我分房睡，然后再留一个房间给张国庆？"

"瞎讲。"在外面李峙也不会瞎捣鼓张三，手暗搓搓地和她十指相扣，"你舍得我半夜和国庆一起挠门啊。"

"到时候搞个书房，"李峙说，"反正我看按我加班的频率，而且你以后回老东家也要加班，咱基本上不会抢这个书房。"

张三："……我感觉真到了行业旺季我们在家都见不到一面。"

"会好起来的。"李峙笑，"忙总比闲着好。"

"工作就是狗屎。"张三郑重地发言。

"还得是国庆拉的。"李峙说，"这孩子吃什么了屎这么臭？"

"肠胃好。"张三被戳到了笑点，笑得花枝乱颤往李峙身上靠。

185

李峙顺手圈住她,眸光温柔:"这次先租交通方便一点的地方,我和小哥说了我们要看能养狗的房。"

"我想要朝南的,然后可以把晾衣架支出去的那种。"张三补充道,"阴干太难受了,而且卫生间要干湿分离。"

"我只要沙发舒服一点就可以。"李峙说,"方便我瘫。"

"沙发下面把地毯铺好,"张三幻想道,"床边也铺一张,这样下床的时候踩地板不会冷。"

李峙撑着脸笑:"还有呢?"

"还想有个落地镜!"张三说着,突然一拍手,"过段时间不是圣诞节了吗?咱们可以去超市搞个小圣诞树回来,弄点彩灯上去。"

张三眼睛亮晶晶的,手在空中比画:"还有那种小彩带和十字绣画框,我一直想买来着,但是又觉得一个人住搞这些太浪费了……"

她这么讲着,突然感觉有些不对,侧头过去对上李峙弯起的眼睛。

黑沉沉的眸子光华流转,里面笑意暖融融的。

"继续呀。"李峙说,"我好喜欢听你讲这些。"

张三呼吸一窒,迟疑地接着说:"我还想买一套好看的窗帘……"

说着说着,她声音变得越来越轻,最后有些不自然地别开脸:"……你别盯着我呀。"

李峙凑过去,轻轻地在她唇边落下一个吻。

很轻盈的一个吻,不沾着任何男女之间的情意,却又缠绵岂止万千。

张三脸颊发烫,轻轻地捶了一下李峙:"在外面呢。"

李峙耳尖也有些发烧,黑眸却坚持地看着她,眸光专注温和:"情难自禁。"

"你这真是……"张三试图寻找措辞,最后语调还是软了下来,"下作胚。"

李峙瞥她一眼,突然趁着没有人看过来的时候,飞快地又亲了她一口。

在张三恼羞成怒的捶打下,李峙厚颜无耻地往沙发里一瘫:"下作胚是这样的。"

张三气得要去掐他脖子,两人正打打闹闹的时候,门口传来开门声。

张三下意识地回头一看,整个人傻眼。

感觉到身边人躯体的僵硬,李峙也回头,动作微微一顿。

门口进来的是张小铃,以及挽着她胳膊的张爱华。

张爱华像是在说什么,脸上神情有些愤愤,边上的张小铃笑得温柔又无奈。

"是张女士对吧!"店员小哥迎上去,很热络地接待起来,"我是之前和您联系的小刘。"

"哎，是的。"张爱华一秒切换回热心大妈模式笑着颔首，突然视线和张三对上。

"你……"张爱华脸上的笑容瞬间消失，瞪圆了眼睛。

李峙一下子站起来挡在张三前面，张小铃也连忙拦住张爱华："妈，你冷静点……"

母女相见分外眼红，眼看马上就要吵起来，张三拉着李峙就急匆匆往门外走。

"你走好了！"张爱华气得声音都在抖，"走了再也不要喊我叫妈！"

张三猛地止住脚步，胸口不断起伏，盯着张爱华不吭声。

中介小哥茫然地看着母女俩剑拔弩张。

张小铃看看周围，抿抿嘴微笑道："三三，我有话和你讲。"

与此同时，李峙也开口了，他声音诚恳："阿姨，能给我一个跟您解释的机会吗？"

张三错愕地扭头，只见青年朝她沉稳一笑，笑容里满满的安抚意味。

"没事的。"李峙朝她悄悄眨眨眼，小声道，"阿姨总不见得打我吧？"

幸好上海到处都有咖啡店。

张三捧着个纸杯坐在露天咖啡馆的长椅上，张小铃取了自己那份咖啡入座。

她喝了一口，微微蹙眉："不好喝。"

"和你说了这种名字越花哨的一般都越难喝。"张三说着，把自己的拿铁递过去，"我和你换。"

"不用啦。"张小铃拒绝，随后微微笑起来，"我还以为你是因为这个最便宜……"

张三："倒也不能排除这个因素，但我要强调拿铁比美式稍微贵个三块钱。"

张小铃笑起来，把杯盖揭开，慢慢啜饮着上面的奶泡。

"我们还担心你会不会因失去经济来源而变得拮据，"张小铃说，"看你和小时候一样光明正大地抠门就放心了。"

张三做了个鬼脸，张小铃温柔地笑。

姐妹俩安静地并肩坐着，看行人匆匆走过去。

过了一会儿，张小铃轻声说："妈妈给我配了中药。"

"你和妈妈说了？"张三惊讶道，"配的啥啊？那玩意多苦啊，可不能乱吃。"

"配给我老公的，补肾壮阳。"张小铃很淡定地说。

张三被呛住了。

"不是……他只是精子质量不行，不是别的方面不行吧？这玩意不对症吧?"张三挡开张小铃轻抚她背的手,"他不会借题发挥吗?吵着要证明自己男人的雄风?想想就头大。"

张小铃看她一眼,语气微妙:"原来小李会这样吗?"

张三眼神游移。

"看不出来啊。"张小铃感叹,随后笑起来,"他看上还挺沉稳可靠的,没想到这么孩子气。"

"是的呀,特别幼稚一个人。"张三抓住机会吐槽,"不管什么醋都要吃一吃。实际上什么都不会,但是嘴巴花得不得了,抓到一点点小辫子马上就作得要死,恨不得往地板上打滚。"

"真的啊?"张小铃问。

"真的啊!"张三用力地点头,"他上次还和张国庆争风吃醋,问如果他和它打起来了两败俱伤,我先送兽医还是普通医院?"

"你怎么说?"张小铃笑。

"我说我一脚油门先送他去精神病院看看脑子。"张三叹气,又托着下巴笑,"真不知道拿他怎么办才好……"

"还有上一次,这个阿缺西他……"张三越说越起劲,捧着杯子絮絮地对着自家亲姐说男友的糗事。

在她自己注意不到的地方,她的嘴角温柔地上扬着,杏眼柔和生辉。

张小铃侧着脸看了她一小会,才直起身轻笑道:"三三,别秀了。"

张三"啊?"了一声。

张小铃没有和傻妹妹解释,笑着喝了口咖啡,轻声道:"你们这样我就放心了。"

张三茫然地看着张小铃。

"妈妈这次是给你买房子的。"张小铃说。

张三傻眼:"啥?"

"你不是一副死都要留在上海的样子嘛。"张小铃说,"现在工作又没有了,谈朋友也定不下来,妈妈很担心你。"

"索性用卖旧房子的钱给你出个首付,首付比例大点,你后面还贷也轻松些。"张小铃看着前方,"总比四处漂着要好。"

"不是,我没要她……"张三着急了,人一下坐直了身子,"这没必要啊,姐,这……"

"我没意见的。"张小铃安静地说,"毕竟我以后不在国内,父母养老照料这些事情基本上也都落在你身上。"

"不是这个问题。"张三抱头,把自己头发弄得乱糟糟的,"哎呀,和我妈讲不通,这真没必要啊,搞得我好像打定主意要啃老一样。"

188

"三三。"张小铃突然喊她的名字,"我好羡慕你。"

张三侧头看着张小铃,表情错愕:"哈?"

"妈妈什么事情都念着你。"张小铃说,"不是钱的问题。"

"你感觉不出来吗?"张小铃颇有兴味地看着她,"我小时候特别嫉妒你,凭什么爸爸妈妈都这么偏心你。"

张三眨了眨眼,手慢慢地从头发上放下来:"啊?"

"可是我小时候衣服都穿你剩下的……"张三说,"过年红包你也永远比我多几百块钱。"

"过节想去的地方都是你想去的。"张小铃说,"而且拍全家福的时候,你位置站得比我中间。"

"而且妈妈的企鹅头像一直都是你小时候拍的艺术照,像天鹅公主一样的那套。"

"这……"张三愕然,"可是我一直都觉得爸妈更喜欢你。"

张小铃很短促地笑了一下:"所以说咱们爸妈当家长有些失败。"

张小铃垂下眼睫:"真的。你被养得好勇敢,什么事情都敢去做,什么事情都敢拒绝。"

张三莫名得到了这个评价,微微皱着眉。

"……这叫脚踩着西瓜皮,走到哪里算哪里。"张三说,"你情商太高了,对于你刚刚的描述,我们一般称这种行为叫作不靠谱。"

"很好啊。"张小铃捏了把张三的脸,"不像我,除了靠谱,什么评价都没有。"

"册那(指情绪的发泄词或语气词)。"张小铃看着水泥路面说,"我以后只生一个小孩。"

张三愣了一下,才反应过来这是属于她优秀的姐姐一个不太熟练的抱怨。

姐妹俩面面相觑,张小铃先绷不住笑了一下:"你怎么这个表情?"

"有些不习惯。"张三说,"没想到你居然会说脏话,不太文明。"

张小铃拧了下张三的脸:"你平时说脏话还少吗?现在管起你姐姐来了。"

张三被捏着半边脸,含含糊糊地讨饶:"能不能换一边?我现在脸大小都不对劲了。"

张小铃一顿,随后咬牙切齿地拧了另一边:"这话和你家狂犬病说去!"

拧着拧着,她又笑,莫名有些眼角发酸。

在张三看过来之前,张小铃已经恢复成了一张亲热的笑脸:"看你还到不到处乱秀。"

"我错了错了……"张三垮着一张脸,口齿不清地自我反省,"哎,我是不是右边脸捏起来手感特别好,所以你们……哎,阿姐轻点——"

姐妹俩打闹了一会儿，李峙从远方走过来。

张三一眼就认出了这个身影，连忙朝他招手，又困惑地"咦"了一声："我妈呢？"

张小铃摇摇头。

等李峙走到姐妹俩跟前，张三一下子站起来，张小铃也蹙起眉头。

李峙半边脸上有清晰的掌痕。

"哎呀，这怎么搞的？"张三急眼了，也不顾在外面了，扒拉着李峙的肩膀让他弯下腰来仔细查看。

通红的一片，指印清晰，可以看出来下手的时候力道不轻。

"你、你痛不痛？"张三看着心里就一阵阵发疼，想伸手去碰又不敢，"我们现在打车去医院。"

李峙朝她笑笑，把她手抓下来放在掌心里摩挲："这去医院能做什么，人家还当你家暴我。"

"你现在还和我抬杠。"张三又气又心疼，"我妈她……"

"阿姨在店门口等你。"李峙对张小铃温声道。

比起急得都快要掉眼泪的张三，张小铃的表情就严肃了些："我妈妈她现在……"

"啊，一开始确实有些矛盾。"李峙愉快道，"但是后面暂时达成一致了。"

张小铃松了口气，看着欲言又止的张三和微笑的李峙，识趣地提出告辞，去找张爱华了。

等张小铃离开，张三眼泪一下子掉了下来，声音也有了点哭腔："这是怎么回事吗？前面还说我妈再怎么样也不至于打你。"

"哎呀，我都没哭，你哭成这样干什么。"李峙在长椅上坐下，拉着张三的手让她站在他腿间，抬头看她，"不知道的还以为你马上就要丧夫了。"

"就是……"李峙斟酌了一下措辞，"我在你妈妈眼里大概是一个从小潜伏在你隔壁，对她的宝贝女儿心怀不轨，并且鼓动你误入歧途的大尾巴狼。"

"最令人发指的是，"李峙佯作愤愤不平道，"甚至不愿意和你扯证负起成家的责任来。臭男人！"

张三被他语气逗得又哭又笑："你和我妈妈说，是我不愿意扯证的呀，你都和我求了多少次婚了你。"

"你也知道啊。"李峙笑，把张三拉近一点，抬手擦掉她脸上的泪，"但这话我怎么能和令堂讲？"

"怎么不能？"张三闷闷道，"明明这是我们两个人的事情，你干吗老是一个人担着？这是我妈，又不是你妈。"

李峙笑得更深了些，把张三的手拿起来，轻轻贴了下自己没被打的脸："那我还是要面子的呀，屡次求婚屡次被拒，这话说出去，按照你妈妈的传播能力，我这辈子都别想在江浙沪抬起头来了。"

张三也"扑哧"一声，别扭地动了动手指："你明明知道我不是这个意思。"

"那要不……"张三犹豫道，视线定在李峙笔挺的肩线上，"我们去把……"

"不。"李峙拒绝了她。

张三脸上泛着的红还没褪去，话说到一半被打断，眼睛圆滚滚地盯着他，像是被踩了尾巴的猫。

李峙漆黑的眸子望着她，沉默了几秒，笑出了脸颊柔柔的小梨涡："你这么说我好开心。"

张三轻咳一声，后知后觉地开始不好意思："如果我没搞错刚刚是我求婚被拒绝了。"

"我都被打成花脸了，你让让我好不啦？"李峙晃着她的手讨饶，又温声道，"我只是不想你是因为这个而头脑一热和我扯证。"

"虽然说爱情需要一点激情吧，但是我希望你的激情点能是觉得李峙这男人真帅、真靠谱！我真是爱死他了。"李峙说，"不然我会觉得很可惜的。"

张三在他边上坐下来，一点点地挨到他身侧："知道了。"

"你又知道了。"李峙笑，亲昵地侧头吻了一下她的发顶，"要不要改名叫张大机灵。"

"好难听啊。"张三和李峙抗议。

李峙闷着声音笑。

正逢点灯时刻，路边依次亮起暖黄灯光落在他眼底，熠熠生辉。

"但我真的好开心。"李峙轻声说着，把张三的手捉过去，轻轻地摩挲着她空无一物的无名指，"你愿意为我做到这个程度。"

他身形高大，哪怕是夜风渐起的初冬，往身边一坐就能挡住一大部分的风。

张三靠得更近了一些。

"冷啊？"李峙问，伸手把她揽过去，"到店里待着？"

张三摇摇头，把脸贴到他胳膊上。

"这一巴掌挨得真值。"李峙陶醉道。"丈母娘爱的鞭策。"

张三拧了他腰一下，李峙怕痒，轻笑着闪躲，反手捉住她的手揣进口袋。

"你怎么说服我妈的？"张三问。

"没说服。"李峙说。

张三一愣，抬起一双圆溜溜的杏眼："啊？"

李峙看她这样就心底发痒，但还维持着面上的正经："我只是拜托她耐心一点，多相信你一点，给点时间。"

张三轻轻皱眉，清楚这话是没办法轻易说服张爱华的。

不知道在她看不见的地方，李峙费了多少口舌，又挨了多少责备。

"不要露出这个表情。"李峙失笑，刮了下张三的鼻尖，"能够说服你妈妈的只有你自己。"

李峙说："阿姨只是想让你过得幸福顺遂。"

张三如何不知道妈妈是为了她好，可是心底这股气怎么样也咽不下去："那也不能这样子，太强硬了。"

"阿姨如果不强硬一些，也没法一个人挣钱把你和你姐姐养得这么好。"李峙公正道，又弯起嘴角，"还亲手喂大了隔壁的大尾巴狼。"

张家老人们身体都不好，张家爸爸回老家侍疾，张爱华一个人为了两个小孩读书留在上海，白天上班晚上兼职，还做点小生意，硬生生又挣出一套房子。

张三不是不讲理的人，她比谁都清楚母亲的辛苦，也明白如果不是母亲强势甚至可以说是蛮不讲理的性格，她与姐姐绝对过不上如今这样有底气的生活。

只是……

"你不必……"张三小声说。

"什么话啊。"李峙笑起来，"你妈就是我妈，而且我真的很感谢张阿姨。"

李峙低下头，垂着睫与张三对视："如果没有阿姨，也养不出你呀。"

张三一下子被弄得不好意思了，眨着眼不知所措。

李峙轻笑着要去吻她，然而气息还没有交缠，李峙兜里的手机响起来。

李峙侧过脸，无声地骂了句脏话。张三捂着嘴红着脸笑，看李峙把电话接起来。

李峙一边接电话，一边弯着黑眸盯着她看，暖色的灯光落在他的身上，像是勾了一层毛茸茸的边。

你等着。他笑着用眼神警告张三。

张三又揉了他一下。

电话那头是终于结束上一单的中介小哥，对着他俩普通话和上海话双语齐下疯狂道歉，生怕因为客人久候而损失这一单的客源。

打工人不为难打工人，李峙和张三对了一下眼神，表示说问题不大，现在看房子也可以。

小哥大喜过望，殷勤表示马上和同事一起骑电动车过来接他们。

"算了算了，"李峙不是很想坐在男人的电动车后座上，"我们马上走过来，您稍等。"

挂了电话，李峙把张三的手牵过来："走啦。"

"等着。"张三停了下脚步，从帆布包里翻出了一只口罩，给李峙戴上，

"不雅观。"

李峙弯着眼睛笑,配合着俯下身子让张三戴。

灯影绰约,头顶是梧桐摇曳着,投下昏暗浮动的光影。街边的小店陆续亮起彩灯,隐约有音乐从开合的玻璃门里传出来。

而凝视着她的黑眸里流光溢彩,眸光温柔缱绻。

张三呼吸微室。

口罩戴好了,李峙正要起身,突然被一双暖热的手勾住脖子往下揽。

口罩被拉下来,取而代之是一个柔软的吻。

李峙眸色骤然一沉,他伸手揽住张三的腰,反客为主加深了这个吻。

张三像是感觉到他的意图,轻柔地回应着他,把脚跐起来一点。

李峙轻笑着,手来到她的脸颊,摩挲着她暖热的耳后与颈侧。

张三"唔"了一声,咬了一口他的舌尖。

李峙轻轻咬了回去,又追着那个根本不存在的伤口抵着交缠。

一吻结束,两个人都有些喘,耳侧心跳声震耳欲聋。

张三看着李峙耳尖烧红,也看见他湿润黑眸里绯红着一张脸的自己,咬着唇不知道说什么。

李峙又凑过去在她唇上轻轻一啄。

张三拍打了他一下。

街边有拿着玻璃杯喝酒的食客朝小情侣吹了下口哨,见张三"李四"一起回头,笑容揶揄着朝他们举了下杯。

张三愣了一下,随后脸一下子红了起来,撒开李峙就闷着头往前快步逃离"犯罪"现场。

李峙也微怔,随后弯起了嘴角,朝路人点点头示意,手插在口袋里,笃定地迈步跟在张三后面。

落后半步,一如十年前。

与他们懵懂的青春不同的是,张三走了小半个路口,突然回过头来,半恼着盯着他:"你还不牵我手!"

李峙笑得更深了,将张三伸出的手包在掌心:"好的呀。"

张三"李四"从提出搬家计划到付诸实践,只花了两天不到。

吴语打视频电话过来的时候,张三正在住了两三年的出租小屋里面打包行李。

视频一通,现役都市丽人妆容精致的眼睛就在屏幕对面到处乱转,狐疑的视线扫过张三身后凌乱的家具现状……以及正在其中撒欢的张国庆。

"……你做什么?"张三原本在叠衣服,被吴语的表情弄得有点无语。

"我在想你们转移窝点这个速度，"吴语说，"看上去犯的事情涉案金额不小啊。"

"两个人一起住和一个人住不一样啊。"张三很自然地解释，"这个大小我住正好，加上'李四'就施展不开了。"

"施、展、不、开。"吴语慢慢地重复了一下，笑容瞬间变得暧昧起来，"年轻人好激烈哦。"

张三一下子顿住了，在黄色笑话领域她也算是身经百战，但是真开到自己身上还是有些破防："不是，没……"

"没什么？"吴语撑着脸，背后有午休的同事端着餐盒走过去，她猛地凑近摄像头，声音压到最低，"你们……"

张三有些不好意思地把脸别过去，摇了一下头。

吴语叹为观止："他不会真不行吧？"

"不要瞎讲啊。"张三说，"这样子我是要守活寡了，这喝中药也不一定能治好。"

吴语"啧"了一声，漂亮的眼睛眯成意味深长的弧线："这都不分手，你超爱。"

张三愣了一下，又陷入了微妙的自我怀疑："应该……不能是我的问题吧。"

"不要内耗自己，要去质疑他人。"吴语斩钉截铁，"绝对是'李四'不行。"

"主要是我们在一起也没多久啊。"张三说，"再怎么好色也不用急于一时吧。"

吴语提醒道："已经超过六个前任的总和了。"

张三眨眨眼："原来已经在一起这么久了。"

张三把叠好的衣服放进纸箱子，托着下巴想了想："真没有想到……"她低头笑了一下，"我总感觉我们才刚刚在一起。"

也许是刚确定关系李峙就出差张三赶回老家，又也许是张三总忙着跳舞李峙忙着加班，还有可能是两个人实在是太熟了。

也就是现在李峙工作告一段落，张三暂时停止舞团任务，两人才能多待一会儿，甚至偶尔还能约个会。

尽管约会内容大多数是去街上遛狗，去江边遛狗，去森林公园遛狗。

约到最后，张三总觉得李峙看张国庆的表情带了点微妙的杀意，活像是终于上位准备摩拳擦掌收拾倒霉孩子的隔壁阴险中年男人。

"要不狗给你们玩几天？"张三说，"我和李峙可以开车去周边地方转一转。"

吴语沉默几秒，一拍桌子："够了，你这个到处炫耀幸福的女人！"

"那你要不要？"张三说，"你家那位不是一直嚷嚷想要养狗吗？让他体验一下比格犬拆家队，一养一个不吱声。"

"你……"吴语忍气吞声，"要。"

张三笑起来："那我问问李峙什么时候可以凑假期——"

话音刚落，手机提示有来电，张三挂断吴语的视频通话接起来，电话那头是王秘书。

"林老师叫你以后都不要来了，她会亲自跳白鸟。"王秘书用公事公办的语气通知她，"你被开除了。"

张三握着手机的手一抖，随后深呼吸一下，稳住了声音："知道了。"

"合同的事情就麻烦您了，我会支付我的违约金。"

王秘书轻笑一下，声音里有微妙的情绪："林老师说你不会回来了，我说你储物柜还有东西呢，她叫我去看看。"

"我拿管理员钥匙打开的，"王秘书说，"你上一次离开就把东西都带走了。"

"我很佩服林老师。她有很高深的艺术造诣，对人的观察揣测也很细致入微。"张三说，"但是——"

张三侧过脸，用眼神示意正在啃咬纸箱角的张国庆住口。

随后，张三声音平稳道："我对她之于我的分析，感到十分有启发，但是并不认同，也无法认同。"

电话对面沉默了很久，直到一声轻轻的打火机的"咔嗒"声响起。

林月的声音听起来有些疲惫，尾音沙哑下沉："我有时候真想掐死你们。"

张三笑起来："林老师。"

林月往椅背上一靠，深深吸烟入喉，等尼古丁烟雾浸润了肺腑，才缓缓叹出一口气。

王秘书从最开始就是开的免提。

张三清楚林月在边上，而林月也清楚张三知道。

也许是林月把电话拿得近了点，又或者是香烟的作用，原本飘忽不定的声音一下子变得坚实起来。

"你想好了？"林月问，"开除的成员我从来不会收第二回。"

"嗯。"张三说，"对不起您的栽培。"

"好好好，你好样的。"林月连说了三个"好"，声音提起来，"我告诉你，你现在一走了之，绝不会有第二个舞团敢要你！你这辈子都上不了台！"

张三听着林月这么不遗余力地恐吓她，突然觉得有些好笑。

她深呼吸了几下，温和道："林老师，您观察了我这么久，应该知道这样是威胁不了我的。"

上不了台，从来都不会是张三的命脉。

又是一小段难堪的沉默，随后林月轻嗤一声，语气重新变得疲倦下来："我

就知道……"

她伸手让王秘书把烟灰缸拿回来，倒了点杯子里的咖啡进烟灰缸里面。

铁灰色的灰烬在棕褐色的液体里浮沉。

"你知道我为什么会录取你吗？"林月问。

"因为我很符合您的预期？"张三说，把狗抱到身上，"所以您挑中了我。"

"错，大错特错。"林月咳嗽起来，"张三，不要再讲这种蠢话了，你不要低看我。我不需要寻找你们，是你们刺激我，我才能创作。"

张三微微抿住唇。

"我看了你的简历。"林月说，"你从小一直在跳舞，中间断了好多次，在舞蹈上不是良选。"

"但是，你很优秀，世俗意义上的优秀。"林月合起眼睛，"你什么事情都能做得很好，很好的学校，很好的工作……你每一步都走得比先前更好。"

"是努力的结果。"张三说。

"是的，是努力。"林月说，"而不是喜欢，不是追求，不是欲望。"

张三不吭声了，她知道林月要说什么。

"没有欲望的人，我教不了。"林月说，"我一直在想，怎么能点燃你的欲望。张三，人活在世界上，是需要欲望才能活下去的。不然的话，你只是一块砖头，一个提线木偶。"

"我很满足我现在的生活。"张三说，"不是每个人都会有这么强的需求感的。"

"是吗？"林月柔声反问，"那么你答应我，这辈子都不要跳舞了。哪怕没有人看见，也不要再跳了。"

张三骤然噤声。

"什么都不为的跳舞，只是为了好看和正确而跳，和广播体操有什么区别？"林月说，"这么傻的事情我怎么会让它发生？"

张三沉默一会儿，才轻声回答："我不能答应您。"

"有人想看的。"张三说，"我为他而跳。"

林月笑出了声："还是落入了俗套，男朋友，嗯？"

张三也笑："我本身就是一个俗人。"

"爱情，愤怒，不甘，喜悦……这些都是很好的刺激。"林月说，"你们也是，苏啾啾、你，还有那个混血，都是我的刺激，三棍子打不出一个屁的高才生也是，你们都是。"

"是我们的荣幸。"张三说。

她们很难得有这么平和的交流。

"那换一件事情答应我吧。"林月说，"看在我快要死掉的份上。"

张三思索片刻，笑道："林老师您先说，我得看看具体什么内容。"

"我最烦你这一点。"林月也笑起来,又撕心裂肺地咳嗽着。

她挥退了想要帮她拍背的王秘书。

"永远不要忘记你通过考核的那一天,你心里面想的东西。"林月说。

张三的思绪被牵引回到那个满是阳光的秋日下午,脚尖与木地板摩擦而过,有一点点细微的刺耳声响。

更多的是窗外梧桐树叶的"沙沙"声。

在放松的旋转中,她看不见周围的人,也感觉不到那些审视的视线。

她只感觉到了自己,在茫茫人海中面目模糊如一尾鱼的自己,第一次被这么清晰地感受到。

"我知道了。"张三郑重地说,"我会记住的。"

"你不会的。"林月又大笑起来,"你太年轻了,离死太远了,怎么会记住呢。"

张三抿了一下唇,好脾气道:"我会试试看的。"

林月一怔,随后笑得更响亮了,泪水都被逼出来:"张三,我最厌烦你这样的人。"

"这个世界可以不需要天才,但是不可以没有你这样的人。"林月说,"接着努力吧,张三,让我们拭目以待。"

在挂断电话之前,张三问了这个狂妄到能够自诩天才的女人一句话:"林老师,您真的要上台吗?"

"我当然能。"林月说,"违约金小王会联系你的。"

张三捂着嘴笑起来,温声回答:"晓得了。"

挂了电话,张三抱着张国庆坐了一会儿,慢慢地重新开始收拾搬家用的大纸箱子。

放在最上面的是她的舞衣。

张三盯着它看了几秒,起身拿起封箱带把箱子合上,她在封箱带的边上用油性笔签上自己的名字。

想了想,又在大大的"张三"下面补了一个小小的"李峙"。

随后她拿起手机,给吴语发语音消息。

"过几天新房子收拾好了,过来玩的时候,记得开车把国庆带走。"

张三的新房子离旧房子不远,房型大了不少,甚至还有了小阳台,张国庆犯了错误的时候又有了新的去处。

上海市区哪怕是租金也不便宜,但幸好是两个人分摊,比起之前张三一个人住的时候还要少些。

李峙表示过衣食住行生活花销可以全从他工资里走,张三觉得没必要,她本身有存款，过段日子马上也复职了，不差这点钱。

李峙说我就差这点钱吗？我只是想把这些东西搞成一笔烂账，烂着烂着就分不开了。

好有心机一男的。

张三懒得理李峙，指挥李峙去收拾东西："把你的衣服挂衣柜里去，我才不给你收。"

李峙应了一声，路过张三的时候，飞快亲了她一口，然后挨了一脚，乐呵呵去理东西去了。

李峙工作忙，需要攒老婆本的打工人每天埋首于案牍，哪怕下班回到家也要端着个电脑，键盘敲得噼里啪啦响。

幸好张三暂时属于自由人，每天在房间里兜兜转转添置东西，渐渐把两个人的小家给建设起来。

张三最喜欢那个小阳台，她在上面种了点花草——小辣椒和小番茄，还有一把绿油油的小葱，最上面挂了一小串腊肉和风干带鱼。

李峙有时候放下电脑去阳台上放风的时候，忍不住对着张三吐槽："光看这块地方我感觉我像是和岳父在同居。"

张三一边薅小葱，一边头也不抬："你今天别吃饭了。"

"对不起。"李峙光速道歉。

他也蹲下来去拨弄辣椒叶子，被张三轻轻打了一下手背："别乱揪，这是我从花鸟市场买回来的。"

李峙又抬手去摸腊肉，又被张三瞪了："手干不干净就乱碰，发霉了那一段切下来给你吃。"

没了张国庆，李峙一下子沦为这个家里最碍事的东西，他蹲在地上十分忧郁："我好想国庆。"

"你想国庆的话，晚上睡觉就别关门。"张三说。

李峙一下子嬉皮笑脸起来，也不管张三的佯怒，手环在她的腰上不放："那不行。"

整个家里，李峙最喜欢的除了那张大沙发，可能就是卧室的门。

先前张三的房间是单间，卧室、客厅连在一起，每天早上起来床上都睡着两人一狗。

有了卧室门，李峙和张国庆的家庭地位终于有了较为明显的区分——李峙可以上女主人的床睡觉，而张国庆只能被关在外面挠门。

第二天起床的时候，发现李峙经常瘫着的沙发被张国庆尿了一泡。

好小心眼一只狗。

这段时间里说什么都没做也是不可能的，毕竟两个气血旺身体棒的年轻人，但每次到了最后一步的时候，总是止步于此。

李峙到底还是一个比较传统的男青年。

李峙在边上憋得难受，张三作死过去撩闲，又被李峙冷笑一声反手按倒一顿亲热，这下变成两个人一起难受。

以至于张三在喘息中艰难思索，这是不是李峙的另一种——催婚手段？

也许是受了传统男青年的影响，张三也养成了写日记的习惯。

她买了一个漂亮的粉红色日记本，和李峙的两个黑色牛皮本叠在一起，上面一本是日记，下面一本是账本。

在扉页，她记录了那个满是阳光与梧桐香气的秋日下午。

如果人会忘记，起码纸笔会记得。

李峙大约也是这么想的。

张三没有翻阅过李峙这两个本子，只在某天李峙写日记的时候，从背后路过不小心瞥到一眼，发现这人写日记就和当时写的邮件一样，最上面一行有个收信人似的抬头。

张三脚步立马就顿住了，很难不去好奇男朋友日记里的神秘收信人是谁，但是直接要求看似乎有些侵犯隐私之嫌。

幸好李峙注意到了张三的停步，笑着朝她招招手，拍拍自己的腿示意她过来坐。

张三犹豫了一下，还是坐过去了。

李峙从背后环住她，很舒服地把下巴搁在她的肩膀上，让张三去翻看他的日记。

一看，张三就愣住了。

厚厚的一本，从最开始的第一页，每页抬头都是张三。

她下意识地去看落款时间，是八年前，两人十八岁的那一年。

李峙在背后玩弄她的发梢，没有阻止张三阅读。

李峙写日记很随意，有的时候写得洋洋洒洒，有的时候就一两行字，写得和备忘录一样。

甚至出现"张三：今天上午天气很好，下午下雨。晒的被子被雨淋湿，于是和王武甜蜜相拥而眠。感觉王武的女朋友真不容易，大概是有鼻炎"这样的迷惑发言。

也不是每天都写，偶尔会出现长达一两个月的空白——多半是大学寒暑假那段时间。

张三看着看着，突然明白过来："你这……其实是写给我的？"

李峙闻言笑起来，把她搂得更紧了一些："不然呢？总不能日记本叫张三。"

张三思索了一下，有点不知道怎么评价："我感觉有些变态，我现在脊背

冷飕飕的。"

她总觉得这事儿常见走向应该是病娇偏执挂的,下一步起码是非法监禁。

"冷啊?"李峙笑,手很自然地探进她的衣服下摆,顺着背往上摸,"帮你暖暖。"

"要死哦,下作胚。"张三回过身要打他,然而腰上被李峙一按,青年温热的吻覆下来,话语都被吞入唇齿间。

等李峙松开张三的时候,张三已经在喘了,把发烫的脸埋进李峙的肩膀,李峙也有些微微的呼吸不稳。

李峙定了定神,才用唇轻轻地碰了下张三的发顶,温声开口:"你和初恋谈恋爱的时候刚好是那一年。"

"哎。"张三有气无力地捶了李峙一下,"你怎么还记着啊?"

李峙不受影响,把她的手抓进掌心摩挲,接着回忆:"你那时候和我说,不要没事老找你聊天了,你男朋友会不开心。"

张三傻眼,脚趾一下子缩起来:"真的假的,我讲过这种话?"

"是啊。"李峙弯起眼睛,"讲的时候老理直气壮了,说异性朋友之间要保持距离。"

"啊啊啊……"不妙的回忆涌上心头,张三下意识地想要跑路,然而被李峙抱得紧紧的,一时挣扎不出来。

"你别怕啊。"李峙笑起来,低下头亲昵地和张三蹭蹭鼻尖,"你又没有做错,是我当时没有分寸。"

"可是……"张三声音低下去,莫名有些后悔,"你肯定很难过。"

"是啊。"李峙轻轻叹息一声,轻嗅张三发间的柔软香气,"很难过的。"

所以他就开始写日记。

在纸页上面,什么都可以写,什么都可以说,他不需要再去顾忌友人之间应该遵守的边界。

而那日记变得稀稀落落的夏日与严冬,是李峙飞回上海的假期。

李峙的父亲从他考上大学后就迅速把房子转手换成了现金,又在自己新家庭所在的城市购买了房产。

李峙一次都没有去过。

回到上海,李峙只能住进便宜的短租房,有些甚至是空调年龄比他还大的地方,一开冷气风扇声就震耳欲聋。

幸好李峙一向随遇而安。

因为只有在寒暑假,他可以自然地在家附近和张三偶遇,又很自然地去登门拜访蹭一顿饭,再自然地一起散步,去超市,去扔垃圾,最后自然地道一声明天见。

明天见，明天再见。

张三依稀记得自己小时候不会和李峙说这种话，早上一推门，他就已经背着书包等在门口，再大一些，他就会在楼下骑在自行车上按铃，催促她快点下去。

本来就应该天天见的，何必多此一举。

谁知道随着年月增长，明天见变成了一个约定，再渐渐变成了某种心知肚明不会兑现的客套。

张三突然有点心里发酸，搂住李峙的脖子，脸埋在他肩上，闷闷开口："对不起。"

"嗯？"李峙一下子没反应过来为什么张三要道歉。

"我从来没有想过你为什么要回到这里。"张三声音很闷，"我一点也没有注意到。"

"啊，你说这个啊。"李峙笑起来，轻轻地顺着她的背，"你哪怕注意到了，我也不敢说啊。"

李峙黑眸里面光华沉沉，脸上露出两个浅浅的小梨涡："我胆子很小的。"

"可是……"张三抿着嘴，她当然知道这件事自己没有做错任何。

保持距离是对的，光明坦荡也是对的。

但她总是忍不住去揣测。

那个时候的李峙，是抱着什么样的心情，走在熟悉的街道上的？

他失去了自己长久以来的栖身之所，而身侧走着的是别人的女友，正叽叽喳喳地讲着和另一个男人的恋爱趣事。

等他回到了北京，又有许多想要讲却无法说出口的话语，最后化作钢笔字落在纸页上，又被重重合起。

心脏像是被谁用力攥住，挤出一把又一把的酸涩汁液来。

"哎，你怎么哭了？"李峙感觉肩膀热热的，低头发现张三在掉"小珍珠"，整个人慌张起来，"不至于啊，我都没哭你哭什么？脸抬起来擦擦。"

他去扳张三的脸，然而张三死死地搂住李峙的脖子，不愿意把脸抬起来。

"我就是觉得……"张三哽咽着说，"我好想抱抱你。"

不仅是二十六岁的李峙，还有十八岁的李峙，之后每一年的李峙。

李峙微怔，随后轻笑起来。

像给一只猫咪顺毛一样，李峙慢慢地抚着张三的脊背。等她的抽泣渐缓，还是不愿意起来，轻轻地用脸蹭着他的肩。

"既然这样的话，"李峙说，"那让我们来翻翻旧账吧，你和我秀恩爱的每句话我都写进去了，时不时提醒自己看一下饮水思源砥砺前行。"

"等一下，你这词好像用得不对。"张三说，"你饮什么水思什么源？"

"嫉妒别人的幸福生活是我们阴暗人生活下去的动力来源，"李峙笑着拿起日记，翻到第一页，"那我就开始念了。"

"啊啊啊，不要！"张三挣扎起来，想要去抢李峙手上的日记。

李峙笑着，也没有刻意制止她的动作，让她轻易地扑到了桌面上。

李峙手正按在第一页上，张三连忙伸手要去盖住。

然而视线下移，定在其中某行字上。

比其余的字迹都要更加用力，像是要穿透书页一般，苍劲肆意。

像是某种无声的呐喊。

李峙从背后靠过来，环住了她。

"念啊。"李峙轻声说，声音里带着沉沉笑意。

张三心中一跳，随后带着莫名的羞恼回答："不是你要念吗？"

李峙轻笑起来，也不反驳，手覆上了张三的手背，带着她从那行字上轻轻摸过去。

字痕深深地印下去，力透纸背。

李峙轻声念了出来。

上海的某个深夜，十八岁的李峙，在崭新的日记本上用力地写下：

　　我喜欢你。

甚至使劲得过分，墨水渗到了后面几页，像是某种镌刻，又像是疤痕。

十八岁的李峙没有想到这张纸会有被除自己以外的人看见的一天，于是他揉揉眉骨，很快翻到了下一页接着写。

张三坐在二十六岁的李峙怀里，手指摩挲过那一小片墨痕，轻声回答他。

"我也喜欢你。"

李峙眸光微动，把张三的脸转过来，温柔地接吻。

张三难得温顺地任他亲吻，甚至在迎合他。

李峙呼吸一下子就乱了。

在事情滑向逐渐失控的边缘时，李峙松开张三，下巴压在她发顶，粗重地喘息。

张三也在喘，呼吸凌乱又破碎，手指下意识地揪着李峙胸前的布料。

李峙克制地深呼吸着，一点点用唇去摩挲张三的眉与额心。

张三眨眨眼。

"过两天我请了假，和我一起去看看我妈妈吧。"李峙轻声说。

第九章
鸟雀归来

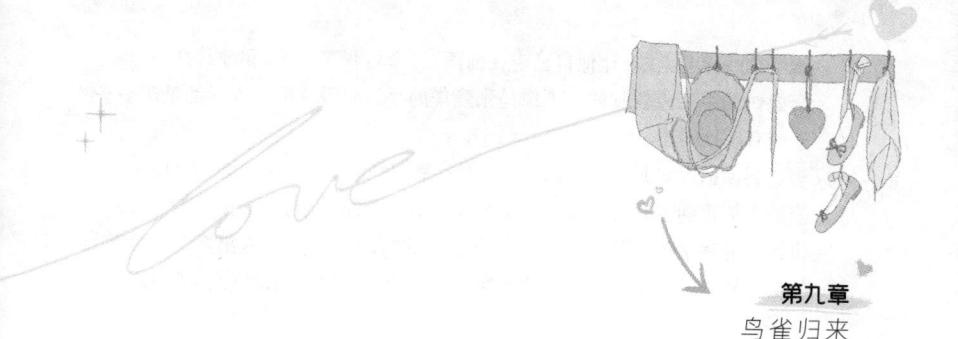

张三对李峙的母亲记忆很模糊。

大抵是一个喜欢穿素色碎花裙子的清瘦女人。

李峙六岁搬到她家隔壁,当时就听张爱华八卦说隔壁小孩妈妈的身体不太好,三天两头去医院。

而且附近地段的医院还不行,得去好几条路之外的三甲医院。

张爱华女士心肠好,风风火火骑着自行车,邀请说载她一程。

隔壁妈妈就咳嗽着笑,柔柔地说谢谢,坐到张爱华的后座上。

"身上的味道特别好闻,像花一样的。"张爱华说,"不知道是抹了什么香……三三!把苦瓜吃掉!清火的!"

张三垮着小脸,一边把压在米饭最下面的苦瓜扒出来放进嘴里,一边想着,隔壁阿姨大概是张爱华的反义词。

张爱华女士身上就没有这种好闻的味道。

张爱华女士喜欢穿大红大绿,走路的时候胸脯鼓鼓的,脖子上要系一条鲜艳的丝巾。

张爱华女士的声音很响亮,手臂很有力。

她能轻易揪住张三的后衣领,又拿出藤条,也能大吼一声把公交车上的小偷赶下车子,小挎包甩得虎虎生风。

路见不平眼睛一瞪,不算高的个子气势惊人,一张嘴就是一口气吞山河的上海脏话。

而李峙妈妈呢?

张三记得不是很清楚,只记得有一次下雨停电,小学提前放学。张爱华还没下班,打电话拜托李妈妈来接她。

明明是很狼狈的雨天,李妈妈打着一把淡蓝色的伞,边缘有漂亮的五瓣小花,站在人群里,像是一根在泛着柔光的羽毛。

她给李峙穿上雨披,让他自己走在前面,又牵过张三的手,和她共打一把伞。

李妈妈的手凉凉软软的,不像是张爱华的手,张爱华的手永远都是热乎乎的,掌侧有硬硬的茧。

李妈妈说话温温柔柔的,像是没有什么脾气一样,身上有股淡淡的香。

李峙大概也随了妈妈,眼睛经常弯成一道好看的月牙。

讲话温温暾暾的,偶尔不高兴的时候,也微微抿着笑,露出两个小梨涡。

然后李妈妈就死了,死于某种绝症,现在结合症状想想,应该是肺癌。

大人避讳死亡,不在张三和张小铃面前提这些。

但毕竟就在隔壁,一墙之隔挡不住悲痛的哭泣声,香火味沉沉地飘出来,还有各种穿着黑衣服的人进进出出。

某一天,张爱华女士把李峙牵进来。

短短半个多月,李峙瘦了一大圈,像形销骨立的猫。

小男孩脸上没有挂着以往那乖巧的笑容,一张急剧消瘦下去的小脸上眼睛黑沉沉的,安静地看着张爱华和好奇的张三。

张爱华女士叫李峙和张三一起看电视,张三问李峙要看《铁胆火车侠》还是要看《高达》,李峙闭着嘴摇摇头,于是张三开始看《新闻联播》。

张爱华女士去了厨房,她做红烧肉、烧狮子头、炖排骨汤、煮油面筋塞肉。

在一片食物香气中,张三听见张爱华女士叉着腰和隔壁的父亲吵架。

"……守母孝,是,是该守孝,可你睁开眼睛看看小孩都瘦得就剩一把骨头了。"张爱华女士的声音听起来很模糊,她把门带上,"南馥要是真的在天有灵,知道自己小孩为了守孝一口肉菜都不让吃,棺材板都要踹烂两层!"

"守三年,这么下去三年小孩早被你折腾死了!"张爱华女士的声音扬起来,像是听到了什么可笑的发言,"阴德?好啊,是我给他烧的菜,一会儿我还要亲手给他塞下去,有什么报应都冲着我张爱华来!老娘受得起!"

张三听得津津有味,边上李峙却开口了。

六七岁的小男孩瘦得肩膀上骨头支棱起一块,眼睛却显得很大,垂着眼睛,声音很哑。

"我昨天梦到我妈妈了。"他说。

"她说什么?"小孩还不能很明确地理解死亡,只知道这是大人避讳的东西,这时候反而涌起一种叛逆的禁忌刺激感,张三好奇地问道。

李峙摇摇头:"梦醒了就不记得了。"

"但她之前和我说过一次话。"李峙轻声道,"叫我要努力一个人活下去。"

"你不是有爸爸吗?"张三没懂,又大大咧咧地拍他肩膀,"而且你还有我们啊。"

黑沉沉的眼睛抬起来望了她一会儿，李峙突然把脸往她肩上靠了靠，有一点泪水蹭到张三的脖子上，痒痒的。

　　"没用的。"李峙说。

　　"谁说没用的？"张三一听就不服气了，拽着李峙要拉钩，"我可以陪你一起活下去啊。"

　　最后李峙有没有和她拉钩，张三已经不记得了，她只记得那天张爱华确实烧了一桌丰盛的肉菜。

　　李峙一开始坚持着不动筷，张爱华言出必行，撕了一大块排骨塞进李峙嘴里。

　　李峙机械地嚼着，渐渐越嚼越快，最后狼吞虎咽起来，风卷残云般吃着饭菜。

　　张爱华给李峙盛了一碗汤，李峙大口喝着，有大颗大颗的泪珠掉进汤碗里，又被李峙全部喝进肚子里，喝了一碗又一碗。

　　从那天之后，每天晚餐时李峙都会出现在她家餐桌边上。

　　直到大学，李峙去了北方，而张三留在原地。

　　…………

　　在开往李峙母亲所葬墓园的公路上，张三问正在开车的李峙："哎，那你是怎么想到往北方去的？"

　　李峙"嗯？"了一声，专心开车："考上了就去了啊。"

　　张三来劲了："不对啊，按你的说法你当时应该就喜欢上我了啊。"

　　"比这还要早一点。"李峙说，"当时我没敢承认，感觉自己挺变态的，窝边草都好意思下口，有种自我拉扯感。"

　　"总而言之就是喜欢我。"张三说。

　　李峙很大方地点点头，打了转向灯准备下匝道。

　　"那按照一般套路来说，你不应该为了我留在上海吗？"张三说，"你怎么想的，一下子跑这么远去了。"

　　李峙笑了一声。

　　张三脸上有些烧，但还是不依不饶："你笑什么笑，我就问问嘛。"

　　李峙笑着沉默一会儿，车子平稳驶向收费站，他一边侧身拿钱包，一边开口："读那个专业毕业后比较好挣钱。"

　　"这么小就想着挣钱了。"张三啧啧称奇，"我那时候想学计算机，我妈和我说对着电脑看多了脸会变方，不让我学。"

　　"阿姨永远都是对的。"李峙笑着摇头，"哪怕不对，我们也可以修改真理让它配合你妈。"

　　"我妈是能够改变世界的女人。"张三有感而发。

　　"你也是。"李峙说。

车很快就开到了墓园。

天气很好,郊外的天空湛蓝通透,阳光懒洋洋地照下来,铁灰色的墓碑也染上了一点暖意。

张三跟在李峙背后走,上台阶的时候,他伸手拉她。

李峙的手掌温暖厚实,指骨坚硬有力,是一只生机勃勃的手。

"感觉像是秋游一样。"张三没头没脑地说。

"是的呀。"李峙回答,"初中的时候学校最喜欢组织学生去烈士陵园春秋游,还要发褶皱纸来折小黄花。"

张三笑起来,和他十指相扣。

出发之前张三买了一大束花,白玫瑰和香水百合,再混上几枝天堂鸟,用一大把柏枝衬着。

李峙看着花有些惋惜:"我妈喜欢茉莉花,可这个季节没有。"

"我们可以明年夏天再来一次。"张三说,"也可以买点栀子花,她应该也喜欢。"

李峙弯着眼睛笑:"嗯。"

张三把花放在了李妈妈的墓前,她的名字很好听,叫沈南馥。

三个字念起来,柔柔的,带着点花香。

李峙蹲下去除草,把一些杂乱的植物拨开,又拿了手帕认真擦拭墓碑上的边边角角。

他做这些动作很熟练。

张三垂着眼睛看他,轻声问:"你以前也经常来?"

"每年都来。"李峙说,"一开始你妈妈带我坐公交车来的,后面我会骑车了,就自己骑车来。"

"妈妈倒是没带我来过。"张三小声说。这是她第一次见到李峙母亲的坟墓。

"可能还是觉得这块地方晦气吧。"李峙说,"阴气重,对身体不好。"

张三连忙打了"李四"一下,呸了几声:"你在这里瞎讲什么。"

李峙翘着嘴角:"妈妈不会怪我的。"

张三蹲下去给沈南馥烧纸,李峙蹲在她边上,忍不住调笑她:"这算不算见婆婆?"

张三手一抖,幽幽地看着他:"这也太……算吧,早知道我多折点小黄花。"

李峙大笑起来,揽着张三的肩膀亲密一搂。

两人上完坟,李峙开车去了几公里外的一小块荒地,一棵大榕树孤零零地生长在那里。

"我小时候……唉也不算太小了,高中的时候,经常往这里跑。也就是身体素质好,"李峙说,"骑自行车骑个十几公里,扫完墓,然后在这边休息一下。"

"经常?"张三下了车,捕捉到关键词。

"啊,一两个月一次吧。"李峙说,"骑一趟也怪费力的,还要念书呢。"

"也不少了。"张三说,摸了摸大榕树的树干,想象少年李峙坐在树下的样子,"冬天骑过来很冷吧?"

"不冷,"李峙走到她边上,"这么远路骑一身汗,羽绒服都脱了。"

张三:"那夏天……"

"郊区凉快,晚上蹬车过来很舒服的。"李峙说。

张三"啧"了一声,轻轻捶了一下李峙的肩膀:"我想心疼你一下,你还顶嘴。"

李峙闷闷地笑,搂过她的腰,让张三正对着自己:"想心疼我啊?"

"现在不想了。"张三硬邦邦地说。

"我从来没在这里碰见过我爸。"李峙说,"一次都没有。"

张三一怔。

李峙松开手,伸手摸摸树干,语气轻松:"我怀疑他结了婚后就没怎么来过。"

他研究了一下树干,指着一个树疤开口。

"我第一次自己骑车来这里,正好和这个树疤差不多高。"李峙说,"当时觉得特别神奇。"

张三看看树疤,刚刚到李峙的肩膀。

"当时的树疤应该比现在的树疤要矮一点,"张三说,"这么多年过去了,树也会长高的。"

李峙愣了一下,随后笑起来:"是啊。"

万物流转,时间不为任何人停留,沉默如老树也在记录着岁月。

更何况是能够独木成林的榕树,或许假以时日,这里会长出一片茂密的森林。

李峙嘴角勾着,抬眼去看榕树擎向天空的枝条:"我其实有东西想让你看,但是又怕把你吓跑。"

"嗯?"张三警觉,"体检报告?"

李峙被张三逗笑了,把她捉过来:"你男人健康得很,大可不必担心这个。"

"这个。"李峙从包里拿出一个黑色本子给她。

张三下意识地接过来,低头一看,"咦"了一声。

是账本。

"打开看看。"李峙鼓励她。

张三看了李峙一眼，打开了本子。

入目的是密密麻麻的一片数字，张三看得眼花，然后视线本能地被第一页第一行的红笔大字给吸引过去。

  收入：-10w。

张三愣住，连忙去看记录日期。

"……是你的生日。"张三声音发哽，她默算了下日期，"十八岁生日。"

"嗯。"李峙在树下坐下来，把大衣脱了垫在地上，示意张三坐上去。

张三把衣服给他披回去，自己坐在他边上，和他挨在一起。

她翻看着账本，越看越心惊："你这……怎么回事？"

欠款数额每个月都在减少，头几年，支出账目单调得可怜，只有食物和烟，以及偶尔加几件衣服。

大学毕业那年正式还清，账面看着才宽裕起来，李峙终于坐得起高铁和飞机，而不是最慢最便宜的绿皮火车。

李峙撑着头笑："我爸爸让我还的，算我这些年的生活费。"

"哈？"张三觉得荒谬，"昏头了，你是他儿子，他养你长大不是天经地义的吗？"

"他让我高中毕业后就去他那个家生活。"李峙说，"他那里的人戳他脊梁骨，说放着自己前妻的小孩不管，丧良心。"

"确实放着你不管啊。"张三义愤填膺，"我都没见他回来几次。"

"嗯，其实很早之前就说要接我过去的。"李峙说，"但我说我要在上海上学，拒绝了。"

"其实也是不想看到他现在的妻子，以及他的小孩。"李峙低下头笑一下，"我毕竟还是比较小心眼的。"

张三握住李峙的手。

"那天我本来以为他是过来给我过生日的，我还挺开心的。"李峙勾起嘴角，有些自嘲，"结果是借机和我说这个的。他说上大学了，该回去了，哪怕是做个样子呢。"

"我没答应。"李峙说，"我做不到。"

"他妻子人也挺好，更没有对我做什么，不是那种恶毒后妈。"李峙说，"但我就是做不到，我没有办法和他们待在一起。"

"不用待在一起。"张三轻声说，晃了晃两人交握的手，"没有强迫自己的必要，你不欠他们的。"

"我知道。"李峙笑起来，"我只是……我可能还是不能原谅吧。我妈死了没到两年，我爸就让她怀孕了——他还信誓旦旦说要守妻孝三年呢，结果都是牌坊，给自己搞了个深情形象。"

"说实话，我当时恨死我爸了。"李峙说，"哪怕骗我呢，我那时候才几岁，多好糊弄啊。"

"他偏不，他非要把她带到我面前，想让我叫妈妈，说要给我一个家。"

张三没说话，想起了女人碎花裙下微微隆起的孕肚，以及李峙毫无表情的脸。

在张三还懵懂的年纪，李峙已经被迫长大，明白成年人笑容里的言下之意。

"那时候就想，还好有你妈妈。"李峙说，"真的，如果没有她，我现在很有可能是个精神小伙鬼火少年，豆豆鞋，紧身裤，我叫'李四'你记住……"

张三吸着鼻子，打了李峙一下："好好说话，别做怪腔。"

"你真的是……怎么这么爱哭。"李峙的手帕用来擦墓碑了，只好用手给她擦眼泪，"完蛋了，今天又是小花猫。"

张三瞪他一眼。

"总而言之，我和他大吵一架，差点打起来……他把蛋糕摔了，本来还想摔我妈的遗像，我把椅子给抄起来了，他就害怕了。"李峙笑着叹气，"现在想想我也害怕，如果当时一椅子下去，我今天应该还在监狱里踩缝纫机。"

张三勉强笑了一声表示附和。

"然后他就和我说，要么我还他十万块钱，父子情分一笔勾销，咱们谁也不欠谁。"李峙说。

"其实我怀疑这是他气昏头了说的，仔细算算不止十万块。"李峙说，"这么大个房型，这个地段，十几年房租加水电煤气就差不多是这个钱了。"

张三又哭又笑："你还真算啊？"

"男人要会算账才好持家。"李峙说，"我很贤惠的。"

"但当时毕竟没什么法律常识，没想到他老了以后我还是得给他付抚养费。"李峙故作苦恼地叹气，"法官大人，我冤枉啊。"

说着，他低头看了眼张三，忍不住笑："别哭了呀，这事儿是落在我身上的，你哭这么惨干什么。"

"这些你都没告诉我。"张三说，尾音发着颤，"你不用一个人扛着的。"

张三忍不住去想，大学四年，理应是最自由自在的时光。

张三挽着小姐妹的胳膊去上课，去看帅哥打球，牵着男友的手轧马路，去人民广场喂鸽子，在外滩边上数着钟声跨年。

而李峙蹬着一辆破二八大杠，跑遍整个北京做兼职，当家教、搬运工、流水线工作，能挣钱的，不犯法的，什么都做，咬着牙做。

抽烟也是那时候染上的毛病，在夜班流水线上，恨不得把烟头摁在自己手背上来打起精神，但是又不能。

他不想让自己的狼狈被看见。

张三又想到两个人的十八岁生日。

张三生日是在盛夏，比李峥的生日晚了半年。

成人礼的生日尤其盛大。

李峥和吴语都送了张三喜欢的漂亮花束，好朋友们一起给她订了个大蛋糕。张爱华和赶回上海的父亲烧了一大桌好菜，丰盛程度赶得上年夜饭。就连远在海外的张小铃，也早早订好了家里布置派对的气球和烟花筒。

张三第一次合法喝了酒，抱着吴语说胡话。李峥在边上看着她笑，黑眸弯弯的，像是蕴含了光。

恍惚间，张三觉得李峥更像是烛光中的礼物。

可是李峥的生日，张三知道他父亲来，自以为贴心地没有去打扰父子时光。

现在想想，李峥应该在冷清的房子里收拾了一晚上的狼藉，第二天还要状若无事地去上学。

起码张三没有看出异样。

他们还要备战高考，没有时间用来感伤。

尤其是李峥还获得了十万的负债作为生日礼物。

他们明明是这么亲密无间的朋友，起码曾经是——可是这些东西他只字不提，而她也从未起疑。

难怪半年前再次相见，张三会觉得李峥这么陌生。

她最亲近最熟稔的友人，早就在她看不见的地方尝遍了生活的磋磨，又洗练出了让人安心的笃定笑容，遮住了她的眼睛。

"其实我想过要留在上海的。"李峥突然说，他捏捏张三的手，"但……你还记得高考分数出来后，我来找你吗？"

张三点头："嗯，你那天好晚才来，到你家找人你也不在，我还以为你考砸了，和我妈愁得晚饭都吃不下去。"

"我到你家找你之前，其实中午在街上看见你了。"李峥说，"你和你的初恋在一起。"

张三呼吸微窒。

"我当时是真的祝福你们两个的。"李峥说，"你们郎才女貌天生一对，关我这个妖怪什么事情，我哪有反对的资格。"

"我又骑车到这里了。"李峥靠在大树上，"我想了好久。"

"既然有更好的路，我当然要走。"李峥说，"我必须走。我没有任性的资本。"

张三抿住唇。

她没有说其实你可以问我家借钱这种话，这是对李峙努力的亵渎和侮辱，是一种居高临下的怜悯。

她只轻轻点点头："嗯。"

"幸好这条路走得还算顺利。"李峙笑，他想，命运到底还是眷顾他的。

"但是呢……"李峙故作苦恼地皱眉头，"问题出在这里，我的账本你也看到了，我真没多少老婆本。"

张三"啊"了一声。

"或许你愿意把房子买在花桥，然后坐高铁上班……"李峙说。

张三捶了他一下："你能不能有点理想。"

阳光下，张三眼睛亮晶晶的："小时候我们不是说好了吗？一起攒钱买房子。"

李峙默了默，也笑起来，捏了把张三的脸："坏了，我成了无房无车全靠一张嘴骗小姑娘的渣男了。"

"想开点。"张三拍他肩膀，"你的脸也很好看的，用脸行骗也说得过去。"

李峙摸摸自己的脸，严肃道："我这就回去找美容院办张卡。"

"得了吧，留下来攒首付。"张三说，随后"扑哧"一声，"好市侩的对话。"

李峙仰起头，看着伸向天空的树冠："我以前觉得自己像这棵树，扎根在这里，哪里都去不了。"

再怎么长高，根茎始终束缚于泥土。

"等我欠款还清的那天，我又来这里了。"李峙说，"我突然觉得当一棵树也挺好的。"

"你看，虽然它哪里也去不了，但上面有多少鸟窝啊。"李峙指了指上面栖息的云雀，"鸟可以飞得很远，想去哪里就去哪里。"

"至于我，我喜欢安稳的生活。"李峙说，"老婆孩子热炕头，还有一只被关在门外面的狗。"

张三眨眨眼睛。

"其实我想说的是……我还是很靠谱的。"李峙有些不好意思地摸了摸鼻尖，低头看着张三，"你想做什么都可以去做，有我给你兜底呢。"

"但我不跳舞不是因为……"张三也有些不好意思，觉得这话有点煽情了。

"我知道。"李峙轻声说，"我只是说，你可以放心地花很多时间去考虑。不用着急，不用担心，万事有我在。"

"我知道你之前一直很纠结，或者说很后悔，觉得自己老是半途而废，好不容易加入舞团了，结果又自己放弃。"李峙说，"你没有对不起谁，这些都是你要走的路。包括这些犹豫，也是你选择之下的成果，不是无用的东西。都是你很宝贵的经历呀。"

张三微怔，随后用力吸了吸鼻子："你偷看我的日记。"

"我冤枉。"李峙举起双手，随后拢住了张三的肩，低下头和她额头相抵，"我只是很了解你。"

张三微微抿唇，随后也笑出了声："知道了。"

"谢谢你，"张三环住李峙的腰背，"我感觉好多了。"

"那就好。"李峙也笑，"也算我派得上用场。"

正当此时，张三口袋里的手机振动起来。

张三接起电话，王秘书的声音传了出来。

"林老师昏倒了！"她慌乱道，背景音一片嘈杂。

张三呆住，听见有救护车呼啸而来的凄厉警笛音。

"还能再开快点吗？"张三问李峙。

李峙试探性地用力踩了一脚油门，老桑塔纳的引擎立马发出了不堪重负的嗡鸣，仪表盘上指针乱转。

"不行。"李峙立马把速度降下去，"太危险了，感觉这车子下一秒要散架。"

"嗯。"张三闷声道，"安全第一。"

李峙稳稳握着方向盘，抽空看了眼张三，宽慰道："林月已经被送到医院了，暂时不着急这一会儿。"

张三沉默不语，叹口气。

"我晓得。"她说。

其实她完全可以不用去的。

张三已经被舞团开除了，林月之于她无非是前老板的关系，而且她过去除了做点杂活，也帮不了什么忙。

可是也不知道为什么，王秘书一开口求她，她一点犹豫也没有就答应了。

人之常情吧。张三自我解释，此刻不把林月当成那个刚愎自用的艺术家来看，她只是一个缠绵于病榻，死期将近偏偏又不信邪的老女人。

对她动了恻隐之心，再正常不过了。

"放点音乐听吧。"李峙说。

张三终于找到了事情做，折腾了半天好不容易把手机蓝牙连上了音响，并啧啧称奇："这么老的车型也能用这个功能啊。"

USB 转蓝牙的模块，某种意义上也是一种人类智慧给旧时代高级车型打上的补丁，缝缝补补又是十年一晃而过。

"现在是不是不太用光碟了？"李峙想了想，"好久没见过了。"

"我们舞蹈教室还用磁带呢。"张三说着，又猛然噤声。

沉默片刻，她接着说下去："录音机破得要死，磁带老是被卡坏掉，还得拿支笔一点一点把它卷回去。"

"嗯。"李峙恍若没听见她声音里的晦涩,"有的时候还是用这种东西比较有感觉哈。"

他们这个年龄段的人,谁小时候没有被质量低劣的听力磁带搞疯过几次,尤其是反复倒带的时候,必定被卡死,卷成乱糟糟一团。

"时代的眼泪了。"张三笑,"现在的小孩都扫二维码了。"

李峙弯着嘴角笑:"现在最大的问题可能是网络不好,以及开屏摇一摇广告。"

张三跟着笑。

温柔的乐声在车厢里响起,是柔软又带着点疲惫的女声。

我将走上漫漫长路,我将独自远行。
我将于长夜中寻找,追寻我内心的声音。
星空灿烂于你我之上,而你我却相隔万里。
…………

车子到了收费站,李峙停下来拿卡,又抽了几张纸给张三。

张三接过纸,把眼角的一点泪擦去。

她刷着手机屏幕,闷声道:"你说,林老师这人真的是一个艺术家。"

她连倒下都是充满冲击力和戏剧性的。

新闻已经发布了,知名舞蹈艺术家林月在收官之作的发布会上当众咯血昏迷,被救护车送往医院,至今情况不明。

再往下一翻,已经列出了林月的生平和代表作。

仿佛这颗昔日的舞坛明珠即将陨落,再滋养出一大片谈资和追悼活动,以及许多蠢蠢欲动的"精神续作"。

"林家大概就想看见这些。"张三说,"多好的一个……契机啊!"

人死了,才能得到一个死者为大后的德艺双馨老艺术家的称号。

人活着,就会一直冒着身败名裂的风险,更何况林月本就如此离经叛道。

网络上有关于林月年轻时候的花边新闻一直不少,就和李峙说的一样,她在艺术上登峰造极,但抛开艺术来说,她的缺点多得让人不忍直视。

她美丽又多情,许下承诺再随手掐灭。

林月在一个门阀里学习总是会搅起许多波澜,然后带着追求者的怨恨投身于新的流派,直到把自己逼到所有舞团的对立面,转身跳到了国外,名声大噪。

她丑闻缠身,却又没有人可以否认她舞姿的美丽。

林月是一个绝美的,属于舞蹈的魔鬼。

林月的理念里最重要的就是欲望与自我，她鼓励人们正视和触摸自己，也鼓励人们承认自己或扭曲或丑恶的欲望。

只是她走得太远太快，走得让她的家族心惊胆战。

对于艺术家来说，这些丑闻只是艺术生涯的点缀，是刺激她灵感的引信。

但是对于国内老牌商业世家来说，简直就是怀抱着一颗定时炸弹走钢丝，随时都会有灭顶之灾。

林月这么盛大又光明地倒下，无疑正合了他们的意。

——看看，多么荒诞。

发布会上咳出来的鲜血，立马成了老艺术家呕心沥血创作美学的证明。

林月所有走过的长路与其下的阴暗潮湿都被一笔勾销，藏在伟大光辉的老艺术家形象的光环之下。

只待时日将其抹消淡忘。

李峙以为张三在担心林月，轻声安慰她："没有消息就是最好的消息。"

他把空调调暖和了点，示意张三放倒椅背："开到医院还要一个多小时，你休息会儿吧。"

"不是。"张三摇头，叹了口气，"我不是在怕她死掉，我只是……觉得好可怕。"

"可怕什么？"李峙问。

张三把自己刚刚想的东西和李峙说了。

李峙盯着前方没有出声，过了两个路口，才慢慢回答："嗯。"

"你不觉得这是亵渎吗？"张三说，"明明这些事情也是她的经历，但是一旦死掉了，就立马被粉刷掉，留下一个完美正义的形象。"

李峙沉吟片刻，若有所思道："你说得对。"

"我不认识林月，没有办法像你想得这么深，我的感触也是有限的。"李峙说，"不过你真的很喜欢林月啊。"

张三想了想，轻声纠正："我只是很尊重她。"

"我希望她能够以自己完整的形象留存于这个世界上，"说着说着，张三也笑了，"虽然我也只认识她的一部分而已。"

而且那一部分主要组成成分是咒骂以及尼古丁。

李峙开到了医院，先去排队停车，张三拎着包就往住院部跑。

王秘书大概已经和护士站打了招呼，张三很顺利地进了病房。

一进病房就看见王秘书蜷缩在病床尾部的椅子上，小小的一团。一向扎得紧紧的头发也弄得乱糟糟的，手指深深插在里面，脑袋颓丧地垂着。

"王秘书。"张三轻声呼唤。

214

王秘书抬起头，朝她露出一个有些疲惫的笑容："你来了。"

"我还以为你不会来。"王秘书起身要让座，被张三按着肩膀止住，"毕竟你走得这么坚决。"

张三笑："我妈老是骂我，说我总是想一出是一出，脚踩西瓜皮，滑到哪里是哪里。"

走的时候很快，回来的时候也很快。

"年轻就是好。"王秘书很疲惫地笑了笑，搓了搓未施脂粉的脸。

"林老师呢？"张三轻声问。

"她在等你。"王秘书朝着拉着床帘的病床示意。

张三走过去，手碰到床帘的时候，突然产生一点近乡情怯之感。

僵持了几秒。

帘子里传来一阵惊天动地的咳嗽声，随后是一声响亮的咒骂。

"站着做什么？给我追悼？"林月咳嗽着说，"早了点吧，小瘪三。"

劈头盖脸挨了一句骂，张三抿抿唇，笑了出来。她一把掀开帘子钻了进去："看起来您很精神嘛。"

林月恹恹地卧在叠起的枕头上，抬眸看她一眼："没礼貌。"

张三指了指自己："我？"

这还有没有天理了。

林月往后一靠："这样是对的。"

"我真想掐死你。"林月又说。

张三皱着眉笑，在床边半蹲下来："我这么大老远过来，您还要骂我，我哭死了。"

"要哭找你男朋友哭去。"林月盯着她，眼尾有深深的折痕。

张三拿了枕头把林月的背垫高，让她坐起来。

"外面怎么说我的？"林月咳嗽着问，"小王不告诉我。"

"不是什么好话。"张三说，"您现在最好不要听。"

林月嗤笑："没什么我不敢听的，无非就是盼着我死。"

"是夸您呕心沥血德才兼备呢。"有人扬声回答，"很好的评价，听得我都有些心驰神往。"

张三错愕地回头，林月一愣，随后并不意外地笑起来："张三的对象啊。"

"你是不是想气死我？"林月笑着咳嗽，眼睛盯着双手插兜站在床边的李峙，"男人这么小心眼可不行。"

李峙勾着嘴角笑，露出两颗温柔无害的小梨涡。

"你出去，你出去。"张三把李峙推出去。后者举起双手做投降状，笑眯眯地退出了床帘。

"哎，老师，这人就是比较……心胸狭窄。"张三吐槽了几句李峙，重新回到了林月的身边，"您就把他当个屁放了吧。"

林月倒也没生气，目光从张三带着不自觉的浅笑的脸上扫过："小年轻感情真不错。"

"一般一般。"张三说，"还可以，凑合着过。"

"看着你这张脸，我真想掐死你。"林月对她做出了第二次生命威胁。

张三笑着没出声。

"我叫你来，不是让你气我的。"林月说，"我本来就没几天好活了，你就不要作孽了。"

张三伸手拿了林月床头柜上的病历本来看，林月没有阻止。

林月现在的病情已经发展到了离谱的地步，根据张三浅薄的医学知识，总觉得她的癌症已经超过了晚期，到了某种无法判定具体分期的阶段。

怎么这都没死？张三压住了这句大逆不道的话，看着林月拆开一根未点燃的烟，往嘴里放了点烟草嚼着。

"你把白鸟跳完。"嚼了烟草林月就有了力气，开口。

张三呼吸一窒，随后慢慢地深吸一口气，端正了表情。

"我拒绝。"张三说。

锐利如鹰隼的眸子盯着她，张三微微扬着下巴。

"那就当我求你吧。"林月说。

张三一怔，惊愕地看着躺在病床上的、昔日的暴君。

"不管怎么样，都跳下去。"林月不再看她，看着天花板，"跳下去，也许你就找到了。"

"找不到也没关系，"林月喃喃说，"寻找时走过的路本身也足够美了。"

林月的声音低下去，变得像是某种自言自语："走啊走啊，我以前就经常走夜路。"

"异国他乡，又穷，花销又大，为了省点钱走夜路。"她轻声道，"好远好远的路，没有尽头的路，像是要死了一样走。"

张三知道林月在说什么，她在讲她在国内声名狼藉后远渡重洋的经历，确实有过贫苦的一段。

"那您呢，找到了吗？"张三轻声问，她看着林月涣散的眼神，明白林月即将陷入混沌的意识中。

"我看见宇宙，好多好多星星，还有月亮。"林月喃喃道，"有一只鸟直直地飞上去，然后力竭，落下来被野猫吃了。"

"我这一辈子都在跳舞，一开始为了证明自己，后面就是跳给那只鸟。"林月说，"我没读过什么书，我写不下来，只能用身体跳出来。"

"它只是想飞而已。那是乌鸦吗？是了，乌鸦喜欢亮晶晶的东西。"林月沉入了不知是幻想还是回忆的世界里，"我也只是想跳罢了。"

"所以你给我跳。"林月突然来了力量，枯瘦的指尖死死抓住张三的手，布满血丝的双眼恶狠狠地盯着她，"去跳，去找，不许放弃。"

张三忍着没有发出痛呼，也直直看回去。

"失败了也好，"林月说，"被撞得血肉模糊也是美的，被野猫吃掉。你们这些人，能有一个人找到，那就是最幸运的。"

完全没有逻辑的言语，林月陷进了诗意的狂想："有没有人告诉过你们，你们每个人都是一个宇宙？你们生根发芽，身上每个疤痕都是美的，每个错误组成了你们自己，少犯一个错，那都不是你。"

张三垂眸。

"张三。"林月喊她的名字，眸子里爆发出了锐利的锋芒，"你告诉我，你想不想找到它？"

张三沉默许久，轻轻点了一下头。

"好。"林月陡然笑了起来，那是一个近乎和蔼的笑容，"去吧。"

"整个舞团，这出舞剧，"林月喃喃道，"都是你远行的燃料，这是我给你的礼物……不要让我失望。"

林月睡着了。

张三把她的脑袋放好，又确认了一下她嘴里没有烟草的残渣，才走出床帘。

王秘书站在床尾，张三朝她点点头："她睡了。"

张三走出病房，李峙靠在窗边看天，有一排野鸟振翅而飞。

张三从背后抱住了他，突然感觉到了一股巨大的安心。

"怎么了？"李峙笑，"在医院呢，别动手动脚的。"

"我会回去跳舞。"张三说，"起码把这出舞剧跳完。"

李峙垂眸，把她拉到自己身前："好。"

张三轻笑一下："我又被林老师狠狠地利用了，这就是艺术家的感染力吗？"

"恐怖如斯。"李峙说。

张三重新回到了舞团。

清晨推门时，还有些近乡情怯，她转身反复朝送她过来的李峙确认："我现在看上去还好吧？"

李峙手拢在大衣口袋里，瞧着她笑："光彩照人。"

张三瞪了他一眼，又焦虑地搓搓自己的脸："哎呀，我感觉我吃胖了，我就说你别老喂我吃东西，真完蛋……"说着就开始在随身的帆布袋里翻找，想要找出小镜子来补妆。

李峙无奈地伸手把张三拉过来，将她的脸托在掌心："你哪里胖了？我看你还太瘦了。"

张三被揉着脸，说话含含糊糊的："你别乱碰我，妆会花……唔。"

李峙低下头亲了她一口，垂眸盯着她，他弯起嘴角，两个无辜的小梨涡浅浅的。

张三脸颊发烫："你大早上的……"

——"你俩大早上的在做什么？"

平淡的男声响起。

张三和"李四"一起回头，看见祁寒面无表情地穿过马路走来，手虚虚挡在苏啾啾眼前，后面是一脸看热闹不嫌事大的小耶。

张三光速逃进了舞蹈教室。

李峙愣了一下，摸了摸鼻尖，有些不好意思地笑了起来，朝几人点点头。

苏啾啾看见张三，眼睛一亮就跟着她跑了进去。小耶和李峙打了个招呼，也开心地先进门了。

隔着门板，小耶可爱的台湾口音和苏啾啾叽叽喳喳的雀跃声响起，还有张三虚弱的求饶声："抱轻点……我早饭吃了好多……"

祁寒慢了两拍，视线在李峙身上停留了几秒，欲言又止片刻，才开口："还有未成年在呢。"

李峙扶了下眼镜："我很确定这种程度的接吻在影视作品里属于大众级。"又默了默，"我下次会注意。"

"林老师让她回来了？"祁寒手放在门把上，问。

李峙颔首。

"太好了。"祁寒说。

李峙眸光微动。

祁寒安静了几秒，呈现出一种平静的破防："我现在确定你真的是第一次谈恋爱了。"

"只是因为和林老师一起跳舞太吓人了。"祁寒瘫着脸说，"对我的精神状况不好。"

李峙意识到自己的误解，笑眯眯地帮祁寒开门："今天也加油。"

祁寒用看神经病一样的眼神看了李峙一眼，闪身进了教室。

林月现在过上了在医院里疗养的生活，偶尔会从医院告假，坐在轮椅上被王秘书推回舞团来监督。

自从张三回到舞团，她对张三的舞蹈技艺已经不再苛求，但张三看着她的眼睛，知道林月绝对不满意。

张三只希望她这种宽和的沉默意味着没有彻底放弃。

为了弥补自己不在教室的时间，林月调了些以前的得意门生来做助教，出现在舞蹈教室的时候掀起一片又一片的惊呼。

很少有人能够想到，这些风格迥异的舞者都师承林月——他们分明这么不同，有柔婉得像莲花的，有暴烈如雷霆炸响的，有硬朗的，有妩媚的……

为数不多的共同点是，当他们被问起有关林月的事时，大多会露出一种微妙的笑容，不置可否。

张三想她大概是明白这种微笑下面的情绪的。

离正式演出已经没有多久了，季节已经步入严冬，《赴海》将作为贺岁档被推出。

张三把小家打扮得漂漂亮亮的，按照自己先前的规划买了圣诞树和花环，还缠了许多亮晶晶的小彩灯。

李峙瘫在沙发上加班攒老婆本，一抬头就看见彩带和金灿灿的小铃铛，评价说感觉有种坟墓上面建卢浮宫的美。

张三给了他两拳，又把他拉起来，强行在圣诞花墙下合了影，美滋滋地修了图发朋友圈。

李峙用微信电脑版看了看她的图，抱怨说："你怎么把我无敌帅气的脸都修歪了。"

自己倒是美得很直观。

张三说："我觉得你可以把'帅气'两个字给去掉。"

李峙品味了一下，笑吟吟地活动了一下长时间保持一个姿势的肩颈手腕，把电脑合起来。

张三感觉不对，转身就要跑，结果被从背后一把抱起来。

卧房门又关上了。

被留在门外的张国庆已经见怪不怪，抬头看了眼传出笑闹声的房门，那笑声又渐渐转变成了缠绻的呢喃，歪歪脑袋，接着专心啃李峙的拖鞋。

过了两天，张三才发现李峙不知道什么时候把这张图设成了他朋友圈的封面，张爱华甚至还给他点了个赞。

张爱华和张三好久没有联系了，两人一直保持着不尴不尬的距离。

张爱华在家人群里养生资讯和"惊！马上保存，24小时后删除！"等标题党公众号照发不误，上海大降温时，还在群里发了加衣的科普，再次强调了秋衣下摆一定要塞进秋裤里的老张家祖训。

但确实许久没有打过电话了。

张三知道这是某种妥协。

和对林月一样,张三希望这不是放弃。

张三每天都卖力地跳舞,她现在开始庆幸还好自己没有一味地节食,不然这么大的运动量下来,她极有可能已经变成一具美丽的尸体。

事到如今,她依旧不知道自己要找寻什么,以及如何找寻。

这位专横的艺术家用自己的虚弱病痛大大地利用了她,将她推上了无止境的长路。

而那只存在于林月讲述中被野猫吞食殆尽的乌鸦让张三无法回头,她的思绪被牵引着,直到长路的尽头。

她想看看,是什么让林月用一辈子去追寻,至死不悔。

那是怎样的光景。

往来舞蹈教室的媒体和采访者也多了起来,一切都在为这部林月最后一舞的巨作预热。

林月不允许媒体拍摄他们练舞的内容,于是记者们都抢在他们休息时间来采访。

音乐声一停,无数麦克风与摄像头就挤了上来,助教们不胜其烦,甚至有暴躁的直接吼过去。

有比较温柔的助教过去劝架,又用眼神示意明显是靠谱社会人士的张三也过来打打圆场。

张三做这些事不算难,她的工作性质让她格外擅长与人交流。只是在讲这些官方说辞的时候,张三突然怀念起了林月的高声咒骂。

直到某一天,午休结束,助教去录音机边上放起音乐,摄影师们自觉退场。

张三准备热身的时候,余光发现还有个黑洞洞的摄像头对着他们拍摄。

张三笑着走上前去:"您好……"

边上也有助教走过去,提醒已经到了禁止拍摄的时间。

摄影师突然歪嘴一笑,掏出了自己的工作牌——

张三凑上去一看,发觉是属于林家的摄影师。

"老爷叫我们来拍摄的。"摄影师说,"都是自家产业,我们有这个权限。"

张三:哎?

"老爷是林老师的兄长……"摄影师以为张三不知道内情,解释道。

"慢着。"张三眯起眼睛,"您……看上去有些眼熟。"

这不就是上一次林月住院时,跟着林家老总和管家一起进来的摄影师吗?

"你居然认得我?"摄影师大为震惊。

"主要是扛着摄像机还穿窄身西装的人不多吧,哪儿来的这把子力气。"

张三戴上痛苦面具。

摄影师:"因为老爷喜欢。"

"你家老爷也太奇怪了吧!"张三抱头,"而且,为什么现在还有人叫老爷啊?"

摄影师有些迟疑:"……因为老爷喜欢?"

"总而言之就是拍啦。"摄影师本身也没有恶意,工作布置下来就要完成,"老爷发了话,后续也都会帮忙处理的,你们不用担心。"

"林老师说了不能拍。"张三说,"这部舞剧还没有完成。"

摄影师探头看了看,笑起来:"我一直看你们跳,感觉已经差不多了。"

"没有完成。"张三说,"直到上台前,都不算完成。请不要拍摄。"

苏啾啾也走过来:"是啦,和爸爸说,不要拍了!"

摄影师犹豫片刻,还是坚持道:"这是工作,请不要打扰我。"

"这是林月老师的舞团,"张三也坚持,站在摄影师面前,"不是林总的产业。"

两方僵持起来。

张三盯着机器上正在闪烁的红点,明白摄像机依旧在工作,拍摄他们的一举一动。

张三不是小孩,知道这些材料哪怕当事人和拍摄者没有恶意,但是经过别的环节的修剪,会呈现出各种各样的倾向。

他们现在的言行也是如此。

但凡有一丝出格,张三毫不怀疑马上就会出现在第二天的娱乐版,被扭曲成某种张爱华看了都不认识的样子。

但她幸好过了最容易愤世嫉俗的年纪,只是安静地站在摄像机面前。

她的影像被捕捉着,又经过精密器械的滤波和放大,最后变成某种无形的数字信号,等着被使用和解读。

张三突然发现自己不知道从什么时候开始,已经不再畏惧被他人注视。

她的同伴们走到她身边,也安静地站着。

经历过林月大刀阔斧的旷工开除,又挨过零零散散的人员流失,剩下的成员已经不足当时的四分之一。

但是,在偶尔沉思的时候,张三悚然意识到,这或许才是林月最初设定的舞者数量。

赴海之路本就是同伴不断离去的旅程。

林月从最开始就策划好了。

所有人沉默地林立着,直到摄影师悻悻离去,打电话给上司汇报工作。

后续的练习平稳进行,大家都当作无事发生。

过了几天，苏啾啾才随意提起："林月后面生气了，骂了我爸一大顿，把呼吸罩扯下来骂。"

"她翻了很大的毛腔。"小耶用一口台湾腔说上海话，又喝了一口奶茶，"珍珠奶茶真好吃。"

"……他最近是不是看了《老娘舅》？"张三说，"谁给他看的？"

苏啾啾举手。

张三指指点点。

"张三，"祁寒走过来，"你那喜欢和空气争风吃醋到处开屏的男朋友来了。"

张三：呃……

已经有舞团的成员迎上去了，欢迎的主要对象是李峙带来的小点心和水果。李峙把手上的东西分完，有成员自觉拎了过去布置点心台，李峙朝张三挥挥手。

张三走过去，他从口袋里摸出一小只热乎乎的烤地瓜："趁热吃。"

和李峙相处愉快实在是很简单的事情，他天生就知道怎么去照顾其他人，尤其对着从小一起长大的张三。

"今天累坏了吧？"李峙一边看张三剥烤地瓜，一边很熟练地给自己找了个角落坐。

"还好。"张三说，活动了一下酸痛的肩，"就是有些动作总是练不好。"

白鸟这个角色其实舞蹈技术难度不算太大，但是上场时间极长，几乎是从头跳到尾。

最后一幕的动作，张三总是跳不好。

她要爬上由舞团成员身躯撑起的长阶，然后一跃而下。

运气好，她会被下面的成员们给接住，完成这个壮烈的动作。

运气不好——就是经常出现的那样，张三会直接摔在地上，趴成一只可怜的小鼠。

"辛苦辛苦。"李峙说着，伸手捏捏张三的肩颈，"回去要不要帮你好好按摩一下？"

"等一下，我觉得你在开黄腔。"张三说。

李峙弯着嘴角笑，倒也不否认。

"快彩排了所以才练这么晚吧，"李峙说，"练得比我下班还晚，好辛苦。"

"没有加班费。"张三眼神放空，转身过去把脸靠在他胸前，"我好累噢，而且摔得好痛。"

李峙哄小孩一样顺着她的头发，突然发觉哪里不对："……张三，你是不是在拿我的衣服擦嘴？"

张三"咯咯"笑起来，埋着脸硬是不起来。

"这是谁家的小坏蛋？"李峙笑着搓她脑袋，突然歪歪头，"好像有些肉麻，这是谁家的小赤佬？"

张三笑，把手圈在他脖子上："明天来看彩排呀。"

"我可以来吗？"李峙明知故问。

"不摄影就行。"张三说，"然后不许在下面整活和做怪腔。"

李峙笑："这我不太好保证。"

张三假装生气，伸手去挠李峙的侧腰。

李峙把她手抓住，张三笑嘻嘻地挣扎，李峙干脆仗着手大，把她两个腕子一起圈住。

"你们两个……"祁寒的声音幽幽响起。

张三"李四"光速回头，同样场景梅开二度，祁寒伸手遮住苏啾啾的眼睛，小耶在后面快乐地喝奶茶。

"我们已经躲到这么阴湿的角落了，还要怎么样！"张三破防，"而且哪怕是你在你这个年龄段看的东西也比我们现在要糟糕多了吧！"

祁寒淡定地挪开视线。

"不要假装没听见啊！"张三咬牙切齿地爬起来要打人，被李峙抓着腰抱回来。

"好了好了。"李峙用顺爹毛的猫的方法给张三顺毛，"别和小孩一般见识。"

随后，他轻咳一声哀怨道："我知道我比不上年轻男孩子的青春貌美，起码不要当着我的面和他打打闹闹吧？"

"和小孩一般见识的是你吧！"张三崩溃道，"神经病啊！"

李峙若无其事地亲她一口。

彩排那天李峙果然来了，他替王秘书推着林月，找了个安全的角落站好。

整个剧场一片混乱，到处是奔忙的工作人员，王秘书也穿梭其中，时不时扯开嗓子与众人协调，又惊醒一样趴在地上，一寸寸地检查舞台地板。

彩排用的场地直接就是正式使用的舞台，只是舞台布景还没彻底搭建好，随处可见尚未涂装的简陋材料。

"看上去简直就是个草台班子。"李峙说，"感觉不太安全。"

林月咳嗽起来，扭回头看了眼李峙，倒也没有计较他的出言不逊："小伙子，给我点根烟。"

李峙闻言，把大衣脱下来盖到林月腿上，蹲下来平视她："我身上没烟。"

林月盯着他。

"早戒了。"李峙温和道。

林月很挫败地"啧"了一声。

"和您开玩笑的。"李峙又笑起来，从轮椅后面的袋子里摸出了半包烟和打火机,"王秘书给您备的。"

李峙给她点烟。

一口尼古丁吸入喉咙,林月终于变得生龙活虎起来,拿手指用力地戳了下李峙的胸口:"小心眼的男人当心没人要。"

李峙还记着林月把张三弄得大为破防的仇,面上笑容无懈可击。

"特别巧,"李峙含笑回答,"有人要了。"

林月看上去特别想掐死他。

张三走过来的时候正好看见李峙冲林月笑得春风拂面,脚步迟疑一下,随后快步冲过去。

毕竟这是一个会作妖的男人。

张三来了,林月的火气终于找到了发泄口,用一种挑剔的眼神上下扫视着换上了演出舞裙的张三。

纯白的纱裙把腰勒得很细,裙摆和胸口缀着亮晶晶的水钻和翎羽。

衣服还有些不合身,这次彩排结束后,造型师会进行最后的修改。

张三给林月展示自己衣服上的别针:"一会儿来得及的话,上台前可以把这个地方改小一点。"

"你自己不会缝吗?"林月有些恼怒,"我们以前哪有什么造型师、布景师、道具师,都是我们自己来的。"

"我会就行。"李峙说。

张三和林月一起瞪向李峙。

"我的兴趣爱好就是做家务。"李峙回答,"烧烧小菜补补衣服,再挨点骂,对心脏好。"

林月上嘴唇卷了起来,张三微妙地读懂了她的纠结——好想骂人,但是又怕万一奖励到他。

为了避免当场把林月气死,张三把林月托付给了同为靠谱人士的祁寒,拉着李峙走到人少的地方。

张三抬头看看李峙,李峙也垂眸望她,几秒后,两个人都笑了。

张三晃晃李峙的手,脸上有些发热:"好看吗?"

张三很少穿这么华丽的衣服,现在骤然换装又出现在熟人面前,产生一种微妙的羞赧。

"好看的。"李峙弯起眼睛,让张三牵着他的手转了一圈,裙摆像鸟绽开的尾羽。

他重复了一次:"好看。"

张三看了他一眼,发现李峙的视线落在自己脸上,眸光专注。

"我说衣服。"张三小声说。

李峙笑了一会儿，才温声开口："也好看。"
　　"晚点化上舞台妆就没这么好看了。"张三说，"妖魔鬼怪似的。"
　　李峙俯下来要亲她，张三连忙抵住他的唇。
　　李峙很无辜地眨眨眼。
　　张三欲言又止了一会儿，才别开眼睛道："嘴唇亲破了一会儿不好化妆。"
　　二十六年没亲过女孩子的处男攻击性太强了。

　　李峙垂下眼睫没有说话，眸子湿漉漉的，看上去像是一只被雨水浇湿的大狗。
　　"哎呀，晓得了。"张三还是妥协了，踮起脚来飞快地亲了他脸颊一下。
　　没等李峙开口说话，张三像是怕被他抓住一样转身就跑："我去化妆了！"
　　雪白的裙摆摇曳着，一转眼就闪身消失在了喧闹的人群中。
　　寻不见踪迹。

　　李峙站在原地，盯着张三消失的地方，喉结滚动了一下，终究还是没有追上去。
　　又折腾了一段时间，这边衣服开线了，那边道具出问题了，又有人嚷嚷着说手机找不到了。
　　最后林月一声怒吼，整个后台立马变得像是小学一年级教室一样秩序井然，且每个人都变回了察言观色的小鹌鹑。
　　规定时间已到，舞台灯光亮起，柔缓的管弦乐开始流淌。
　　配合着音乐，张三出场，她跳的是开场舞。
　　舞台灯亮得过分，在明亮的灯光中，张三只能看见眼前的一方，而台下一片漆黑。
　　张三突然产生一种细微的惊慌。
　　她知道林月坐在底下，李峙也是。两人的视线一定都聚焦在她的身上。
　　在如此强烈的光芒中，她的一举一动都会被无限放大。
　　张三恍然想起了和林月的第一次对话，对方也是拿办公室里的探灯照着她，让她身上每个细节都无处遁形。
　　她又想起了秋日的午后，在温暖的阳光里，有一双漆黑的眸子被她牵引。
　　她看似周身空无一物，却操纵着空气中无形的丝线，拨弄起一片片涟漪。
　　她能做到吗？她应该做到吗？
　　叶子被抛进河流，又被水流带入遥远的大海，在它打着旋儿沉没的时候，是否又搅起了一个微小的漩涡？
　　即便是如此宽阔无垠的大海，叶子是否要对自己搅乱的那个小小洋流负责？

张三意识到自己在走神,正好苏啾啾朝着她跳过来,两人错身而过。

属于星辰鸟的舞姿淘气又活泼,脸上带着青春的笑容。

她不会有这种困扰,这些繁杂又有几分顾影自怜的思绪不会出现在苏啾啾身上。

苏啾啾只会看着自己眼前的一小段,她嬉笑怒骂,她只会跳舞,于是就一直跳舞,她的时间轴永远是现在。

张三与她共舞,突然也升起了一种破罐破摔的勇气。

来都来了,总不能现在下场让林月扛着轮椅来跳。

张三索性放开手脚,她是与星辰鸟伴飞的白鸟,转身又投入了下一个舞伴的身侧。

小耶、祁寒,以及许多日夜相处的同伴,他们靠近又远离,有的再度靠近,又擦肩离去。

白鸟飞翔于众人身侧,却始终无法停歇。

她是飞禽,不属于宽广厚实的大地,她有着深远的天空。

在万丈苍天之外,也许会有一轮月亮,也许没有。

找寻什么,怎么找寻,去哪里找寻,或许本就不是什么特别重要的问题,是习惯于 OKR 和 KPI 的人类硬要去具象列出的条条框框。

重要的是那条路。

张三一直以为自己是很容易满足的类型,她想要的不多,也并不矫情,她昂首挺胸地活着,自诩抛弃了所有的内耗。

那这半年来,她为什么总是屡屡感到愤愤不平?

林月说得没错,她的愤怒从出生伊始就阴燃至今,只是林月用一种粗暴的手段将它挖掘而出。

她要求张三去正视自己,去承认自己不满足,去亲手揭开自己的空虚,暴露出最脆弱的胸腔。

张三渴望着爱,家人的爱、友人的爱、恋人的爱。

她自诩拎得清,能够在字里行间读出人的深意,知道什么是委婉,什么是委曲求全,又惯会自我安慰。

张三给自己精心打造出一套漂亮耐用的盔甲,来毫不畏惧地面对人生的风霜雨雪。

但其实她最缺的,偏偏是能够将盔甲脱下的勇气。

脱下坚固的伪装,才能将那些柔韧又丰盈的东西填补进去。

蒙昧的人是她,逞强的人是她,迟钝的人也是她。

不甘平凡的下场是孤单,自视甚高的结局是无人诉说,她险些活成一只被斫去爪子的鸟,失去了停留的能力。

林月的野心太大了，手法又太过暴烈。

直到最后林月都是一个艺术的暴君，她强调人是一个独立生长的宇宙，她像采摘果实一样去收割他们人生的美，再奉献给她年轻时闯入眼帘的星夜与乌鸦。

张三用力地跳着，她不再去想台下的观众，只感受着自己的舞幅。

起码在这一个多小时，她不是张三，也不是白鸟。

她是一张可以被肆意涂抹的白纸，而笔握在她的手上，她将呈现给所有人看，看她灵魂的碎片，看她经历过的春秋。

从呱呱落地的那一瞬间起，她就踏上了这段长路，而尽头是最虚无的死亡。

长路尽头什么都没有。

一切风景都在沿途盛开绽放，记录于胸腔的柔软心脏之中。

在舞剧的最后，音乐越发激昂，张三爬上了由她同侪搭建起来的人梯。

她垂眸望着自己摔了无数次的地方。

她深吸一口气，一跃而下——

张三跌入了无数温暖有力的怀抱里，她的同侪们成功托举住了她。

数不清的臂膀拥抱住了她，虽然并不舒服，但是足够有力。

张三突然有些想要落泪。

她想到了张爱华，想到了父亲，想到了姐姐，又想到了李峙和吴语。

也许在她没穿上那个厚重坚硬的外壳之前，也曾得到过这么多温暖的拥抱。

她好想回家。

彩排结束后，张三第一时间把妆给卸了，又把舞衣还给服装师，她换好自己的衣服就跑了出来。

李峙果然站在最近的出口等她，抬脸望着夜空。

"李峙！"张三喊他，后者慢了一拍才回头，脸上挂着温和的笑容。

张三莫名有些迟疑，脚步不自觉地慢了下来："……李峙？"

桃花眼黑沉沉地看着她，眼角的笑意也是极其熨帖的，李峙朝她伸出手："辛苦了。"

张三把手放在他的掌心，有点犹豫："……你怎么了？"

"没啊。"李峙说，脸上笑容毫无异样，"回家吧。"

"……我感觉不太对劲。"张三坚持，"你现在的表情就像是想找个人判个死刑，我背后凉飕飕的。"

"绝对是错觉。"李峙说。

两人回到了家，张国庆被送去洗澡了，家里静悄悄的，小彩灯在墙壁上闪烁着。

"好漂亮。"张三欣赏了一下,又拍了李峙一把,"我就说我这人审美特别好。"

李峙笑起来,刚要开口就被张三打断。

"哎,"张三说,"不许提我电动车上的小粉被。"

李峙笑:"那我就没什么好说的了。"

张三翻了个白眼,正要去开灯,手却按在了李峙的手背上。

他的手覆在开关上面。

这个动作微妙地和以前发生过的一幕重合了。

"你还记不记得,刚开始我和小耶在楼下跳舞,回家后你就有点不高兴了,抽了我一屋子的烟?"张三没急着开灯,贴在他身上问。

"啊,这个啊。"李峙笑起来,手臂垂在身侧,"我当时特别高兴……有点飘飘然,感觉事情很顺利,但你给我泼了好大一盆冷水。"

"那……我又不知道你那时候已经喜欢我了。"张三说。

"泼得对。"李峙说,"不然我可能一直不敢迈出那一步。"

张三笑,把脸埋到李峙胸前,闻到一股让她安心的气味:"现在又不行了?"

李峙微微抿唇,像是有些恼怒的样子,片刻后又笑了起来:"给你判个无期。"虚悬着的手终于搭上张三的腰。

"哎,"赶在李峙开口之前,张三飞快补充,"你要是说什么'判我在你心里终身监禁'的话,我就半夜拿枕头捂死你。"

李峙跟着笑,认输一样倾下身子,把脸埋到张三的肩窝里。

"我有点不安。"李峙说,环在张三腰间的手臂微微用力,"看你跳舞的时候,感觉你要飞走了。"

在明亮的灯光中,舞者的个人特征被无限模糊,落在视网膜上的是洁白的舞裙。

白鸟不断地飞翔着,在某个瞬间,李峙感觉眼前那个人不再是他认识的张三。

一松手,就像要一去不复返似的。

正如与他在后台告别的她一样,这么轻易地就消失在了人群里。

"突然想起来,你以前送我去车站什么的,你走之前都不回头的。"李峙没头没脑地说。

"你再这么翻旧账,我现在就爬上东方明珠,然后跳进黄浦江。"张三说,"给你表演人鬼情未了。"

"你能不能放过别人,你这一跳得影响多少人。"李峙笑起来。

张三也跟着笑,半晌开口:"我不会飞走的。"

张三反手握住李峙搭在她后腰的手,将其拉到自己身前,一点点摸过他的骨节。

"不如说……"张三思考了一下语言,"因为有你在,所以才会看上去像是要飞走吧。"

李峙微怔,黑眸错愕地看着她。

"因为有落脚点了。"张三说,"我知道有可以回去的地方,所以才能很勇敢地往前面走……哎呀,我们一定要说这么煽情的话吗?"

李峙想了想,附和道:"好像确实有点煽情。"

"但是很开心。"李峙低声说,"我为我前面的阴暗想法道歉。"

张三:"啊?"

"你刚下台的一瞬间,我都不想支持你跳舞了,感觉跳着跳着老婆就没了。"李峙说,"现在发自内心地忏悔,感觉特别对不起你。"

张三默了默。

李峙有些心虚地摸鼻尖:"老公你说句话啊,老公。"

"别吵,我在品味。"张三说,"健康的恋爱固然重要,病态的恋爱更为刺激。我现在在幻想你发疯把我关小黑屋,我百折不挠逃出去后,你上演追妻火葬场,然后你追我逃,我插翅难飞,现在已经进行到你红着眼角掐我腰这步了。"

李峙心底一松,彻底松弛下来。

"那……你慢慢幻想?"李峙问,准备开灯,"我去给你下碗面条。"

张三突然拽住他。

李峙低头。

怀里的张三杏眼亮晶晶的,她摸了摸李峙的无名指。

李峙呼吸一室,怀着某种奇特的预感,他的心脏剧烈跳动起来。

"你一直没有陪我去买戒指。"张三说,"我改主意了。"

李峙沉下眉眼,目不转睛地凝视着张三。

"戒指就用现在这个,买新戒指的钱存起来。"张三说,"但鉴于我肯定会发朋友圈,你还是要去买一束花——"

话还没说完,剩下的话语就被一个热烈的吻堵住。

等李峙松开张三,张三没什么力气地靠在他身上,有气无力地把话说完:"买花前你偷偷发给吴语看看,起码不要买红玫瑰和满天星那款。"

李峙迟疑:"这……"

"你购物车里不会就放着这款吧?"张三狐疑。

李峙目光游移。

张三环着他的脖子大笑起来。

李峙被笑得有几分恼羞成怒,干脆破罐子破摔一样按着她开始亲。

"不是要红眼掐腰吗?"李峙一边亲一边问她,"是不是这样?还要怎么样?"

"不要不要!"张三"咯咯"直笑,一边挣扎,一边回应他,"你还没说命都给我呢!"
"谈到活阎王了,我真是。"李峙说,"给你给你。"
"哎呀,你还怪上道……哇,你手!"
嬉笑间,李峙的手已经探进张三的衣服下摆。
张三猛地抬眼看他,发现黑眸里虽然还含着笑意,却已经在酝酿某种更为翻涌着的暗色。
气氛一下子变了。
李峙俯下来,呼吸轻轻喷在张三额前,张三眨了眨眼。
"今天可以吗?"李峙轻声问,"我有些忍不住了。"
张三呼吸顿了片刻,点点头。
"不用谢。"她说。

接下来的一切都顺理成章,没有到处捣乱的张国庆,两人相拥着倒在床上。
快开始的时候,张三还有闲心感叹了一声:"我新换的被单……"
还有太阳的味道。
李峙按着她的手腕,侧头想了想,哼笑一声:"马上被我糟蹋了。"
总觉得是双关语。
温柔的吻落下来,张三很快就分不出心思去想其他的了。
今夜的李峙和以往都不同,往常他总是把这些亲热控制在安全的范围里,有的时候甚至就像是好朋友之间的打闹,以至于让张三差点忘了,这是一个有攻击性和渴望的男性青年。
他似乎天生就会这一套。
温热的吻顺着脸颊落到耳后,他又轻轻叼住耳垂反复舔咬,张三下意识地仰起脸,这反而更方便了李峙的侵略,很快吻就顺着脖颈往下游移而去。
张三本能地想用手抵住他,然而却被以吻或是以手制住,今夜的李峙是强势的。
尽管裹在一层温柔的蜜糖里,也依旧是强势的,他带着她探索未曾走过的领域。
"你都是从哪里学来的……"意识模糊中,张三听见自己不服输地抱怨,声音比任何时候都要柔软,尾音不自觉上扬。
"幻想里做了好多次了。"李峙声音有些沙哑,黑眸在夜色里紧紧盯着她。
张三想要把脸别开,又被掐住下巴,半强迫地直视着他,也被他注视。
"什、什么时候开始的?"张三强作镇定发问。
她看见李峙探身,从床头柜里摸出一个小盒子,窸窸窣窣地撕开包装。
听见这个问题,李峙微微偏了下头,好像无声地笑了:"不敢说,我怕被你打。"

张三一下子明白过来，半羞半恼地嗔他："你要死哦。"

"我要是说我想死在你身上，会被半夜捂枕头吗？"李峙重新覆了上来，青年身体暖烘烘的，摸了摸张三的脸。

"会。"张三说，"如果你让我在第一次里听见这种土味情话，我会恨死你的'李四'。"

李峙闷闷笑起来，低下头轻吻了下她的额头："那我明天可以说吗？"

"你神经病。"张三说。

随后，张三就再也没有了说话的余地，只能于唇齿间发出模糊不清的音节，和自己听了都脸红的呢喃。

她羞于这样的自己，想要把脸藏在枕头里，又被李峙强制着抬起脸。

"看着我。"李峙低声说。

多年压抑着的情感与某些阴郁隐忍都于此刻引燃，化作了某种亟需发泄的强横和宣战，李峙终于不再需要克制。

"我好爱你。"他俯下去吻她。

比你想的还要早，还要多地爱你。

你是可以振翅而飞的鸟，你有漂亮轻盈的羽翼，你将劈开波浪，你将翱翔于天际。

而我想我也是幸运的。

因为我是你的归途。

"我也是。"张三喃喃道，她拨开李峙湿润的额发。

我想，我大概也比自己知道的还要早，还要多地爱你。

有些东西或许是命运早已埋下草蛇灰线的。

他们在第一次相遇的那天，第一次知道彼此名字的那天，乃至后面相处的那些岁岁年年，绝不会想到最后会亲密至此。

但是一旦发生后再回首，似乎一切又这么理所当然。

七千多个日月，他们本就被彼此塑造成了最契合的形状。

不是天作之合，不是命定良缘。

是每个清晨的相遇，是每个夜晚的道别，是寒来暑往堆叠起来的车票，是没有说出口的未竟之言。

他们亲手打造了彼此。

我可以没有你，没有你我也可以这么漂亮又昂首挺胸地活下去。

但是有了你，我才能走得更远。

毕竟一棵树上面，一定会有一只远行归来的鸟雀呀。

第十章
天生一对

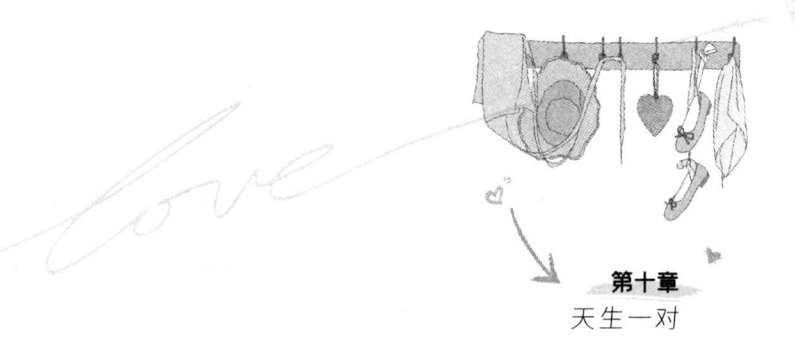

张三起床的时候感觉有些茫然，不太确定现在的时间。

窗帘被拉得严严实实的，只有顶端一点点阳光漏进来。

也许和工作压力大，以及忙起来昼夜颠倒的作息习惯有关系，李峙睡眠总是很浅，一点点动静或者光影就会蹙着眉头醒转。

于是两人一起买了遮光帘，平时哪怕是大中午，只要帘子一拉，整个房间就暗得和午夜一样。

此刻效果极佳的遮光帘成了张三的阻碍，她有点搞不太清楚现在是清晨还是上午，或是因为太过疲惫而睡过头的午后？

手机放在客厅的包里，昨夜两人都有些失控，自然没人顾得上把它带进房间。

张三摸了摸边上的半边床，已经凉了。

噢，打工人是要上班的。

张三伸了个懒腰，身体深处有一种钝钝的疼。她倒也不讨厌，反而升起了一种懒洋洋的幸福感。

昨夜结束后，两个人换好干净衣服，躺在床上面对面时稍微有点尴尬。

他们关系实在是太好了，相识的时间也过于漫长。友人和恋人的情感交错在一起密不可分，也将他们的人生牢牢绑在一起。

这么安静地面对面躺着，属于至交好友那份情感又占了上风，莫名带出来点羞赧。

毕竟刚刚还亲密至此。

耳鬓厮磨的时候什么话都愿意讲，李峙又是很会温柔哄骗的那种坏心眼男人，张三都不敢回忆先前在他佯作体贴的引导下，自己说了什么羞耻的话。

洗完澡脑子也清醒多了，张三只想找个地方把自己给埋进去算了。李峙显然同样理智重新上线，似乎也不太能面对自己方才的禽兽行径。

毕竟他干的可不仅仅是骗小姑娘讲点不该讲的。

两人在黑暗里对视了一会儿，突然不约而同把脑袋钻进了被子里。

好消息，两个人还是很有默契。

坏消息，两个人盖的是一床被子。

这么齐齐地钻下去，两个人又一块在被子里大眼瞪小眼。

沉默几秒，张三和"李四"一起笑出了声。

"你好矬哦。"张三说。

"我刚吃完'天鹅肉'，"李峙说，"我得缓缓。"

张三闷着声音笑："你这有点没出息。"

李峙默了默，手又开始不老实了："我再吃一次试试。"

"可以了啊。"张三一把按住李峙的手，呼吸有些喘，"你明天还要上班呢。"

李峙想想，有些无奈地笑出了声："这也是。"

张三抿着嘴盯着他笑，他又凑过来："那亲一个嘛。"

两人手不知道什么时候已经十指相扣，交换了一个温柔湿润的吻。

张三轻声道："晚安，'李四'。"

"晚安，三三。"李峙垂下睫羽，不沾有任何情欲的吻落在她眉间。

幸好醒来时李峙不在边上，不然昨晚那套估计还要再来一次。

张三慢吞吞地爬起来。李峙已经把她的居家服放在了床尾，她把外套披上，又穿上毛茸茸的裤子。

窗帘拉开，冬日的阳光照进来，张三看了眼窗外，心里有数，自己已经睡过了午饭时间。

也不是很饿，张三懒洋洋地穿着棉拖，推开房门。

听见半掩着的厨房门里传来细微的流水声和切菜的声音。

张三：哎？

不知道出于什么心态，她轻手轻脚地走过去，扒着厨房门缝往里看。

李峙背对着她在洗碗槽旁忙活，手边灶台上的小汤锅里炖着奶白色的甜汤，浓浓的甜香翻滚出来。

他穿着一件黑色高领薄羊绒衫，袖子挽了两下，露出线条干净利落的小臂，手腕转动间青筋若隐若现。

以前怎么没发现他手这么好看。张三寻思着，感觉很适合拍下来做"照骗"，假以时日又是一个网络男神横空出世。

律政俏佳人。

正琢磨着呢，李峙拿着洗干净的碗碟一转头，正好看见张三在鬼鬼祟祟地探头探脑。

他失笑："你又在动什么歪脑筋呢？"

张三上下打量了他一下:"我发觉你这人真的……一点包袱都没有。"

一米八几的高个子,穿她的小粉花围裙穿得坦坦荡荡的,腰后还风骚地系了个蝴蝶结。

"我前面还不敢相信来着,"张三扯扯他的蝴蝶结,"心想你应该是另外买了一条穿,没想到你还真穿这个。"

"多买一条还要多花一条的钱。"李峙手上的事情也差不多干完了,索性把围裙解下来,"我感觉我穿这条特别青春洋溢,还有几分娇俏。"

"你煮什么呢?"比起男人,张三对食物更感兴趣,从李峙的手臂下钻过去看。

"冰糖雪梨银耳汤。"李峙一边挂围裙,一边随口回答,视线落在张三脑袋上,笑出了声,"头发睡得乱糟糟的。"

"怎么想起来弄这个了?"张三问,又不死心地到处看了一圈,"不搞点硬菜我会讨厌你的。"

"润润嗓子。"李峙说,"我昨晚听你说话嗓子都哑了。"

张三立马炸毛:"谁说我嗓子哑了?我和你讲,你不要夸大事实!"

李峙很无辜地眨眨眼睛,推了下眼镜:"嗯?秋冬气候干燥,嗓子容易干啊。你妈前两天还转发朋友圈呢,清肺润喉又暖心的十款小甜汤,女人喝了都说好。我感觉她就是发给我看的。"

张三卡壳,瞪着圆溜溜的杏眼看李峙。

李峙轻轻地笑了一声,恍然大悟般一拍手:"原来你刚刚在想……"

张三夺路而逃,把卫生间的门关得震天响。

人有的时候不需要风度,尤其是对着下作胚男人。

张三破罐子破摔冲到洗漱台那里一通洗漱,然而凉水也没有把脸上的温度降低半分。抬起脸的时候,镜子里的女人还是面若桃花,漆黑的杏眼湿漉漉的,嘴巴微微抿着,像是在和谁置气。

张三盯着镜子几秒,用湿淋淋的手拍了拍发顶。

……好像是有些乱。

出来的时候,李峙已经把梨汤盛在玻璃小碗里,放在茶几上了,自己瘫在沙发里看球。

见到张三出来,李峙指了指茶几上正在充电的手机:"手机给你放这儿了啊。"

没有碰手机,张三坐下来的时候看了一眼电视:"这不是重播吗?"

"昨天晚上没看啊。"李峙说。

张三微微一哽,幸好李峙没有再抓着这个点不放,起身把小碗和茶匙递给她:"趁热。"

张三慢慢地喝甜汤，浓浓甜甜的味道暖洋洋。她插了一片梨进嘴里嚼，一边嚼一边打量"李峙"。

李峙感觉到不对："嗯？"

"你今天去上班了？"张三问。

"……你比我老板还像老板。"李峙说，"我早上把必须在律所做的部分工作都做了，剩下的带回家做。"

"这算不算缺勤啊？"张三还在纠结这个问题，她老东家可没有这个自由度。

"我拼命往上爬就是为了能够翘班半天没人敢问我。"李峙一拍大腿，随后又笑，"工作性质不一样啊。"

"哦。"张三被说服了，视线落在李峙的高领毛衣上，又低头喝了两口汤，才故作随意地说，"你穿这件挺好看的。"

其实是超级好看。

李峙本身就是气质偏沉稳温润的，黑色高领稳重简约，肩线平直开阔，又有恰到好处的修身，显得人宽肩窄腰的同时……还有种莫名其妙的洗手作羹汤的适婚感。

张三默默地想，张爱华说得没错，李峙真的很适合结婚。

李峙弯着眼睛笑。

"不过你热不热啊？"张三问。

家里开着暖空调，她穿着毛茸茸的家居服不觉得冷，总觉得李峙穿高领羊绒有些过了。

李峙笑眯眯地坐直了，望着张三轻轻清了下嗓子。

张三突然有种不好的预感。

在她警惕的注视下，李峙慢慢地拉下了一点衣领，凑过来给张三展示昨夜战果。

张三一瞬间烧红了脸，手一抖差点把梨汤给洒了。

"别紧张啊，三三。"李峙伸手稳住张三的小碗，顺势给接了过来，"不要敢做不敢当啊，昨天咬我的时候，你可没有这么矜持。"

张三羞得耳尖发烫，刚想咬唇又连忙止住，舌尖在小犬牙上一舔而过，意识到自己做了什么动作后立马想要捂脸。

"牙还挺尖。"李峙说话还是不紧不慢，眼神很有几分意味深长的意思。

张三准备落荒而逃。

"把这个喝完吧。"李峙说，"张嘴。"

张三莫名老实下来，乖乖地把李峙喂到嘴边的梨汤喝了。

李峙很有耐心地一勺一勺喂，张三吃着吃着突然觉得不对劲，他不知道什么时候离她越来越近，现在她几乎已经坐在他怀里了。

李峙眸子里笑意很浓："嗯？"

张三抿抿唇，别开眼睛："没。"

她张开嘴。

最后一勺被喂进嘴里，张三舔舔嘴唇。李峙把碗放回茶几上，玻璃磕碰发出清脆一声。

两人都没有说话，视线在空气中移动着，张三突然觉得空调开得有些太暖了。

黑眸注视着她，两人的呼吸越来越近。

张三合上眼睛。

温暖的吻落在她的唇上，李峙引着她的手，让她环住他的脖颈，而他的手则顺着她的腰线一路向下。

"让我验收一下效果。"李峙声音很哑，贴在她耳侧低低地呢喃，比起说话，更像是亲吻。

衣服被扔在地毯上，玻璃小盏上摇曳着晃动的光影。

窗外阳光灿烂，又是漫长的一天。

…………

张三困倦地靠在李峙身上，小声骂他："你怎么……在这种地方都准备了？"

李峙任劳任怨地帮她把衣服穿好，闻言笑起来："有备无患。"

张三盯着他。

李峙摸摸鼻尖："呃……"

他毕竟是个色胚。

"你告诉我你还藏在什么地方？"张三问。

李峙眼神游移。

张三沉默片刻，叹为观止："你这人是真的很好色。"

李峙自知理亏，老老实实地帮她扣领口的扣子。

"你到处藏也就算了，还有国庆呢。"张三随口道，"如果国庆翻出来咬怎么办？它又不是没干过。"

"等等，国庆……"张三一怔。

李峙也动作僵住。

两人视线投向放在茶几上，充满电重新开机的手机。

张三颤颤巍巍地打开手机，映入眼帘的是昨天晚上来自宠物店的，二十四个未接来电。

很难想象宠物店的状况。

"……委屈它了。"张三痛苦地闭目。

"是委屈宠物店了。"李峙诚恳道,起身去拿外套,"我去接它回家。"顺便去给宠物店道歉。

张国庆拆家拆腻味了,想必拆个宠物店换换口味不在话下。

比格犬,恐怖如斯。

张三瘫在沙发上几秒,还是挣扎着爬起来:"我和你一起去。"

李峙一边等她换衣服,一边笑着打趣:"好黏人啊,三三!"

张三蹬他一脚,小步跑过去,把手塞进他的掌心里:"牵好!"

彩排过后,正式演出迫在眉睫。

一切都变得像是按了加速键一样,在极其忙乱的喧闹中,时间飞快前进。

林月执导的最后一舞的噱头确实好用,价格不菲的公演票刚上市就销售一空,幸好舞团成员每人都分到了几张票。

张三给李峙和吴语各留一张,剩下的几张不管怎么分都很左支右绌,于是干脆一股脑寄回老家。

——人情世故这种事就留给张爱华烦恼吧,反正注定要挨骂,骂一顿和两顿是一样的。

林月不再来舞蹈教室,她的身体大约已经撑不住了。

张三有一次在练习后去医院探望她,险些被赶了出来。

"看看看,看什么看!"林月皱着眉头很暴躁地骂,"我还没到死的时候!死了之后有的是时间让你来看!"

为了使舞团演出顺利推进,她连王秘书都赶回了舞团。

说着,她就抬起扎着留置针的手要戳张三胸口,然而手抬到一半力竭,幸好张三眼疾手快,在中途接住。

张三看了看那只无力的手,又鬼鬼祟祟看了眼愠怒中的林月。

两人对视几秒,林月率先嗤笑出声,重新慢慢抬起手,在张三额间一弹,又使唤张三给她拿烟。

张三看了看床头的氧气管,又探头看看走廊,不小心和巡房的护士对上视线,讪讪一笑。

"不太好吧,林老师。"张三说,"做人要有公德心。"

林月瞪她一眼:"你把抽屉打开,你男朋友送过来的你不知道?"

张三困惑地拉开抽屉,里面放着一个漂亮的小铁罐。

是口嚼烟。

张三撕了一块给林月,林月慢慢地咀嚼着。

尼古丁的味道让林月重新有了活力,她懒洋洋地靠在枕头上,用一种奇异的眼神看着张三。

张三被看得有些不自在。

尽管她已经习惯了别人的注视,但并不代表她承受得起这种程度的凝视。

太怪了。

——如果要用妩媚和诱惑来形容这样一个病入膏肓的老女人的话,那真的实在是太怪了。

可张三此刻只能想到这两个词。

"你男朋友送别的女人礼物,"林月说,"你不生气?"

张三"啊?"了一声,有些茫然地看着林月。

"噢。"林月笑起来,这次张三切实在这张布满老年斑的脸上找到了年轻时女舞者的娇媚,"你是觉得我老了,不足以威胁你了。"

张三抿抿唇,有些不知道怎么回答,索性笑了一下。

"你以为你可以年轻多久?"林月威胁她,"你很快也会老。"

"那我对象到时候也成老头了。"张三说,"谁也别嫌弃谁。"

"你就是这一张嘴最讨嫌。"林月"啧"了一声。

林月示意张三把烟灰缸拿过来,她将嚼完的烟草残渣吐掉,又取了一块新的嚼着。

两人都没有说话。

张三垂下眼睫,突然有种微妙的直觉,这是她们第一次这么平等地对话。

此刻不是艺术家与她的信徒,也不是老师和她的学生。

只是林月和张三。

"张三。"林月突然喊了张三的名字,完了又自顾自笑起来,"你说你怎么叫这个名字呢?"

张三好脾气地解释了一下她已经讲过千遍的问题。

"那你为什么没有去改?"林月用眼尾瞥着她。

"因为没有必要。"张三很平静地回答,"我喜欢这个名字。"

她从小到大被家人与友人呼喊的,写在书页上的,乃至后面记入各式各样的档案文书,就是这两个字。

张三自然厌烦过这个名字——天地良心,没有一个少女愿意被喜欢的男生嘲笑自己名字的。

不过,那个男生笑完的下一秒他的桌子就被张三给踹了。李峙和吴语上来拉了半天偏架,顺手把他同伴的桌子也给掀了两张。

但是回过头去看,那些厌烦与细微的抵触情绪也都化作了某种柔软的思绪,将她一点点包裹。

如今张三已经回忆不起来当时被嘲笑的愤怒与悲伤，只能想起那次混战结束的午后。

她和李峙、吴语一起站在教导主任办公室挨骂，趁着罗翔老师转身泡茶的时候，三个人眉来眼去互相表演默剧，被罗翔抓住一声暴喝。

三人立马眼观鼻鼻观心，站成三具兵马俑。

她现在想起来，嘴角也忍不住往上翘。

和林月说的一样，美好的东西将人滋养，而那些不这么美好的把人雕琢，一切都这么恰到好处。

世间从无弯路。

林月盯了她一会儿，再次开口："我想把我的资产转给你。"

张三错愕地看着她。

"但作为交换，"林月一字一顿地说，"你要一直跳下去，永远不能放弃舞团。"

这是多大的诱惑。

林月的资产，光说梧桐街道上的那两栋小洋房，已经是张三几辈子挣不来的。

如果真的答应下来，真就实现了从脱贫到人上人一步飞跃，比嫁入豪门还要顺利——毕竟不用宅斗。

张三眸光微动，随后笑出了声："林老师，不要开这种玩笑，我很贪心的，真的会一口答应。"

"没和你开玩笑。"林月咳嗽着坐直了身体，亲手从抽屉里拿出一份厚厚的文书，"你男朋友写的。"

张三拿嚼烟的时候完全没有注意到还有这个东西，她接过文书。

居然是一份正儿八经的遗产转让协议书，下面细致地列出了她可以获得的天价财产，以及她要履行的义务。

张三带着惊讶的神情翻阅起来，林月安静地注视着她。

翻到最后一页，张三啧啧称奇，脸上的惊奇神色还没褪去。

"怎么了？"林月问。

"我完全没想到我这辈子还能碰到这种事情。"张三说，说着说着又笑出了声，"噢，我怎么忘了，林家就是豪门世家。"

毕竟林家真的有会叫总裁老爷的燕尾服管家。

张三又兀自笑了一会儿，再恋恋不舍地摸了一下这份能带给她泼天富贵的协议书，敛了笑意，将它重新推回林月的手边。

"抱歉，我拒绝。"她正色道。

林月微微扬起一边眉毛:"你确定?这是你男朋友把过关的,对你来说有利无害。"

张三又笑了一会儿,才温声道:"林老师,我并不是很聪明的人,我也不是因为自己的高尚拒绝您。"

"纯粹是因为……"张三随后翻看着协议书,嘴角笑容柔软,"噢,这么说来有些抱歉,因为我至今不知道我是为何来到这个世界上的,我仍在寻找和思考。"

也许会耗尽一生。

"但我清晰地明白,"张三抬起眼睛看林月,眸子干净而坚定,"如果我一辈子只能跳舞……"

她把"只能"这两个字咬得很重。

"那绝不是我想要的人生。"

她拒绝穿上永不能停止的红舞鞋。

林月盯着她,眸光锐利一如二人初见。

"你很有天赋。"林月说,"你和我年轻的时候很像。你自己感觉不出来吗?"

张三慢慢地挺直了背,语气依旧温和:"所以呢?因为像您,我就要成为您吗?"

张三摇了摇头,眼尾弯了弯:"我和您不一样。"

张三喜欢吃加了肥肠的黄焖鸡,喜欢在家里看《变形金刚》,也喜欢在职场里和别人斗智斗勇,更喜欢给亲朋好友添堵,挑战他们的心理素质。

她是一只飞鸟,却不是那只为了心中绚烂而孤注一掷的乌鸦,她没有这种接近于自毁的执着。

与之相反,她也许会冲上凄清高远的苍天,也许会飞向遥远广阔的沧海,但她始终记得自己的归途。

张三站在虚无与毁灭的反面,拥抱着这个世界。

因为也有许多人拥抱着她,从出生伊始,直到如今,以及今后的每一天。

林月看了她好一会儿,猛然靠回了枕头上,恹恹道:"你脸上的笑容真让我恶心。"

张三很体贴地捂住了脸。

林月耐心耗尽得很突然,朝张三挥挥手,表示她可以告退了。

又叫她记得把文书带走——

"记得用碎纸机碎了。"

张三把烟灰缸洗了,又帮林月把氧气面罩戴好,调整了枕头的高度。

临走之前,她没忍住问了一句:"李……我男朋友写这份东西的时候没有说什么吗?"

林月盯了她几秒，突然乐了。

"他说这么厚一沓，碎纸机得碎好一会儿呢。"林月说。

正式公演前一天，王秘书把修改好的舞衣发还给每个人，张三干脆把自己的裙子给带了回去。

冬天黑得早，张三到家后家里一片漆黑，只有张国庆乐呵呵地过来迎接，李峙还没到家。

张三索性去洗了个澡，出来的时候看见舞衣挂在墙上，没拉严实的窗帘缝隙里有月光漏下来，温柔地洒在裙摆上。

缀着细碎水钻的裙摆轻轻摇曳着，白鸟寡淡无色的羽翼终于散发出淡淡的星辉。

张三安静了一会儿，慢慢走过去，将舞裙取下。

李峙回来的时候，家里昏暗一片。

玻璃窗倾泻出一大片月光，将屋内摆设映得影影绰绰。

李峙没有起疑，只当张三还没到家，抬手去按电灯开关。

他的手落在了一只温热的手背上。

李峙错愕地低头，对上了一双亮晶晶的杏眼，以及一袭星光。

张三期待地看着他。

李峙呼吸微窒。

被看得久了，张三有些不自在，稍微转了转身子。

随着她的动作，裙摆飞扬起来一点，那淡淡的星河也跟着流转。

"好看吗？"她有点不好意思地低下脸，"上次在后台你不是没好好看吗？这次让你多看看。"

等了几秒还没有回音，张三抬起眼睫，对上一双沉沉的黑眸。

一向含笑的眸子里没有笑意，眉眼微微压着，很专注地看着她。

像是饥饿了很久，终于寻到心仪猎物的捕猎者。

张三突然有些惊慌，下意识地往后退了一步。

然而李峙的动作比她更快，手飞快地压上她的肩，青年男性灼热的体温一下子覆了上来，她被推到了墙上。

张三本能地闭上了眼。

她以为李峙要强吻她，或是要做点别的什么，即使这样她也不会拒绝。

然而，并没有。

那压制住她的手渐渐松开，从肩上滑下，落到腰间变成了一个拥抱。

张三慢慢地睁开了眼睛，正好看见李峙滚动着的喉结。

张三习惯性不怕死地抬手戳了戳，被李峙一把抓住。

他掌心的温度比平时要高得多。

青年用力地闭了闭眼，重新睁眼的时候，眸子里已经恢复了往日的清润温和。

"你这样很好看。"李峙低声说。

"是、是吗？"张三有些迟疑。

"怎么还不自信起来了？"李峙笑话她，垂眸看见她光脚踩在地上，不赞同地皱了下眉，"你的袜子呢？"

"我感觉穿这个衣服穿毛绒袜会有些怪。"张三说，"看上去太摇滚了。"

李峙闷闷笑起来："那你的舞鞋呢？"

张三指了指晾在边上的缎面舞鞋。

李峙把张三打横抱起来，放在了沙发上，又起身去取舞鞋。

张三抱着膝盖，看他拿起舞鞋，随后很自然地蹲跪在她的身前。

张三没忍住开口："这个动作不是求婚吗？"

李峙闻言抬眸笑了笑，脸颊绽出两个小梨涡："可以吗？"

"好像有点没有仪式感。"张三说，"但如果你要拿蜡烛跟玫瑰花摆一圈，然后跪在中间和我求婚，我宁愿你这样。"

李峙微妙地沉默了一下。

"你不至于吧你……"张三倒抽一口冷气。

"再议再议。"李峙手一挥，很果断地拿起了鞋，"小李伺候你穿鞋。"

张三"咯咯"笑着把脚放进了他的掌心。

青年的手很大，又稳，很轻易地就帮她穿上舞鞋，又细心地给她系缎带。

张三垂下眼睫看他，李峙也垂着眼，睫毛在眼下扫出淡淡的阴影，眸光温柔专注。

"你长得好好看啊。"张三不自觉地说。

李峙抬眸瞥她一眼，嘴角笑意调侃："才发现我卖相很好啊。"

"你带子系得不对称。"张三提醒他。

李峙大为不解，难以置信地重新低下去研究缎带："嚯，还真是。"

张三闷着声音笑，漆黑杏眼光彩熠熠的，像是落进了星星。

"我教你系。"她轻声说。

舞鞋穿好了，李峙手往沙发上一撑准备起身，张三手环在李峙肩背上，两人很自然地滚到了沙发上。

张三趴在李峙的胸口，脸贴着他的心口，听见他沉沉的心跳。

李峙的手扶在她的腰上，顺手玩着她腰带上的大颗水钻。

"我和你讲，弄掉了要赔钱的。"张三说。

李峙立马住手。

过了几秒，两个人一起笑了。张三懒洋洋地窝在他身上，像没有骨头的猫。

"这种时候不应该搞点什么激情的事吗？"张三问。

"嗯？"李峙轻笑，"你玩得够花的啊……哎，别掐我腰。"

他把张三作乱的手抓起来，放在唇边轻轻吻过，又反复摩挲。

"我只是觉得……"李峙斟酌着用词，"不急于一时。"

他自然是想的。

看见那身漂亮的舞裙，以及比舞裙更加美丽的双眸，他几乎一瞬间就燃起了本能的占有欲与某种无法言说的暴戾。

张三总是把他想得太安全了，经常遗忘掉他也是个具有劣根性的，可以给她带来危险的男人。

他当然想——有谁能够拒绝呢？都这么盛情邀请了，他又恰巧饥肠辘辘，不享用似乎都对不起上天对他的厚待。

可是不行。

人之所以为人，爱之所以为爱，就是因为违背原始本能的克制。

幸好李峙从年少开始最擅长的就是克制。

他不愿这身洁白的舞裙沾染上任何污秽，哪怕是属于他的也不行。

他要不管多少年后张三再回首时，回忆起的都是轻盈美丽又纯洁的，是少女时期开始就生长至今的甜梦。

不允许任何人破坏，即便是他自己。

李峙闭了闭眼，不带任何欲念的吻落在张三的眉心。

反正他们来日方长。

张三困惑地看着他。

"怎么在这方面你脑子就这么不灵光呢？"李峙用一种埋怨的口吻说着，又戳了戳张三的脸颊。

张三鼓起一点脸颊。

"算了。"李峙又笑起来，挑起她的下巴和她接吻，"这样最可爱。"

"明天加油。"他柔声道。

"那废话！"张三不假思索地回答，杏眼里也漾了星辉。

第二天公演，混乱的事态达到了顶峰。

无数人在后台进进出出，王秘书大声尖叫着指挥。有人问林老师来了吗？苏啾啾和张三同时回答说不知道。

刚回答完又有摄像机对着她们的脸，问："确定吗？消息保真吗？"

张三转头叫工作人员把混入后台的采访者给赶出去。

采访者被押出去前，黑洞洞的镜头直直地对着她像是某种威胁，张三干脆竖了一个中指。

一切忙乱在上台前的最后三分钟骤然结束。

整个后台陷入一片死寂，能听见头顶大功率的舞台灯发出的"嗡嗡"声。

张三感觉自己出了点汗，边上苏啾啾贴着她的手臂在微微颤抖。

在最后一分钟，苏啾啾轻声问她："林月会来吗？"

"不一定。"张三想了想，回答，"她的兴趣可能是在于创造。"

林月享受手下舞者成形的感觉，她用自己的诗意来摆弄他们的人生，在废墟上肆意建造着自己的宫殿。

至于最后的结果，她或许本就不这么上心。

林月也许并没有说错，她们在某些方面还是相似的。

不然林月如何能够这么懂她。

幕布拉开。

灿烂光线落下，昭示着舞剧开场。

在这种分明需要万分小心的地方，张三却感到一种莫名的放松。

她已经走到了这个舞台上，于是她就是那只白鸟——她亲手决定了这一切。

在绚烂的光芒之中，张三看不见任何观众，甚至感觉不到任何注视。

她只感觉到自己的手在触摸着风。

在一阵阵因为高温而升腾起的烟雾里，张三看见了自己走过的长路。

她想起了小学时那只骄傲的小天鹅，想起在无人教室里的重重一摔，又想起被张爱华抛下去的舞衣。

她想起自己脚背上的伤痕，林月总说经历的东西是最重要的，那她反复添补的旧伤也佐证了这一点。

张三的旧伤没有成为她的阻碍，却成了她最坚实的基石。

时至今日，那只因为布满伤痕而变得更加强壮的脚依旧是她下意识落地的支撑选择。

张三突然有些想落泪，但是她不能。

她要跳出那种彷徨，那种孤芳自赏，那种若即若离之后的怅然。

她要跳出别离，跳出寂寥，跳出孤注一掷的勇气。

在这一瞬间她终于明白，为何人类需要舞蹈。

比起用词明晰的社交辞令，这种模糊的肢体表达更容易融进大量想象和情感。

那些晦涩而纤细的情绪，只有旋转与俯仰能够表达。

无关其他，只是为了那能够触动人心的美。

张三走过的二十五年人生，终于在这一舞中绽放，呐喊出自己甚至未能深想过的渴望。

　　从今往后她不再恐惧，不再抵抗了解他人与被人了解，她要抛去那副漂亮的盔甲，睁开她的眼睛。

　　为了美，也为了那流动的爱，她要踏入这个世界。

　　如果再来一次，她也一定会坚定地选择诞生于这个并不算美好的世间。

　　或者上个轮回她也是这么选择的。

　　千百次，千万次，万万次。

　　她将爱着这个世界。

　　张三又想起了林月。

　　在十年前，她的舞影飞入了少女张三混沌的青春，指引她跌跌撞撞地走到今日。

　　那么如今，她又会成为谁的白鸟？

　　她能做到吗？她会做到。

　　哪怕只有一分一毫希望，她也会用全部力气挥动自己的羽翼。

　　舞剧最后，张三爬上以前望而生畏的高度，毫不犹豫地跃下。

　　裙摆飞扬起来，像是折翼的鸟。

　　然后她陡然振翅——她的伙伴们拥抱住了她。

　　在无数的怀抱中，张三几乎要落下眼泪。

　　或许她已经落泪了，那浸湿了她肩头的泪指不定就是她的。她扭头找这是谁干的，对上了一双双晶莹泪眼。

　　幕布落下。

　　掌声久久不歇。

　　再次上台谢幕的时候，光线柔和下来，张三终于得以看清观众席。

　　她看见张爱华与父亲，看见护着肚子的姐姐张小铃和姐夫，看见她那有些老年痴呆的外婆，以及拿着相机狂拍的吴语。

　　还有一个人呢？

　　张三视线在人群里搜寻，边上的苏啾啾突然捅了她一胳膊肘。

　　张三猛然抬眼，看见青年抱着花含笑上台。

　　李峙将花献给她，动作行云流水，挑不出任何差错。

　　张三盯着他的眼睛。

　　背对着所有观众，李峙朝她眨眨眼："恭喜，跳得很漂亮。"

　　张三深吸一口气，绽放出一个大大的笑容："我愿意！"

　　李峙一怔，随后微微蹙眉，很无奈的样子："我这会儿真没有这个打算……"

还没直男到在舞台上求婚的地步。

有的时候他觉得他们是天生一对的时候,张三总是能整点活告诉他什么是人定胜天。

无奈着无奈着,他也笑了。在台上舞团成员的起哄声中,李峙拥抱住了张三,旋即又松开,晃了晃两人交握的手。

"我也愿意。"李峙说。

人生中总是充满了这么多的出乎意料和不期而遇,但也因此才这么可贵。

这是一个值得被诅咒的世界,所有丑恶的词倾泻而出也不会过分。

但是偏偏在这泥泞里生出了美丽的花,生出了擎向苍天的树,生出了飞向大海的鸟。

张三没有问李峙,她知道他的答案。

——你愿意再一次出生于这个世界上吗?

是的,我愿意。

张三换衣服一向很快,她抓紧时间把舞衣还给工作人员——他们后面还有好几场演出,舞衣会被统一回收清洗处理。

张三从更衣室跑出来,莫名熟练地躲过了镜头的围追堵截,成功在露天停车场和家人会师。

看见张爱华一行人,张三不自觉地放慢了脚步,莫名有几分羞怯。

李峙余光先看见了她,弯着眼睛朝她挥挥手。张爱华立马转头看向她,目光不太友善。

张三心里一"咯噔",没等她想出个所以然,张爱华已经大步走过来。

张三下意识地拔腿就跑。

她跑了两步又觉得这个动作实在是荒唐,毕竟不是小孩子了,还是强忍着站在原地,硬着头皮看张爱华板着一张脸走过来。

"妈……"她心虚道。

没想到张爱华走过来做的第一件事情是蹲下来,伸手去撩张三的裤腿。

张三吓傻眼了,整个人不敢动,呆呆地看着妈妈皱眉检查她的脚踝。

张爱华视线在张三的脚踝上转了一圈,微微松了口气,抬头命令道:"你走两步。"

张三僵硬地走了两步。

看见张三的步子,张爱华肩膀彻底松弛,被走过来的父亲扶起。

张三反应过来母亲是在担心她的旧伤,心里一暖,正要开口,眉心猝不及防挨了一个毛栗子。

张三捂住额头,龇牙咧嘴。

"你昏头啦!"张爱华骂起小孩来从来不需要酝酿,"这么高的地方也敢跳下去！"

张三捂着头，小声顶嘴："下面有人接着的……"

"要是没跳准怎么办？"张爱华越说越气，看见张三穿着的牛仔裤又心疼，拽着她往车上走，"你现在连棉毛裤都不知道穿了？"

"你晓不晓得我看你跳下去都快被你吓死了？"张爱华数落她，"你是不是非要把你老娘气死才开心？"

李峙终于找到机会插嘴，试图打圆场："阿姨，三三也是练过的……"

话还没说完，李峙也猝不及防挨了一个毛栗子。

张爱华放过亲生女儿，一腔火气全冲着李峙发了："你还和我说都是很简单的动作！你嘴里现在还有真话吗！我就不该相信你！"

"这么高的地方，"张爱华语气激动地伸手比画，"这么快地跳下来，是嫌自己命大还是怎么样？"

李峙一副虚心挨骂的悔过模样，趁着张爱华捂心口的时候，给张家父亲使眼色，后者心领神会，马上拉着张三避开风头上了车。

张三在后座落座，看见李峙和张爱华两个人一高一矮走过来，高的那个满脸痛定思痛深刻检讨，矮的那个越骂越起劲。

骂到兴头的时候，张爱华脖子上的丝巾被风吹走，李峙一把抓住，双手将丝巾还给张爱华，然后接着挨骂。

"……我感觉小李都有些可怜了。"坐在张三边上的张小铃说。

张三看了一眼张小铃，视线不自觉地落在她手一直搭着的腹部。

张小铃微笑起来："差不多也三个月了可以说了……我回国后就一直没来过月经，我一直以为是因为时差问题，没想到是……"

她用一种有点羞赧的眼神看了眼自己丈夫，神色温柔。

她丈夫露出一个华裔标准的八颗牙齿的美式笑容。

"知道我怀孕他就过来陪我了。"张小铃说，"准备等孩子到十六周后再飞回去。"

张三默默算了算日期，眼神流露出点谴责："你连我都瞒着。"

哪怕说着抱怨的话，语气也是姐妹之间亲密的娇嗔，她好奇地靠过去："我可以摸摸吗？"

"我也是前不久才知道，而且三个月能摸出什么呀……"张小铃抿着嘴笑，倒也没阻止张三。

张三小心翼翼地触摸着姐姐的肚子，哪怕理智上知道这个月份是摸不出什么的，但还是有些惊奇。

在她的掌心之下，是一个新生的小生命。

"哎，姐。"张三突然想到什么，"你不是说只生一个吗？"

张小铃"嗯"了一声。

"万一是双胞胎怎么办？"张三冒着挨打的风险问她。

"你这张嘴啊……"张小铃忍不住叹气，又拧了下她的脸，"那就分你一个。"

"什么分一个？"李崝也钻进了车。

张三：……好像这话不好说。

给你分一个我姐夫的小孩来养着玩——听起来伦理观念上似乎有些欠缺。

张小铃捂着嘴笑。

张爱华也上了车。骂过一通李崝后，张爱华女士终于神清气爽，吩咐自家老公："开车。"

张家御用小面包车启动。

眼看着车子往老家那里开，张三想起自家的毛孩子，扒着座椅提醒："国庆还在家呢！"

"放心吧。"李崝回答，"我把国庆带给了吴语让她看几天。"

张三肃然起敬。

世界上有一种英雄主义，就是被比格犬拆了家后，还愿意再次"引比入室"。

"她为我们的爱情牺牲太多了。"张三说。

"她男朋友和我们家国庆一见钟情。"李崝说，"睡觉都想着那两只大臭耳朵。"

张三品味了一下："这也太……离奇了。"

"你不要小看国庆。"李崝说，"宝这么可爱，眼神这么清纯。宝好，人坏。"

"那等回去之后你和它一起睡。"张三贴到他耳边恶魔低语，"反正沙发够大。"

李崝立马正襟危坐。

人总是祸从口出，且不长记性。

张三"咯咯"笑着，要去挠李崝腰侧，坐在副驾驶的张爱华咳嗽一声。

张三立马也坐直了，双手放在膝盖上面，就像一个刚进一年级的小学生。

两人一个比一个老实。

旁观完这一切的张小铃忍不住笑了起来，中文能力比小耶还要逊色很多的丈夫好奇地看着他们几个。

张小铃轻声用英语给他解释。

张爱华用后视镜看看和女婿柔声说话的大女儿，又看看一脸严肃的小女儿和隔壁家小李，突然越看越不顺眼。

"小李啊。"张爱华说，"你这个头发怎么搞的，你们领导不管的啊？"

李崝很无辜地摸了摸自己的天然卷。

"你近视眼多少度啊？"张爱华又问，"眼镜摘了看得见吗？以后会不会遗传给小孩啊？"

李峙扶眼镜的手微微颤抖。

"你多高啊？"张爱华又发问了，"小铃老公有一米八噢。"

"我也一米八。"对这个忍不了了，李峙冒着对丈母娘大不趋的风险强调，"我一米八三。"

汉语不太灵光的张小铃的华裔老公触发了所有身高超过一米八的男人的关键词，眼睛抬起来看看李峙。

"我们一会儿下车比比。"李峙邀请。

张小铃的华裔老公很郑重地点了点头。

在事态滑向失控的边缘的时候，张三打了一个哈欠。

所有人看向她，张三手还挡在嘴边没有放下，茫然地眨了眨眼。

"……你们继续？"张三迟疑道。

"困的话就到最后一排躺下来睡。"张爱华说道。

张三老老实实地去了，看见座椅上放着一条毛茸茸的小毯子。

张三"咦"了一声。

"这是妈妈前两天从柜子里找出来的。"张小铃回过身笑着解释，"你小时候特别作，午睡时不盖这条就要哭。"

张三有些脸红："我上小学就不这样了……"

当然其中很大一部分原因也是因为小学里没有午睡这个环节。

但她确实很喜欢这条毯子，高中的时候写作业还拿它盖腿。

"我还以为妈妈把它扔了。"张三小声说，把毯子盖在肚子上。

老张家另一条祖训。

哪怕流落荒岛手无寸铁，也要摘一片树叶遮住肚脐眼。

张家父亲打开车载电台，开始听今日流行歌曲。张爱华拍了拍他，把音乐调小了一点。

张三又慢吞吞地打了个哈欠，把自己蜷缩成一小团。

在迷迷糊糊入睡前，她把毯子拉起来一点，闻到了一股暖洋洋的太阳味道。

张家爸爸开车水平一向有待商榷，速度和激情两手都抓两手都硬。

速度指的是踩着高速限速最低六十公里游离于交通法规边缘，激情是指保持这个时速的同时还能开得一惊一乍如林中小鹿灵动活泼。

张三其实一直怀疑，她小时候一上车就蒙头大睡，背后的原因极其有可能是被晃出了脑震荡。

破案了，这就是为什么她没能考上清华，一切都是她家老爹的锅。

249

张三这一觉睡得酣甜，演出之后身体又极累，在半梦半醒间，她听见有人喊她："到了，醒一醒。"

张三睡得浑身暖和又舒服，车上那股老旧的香味把她的记忆带回了十几年前，习惯性皱着眉嘟囔着撒娇："再睡会儿……"

那摇晃着她的手收回去了，她隐约听见有人在说话，还有人在无奈地笑，随后一片温热的气息笼下来。

张三被打横抱起来，她本能地伸出手环住那人的脖颈。

有什么温暖柔软的东西在她脸颊上一贴即过，随后在恍惚的睡意中，她看见自己被抱着穿过老宅昏暗的长廊，有年代感的悬挂式电灯在头顶闪烁。

"我一会儿搬把梯子修一下。"她听见抱着她的人这么和旁人随口说着，"要么接触不良，要么线路问题。"

她搂紧了那人的脖颈。

那人轻笑起来，把她抱得更稳了一点。

随后她被安置在柔软的被褥里，那人把被子给她拉到肩膀上，又开始折腾她的头发。

他好像在问谁："阿姨，这个头发一般怎么摆啊？放在被子里还是被子外，要不要把它往上面撩，感觉要压到了。"

然后，他似乎挨打了。

打得好。

张三再次醒来的时候，屋内一片漆黑，只有半掩着的门缝里透出一点光。

她看着颇有年代感的屋内摆设，又摸摸身上的姹紫嫣红牡丹花被套，莫名产生了一种时空的错乱感。

张三少女时期似乎也有过很多这种场景。

她不喜欢被张爱华女士带回老家。

张爱华女士总是带着张小铃出去走亲戚，张三之所以不爱走亲戚，是因为亲戚总是夸她姐姐而拿她打趣，张爱华就让她自己在家里待着。

她的父亲不太和她说话，找他也只会沉默着端出吃食，摆出一张让人生不了气的笑脸让她快点吃。

张三对老家最多的记忆就是这张床和下着雨的门廊，不是睡，就是吃。

以及……某种无法用语言精确描述的苦闷。

现在想来，也许这种感受叫作漫长的孤独。

入睡时是一个人，醒来的时候也还是一个人，让人忍不住去想，是否这个世界已经被洪水淹没了，只剩下她一个遗民？

她生活在这里，看见的其他会说话的人类，都是某个高维生物布置下来的精密机械,是为了维持她精神健康稳定而修筑起的楚门的世界。
不然为什么,她总觉得自己和这个地方隔了一层?
张三正发着呆,门边传来一声轻轻的"嘎吱"声。
张三回过头,看见李峙正轻手轻脚地推开门,探进了一个头发天然卷的脑袋。
和张三对上视线,李峙有些抱歉地说:"吵醒你了?"
张三摇摇头,又朝李峙张开了手。
李峙轻笑起来,走过来抱了抱她。张三搂着他的脖子不放。
"你妈妈让我进来搬把椅子好吃饭。你这是做什么?"李峙低着嗓音笑,"你要让我把你搬出去吗?"
张三把脸埋在他的肩颈,闷声开口,嗓音还带着未睡醒的鼻音:"我突然想明白一件事情。"
"嗯?"李峙垂下眼睫,很有耐心地等着张三继续。
张三想了想,慢吞吞地开口:"我以前不喜欢这里,我一直以为自己和这地方八字不合。"
"有可能的。"李峙说,"要相信老祖宗的智慧,指不定是哪里犯冲呢。"
张三摇头,把脸埋进他的颈窝蹭了蹭,才拖着声音道:"不是的。
"我只是……很想你。"
李峙呼吸微顿。
在两人共同长大的悠长岁月里面,两人老早就习惯了对方的存在。
两个多小时的车程,对于成年人来说是一脚油门的距离。
但对于小孩而言,便是无法跨越的天堑,只能对着日历上画的红圈望眼欲穿。
张三以为自己只是厌倦这个地方,只是想要早点回到上海的小家,想念她的大电视和武侠小说。
如今再回头思索,原来她是在想念她那永远笑眼弯弯的坏心眼玩伴。
想念早已生长进她生活中的另一半。
李峙轻笑起来,张三抬眼看他,青年清润温和的黑眸里面光华璀璨。
他抬手用指节刮了刮她的脸颊。
"我可以认为你在表白吗?"李峙问。
"不太可以。"张三小声说,"我觉得性质还是有所出入。"
李峙低下头,用唇轻轻碰了下她的眉心:"我也一直很想你。"
从还懵懂无知的童年,到情窦初开却自我抵赖的少年,再到终于成长成认清心意偏偏已经无法开口的青年。
"一直,一直很想你。"李峙低声说。
远比你想的更思念你。

张三心中微涩，盯着李峙几秒后，搂着他的脖子往下揽。
李峙轻笑着合上眼睫。
两人唇瓣正要接上的瞬间，门被一下子推开。
突然进来的张小铃顿住。
张三和"李四"一副被抓奸的模样。
沉默是今夜的康桥。
张小铃迟疑："……我打扰你们了？"
沉默是今夜的上海卢浦大桥。
张小铃犹豫几秒，抬起手遮住自己的眼睛。
"你们动作快点，"张小铃说，"妈妈烧了糖醋鱼，放凉了就不好吃了。"
张三崩溃地一拍被子："你为什么要遮眼睛啊？"
这是什么很上不得台面的东西吗！
张小铃飞快地离去。
张三抱头。
"对胎教不好吧。"李峙说。
张三戴上痛苦面具说不出话来。
李峙轻笑着把她的手掰开，慢慢和她十指相扣。张三抬起眼，一个温柔短暂的吻落在她唇上。
"你妈妈烧的糖醋鱼真的很好吃。"他说。

张爱华烧了一大桌子菜，每道菜都是张三喜欢的。
张三埋头苦吃。
父亲坐在她边上，端着一小碗粥慢慢地喂外婆吃。
李峙和张小铃的外国老公用英语聊天，张爱华拉着张小铃，小声说着什么。
张三咽下嘴里的饭菜，手边是被及时倒满的橘子汁。
端起来喝一口，她突然产生了一种平淡的幸福。
好像小时候每次和张爱华女士吵架，当张爱华发现问题是出在自己身上的时候，道歉方式也是烧一桌张三爱吃的菜。
吃着吃着，张小铃因为孕期反应先行离席，她老公也跟着追了上去，像对什么易碎的宝贝一样扶着她往房间里走。
"她老公中文真不行，为了学中文一直在看什么婆媳宅斗的肥皂剧。"李峙凑过来轻声说，"这知识都学杂了，结果意思也没搞明白，学到点话到处乱用。"
"你妈差点飞去美国把他给撕了，他险些被吓得精神创伤都出来了。"李峙说，"还是抗压能力太差。"
张三皱着眉笑。

饭也吃得差不多了，张爱华起身去厨房拿煨在灶台上的蒸雪梨。父亲推着外婆回房间，李峙开始收拾桌面，张三帮着把剩菜规整到一起。

"我感觉你妈妈做饭比你爸好吃。"李峙小声说。

"因为你从小吃的是我妈烧的菜吧。"张三对这点还是很公正的，"我爸还考了个厨师证呢。"

"你爸也挺不一般。"李峙说，"我第一次看家里吃饭还摆盘的。"

张三赞同："用心对待生活而不是单纯地活着。"

"特喜欢你爸这生活态度。"李峙说，"而且脾气比你妈好。"

正说着呢，张三那贤良淑德的父亲从后院里转出来了，手里提了一打大绿棒子，转身又拎了瓶老白干出来。

"来，小李。"他朝李峙招招手，面上笑容无比友善，"陪老头我喝点儿。"

李峙身子一僵。

想到李峙并不太沾酒，张三使命感油然而生："爸，李峙不……"

李峙捏捏她的手。

"好嘞。"李峙笑着应道，给了张三一个视死如归的眼神。

男人总有一些艰难险阻刀山火海是要硬着头皮闯的。

比如明显大小不一样的杯子。

再比如将来老丈人脸上不怀好意且暗藏杀机的笑容。

李峙寻找开瓶器的手微微颤抖。

张三看着李峙莫名悲怆的背影，有些想笑。

为了不让自己的幸灾乐祸这么明显，她端着碗盘去了厨房，正好张爱华把蒸碗端出来，和她打了个照面。

"哎，三三。"张爱华问，"你和小李平时晚上睡一起吗？"

张三和"李四"同时汗流浃背。

张爱华一看他俩表情就明白了，脸上神色扭曲片刻，决定道："不管你们平时怎么睡，也没有未出嫁的姑娘在自己家和男孩睡一起的。"

"今天你和我睡，小李和你爸一起睡。"张爱华拍板。

张三回头看了一眼李峙，发现李峙一向谈笑自若的脸上有些发绿。

张三把雪梨吃完，又开始犯困了。

她探头往客厅里面看，啤酒已经喝完一轮，张家老爹又拎了一扎，很有几分踩着箱喝的豪气。

"妈，"张三看不下去，去找张爱华了，"我爸这么喝能撑住啊？"

张爱华看了一眼，脸上突然浮现了一丝少女的娇羞："我以前就是看他特别能喝，喝酒时特别潇洒才愿意嫁给你爸的。"

张三：啊？

哪怕你不担心你男人,但是我担心我男人啊。

这毕竟是一朵娇花。

话说回来,我爹原来是这么一个刚猛的酒桌豪杰吗?

张爱华看了眼满脸纠结的张三,一下子就明白亲生女儿在想什么,没好气地赶她去睡觉:"还没嫁人呢就胳膊肘往外拐,喝个酒还能给他喝死了?"

张三艰难地抗争:"他平时又不沾酒……"

张爱华停顿一下,往客厅看了一眼,又赶她:"去睡去睡,我帮你控制着点你爸。"

张三跑去睡了,睡前张小铃进来和她说话。

"妈妈把之前配给我老公的中药要回去了。"张小铃说,"毕竟有保质期,怕放坏了。"

张三觉得合理,慢吞吞地往被子里钻。

"大概会拿给小李吧。"张小铃说。

张三一个打滚坐起来了。

这种事情不要啊。

"你觉得我能阻止妈吗?"张三问亲姐。

张小铃用同情的眼神看着她。

张三咽了咽口水,果断起身:"我去把药偷出来烧了。"

张小铃把她按回去,哭笑不得道:"你别搞了,快点睡吧,你都累坏了吧。"

张三被按在枕头上,目光放空,像是个破麻布口袋:"我为我未来的婚姻生活充满担忧。"

"你俩进展真的很快。"张小铃在她边上坐下,摸了摸她的脑袋,"之前还信誓旦旦地说是普通朋友,后面就喊上男朋友,现在已经奔着结婚去了。"

"我做事一向比较,"张三斟酌了下用词,"气势磅礴。"

"太磅礴了。"张小铃说,"都有点摧枯拉朽了。"

睡得早的下场就是醒得早,张三迷迷糊糊地睁开眼睛,手往枕头下摸出手机看了眼时间,发现才凌晨三点半。

边上的张爱华呼噜声也很气势磅礴。

张三翻来翻去睡不着,干脆轻手轻脚地披衣服起来,走出了房间。

眼睛刚刚适应昏暗光线,她就看见门廊边上站了一个人,端着电脑在收邮件。

"李峙?"张三小声道。

青年一下子回过头来,朝着她笑:"你怎么醒了?"

张三小跑过去,李峙搂住她,不赞同地皱眉:"你穿得太少了。"

确实，她只穿了睡衣。

张三笑嘻嘻地往李峙外套里面钻，后者无奈地搁下电脑，拉开衣服把她裹住。

张三仔细打量一下李峙的面色，又踮脚闻闻他的颈侧，看有没有酒味。

李峙任她闻，弯着眼睛垂睫看她："你怕我喝多了啊？"

"可不是嘛。"张三见他神志清醒状态正常，一点也没有喝过头的样子，放下心来拍了他一下，语气有一点埋怨，"知道自己不会喝就不要喝嘛。我爸又不会真的强迫你喝。"

"谁说我不会喝了？"李峙说，"我只是自己不太喝而已。"

张三觉得他还在逞强，据王武说他几乎是滴酒不沾，所有人喝酒的时候，他最多只陪一小杯，再给他倒的话，就弯着眼睛笑，拿手挡住杯口。

"真的呀。"李峙说，在门廊的台阶上坐下来，让张三坐在他腿中间，脊背靠在他胸口，"你别不信。"

他拿衣服裹住她，下巴搁在她肩膀上："回家后我陪你喝，让你看看我真正的实力。"

张三狐疑地看着他。

"你爸都被我喝倒了。"李峙说，"呼噜打得震天响，衣服都是我给他换的。"

张三肃然起敬。

李峙低下脸轻吻她的侧颈，张三有些怕痒，笑嘻嘻地去挡他的脸："你还是喝得有些醉。"

不然再给李峙十个胆子也干不出在岳母家里乱亲她家女儿的事情。

柔软湿润的吻落在她的掌心，李峙抬起眼，很无辜地眨了眨。

"我喝了酒就容易变成色胚。"李峙说。

"你不喝也是。"张三说，"只不过喝多了就会暴露出狼子野心。"

李峙不反驳，闷声笑着把脸埋到她的颈窝，轻轻地蹭。

张三被他的天然卷蹭得有些痒，发丝冰凉，而他脸侧的温度又高，一时有些愣神。

等反应过来的时候，李峙又开始亲她了。

张三被亲得微微抽气，好不容易把李峙推开一点，他又垂着睫看她，眸光缱绻又执着。

张三被看得不好意思了："你这是干什么呀……"

"我大学的时候喝多过一次。"李峙说，"大一时过生日那回。"

"冬天。"张三说。

"嗯……真的人生第一次喝多。"李峙说，"倒也没有发酒疯，是在宿舍里大家请我喝的，我倒头就睡。"

"嗯。"事到如今张三也明白李峙当时的拮据，她以前只知道他手头不宽

255

裕，但没想到是背着一屁股的债。

她莫名有些心疼，探头去亲李峙的侧脸。

然而李峙脸一别，那个吻落在了他的唇畔，舌尖无比娴熟地探了进来。

等他放开张三的时候，张三脸已经红扑扑的了，伸手挡着李峙的脸："你不要乱来……"

李峙见好就收，细心给张三整理被他弄乱的领口，才慢慢开口："反正睡着了，做了挺多梦的。

"半夜睡醒了，一时没有搞清楚梦和现实。"

他垂下眼睫，看着张三。

"我还在想为什么我喝这么多，女朋友还不来关心我。"李峙笑着捏了把张三的脸，"然后打开和你的对话框，发现你给我发了个红包，其中一半还是你妈妈出的钱。"

张三被扯着脸含含糊糊地辩解："这本身就……嘘寒问暖不如打笔巨款。"

"我更想你给我打个电话。"李峙说。

张三沉默下来，把脸埋到他胸口，半晌才闷闷地回答："你知道的，我那个时候不能，甚至完全没有想到。"

她毕竟只是感情迟钝，而不是一个扯着感情迟钝的遮羞布随意跨过友情边界的坏女人。

李峙垂下眼睫，手轻轻地摸着她的头发，声音温和："我知道呀。"

所以在那个冬日的凌晨，李峙忍着大脑的昏沉和刺痛，手指在通话键上想要按下又挪开。

他知道的，他一直都清醒地知道。

一旦跨过这条界限，有什么很珍贵的东西就会荡然无存，再也无法收拢起来。

他胆子小，又患得患失。

受到的惩罚就是只能躺在宿舍的小床上，听着男生们此起彼伏的呼噜声，盯着发着微光的手机屏幕。

看见喜欢的女孩子一张漂亮活泼的笑脸，却什么都不能表现出来。

于是，他再也不喝酒。

从美好的梦境中清醒过来是痛苦的，他不愿意自我折磨。

"不要再说这些了好不好……"张三小声说，"我听着好难受啊，真的。"

光是听这些云淡风轻的后日谈，她就忍不住去想象爱人当时无处可以诉说的苦闷。

可是她和他明明是这么亲近的朋友，她却没有察觉一丝异样。

"我在装可怜呀。"李峙轻声说，把她抱得紧些，"骗取一下你的同情心,这样你会对我好一些。我们'绿茶男'都是这样的,表面上强作坚强,其实是想要小姑娘心疼的。"

张三被逗得又哭又笑,轻轻捶他两下:"我对你还不够好?"

李峙含笑:"你妈妈给了我一大包壮阳的中药。"

张三浑身一僵。

她本能地感觉有危险,挣扎着想要起身:"这……你听我解释。"

"我想,"李峙忧郁地叹息道,"是我还不够努力,才受到丈母娘这样的鞭策。"

张三抱头:"你先听我解释啊!"

李峙:"不听。".

"回去我再接再厉。"李峙笑眯眯。

第十一章
情网恢恢

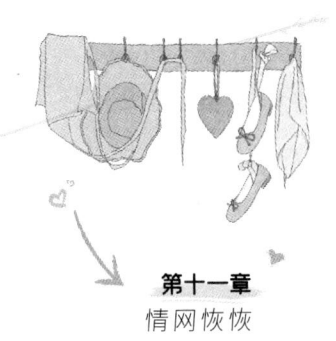

　　张三在老家满打满算只能待一个周末，短暂的休息之后就要回去接着练习，还有好几场公演要进行。

　　张爱华念着张三到底是累坏了，没怎么折腾她，反手拉着李峙到处走亲访友。

　　李峙本人没什么意见，但张三一想到她那有着和张爱华如出一辙彪悍甚至剽悍性格的亲戚们，又觉得没有自己镇场子不行，靠着强烈的责任感把自己从被窝里挖出来。

　　真坐在亲戚的客厅里，看着李峙熟练地敬烟、倒茶、话家常，捧这个叔叔格局大，赞那个阿姨眼界高，夸这个小孩生得机灵颇有清华北大之资，亲热熟稔得像是这里土生土长出来的一样，张三突然感觉自己有点多余。

　　好像这种场合不太需要她。

　　张爱华倒是开心，抓了一大把桌上的砂糖橘给张三，让张三坐在沙发上慢慢吃。

　　张三待一边老老实实地吃小橘子，橘子皮堆成金灿灿的小山。亲戚家的小朋友蹭过来，张三往她嘴里塞了半只剥好的砂糖橘。

　　"姨姨。"小孩含着橘子说话黏黏糊糊的，"身上好香。"

　　张三喜欢小孩，一把将小孩抱在腿上，戳戳她鼓鼓的腮帮子："囡囡身上也香。"

　　有了个小孩玩，时间就好打发了，张三抱着小孩，问出了长辈经典三件套（不太讨人厌版）。

　　你多大啦？将来想考北大还是清华呀？以后想做什么呀？

　　小孩今年五岁，不想考清华北大，目标暂定美国哈佛，理想是在学校边上开一个文具店卖零食。

　　"努努力，去哈佛边上卖奶茶和贴纸。"张三说，"做知名校友联名。都是学长学姐，不会与你计较版权费的。"

"如果没有考上呢？"小孩咬着手指纠结。

"那就做比尔·盖茨的。"张三说，"我妈养我的时候买了一本《我的哈佛女儿》，到现在书签还没夹到第三页。"

"那姨姨现在在做什么呀？"小孩扑闪着大眼睛问张三。

"上上班，跳跳舞。"张三笑了一下，"总归都是自己喜欢的事情。"

小孩思考了一会儿，煞有介事地竖起一个大拇指："姨姨，我也想做自己喜欢的事情。"

"那你喜欢什么呀？"张三耐心地问。

小孩认真回答："我喜欢睡午觉。"

张三说："我也喜欢。"

"那姨姨公司可以睡午觉吗？"小孩问。

张三很遗憾："不太能。"

"那我以后开文具店，姨姨也过来上班，"小孩说，"我们一起睡午觉。"

张三郑重其事地和小孩拉钩。

神圣的契约正在缔结，边上的座位又换了一个人，一只手搭到了张三的肩上。

"在聊什么呢？"李峙温声问道，倾身也拿了一个砂糖橘开始剥。

"在进行将来的职业规划。"张三很严肃地回答。

小孩很开心地和李峙打招呼："姨父！"

李峙笑眯眯地应了，从口袋里掏出几块包着金箔的巧克力递给小孩，换得小孩连着喊了好几声甜甜的姨父。

张三回过味来，用一种全新的眼神上下扫视李峙。

李峙被看得背后发毛。

"干什么？"李峙问，把剥干净橘络的小橘子搁到张三掌心。

张三慢慢地吃了一半，迟疑道："你这是不是……见家长啊？"

李峙失笑，搓了下她的头发："你才知道啊。"

……魂飞天外。

"你怎么一副这事不是你本人参与的样子？"李峙笑，"领证那天记得亲自来。"

"不是。"张三慢吞吞地吃了另外半个橘子，才开口，"我妈说我做事情总是让人措手不及的，但我感觉你才是……"

"瞒天过海，偷天换日。"张三说，"此子心思深沉，不得不防。"

还没反应过来呢，李峙已经打入了老张家内部，成了新来的毛脚女婿。

李峙屈着手肘撑在膝盖上笑，黑眸亮亮的。

客厅那里传来张三某个姨父的呼唤，说要支起麻将桌打麻将。李峙又拍了拍张三的头,起身凑人数去。

他刚站起来,就被张三扯住了衣角。

"你少赢点。"张三嘱咐,垂着眼睛看地板看茶几就是不看他,耳尖有点可疑的红晕,"小心被赶出去。"

李峙拿了个小橘子放在她头顶,被张三轻轻踹了一下小腿,乐呵呵地去给亲戚们刷印象分。

当天吃过晚饭,张三去扔垃圾,李峙当然陪她,就当作散散步。

乡下的夜空比城市要干净,张三牵住李峙的手。

"那个……'李四'啊。"张三咳嗽一声,轻声道,"你见了我的家人,我要不要也去……"

"不是见过了吗?"李峙一愣,随后反应过来,微微笑起来,"你想吗?"

张三很诚实地摇了摇头:"我不喜欢他们。"

其实是不喜欢李峙他爹,连带着把那一串都恨屋及乌上了。

"嗯,我也不喜欢。"李峙晃了晃两个人交握的手,"那就不去。"

"我以前很恨他的。"李峙没具体说那个"他"是谁,但张三心里清楚是他那血脉相连的爹,"我那时候提到他名字都不喊,直接叫老甲鱼。"

张三闷闷地笑。

"后面就无所谓了,看开了。"李峙说,"他不是个好爹,甚至都不是个好人。"

"除了一张好脸什么都不是,惯会装可怜博女人同情……"李峙"啧"了一声,"坏了,我也是。"

"绿茶"这种性征是会遗传的,尤其是李峙还遗传了妈妈那看狗都温柔深情的眼神,非常明显的一朵娇花。

张三:"呃……"

"没事的。"李峙说,"他不会来的,他要是前脚踏入咱俩结婚现场,后脚你妈就带领着你老张家一众人马把他打得我奶奶都不认得。"

张三还在迟疑。

"还有我那可靠的外国连襟。"李峙说,"这胸肌,这腹肌,看得我心旌摇曳,一拳能把那老甲鱼从外滩干到崇明岛。"

张三:"哈?"

"不要担心啦。"李峙笑起来,脸颊上浅浅两个小梨涡,垂下眼睫看她,"我不难过的。"

"早些年真的恨得想把自己属于他的那点血肉都扯出去,"李峙说,"现在想想也还好。"

"没有他,我都没办法来到这个世界,"李峙轻声说,黑眸里流光清明,

"这是他作为父亲唯一做好的事情。"

仅就这件事，他衷心感谢。

让他能够出生到这个世界。

兵荒马乱的两天过去，两人约了车一早回上海。

车子还没到，趁着李峙还没有走，张家爸爸喊他过去搭把手，把老家有些年岁的水管给修了。

张三和张爱华一起站在门廊里。

看着李峙走了，张爱华四处环视一圈，像是干地下非法交易一样飞快从怀里掏出一张卡片，塞进张三的口袋。

张三：嗯？

她连忙要掏出来，被张爱华一把按住手："你藏起来！不要被看见！"

违法交易的感觉更浓了，一副奔着五年以上有期徒刑去的调子。

"给你存的一点压箱底的钱，"张爱华压低声音说，"我问过朋友了，现在存的你的名字，比结婚后给你保险。"

张三眨眨眼睛，莫名有些想笑："妈……"

"倒也不是怕小李冲着钱骗你，"张爱华一撩裤管，在门廊上坐下，"你手里有点钱踏实，我也踏实。"

张三在母亲边上坐下，摸摸口袋里的银行卡。

"小李是个好孩子。"沉默几秒，张爱华开口，"我看着长大的，性格厚道，做事靠谱，人也稳重会来事，对你好，就是心思太重了些。"

张爱华比画了一下，笑笑："那时候就这么点高的个子，拿着存折过来说要付自己的生活费，还像模像样写了张账单。"

"其实他心里吓死了，做大人的什么看不出来呢，"张爱华说，"他就怕我不收这个钱，然后把他赶出去，把钱给我他心里才有底气。"

"你这么大的时候，"张爱华看了张三一眼，"还在那里为少看了五分钟的《蓝猫淘气三千问》躺在地上哭。"

"妈……"张三揉了揉脸，皱着眉笑，"你夸'李四'就夸嘛，非要踩我一脚干什么？"

张爱华又沉默了一会儿，很用力地抖了一下脖子上的丝巾。

"前两天你姐姐和我讲话，"张爱华不看她，视线投向门前的空地，"大概是要当妈了，所以才会去寻思这种事情。她说，她以前对我有怨气，觉得我太偏心你了。"

"你还记得小时候我带你回这里，你不爱去别人家，你爸爸就每天下午给你吃一只鸡腿吗？"张爱华喃喃，"你姐姐和我说，晚饭的时候，我总是把另一只腿也盛给你吃，她吃两只鸡翅。"

"我一直觉得我一碗水端得很平的。你年纪小,吃骨头多的怕卡到,吃鸡腿营养又安全。骨边肉香,你姐姐吃两只鸡翅膀正好,汤也不会弄到身上。"

张三微怔。

"你和你姐姐两个孩子,你姐姐像你爸,性格柔,脾气好,心里有委屈也自己消化掉。你像我,"张爱华看了一眼张三,"看什么东西都不服气,性子上来了什么都敢试试。偏偏也是受了苦不愿意讲出来的脾气。"

张三大概明白张爱华要说什么了,眼眶有些酸:"妈,不是……"

张爱华突然眼睛一瞪:"干什么,你以为你老娘要和你道歉?"

"想得美!你老娘已经做了自己能做到的最好的了,这点我于心无愧,没有什么好对不起你们的。我尽了全力也就那样。"张爱华说,"母女不就是这样,一代爱一代,一代恨一代。我生下来又不是为了当你俩的妈的。"

"我以前也恨你外婆,你看她现在话都说不清楚,每天最多是被推出去晒晒太阳,年轻的时候凶得很,整块地方就她最凶。"张爱华脸上带出点微微的笑,"明明自己是个文盲,我哥哥姐姐也都大字不识几个,非要逼着我念书。"

"我哪里是这块料,宁愿逃学去工厂里面打工,你外婆就拿藤条打我,把我抽到学校里面去,按着头求老师再把我收下来。毕业了又逼着我往外走,去大城市,去看外面的世界。"

"当时恨得要死,觉得你外婆不可理喻,就像一块石头。"张爱华摸摸张三的膝盖,"但如果不出去……也不会有现在的好日子,也不会有你们两个小的。"

"母女不就是这样的关系。"张爱华又轻声重复了一遍,她拍拍张三叠在她手背上的手,"你外婆只是希望我能过得好些,我也只希望你能日子安稳,能幸福一些。"

"结婚之后就有自己的小家了。"张爱华说,"以后的事情多和你老公商量着来,他性子稳,能牵着你一些。但如果有什么不愿意的事情,也不要委屈自己。"

"自己处理不了的,或者他欺负你,"张爱华看向张三,"别忘记你头顶那个张是我张爱华的张,该回来就回来。"

张三飞快地擦了一下眼角,声音有点哽咽:"我还没嫁人呢……"

"你还是早点嫁吧。"张爱华嫌弃道,拿丝巾给她擦脸,"给别人家小孩添堵去,你老娘还想多活几年。"

正好这个时候李峙也拿着行李出来了,张家父亲笑呵呵地跟在后面,手里拎着一袋子保温盒,里面装满了烧好的小菜。

车子到了。

父亲帮着把行李装进后备厢,张三和"李四"上了车,张三扒着车窗往后看,几个家人朝她挥手。

李峙摸摸张三的脑袋,张三吸了吸鼻子。

"想回来随时都能回来。"李峙说。

张三擦擦眼角,又"扑哧"一声笑了:"算了,待久了又得和我妈相看两厌。"有清晰的自我认知。

"哎。"李峙又开口了,语气有些微妙,"你知道你差点就不能考公了吗?"

张三:"啊?"

"你爸早年混虹镇老街的。"李峙说,"宝刀未老啊,前面他水管手上一拎,眼刀子一甩,我冷汗都下来两层。"

张三:啊?

"我以前还在想呢,你妈妇女中豪杰,看上你爸应该是喜欢他的温柔小意。"李峙说,"没想到,你妈才是那个绕指柔,把你爹从违法犯罪的边缘拉回厨房洗手作羹汤。"

"不可貌相。"李峙说。

张三陷入了某种冲击,李峙莫名其妙戳到自己笑点开始笑,撩了把自己的天然卷。

"天哪,看来我们只能锁死了。"李峙很愉快地说,"要是但凡我做点什么对不起你的事情,你家吃年夜饭祭祖用的就是我……"

"不要说这么可怕的话啊!"张三崩溃。

回到上海后,张三"李四"都投入了忙碌的生活中。

忙是真的忙,张三演出和排练都紧锣密鼓,李峙临近年关工作积压成山,又有浩如烟海且不可名状的材料等着他去整理汇总。

搞到最后,明明是住在同一个家里面,两人只有晚上一点点时间能碰见。

还得是张三睡得比较晚的时候。

吴语戏称这是什么现代版牛郎织女。

被资本家横插一脚的爱情注定不可能获得幸福。

张三觉得这样不行。

于是,她开始在中午带着盒饭去找李峙。

李峙如他所言在律所算是个一手遮住小半边天的小领导,给她开了一小间接待室让她坐着休息,自己也端了盒饭一起来吃。

张三吃着吃着就有些想笑。

"'李四'啊。"张三说,"我突然觉得我们有些落魄。"

哪有京圈清冷佛爷和沪上旗袍美人是在这种屁大点地方约会的。

"你剩下的还吃不吃?"李峙探头看张三的饭盒,她从三分钟前开始就不怎么动筷了。

"有些咸……"张三说，"这家的梅菜扣肉味道太重了。"

李峙把她手里的饭盒拿过来，筷子扒拉扒拉米饭，夹了几筷子梅干菜上去，开始吃。

李峙吃饭的时候一向较为专心，沉沉的睫羽垂着，唇抿得很紧，安静而快速地咀嚼着。

张三看着看着，没忍住戳了下李峙鼓动着的咬肌。

李峙侧眸看了她一眼，柔软的小梨涡绽放出来。

张三很诚实地回答："看你吃感觉好香……"

李峙笑起来，夹了一小筷子肉，盖在米饭上面，夹到张三嘴边。

张三吃了。

"怎么回事？"张三一边嚼一边思索，"怎么别人手里的比较好吃？"

"说明你爱我爱到骨子里去了。"李峙一边说着，一边又喂了张三几筷子。

张三老老实实地吃了一会儿，觉得饱了，把李峙的筷子推开。

李峙也不强迫她，自己把剩下的都吃干净了。

张三给他倒了杯水，李峙端起来一饮而尽，放下杯子的时候，杯底轻磕台面发出一声脆响。

张三托着下巴笑眯眯地看着他。

李峙侧头想了想，也笑出了声："确实有点咸。"

"是吧。"张三说。

李峙轻轻拢着她的肩把她揽过来，两人接了一个浅浅的吻。

"等我把材料都写完了，"李峙把脑袋埋到张三肩膀上，恨恨道，"我就一把火把这里烧了。"

张三胡噜胡噜他的小鬈毛，憋笑道："你还怪敬业的。"

活都干完了才放火烧律所。

"我是一个负责任的男人。"李峙说。

"好好好。"张三哄小孩一样摸摸他的脑袋，后者搂着她的腰的手收紧，哼哼唧唧着不愿意起来。

张三抬手把会客室灯光调暗，又拍拍他的背。

"我半小时后叫你。"张三轻声说。

很快，肩上就传来了绵长均匀的呼吸声。

张三侧眸去看，青年浓黑的睫羽下是一小片青色，呼吸声就像是叹息一样，显然是累坏了。

张三摸摸他被蹭得凌乱的天然卷，轻手轻脚地把他鼻梁上的眼镜取下，放在茶几上，自己也合上眼睛假寐。

闭着闭着，她又睁开眼睛，侧头轻轻吻了一下李峙的眉心。
好可怜的打工人。

这么往来几天，张三跟律所大多数人混了个面熟。

张三原本就是见到谁都会乐呵呵地打招呼的好性子，很快所有人都知道李律的爱人叫张三。

一开始还以为是开玩笑，直到张三掏出身份证往桌上一拍，围着的一圈人啧啧称奇。

"珠联璧合。"有人长叹一声。

作为一个律师，很难在自己的职业生涯中找到一个比张三更适合做自己人生伴侣的名字。

究其一生，上下求索。

然而李律轻易达成了这个成就。

只能说时也命也，不是每个人都能享受到这个待遇。

第二次公演结束后的周一，一直被外派出差的王武回到了上海，两个人进行了一次历史性的会晤。

两人隔着半条走廊遥遥相望，目光怅然。

路过的同事问李峙："你女朋友和王武，没有什么不可告人的情感纠葛吧？"

看看这眼神，万千情愫皆于视线之中。

李峙揉揉眉心。

"我也一直在寻找这个问题的答案。"李峙说，"我怀疑他们上辈子一定有某种渊源。"

在几人的注视下，张三和王武缓缓接近，然后朝彼此伸出手——

噼里啪啦一串电光炸响。

"比如我老婆是羊毛衫，"李峙接着说，"'王五'是羽绒服。"

每到冬天，两人之间的距离只要少于五十厘米就会一路火花带闪电，带着十足的为即将到来的春节喜庆气氛造势的强烈意图。

在几年前他们的大学生涯，以及更为干燥的北京，冬天两人甚至都不敢站在一侧，生怕造成什么城市火灾。

以后小孩不能考公。

"你老婆不是在本地读的大学吗？"同事问。

"她来北京瞻仰天安门，每回都得看两次升旗仪式，来一次，走一次。"李峙说，"要不是我薅住她还想要去爬长城。"

说着李峙就十分自然地走到了两人之间，形成了"张三'李四''王五'"

的神秘队列。

张三和"王五"隔着"李四"相望泪眼。

眼泪是被静电炸的。

"没想到是真人。"王武说,"之前开视频我还以为是'李四'终于疯到搞 AI 换脸了,我都没敢往深里想。"

张三看了一眼笑眯眯的李峙。

这人到底在他的室友眼里留下了多么变态的印象。

但如果是"李四"的话似乎也不奇怪。

张三看了王武一会儿,终于找了一个比较合适的话题:"你备孕备得怎么样?"

王武一听这个就来劲了,手上的行李箱也顾不上放,挽着袖子就准备给张三大谈备孕一百条你不得不知道的冷知识。

李峙把王武薅走了。

王武奋力挣扎:"你干什么!你这个小心眼的男人!"

整个律所都已经听他讲备孕经听到屡屡有人产生结扎的念头,难得抓到一个新的倒霉听众祸祸,却被李峙从中作梗。

"是是是是,"李峙逮着王武往里面走,"我小心眼,你再这么说,小心我往你保温杯里面下避孕药。"

张三和同事面面相觑。

"他不是良配啊,你三思。"同事说,"这就不是好人。"

张三郑重地点头:"你说得对。"

公演持续一个月。

等最后一场演出结束,已经到了深冬。

舞剧大受好评,希望接着开放巡演的呼声众多,邀请函如雪片般飞来。

林月拒绝了。

舞团解散和成立一样突然,但幸好过程足够辉煌。

如果是要走艺术道路的人,有这段经历,履历书上就增色不少。

张三倒是不需要这个,她从王秘书手里拿回自己的文书资料,心里突然有些复杂。

她隐约知道她结束了人生最后一次在如此盛大舞台上起舞的机会。

然后她会回到人海中。

张三并不讨厌平凡,也不觉得这是什么可惜的事情——这个世界需要林月这种特立独行的天才,更属于她这种享受日常生活的凡夫俗子。

只是难免生出一种烟火绚烂终场的落寞。

"小张,在这里签名。"王秘书出言提醒她,指了指边上的确认表格。

张三依言把自己的名字签了上去。

把笔还给王秘书的时候，张三若有所觉地抬头，对上了王秘书的视线。

王秘书比张三要大十岁有余，又向来是素面朝天，眼角的细纹无处掩藏。

王秘书朝张三笑了笑。

"我们以后应该是不会再见面了。"张三说。

并不是因为有仇或者有龃龉之下的江湖不见。

只是关系没有亲厚到需要再特意约出来，而缘分也就这么浅，不足以支撑起再次相遇的际会。

走过这一段路，对方从此就成为回忆中面目模糊的某个同伴。

假以时日，连这个存在也会被抹去，抽象成一种颜色、一种气味，或是一段轻柔的音乐，积淀成记忆的底色。

和林月说的一样。

她太年轻，离死太远，因此不会记住。

张三和王秘书一起回头，看了看教室里嬉笑着交谈的年轻舞者们。

苏啾啾仰着头叽叽喳喳，不知道在和祁寒说什么，祁寒瘫着一张脸一边和未成年人保持距离一边应和，小耶笑嘻嘻地给周围人展示自己新染的水母蓝的头发。

"他们应该没有这种感觉吧。"张三随口说，"我小学初中还写同学录，毕业的时候也没有想到，离校那天是我和大多数同学的最后一面。"

生活便是不断的离别，有的时候甚至意识不到已经不会再见面。

哪怕躺在手机通讯录里，没有想要再会的心，那擦肩而过也如同陌路人。

"一会儿弄完一起去吃下午茶吧。"王秘书说，"我请客。"

张三笑起来："那我就不客气了。"

把所有人的资料都分发回去，和每个人一一道别，又清点完器材，王秘书将洋房大门锁上。

天色已晚，街边路灯依次亮起，梧桐树枝条光秃秃的，幸好路政人员给它缠上了小彩灯，一片热闹的亮晶晶。

张三看着一片黑暗的窗户，门口木质门铃清脆几声响，房门内已经没有了她初见那天缤纷的舞影。

"以后应该没机会来这么贵的洋房了。"张三"啧啧"感叹，"感谢林老师，让我暂时跻身于上流社会。"

早知道多发几个朋友圈。

王秘书笑起来，她收起钥匙："林老师要把自己手上的资产折现，留一半给苏啾啾。"

苏啾啾是林月的侄女，她做这个决定不奇怪。张三点点头："那还有一

半呢?"

"做了信托。"王秘书说,"让我照顾她女儿长大。"

张三脚下一滑,在舞台上从未出过岔子的旧伤险些在这里葬送她的直立行走生涯。她龇牙咧嘴道:"女儿?"

"是啊。"王秘书掏出手机看了看订座软件,这里是上海最好的地段,每家咖啡厅都坐满了人。她索性问张三,"要不我们去林老师家吧?"

张三错愕:"这样可以吗?"

莫名有种要被杀头的僭越感。

这可是林月,居然可以不提前约时间就两手空空登门拜访。

"老师很想见你。"王秘书肯定道。

张三跟着王秘书一起到了林月的家。

出乎张三的意料,虽然离舞蹈教室不远,但林月并没有住在洋房,或者是什么高级住宅里。

而是一栋普普通通的公寓楼,进小区甚至不需要刷门禁卡。

张三跟着王秘书走进去。

开门的是苏啾啾。

"小张姐姐,你怎么来啦?"苏啾啾有点惊讶,随后又笑了起来,"你快进来。"

"林月在睡觉。"苏啾啾引着她到沙发上坐下,拿了一个游戏手柄抛给她,"你来得不巧。"

王秘书走进了厨房,开始冲泡咖啡准备点心。

张三有些心神不宁地搓了几下手柄,还是没有压住自己的好奇心,小声问苏啾啾:"老师的女儿,是……"

"哦,她不住在这里。"苏啾啾说,"她跳不来舞,又实在受不了她妈妈,索性就住校去了。"

"不是,那孩子爸爸……"张三脑子一片混乱,"慢着,住校,她多大啊?"

说实话,她完全没有办法把林月和母亲这个词联系在一起。

这样一个如此自我爱恋又唯我独尊的暴君,张三很难想象她会愿意以自己身体为容器,诞下一个新生命。

"鬼知道孩子爸爸是谁,"苏啾啾说,"林月生她的时候都快五十岁了。"

"厉害吧?"苏啾啾兴致勃勃地看着她,"别的女人都差不多绝经了,她还能再生一个出来——她怀小孩的时候已经确诊了,为了保孩子,硬生生把最佳治疗期拖过去了。"

张三勉强笑了笑。

她总是被苏啾啾这种过于天真的残忍撞得头晕眼花。

或许这也是林月喜欢苏啾啾的地方？

她是一块没有被雕琢过的锋利的水晶，扔进生活中会把别人扎得血肉模糊，最后也会被愤怒的受害者给踩断拗折。

但一旦放在舞台上，便会奇异地熠熠生辉。

"林老师今年快六十了。"张三喃喃。

"六十岁……"苏啾啾一边打游戏，一边说，"哎呀，你也别想多。"

"她多半没有什么隐情，只是想要生个孩子，就生了。"

又不是生不起，也没有犯法，林月这种人有的是任性的资本。

张三点点头，又摇摇头。

"我只是觉得……她……"张三不想说得难听，最后化作了一个笑，"嗯。"

"林月叫我接着跳下去，"苏啾啾说，"我也只会跳舞，那我就只能接着跳。"

她是一个跳舞的机器，她从踏上舞台伊始就从足尖生出了那双无法停止的红舞鞋。

"可能我以后也会有自己的舞团吧。"苏啾啾说，"我不知道。"

"你还小。"张三说，"你……"

"我只会跳舞啊。"苏啾啾转过头来看她，"我又不喜欢别的东西。"

张三微怔。

在那双清澈天真的眸子里面，张三看见了熟悉的神情。

那是属于林月的，不容置喙的不耐烦。

除了《赴海》，苏啾啾也是林月的作品之一。

而她有着比舞剧更为漫长的生命。

张三不确定苏啾啾是否已经被打磨好，但这毕竟是一个活生生的人。

张三脊背发寒，她想她永远都无法理解林月的艺术。

正当她不知道说什么的时候，房间里传来了林月的咳嗽声："小王？"

张三回头看向半掩着的房门。

王秘书正好从厨房里走出来，手里端着一个银盘子，上面盛了一杯牛奶和一碟饼干，还有一小杯蜂蜜。

她让张三把林月那份茶点送进去。

张三接过盘子进去了。

林月已经披衣坐了起来，正弓着背咳嗽。

也就几个礼拜没见，她衰老的速度快得惊人，现在几乎就是一具裹着褐色皮肤的枯骨。

张三无言地走进去，把银盘放在床头柜上。

林月眯起眼睛看见是张三，咳嗽着笑了起来："原来是你，我听外面这么热闹。"

她示意张三把蜂蜜都倒进牛奶里,自己拿着饼干蘸着绝对过甜的牛奶吃。

面对着这样的林月,张三莫名有些不知道说什么,局促地动了下脚。

林月抬头看她。

明明已经是油尽灯枯的时候了,她的眸子还是漆黑锐利的。

"我这样的人还是死得早一些比较好,"林月说,"是吧?"

张三没有反驳。

她轻轻地呼吸了几下,房间里一股重病患者的味道,甚至隐隐约约有种正在腐烂的气息。

张三知道这气味的源头,她曾经在她外公死前闻到过这种味道。

林月已经没有多久好活了。

张三在她的床边坐了下来,也拿了块饼干吃。

"和我聊聊天吧。"林月说。

张三笑起来。

两人聊了很多,林月体力不好,多半是张三在讲,她在听。

张三讲了自己和李峙那莫名其妙的恋爱故事,讲了自己在职场生活中的跌跌撞撞,讲了自己名字带给她的跌宕起伏。

她又讲张爱华,又讲自己沉默寡言的父亲,又讲自己优秀温柔的姐姐,还讲她如今窝在轮椅里晒太阳的外婆。

林月起了谈兴,和她讲自己年轻时的求学经历,讲她周旋于几个男人之间的风流故事,讲她在美国百老汇第一次上台时的脊背颤抖,最后又回到了那条长路上。

"如果还有力气的话……"林月叹息道,视线投向窗外布满人造光线的夜空,"我还想再走一次。"

哪怕一次也好,还想再看一次那时的风景。

两人都默契地没有提《赴海》的演出。

林月享受的是创作的过程,用自己专横的诗意去操弄别人的人生,去引导美的生根发芽,在一片废墟中催发起自己的森林。

至于结果如何,既然是意料之中,那便是兴趣之外。

说着说着,林月的声音渐渐低下去,最后变成了无意义的呢喃。

张三抬手覆上她的手背。

干枯皮肤上的血管渐渐干瘪下去,手指慢慢蜷缩在一起。

"好灿烂的星空。"林月喃喃。

张三抬头望着天花板上的白炽灯,温和道:"是的呢。"

…………

张三和王秘书打了120，后面的事情林家的人会接手，张三知趣，提出要先行告辞。

王秘书送张三到门边，抱歉道："明明是想请你吃下午茶的，结果……"

"是林月想见我吧。"张三说。

她眨了眨眼睛："我没有按照她的想法去成长，所以她对我仍然抱有兴趣。"

王秘书默了默，笑起来："是的。

"老师想知道你会有什么样的可能性。艺术最美的就是留白和未知。"

"是吗？"张三说，"我感觉她喜欢的是掌控。"

"我不认为她是对的。"张三说，"林老师太爱自己了，她人生中最爱的是她自己。"

"她忽略了，除了她，也有许多人可以去雕琢我。"张三说，"她被自己限制住了。"

王秘书沉默许久，脸上一直挂着的温和笑容消融干净。最后，她低声说："她相信着自己，我们没有资格评判。"

"这很对。"张三笑起来，"我也在努力这么做。"

"林老师给你和你的男朋友准备了一笔钱，可以用来买两张机票和办签证，剩下的是旅费。"王秘书说，"她想让你看看那条路。"

张三一愣，随后挠挠脸："一定要带男朋友吗……"

"也可以不带？"王秘书有些迟疑，"林老师怕你们太腻歪，你不舍得出国。"

"……他有些太黏人了。"张三很诚实地说，"一直在我边上跳来跳去。"

"晚了。"王秘书面露遗憾，"他很可能已经知道了。"

之前李峙接了林月的委托，做她的遗产分割和各种材料，林月大约已经提到这笔钱的用处。

张三默了默，轻声道："他没和我说过。"

"他尊重林老师，也尊重你。"王秘书说，"你当时知道这件事，和现在知道这件事，心里想的东西肯定不一样。"

"您说得对。"张三笑起来，朝王秘书点头，"那么，再见。"

"再见。"王秘书说。

走出公寓楼，李峙发消息说他快到楼下了，张三索性走到路边等他。

她仰起头。

上海的夜空向来不算干净。

然而在摇曳的泪水中，那人造的街灯与霓虹也破碎成点点星芒。

有人牵起她的手，温暖的气息笼住了她。

"手这么凉。"李峙说。

张三望着上海永远闪烁着光彩的夜空，轻声道："有空去办签证。"

永远有人比她想的要更爱她。

于是白鸟得以奔赴山海。

舞团任务全部结束，张三和老东家约好年后复职。

在等待入职这段时间里，张三成了真正的无业游民。

在家里无所事事躺到第三天后，张三一打滚起来给吴语打电话约她下班出来喝奶茶。

"果然失业是最好的医美。"吴语吸着奶茶啧啧称奇，"你看你皮肤，你这状态，容光焕发。"

"你也可以辞职。"张三很诚恳地说。

"马上要发年终奖你让我辞职。"吴语难以置信，"你现在站在了人民群众的对立面，你知不知道？"

"对不起。"张三道歉，随后严肃道，"我今天找你出来是有事和你商量。"

"什么？"吴语洗耳恭听。

"我想给李峙过个生日……哎，你别走啊。"张三一把薅住吴语。

"为什么，为什么我们纯洁的友情里要掺杂一个臭男人？"吴语出离愤怒了，作势要拍桌子，"我是你们的爱情保安吗？"

"你一定要我讲你和你男友复合八次的故事吗？"张三问。

吴语萎靡下来，还在挣扎："那人家那个时候还小嘛……"

"你是我亲手养大的玫瑰……"张三背诵道，"丫头，你还小，我不动你……"

吴语惨叫一声，扑上来捂住张三的嘴。

"也是，被狮子守护过的女人，"张三苍凉一笑，"怎么会爱上野狗呢？"

吴语抱头喃喃："我早就知道人造的孽都是要还的……"

"当时是谁被感动得掉'小珍珠'，我不说。"张三说，"我还把你们秀恩爱的短视频存下来，到时候结婚时我投屏放大屏幕上。"

吴语不抱希望地问："如果我换个结婚对象的话，你能不能忘记这些事？"

"……你可真杀伐果断啊。"张三肃然起敬。

吴语羞涩一笑。

"你要让'李四'开心的话，很简单啊。"吴语说，"你上购物软件，兔女郎买一套，女仆装买一套，他一到家你就说，我亲爱的'李四'哥哥，您想先吃饭还是先洗澡还是先……"

张三：嗯？

"我和你说，他绝对会美到一礼拜后想起来还会冒鼻涕泡。"吴语胸有成竹。

张三叹为观止："你和你男友玩得真花啊。"

这一套行云流水张口就来，自然得如同呼吸。

吴语："他不配。"

"你知道吗？之前国庆在我们家待了几天，我男友抱着它背对着我睡的。"吴语说，"一人一狗亲亲密密仿佛跨越了物种的障壁，达成了心灵上的互通。"

"我现在怀疑他的真爱可能压根儿就不是人类。"吴语说，"我只是他为这不被世俗认同的爱扯出来的一块遮羞布。"

"我为我家逆子向你道歉。"张三也戴上了痛苦面具，"是我没教好它。"

"要不你把它送给我男朋友吧。"吴语说，"这也算是一种成全。"

张三光速答应。

吴语："你答应得也太快了吧？"

张三清了清嗓子，坐直了身体。

"不然呢，女人，你以为你拒绝的是谁的爱？"张三说。

吴语逃得比要挨打的张国庆还要快。

张三当然不可能把张国庆转手送给别人。

和吴语分别之后，张三从家里牵了张国庆去散步。

走在因为天寒而没几个人的滨江绿地大道上，张国庆吐着舌头飞奔在最前面，张三小跑起来。

跑着跑着，看见熟悉的两个人影靠在栏杆上吹江风，她有些迟疑地停住了脚，然而对面的人先认出了她。

"张三！"王武乐呵呵地朝她挥手。

边上的赵柳正专心看江景，闻言也转过身来冲着张三微笑点头。

"你们好，你们好。"张三笑起来，牵着张国庆小跑到他们跟前。

"你们怎么在这里？"张三搓了搓因为天寒而有些泛红的手，四处打量着。

"李峙不在。"赵柳说。

"我和老赵来这附近谈个案子，正好放放风再回去。"王武笑嘻嘻地说，"你遛狗啊？"

"你备孕的话可以碰狗吗？"张三把张国庆往自己背后拉了拉，不让它去闻王武的手。

"狗的疫苗打全就没问题。"王武蹲下来薅着张国庆开始大撸特撸。

站着的张三和赵柳面面相觑。

比起风骚的"李四"和自来熟的"王五"，"赵六"正常得出奇，甚至可以算是寡言。

也有可能一般人对于张三李四之后只能接到王五，赵柳这个名字看上去稍显逊色。

"……吃了吗？"赵柳做出了社交上的努力。

"没呢，"张三说，"要一起吃点儿吗？"

"好！"王武一声铿锵有力的回答，把张三、"赵六"都吓了一跳，"附近有一家宠物友好的咖啡厅！"

"我是在客套。"张三说。

王武笑："我知道啊。"

"可是小比这么可爱，它肯定舍不得我。"王武说着，搓搓张国庆的大耳朵，"对吧宝宝？"

张国庆发挥大叫驴本色，响亮地叫了一声。

"它说对。"王武说，"我们走吧。"

比格犬，你害人不浅，你恐怖如斯！

三个人到了餐厅，王武先去向店员讨了一纸杯给狗狗食用的奶油，挂着满脸慈爱的笑开始喂张国庆。

"坏了。"张三有些发愁，"他不会把我家国庆当成未来小孩的代餐吧。"

"总比反过来好。"赵柳说，"不过都疯得不轻。"

"李峙说他备孕把脑子都备坏了，不知道精神状态会不会遗传给下一代。"张三说。

听见关键词，赵柳抬眼看了她一会儿，摸摸下巴："我之前听说，你和'李四'在一起的时候，我还以为是开玩笑的。"

"不是，他信用度这么低吗？"张三失笑。

赵柳摇摇头："没有的，是'李四'自己。"

"我们以为他会当你一辈子的好朋友，"赵柳说，"谈对象会分手，但是真朋友不会。"

张三眨眨眼睛。

赵柳摸了块小饼干吃："以前我们还试图把他灌醉，让他冲冲看能不能横刀夺爱，你那前男友看着也不像好人。结果他只是笑，笑着笑着就睡着了。"

"大一那次？"张三问。

"嗯。"赵柳说，"我们知道他这人比较省，过生日按理是咱们请客出去撮一顿，但是怕他还不起有心理负担，所以就搬了几箱酒回宿舍踩着箱喝。"

"王武一直在边上煽风点火，撺掇'李四'畅想你们的恋爱生活。但是'李四'稳得像是佛前念了八百年金刚经一样不为所动，只一个劲托着下巴笑，笑得让哥几个背后都有点发毛。"赵柳说，"最后他也没找你，是吧？"

张三点头。

"这心理素质，这反催眠意识。"赵柳啧啧称奇，"有时候就是天赋异禀——这好像还是他刚学会喝酒没多久，第一次喝醉。"

张三低下头，心里莫名有些发涩。

那些煽动的话，他多少还是听进去一些。

不然怎么会笑得这么开心，他难得借着酒意放任自己去设想，去沉溺于美好虚幻的梦境。

最后才会惊醒时美梦破碎，徒留遍地酸涩。

"我想给他过个生日。"张三轻声道，"成年后就没给他庆祝过生日了，之前时间一直对不上，对得上也不方便。"

"嗯？"赵柳看她一眼，随意道，"那你烧几个好吃的菜呗，或者出去吃。男人嘛，很好哄的。"

"其实是什么都无所谓吧。"王武终于喂完了奶油，搞得自己身上也沾了点白色污渍，拿着纸巾手忙脚乱地擦。

"你哪怕送包餐巾纸给他，他也会开心坏了。"王武说，"然后天天拿着那包纸巾晃，炫耀：'哎呀，你怎么知道我有老婆；哎呀，你怎么知道我老婆特别可爱；哎呀，你怎么知道我老婆摸过的餐巾纸都是香喷喷的。'"

"……没这么夸张吧。"张三说。

"王五"和"赵六"一起看向她："你看你说这话的时候声音都是虚的。"

张三捂住脸。

最后也没有讨论出个所以然来，张三干脆直接问终于逃出律所下班到家的李峙："你生日想要怎么过？"

李峙原本正在擦拭进入室内骤然起雾的眼镜，闻言抬眸看她，笑出了声："一般来说这不是惊喜吗？"

"我怕没给你过到心坎上。"张三说，"你知道的，一般人很难和你对上脑回路。"

李峙又笑起来，也不管眼镜了，往沙发上一坐："你起码试试呀。"

张三坐到他边上，有些苦恼的样子。

"我那天两三点就能下班。"李峙说，"你要不要吃过饭先来律所找我？"

"好啊。"张三答应了，"那我们下午可以去散散步，晚上我订家餐厅，看看电影什么的。"

李峙不置可否，轻笑着把张三拢过来，倾身下去吻她的侧颈。

"哎呀，你个色胚。"张三说。

李峙"唔"了一声没有反驳，边亲边熟练地解开她的纽扣。

张三开始觉得吴语的提议有建设性了。

等到李峙生日的那天，中午张三在家里随便吃了点，就换上衣服去律所了。她今天稍微打扮了一下，因为晚上约了比较高级的江边夜景餐厅，羊绒大衣里面穿了漂亮的白色连衣裙。

出门前,她犹豫了一下,还是没有穿更精致的细跟高跟鞋,而是拿了一双比较低跟的小皮鞋。

想必李峙不会在意这种小细节,她穿个人字拖出来他都能大夸特夸。

人还是不要为难自己。

到了律所,张三和早已脸熟的众人打招呼,今日的打扮收获了一大捧赞美,最后张三被搞得有些不好意思,一路贴着墙根小跑躲进小接待室。

李峙过了一会儿才过来,看见张三的时候,黑眸一亮,大步走到她边上,声音却带着歉意。

"抱歉……"他说,"下午突然有工作要做,你在这里等等我好不好?"

"嗯,好。"同为打工人,张三当然不会因为这种事情闹别扭,不如说她甚至有些感同身受——

工作这种东西就是阴邪得很,每次你以为手上事情做完可以开始畅想美好人生的时候,它就冷不丁冒出来给你一巴掌。

活像是言情小说里面,阴晴不定的上一章给女主一百万打脸恶毒女配,下一章就要挖女主的角膜去拯救自己失明白月光的冷酷霸总。

上班,一场盛大的虐恋。

"嗯。"李峙摸摸她的头发,又笑起来,"你今天好漂亮。"

张三有些不好意思地挠了挠脸:"……嗯。"

"你等我一下。"李峙轻轻抱了她一下后,转身又出去了。

回来的时候,他手里拿着 iPad 和小零食:"那今天下午你自己先在这里玩会儿?"

张三见了鬼一样看着他,拨弄了一下零食袋子:"'李四'。"

她今年都二十五岁了。

"那你吃不吃?"李峙笑眯眯地问。

"吃。"张三说完,又按开了 iPad,"里面有没有下《变形金刚》?"

看了一部荡气回肠的《变形金刚》后,李峙还没有回来,张三起身伸了个懒腰,在走廊里动动筋骨。

走着走着就到了李峙的办公室,里面忙活着的人和她更是面熟,打了声招呼就低头干自己的事情去了。

张三坐到了李峙的工位上。

她心里有数,不该看的东西一眼都不看,随手翻着李峙桌上的小物件玩。

翻着翻着视线就集中在他桌上随意横放着的一支钢笔上。

蓝黑色的笔身,镀银的笔夹因为经年累月的使用而掉了色,不是什么名贵的牌子，却被一直妥善保存到今日。

这是李峙高中的时候，张三给他挑的礼物。

李峙是一个念旧的人。

张三相信，哪怕他对她没有男女之情，只是作为好友而言，这支笔也会一直被好好使用。

她摸摸这支笔，随便拉了张纸过来，在上面写写画画。

张三画了一只戴着眼镜的鬈毛大狗，好脾气地咧着嘴笑，尾巴卷曲蓬松。

她在大狗下面写上了小小的"李四"。

写着写着，她心中一动。

张三摸出手机，把晚上的餐位预约给取消了。

李峙回来的时候带着一身寒气，额角却渗出一层薄薄的细汗，大步走进小接待室："三三……"

张三正睡得迷迷糊糊的，闻言睁开眼睛："啊。"

"吵到你了？"李峙抱歉地笑着，摸摸自己的鼻尖，"事情比我想的要难办一些。"

"没事。"张三清醒过来，把脸埋进李峙的大衣里面，深吸一口气，"房间里太暖和了就会犯困。"

"饿不饿啊？"李峙看了眼桌上被吃干净的零食，稍微松了口气，"我就猜到你应该没怎么吃饭。"

"还好，现在也才五点。"张三说，"一个正常人再怎么样也不会五个小时没吃饭就被饿死的。"

"这不是担心你嘛，"李峙说，"饿肚子也难受的。"

张三又在他衣服上蹭了蹭脸。青年身上好闻的暖香从柔软织物里渗出来，是她喜欢的味道。

"走吧。"她朝李峙笑笑。

李峙往外面看了眼，低头在她额间落下一吻："嗯，好。"

"我们去菜市场吧。"张三说。

李峙挑挑眉，张三牵住他的手。

张三在菜市场买菜得心应手，李峙倒是不太习惯这个场景，被肉铺绞肉机启动的声音给吓了一跳。

张三望着李峙笑，李峙扶了下眼镜，也不好意思地笑了起来。

"土豆喜欢吃面的还是脆的？"张三站在菜摊前面挑土豆。

"脆的。"李峙说。

张三拣了几个圆溜溜的土豆，李峙扫一扫付了钱。

菜摊阿姨把土豆装进塑料袋，张三又笑嘻嘻地央求阿姨搭了小葱。李峙一只手接过袋子，另一只手伸给张三。

张三牵住了他的手。

走着走着，在卖凉菜的摊子前面停住，张三买了桂花糖藕，又买了拌菜，问李峙吃不吃爆鱼。

李峙弯着眼睛笑，两人又买了点爆鱼。摊主热情推荐他们带点香酥鸭。

张三面露犹豫，摊主夹了一块边角料递给她。张三撕了点尝尝味道，剩下的塞进李峙嘴巴里面，又称了半只香酥鸭。

两人逛了一圈以后，手上东西已经拎得满满当当——主要是李峙拎着的，张三还在到处张望。

"你在找什么？"李峙盯着她笑。

今天他心情像是格外好，原本就是常年眼尾弯弯的笑模样，现在笑意更深，脸颊上浅浅的小梨涡若隐若现。

"在想要不要买点小酒回去喝喝。"张三说。

"家里有。"李峙说，"我买了好喝的冰酒。"

张三有些茫然："是吗？我今天中午开冰箱的时候还没看见啊。这玩意不用冰起来保存吗？"

看这名字像是要放进冰箱里的样子。

李峙眼神游移了一下，摸了摸鼻尖："反正有。"

张三狐疑地看着他。

"好啦好啦。"李峙牵着她的手晃了晃，"快点回去，外面好冷噢。"

"哎，等等。"张三的注意力被引开了，"你等等我，我去一下面包店，拿你的生日蛋糕。"

面包店离这里不远，两人拿了蛋糕就回了家。

一到家，张三先去把蛋糕放进冰箱里，又翻找了一下，果真看见一瓶冰酒卧放在冰箱里。

"咦。"张三很错愕，"还真有啊。"

李峙在后面"哗啦啦"抖塑料袋，把干燥的塑料袋打成一个结，塞进抽屉里面。

他看着抽屉里满满当当的塑料袋，无奈地笑："这些袋子估计能用到国庆有弟弟妹妹。"

这句话里面暗含着的意思过于昭然若揭，张三一下子耳尖发烫，冲到厨房里面拧开水龙头开始"乒乒乓乓"洗菜。

"你拆家啊？"李峙笑起来，走进厨房。

青年温热的气息从背后环绕着她，李峙把下巴搁在张三的肩膀上："不高兴啦？"

"没有啊。"张三摸了摸自己发热的耳尖，强作镇定地洗菜。

李峙也注意到了，笑着去轻咬她的耳垂："那你这是干什么，想让国庆当独生子女呀？"

"倒也不是这个问题……"张三说着说着声音就低下去，一副要把脸埋进洗菜盆的样子。

"又不是在催你。"李峙笑着亲了口她的脸颊，被她捅了一胳膊肘，"我还是想多过过二人世界。"

张三低着头洗菜，从摇曳的水面上看见李峙含笑的黑眸。

虽然没有具体地谈过这个问题，但是她知道按照李峙这种传统的个性，肯定还是会想要小孩的。

她虽然对这件事没什么抗拒，但总觉得没什么真实感。

很难想象自己当妈的样子。就像是她小时候发宏愿说要做寡妇的时候，也没有想到如今自己会是一个在陆家嘴格子间上班的打工人。

"不想要就不要。"李峙蹭蹭她的侧脸，也挽起袖子环着她揪起几片菜叶子开始洗，"正好我听'王五'说备孕经听烦了，我回头就上医院结扎。"

"等一下，你这一步退得也太远了。"张三说，"我爸当时到底是威胁了你什么？"

李峙失笑："和你爸有什么关系？"

"我只是不想让你感觉到压力。"他温声道，"一切都以你感到舒服为前提。"

"嗯……"张三想了想，慢吞吞地回答，"我怕你着急。"

"你多信任我一些好不好？"李峙松开她，从边上拿出了切菜板，开始给菜改刀。

"不是不信任你，"张三连忙纠正，"我是觉得你挺着急结婚的，应该也会急着要小孩。"

李峙切菜的动作一顿，他把刀放下，侧着脸盯着张三笑："我着急啊？"

张三老老实实地点头。

"我只是喜欢你这个人。"他笑，"只要你在我边上，做什么都很好，不做什么也都很好。"

张三脸上一烫，转身把围裙扔给李峙："穿上！"

两人做好了晚饭，就着电视开始吃饭。

今天是李峙的生日，于是两个人一起看足球赛。

没有什么花活，窗外寒风凛冽，房间里开着空调暖洋洋的，灯光安宁祥和。

李峙给张三夹了块鸭腿肉，张三侧眸看他，青年正专心致志地看球，电视机的荧光映在镜片上,蓝花花的一片。

"怎么了?"李峙感觉到张三的视线,扶了扶眼镜,笑着看过来。

"没事,你也多吃点。"张三说,给他夹了块糖藕,"这家糖藕挺好吃的。"

吃完饭,李峙把餐盘收去厨房里,张三从冰箱里把草莓奶油蛋糕拿出来,放到茶几上。

张国庆兴奋地扒着台面嗅闻,被张三轻轻以脚背推开:"一边玩去。"

张国庆依依不舍地一步三回头地走了。

虽然不知道这个酒什么时候买回来的,但总不会在里面下毒,张三拿了两个玻璃杯,往里面倒了小半杯晶莹酒液。

李峙坐下来的时候,正好张三把蜡烛点燃,他笑着关了灯,坐下来和张三碰杯。

玻璃杯相碰,发出清脆的一声。

张三抿了一口,李峙一饮而尽,喉结滚动着。

"喝这么急干吗?"张三咋舌,"我又不会真劝你酒。"

"壮个胆。"李峙说。

张三:"嗯?"

李峙轻笑着拿起酒瓶,又帮两人把酒杯满上。

"许愿许愿。"张三催促李峙。

昏暗房间里,暖黄烛光跃动着,坐在李峙身边的张三身上笼上一层毛茸茸的暖光,眼睛亮晶晶地看着李峙。

李峙看了眼身侧的恋人,弯起嘴角:"好啊。"

烛火映在他眸子里,流光溢彩。

李峙双手合起,闭目认真默念愿望。

张三在边上安静地看着他,心里有种莫名的安稳。

她往他身侧挨得更近了些。

李峙睫羽颤了颤,一口气吹灭了蜡烛,睁开黑眸看着她:"嗯?"

"没什么。"张三弯着眼睛笑,"许了什么愿?"

"说出来就不灵了。"李峙回答得很官方。

张三皱起鼻子:"说啦,万一我真的能为你实现呢。"

李峙盯了她一会儿,突然捏了下她的脸:"我就知道你会这么说。"

张三眨眨眼睛。

"你从小就这么诓骗我的,"李峙说,"你这姑娘怎么就这么好奇呢?"

张三开始耍赖:"说啦,说啦——"

"好啊。"李峙说,"那我告诉你。"

张三猛然噤声，他答应得太快反而显得事出反常。

这毕竟是个会作妖的男人。

看见张三警惕的眼神，李峙笑起来，凑近张三的脸："不是说要帮我实现吗？"

张三隐约升起了点预感，心脏开始狂跳起来，偏偏还在嘴硬："那得看具体是什么愿望。"

"和我来。"李峙起身，朝张三伸出了手。

张三借了力起身，被李峙牵着走向紧闭着门的卧室。

李峙在门口停住，笑着垂眸看她："推推看。"

"这有什么不敢的。"张三小声说着，手放在门把上却有细微的颤抖。

李峙轻笑着把手覆在她的手背上，一把拧开了门把手。

张三睫羽轻颤。

入目的是一片闪烁着的暖色星空。无数的小灯链绑着缎带被系在家具上，熠熠生辉。

一捧红玫瑰被放在奶油色的床单上。

"你这是……"张三莫名羞恼起来，转过脸去不看李峙。

李峙揽着她的腰往里面走了几步，反手关门落锁。

听见关门的动静，张三心中一颤，反而生出了一点勇气，眨着眼睛看李峙走到桌子前，取了一个精致的小物件递给她。

是一个漂亮的珐琅八音盒。

李峙示意她打开。

张三慢慢揭开盖子，天鹅绒衬布里的芭蕾舞女轻盈地旋转起来，轻柔缠绵的音乐在房间里响起。

两组和弦互相追逐着，亦步亦趋，形影不离。

也无始无终。

这是一个温柔的圆。

泪花摇曳中，张三看见一对小孩追逐打闹着，渐渐变成了步伐总是相差半步的少男少女，最后重新并肩而行。

芭蕾舞女的手划过半个圆，张三终于注意到她的手臂上挂着一个亮晶晶的东西。

是戒指。

李峙捧着玫瑰跪在她身前，仰着脸看她，眸光笃定温和。

"这是只有你才可以为我实现的愿望。"李峙温声道，"所以……嫁给我好吗？"

张三怔住，眼泪不受控地往下掉。

明明他已经不是第一次向她求婚,他们也反复聊过这个问题,甚至今日的种种异样也早给了她刻意忽视的预感。

但真到了这一刻,依旧给她带来了巨大的震撼与惊喜。

分明是这么老土的求婚词。

分明是这么俗气的套路。

然而心脏是这么欢悦地跳动着,她的身体比她的大脑先说出了我愿意。

"好。"张三轻声回答,"我嫁给你。"

她朝着李峙伸出了手。

李峙握住她的手,拿起戒指套在无名指上,缓慢往上推。

张三垂眸看着那个象征着永恒与誓约的指环套在自己无名指上。

李峙嘴角带笑,但是一向稳如泰山的手也在微微发抖。

他也很紧张。

"李峙啊。"张三吸了下鼻子,"如果我拒绝了你怎么办?"

"下次再接再厉。"李峙反复欣赏张三无名指上的戒指,又把她的手执到唇边轻轻地吻过每个指节。

张三被亲得有些痒,还是慢吞吞地开口:"算了吧,我怕一次比一次土。"

"啊?"李峙诧异,"这还土啊?"

你都感动哭了耶。

张三又哭又笑,搂着李峙的脖子把眼泪蹭到他身上:"土死了,臭直男的审美。"

李峙默了默,突然温声开口:"三三。"

"哎。"张三应了一声。

腰被他用力抱住托起,张三被放倒在床上,脸侧被柔软的玫瑰花瓣扫过,痒痒的。

光线一暗,李峙覆到了她的身上。

李峙撑在她上面,眸光沉沉,又和煦得惊人。

"三三。"他又喊了声她的小名,俯下身与她唇齿相依。

在张三的小声喘息声中,他俯首于她的颈窝,压着气息在她耳侧开口:"国庆被锁在门外呢。"

温柔的亲吻逐渐向下,李峙原本清冷沉稳的声音也染上了沙哑的缱绻:"今天是不是该奖励我点什么?"

"我都嫁给你了……"张三气息变得不稳,逐渐带上了点哭腔,"你个色胚!"

李峙轻笑着上来安抚性地和她接吻,又摸她的头发:"后悔了?"

张三咬着嘴唇看着他,脸颊绯红如桃花,杏眸里水色摇曳,那泪水也不知道是急出来的还是羞出来的,抑或是什么难以启齿的原因。

她慢慢地摇摇头。

不后悔的。

李峤弯起眸子笑起来："我就知道。"

张三看着那双漂亮又含情的黑眸，不知为何想起了高考后某个盛夏的午后。

张三在家里整理自己的同学录，突然发现不管是小学初中还是高中，属于李峤的那张除了名字，都是干干净净的一片空白。

张三拿着同学录去隔壁兴师问罪。

李峤给她开门的时候，穿着白色短袖和拖鞋，正拿着浴巾擦自己湿漉漉的黑发。

"哦，这个啊。"李峤看了一眼，笑起来，"因为我们会一直再见啊。"

当时的李峤在想什么，张三已经无从而知。

但她明白这将会是一个绵延到他们人生尽头的誓言。

他们会不断相见，日日夜夜，岁岁年年。

永无止境。

番外一
爱情保安

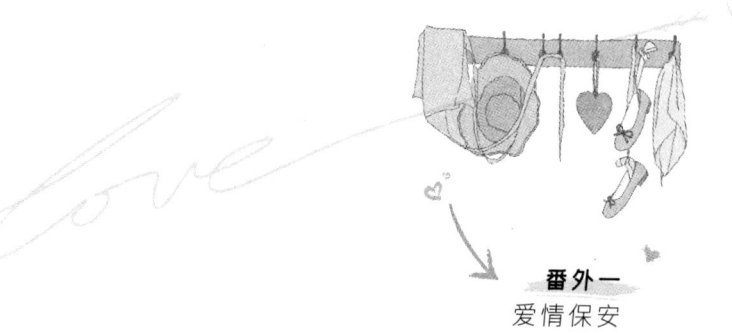

大家好,我是吴语。

二十五岁,女,上海人,从事财务工作,兴趣爱好是去大排档吃羊肉串和泡面炒鸡。

兼职是做张三和"李四"的爱情保安。

我和张三认识在我上六年级,也就是初中预备年级的那一年——李峙则更晚半小时。

那是开学前大家登校第一天,整个年级都闹哄哄的,有人笔袋弄丢了到处在找,有人不想上学在大哭大闹,还有人走错教室在走廊里狼狈地跑。

老师扯着嗓子维持秩序,但是显然收效甚微。

我没有给已经心力交瘁的老师增加任何工作量。

因为我很靠谱。

靠谱的我走进教室,靠谱的我翻开了签到用的花名册,靠谱的我发出了疑惑的怪叫,把边上一个漂亮小姑娘给吓了一跳。

她留着看上去很乖巧的妹妹头,一双大眼睛又黑又亮,红润的嘴唇微微抿着,眨巴着眼睛看着我。

她看上去像是气血很足的样子。

虽然听起来很像是变态,但是我不得不承认,我是个颜控——这也是我任劳任怨做了这么多年的爱情保安的原因之一。

人总是要被添堵的。

有些人是从外表上给你添堵,有些人是从行事上给你添堵,有些人是站着不动,你甚至都不需要看见他,只要想到他就会心口一堵。

张三和"李四"是属于外表上看上去赏心悦目,但是行为给人大大添堵的类型。

但是毕竟很好看,所以我咬着牙忍了。

然而我男朋友是属于最后一种。

我和他在一起这么多年纯属是养只狗都养出感情了，这毕竟是一条鲜活的生命，侧面证明我是个善良的人。

不好意思，跑题了。

因为那个女孩子长得十分漂亮，所以我产生了一点难以避免的局促和惊慌。没有一个颜控希望在小美女面前留下一个不好的印象。

于是我就开始给她解释，指了指那个花名册："你看，这里有个人叫张三。"

女孩子眨了眨眼。

"怎么真的会有人叫张三呢？"我不能理解，"这名字起得和开玩笑似的。"

"是吧。"女孩子说。

女孩子的声音也很好听，我一下子就起劲了："真不知道会是怎样的一个人，特别想见见……哎呀，这么背着人家说坏话感觉不太好，但是想必张三不会怪罪于我——毕竟感觉起这个名字就该是一个什么都能看开的样子。"

"是这样的。"女孩子笑起来，笑得特别甜。

把漂亮女孩子哄得笑得这么见牙不见眼的，我特别有成就感，指了指花名册上我的名字。

"我叫吴语，你叫什么名字呢？"

女孩子笑得更开心了，笑出了一口小白牙。

"吴语你好，我叫张三。"她说。

我一瞬间特别希望我走错教室了或者发生什么意外，最好下一秒有个陨石掉下来把整个地球都一锅端了。

所有的错误都化作水蒸气，我和刚刚被我冒犯过的小美女的骨灰不分彼此。

然而没有。

张三还是笑嘻嘻地站在我身边，把座位表从花名册下面抽出来一点。

"咦，我们还是同桌呢。"她这么和我说。

年仅十二岁的我第一次明白了什么叫死亦我所恶，但是所恶有甚于死者。

不想活了。

张三想得很开，但我想得不是很开，站在原地祈祷头顶的大吊扇能掉下来把我削死。

"我看看，我们坐在那里。"张三已经找到了我们的座位，走了两步，见我没跟上来，索性挽住了我的胳膊。

"我们后面的人叫'李四'。"张三和我介绍道。

"一个班怎么又有张三又有'李四'？"我的嘴巴不太受我控制，我吐槽道，"卧龙三尺之内必有凤雏是吗？"

虽然我爸妈给我起名字的时候没有想到日后网络发展会使"无语"变成一

个经久不衰的网络常青树流行词,但心态显然没有张三"李四"的爸妈好。

这谁顶得住?

"'李四'这个名字听起来人就不会太精神。"我说,"我要是被起这个名字肯定蔫儿吧唧的。"

"'李四'是我从小玩到大的好朋友。"张三说。她歪着脑袋想了想,补充了一句,"确实不是特别精神。"

我:"哈哈,这样啊。"

然后张三一把薅住了想要从窗户往外跳的我:"不至于,不至于。"

心态确实比不过人家。

张三是个好人,对我刚刚的话完全没有往心里去,也有可能是类似的非议实在过多了。

她安之若素——或者说,麻了。

就和"无语"这个流行词逐渐从网络蔓延到了现实生活,乃至于当今中小学生甚至会在作文里频繁以网络热词使用着这两个字后,我也麻了。

看开了。

那能怎么办呢,总不能改名吧。

我和张三一起坐下,她开始边哼着歌边整理桌面,还抽了几张湿巾给我,让我擦擦凳子再坐下。

理着理着,有人从后面叫了一声张三。

我和张三一起回了头。看见了一个清瘦的男孩子,他生着一头微微的天然卷,鼻梁上架着一副黑框眼镜,皮肤白到有些半透明,嘴角自然地翘着,个子不算太高。

看上去成绩和脾气都很好的样子。

"老师叫我们收拾好的先去领书本。"男孩子说,"你要去帮忙吗?"

张三想了想,把桌上的纸巾收拢成一团:"我去。"

随后男孩子转向我,朝我笑着打招呼:"你好呀,我是……"

"李四?"我下意识地接话道。

男孩子脸上笑容微不可察地僵了一下,随后流畅地把自己的话给说完:"我是李峙。"

我顿住。

男孩子友好道:"当然你要叫我'李四'也可以,我不介意。"

我一转身又要往窗户外面跳,被张三大笑着薅住腰给阻止了。

"是我和吴语说你叫'李四'的。"在去领书的路上,张三主动给李峙解释这件事。

李峙推了推鼻梁上的眼镜,笑得很温和:"那这样的话,我还是介意一下好了。"

张三笑着给了李峙肩膀一拳。

我亲眼看着他的小身板震颤了一下,大约是受了内伤。

"我受伤了,你赔钱。""李四"说。

"我赔你个鞋底板你要不要。"张三说。

我微微落后他们几步,陷入了沉思。

我感觉我有些多余。

其实这是一个很正确的感觉,日后十余年的经历不断在验证我当时的直觉。

然而我还是过于年轻,没有读懂命运给我的暗示。

张三注意到了落在后面的我,放慢了步子,挽住我的胳膊:"走啦走啦。"

张无忌的妈妈说得对,越是好看的女人,越会骗人。

我就被这个甜丝丝的笑骗得当了十几年的爱情保安。

而且在可以推测出的未来里仍要接着当爱情保安,当出风采,当出精彩。

我们三个去领了书,语文、数学、英语还有各种练习册很有气势地摞在桌子上。

李峙找到了我们班对应的桌面,先拿了一整摞语文书。

"这么多你拿得动啊?"张三很熟稔地唷怪他一声,从他抱着的书上面拿了一摞加到自己手上的书上面,看上去比他拿得还多。

拿着练习册的我无语。

"要不你分点给我?"我说。

"没事,我力气大。"张三说着,雄赳赳气昂昂地走到最前面。

我和李峙对了下眼神,李峙微微抿着唇,有些不高兴的样子。

"你别胡来……"他说着,先跟了上去。

张三很有精神,捧着快要挡住她视线的书一马当先。

然后果不其然在下楼梯时和到处乱窜的某个同学撞了个正着,手上的书散落一地。

"张三!"李峙离得近,连忙把手上的书放在干净的地面上,去扶她起来。

"我没事。"张三推开李峙的手,莫名其妙地冲着我一笑,撩起自己的裤管。

堪称纤细的小腿上青一块紫一块的,还有红药水和碘伏,看上去有些惨不忍睹。

"我不怕摔的。"她很轻快地说着,把裤管给放下来。

"不是……这……"我有些傻眼,身上这么多伤,"被家暴要报警的,或者找妇联。"

"她是学跳舞摔的。"李峙解释了一声。见张三不用他搀,他就蹲下去拾起散落的书本。

我也反应过来,帮忙去收拾残局。

"哎呀。"我懊恼地发现,"最下面几本书都摔脏了。"

"啊……"张三拿起那几本书看了看,把最脏的那本挑出来,用袖子擦了擦,它很不幸地变得脏得更均匀了。

"我用最脏的那本就好了。"张三满不在乎地说,"反正包上封皮都看不见。"

李峙拿起倒数第二本脏的,笑得山眉水眼的:"那我用这本。"

张三很满意,把剩下几本书拍了拍灰放回去:"别的就受了点轻伤也看不出来——哎呀,我们都干白工了,要求不要这么高了。"

"等等!"我阻止了张三。

"啊?"张三睁圆了乌溜溜的眼睛,像是被踩住尾巴的猫,"你的道德品质这么高啊?"

我在剩下的书本里面翻找了一下,抽出了一本"伤得最重"的:"我拿这本。"

张三肃然起敬了:"你真是一个好同志。"

李峙配合着鼓掌。

我看看张三,又看看"李四"。

突然觉得不太对劲,他俩表情慈爱得就像是一对年轻的夫妻第一次看见自己的小孩完整地喊出"妈妈,我要喝奶粉一样"。

如果用现在的流行语来说——从那一刻,我命运的齿轮开始转动。

从此踏上了成为爱情保安的人生之路。

然而我还是太年轻,第二次忽略了命运的垂怜。

"走啦,回教室去呀。"我说。

阳光正好,走廊与教室里面一片生机勃勃的闹哄哄。

那一年我们十二岁。

我和张三成了闺密。

说起来友情这种事情就是很奇妙。

当你成年后,想要建立起一段牢不可破的友谊可能得经历一些比较惊心动魄的事情,起码得是深夜高架上一脚油门三十公里送感冒药,或者是甲方改了十八版策划后又拍板说要第一版,而你已经老早把原始文件丢了正汗流浃背的时候,你那隔壁工位同事一拍桌子起身和甲方真人快打。

总之都是要有点头脑不清醒的血性在的。

但是小时候就很简单,只需要一起挽着手上厕所就可以了。

张三就老叫我一起去上厕所。

李峙因为性别问题遗憾止步。

终于培养了一年多的伴随着厕所味儿的情谊,我踹掉了李峙,上位成了张三最好的朋友——好吧,这确实不是什么大事情。

说实话,我以前一直没有觉得张三和李峙的关系特别好。

我也有这种从小学就认识的朋友,但上了初中就会有自己的新生活和新朋友。

人生聚散本就随缘,硬要强求只会让人伤痕累累(今日金句)。

直到我上初一,我爸爸终于因为工作繁忙放弃了开着自己的桑塔纳来接送我,我得以自己回家。

于是我兴致勃勃地告诉张三:"我们可以一起回家了!"

两个闺密一起逛精品店,喝三块钱的香芋奶茶,买那种亮晶晶的贴纸和小水钻,凑在一起聊八卦……玫瑰色的青春洋溢的生活我来了!

张三也很开心:"太好了!"

第一次自己回家的那天,我一整天都坐立不安,整个人都沉浸在对于美好放学路的向往里。

语文老师问我你是不是想要上厕所,我说因为椅子质量不好有点毛刺扎屁股,老师叫我站在教室最后一排清醒清醒。

幸好没有拖堂,下课铃声一响,我从最后一排弹射起步,冲到张三边上,拿起已经收拾好的书包。

"我们回家吧!"我震声。

"等一下噢。"张三说着,慢吞吞地整理着书包。

我在边上等得很焦灼,两只脚交错小跳着。

张三看了我一眼,狐疑地问我:"现在地面烫脚是吗?"

我觉得这个时候应该掩饰一下,毕竟一个初一学生还因为和同学一起回家这么高兴雀跃实在是有些丢人。

但是我忍不住。

毕竟我爸妈给我起这个名字就不是让我迂回的,我的语是直人快语的语,而不是真无语的语。

"为什么还不走?"我问。

"因为……"张三说到一半,突然一抬头,"噢,来了。"

我跟着回头过去,看见李峙从后门走进来,手里捧着老师批改好的练习册。

张三把书包拉链拉上,抱着书包,看李峙把练习册分发到每个人的桌面。

"等等,不是……"我突然有种不好的预感。

"啊,我没和你说吗?"张三惊讶道,指了指李峙,"我和他住在一起啊。"

我:啊?

我的大脑一片空白。

"你别乱说坏我清白。"李峙迅速开口解释道,"我们住隔壁的。"

"等一下。"我问,"是同一户的隔壁,还是隔壁户?还是隔壁床,你们睡上下床吗?"

张三、李峙双双哑然。

"我有时候觉得你接受能力还挺强的。"他赞叹道。

"谬赞。"我谦虚道。

张三显然觉得有点无语,她破除我误解的方法是邀请我去她家吃饭。

老吴同志欣然应允,张爱华女士热烈欢迎,我就这么背着书包登堂入室。

张三拉着我进她的小房间里一起写作业,结果直到张爱华女士叫我们吃饭,作业也没写多少,肚子倒是聊饿了。

张爱华烧了一桌好菜,还买了一大瓶橘子汁。

"果汁一人只能喝一杯。"张爱华和我说,又朝我眨眨眼睛,"给你拿个大点的杯子。"

张三去厨房里拿碗筷,从厨房里转出来的时候手上端着碗,后面跟着个拿着餐碟的李峙。

我:嗯?

李峙很无辜地看着我。

我看看张爱华女士,又看看张三。

两个人中没有任何一个人对李峙出现在餐桌上表现出任何异样,很自然地收拾桌面准备开饭。

李峙把碟子分发到每个人的座位前。

张三视若无睹,要把糖醋小排的盘子往桌上放,李峙连忙把碗碟都撤开一些,方便她放。

我陷入了一种迷茫。

我是不是看见了什么不该看的东西。

为什么她们都看不见李峙啊?

"你站着干吗?"张三注意到我站在原地不动,过来把我往卫生间推,"快去洗手。"

"不是,这……"我指了指李峙。

张三很茫然地朝那个方向看了一眼:"啊?"

我脊背一凉。

坏了,看见不干净的东西了。

正好"李峙"也察觉了我的视线,拉开椅子朝我笑了笑。

平时还算是温暖阳光的笑，此时此刻在电灯下面，凭空生出几分幽幽的诡异。

"啊，你怎么了？"张三傻眼了，"你怎么在发抖啊？"

没有人知道我上初三之前还因为怕鬼睡觉需要开灯。

为什么上了初三就不用了？

因为备考的我怨气比鬼还要重个四五倍。

总而言之，我还挺怕鬼的。

我有点语无伦次："那、那里……"

"李峙"走过来："怎么了？"

我尖叫一声，"李峙"和张三都傻住了。

"那什么……"张三很迟疑地说，"你被他欺负了？"

她又看了眼李峙，自己挡在我前面，但语气还是挺不确定："他这样能欺负人的？"

李峙也挺困惑的，挠了挠自己的小鬏毛。

"你们三个在干什么？"张爱华走过来，给张三和"李四"一人敲了一下脑袋，轮到我的时候变成了一个摸头，"玩木头人一会儿再玩，先吃饭。"

吃饭的时候，我才知道，原来李峙是住在张三隔壁，但是因为家长常年不在，所以在张三家吃饭。

真的只是吃饭吗……我咬着筷子腹诽，视线从两人的袜子和拖鞋上面转过。

张三穿着小兔子袜子，拖鞋是小熊图案的。

李峙穿着小熊的袜子，拖鞋上画着小兔子。

然后我就眼睁睁看着张三抓起李峙的杯子，喝了一大口果汁。

李峙"哎"了一声，探身去看张三的杯子。

果然她自己的那份已经喝空了。

李峙懊恼地皱起眉头，张三得逞地笑。

突然李峙如闪电般出手，把张三剔好刺的鱼肉给吃掉了，张三气得大叫一声要去打他。

两人差点在饭桌上打了起来，张爱华一拍桌子，两人低头老老实实地吃饭。

张爱华给我夹了一块红烧排骨。

"别到学校里去说，"张爱华对我嘱咐，"说出去影响不好。"

我疯狂点头。

晚上我爸爸还是不放心，开着车来接我。

我一上车，京韵大鼓的喧闹扑面而来，我隔着车窗朝张三和"李四"挥手。

"女孩子是你同学啊？"爸爸说。

我点头。

"那她边上的是谁？"爸爸随口问。

"是她妈妈未雨绸缪帮她准备好的……男丫鬟。"我脱口而出。

车子猛然一晃，爸爸狼狈地握着方向盘把车开回正轨。

"看来改革开放之风还是有些犄角旮旯没有吹到啊。"他感叹。

我用力地点头。

自从知道了这个小秘密之后，我就偷偷观察他们。

观察着观察着发现他们虽然关系好，但是一点点暧昧的感觉都没有——

毕竟在初中这个年纪，大家的生活除了学习也没有什么太多消遣，男女同学再怎么普通的互动都能被别人添油加醋传成某些爱情的小火苗，最后双双"落网"被班主任捉拿归案。

可是他们两个之间清清白白的，比我刚刚考完的数学卷子还要清白。

我反复观察，直到我被班上一个没怎么记住名字的男生私底下悄悄问话。

"你是不是对李峥有意思？"他小声问我。

我吓得差点从窗户跳出去，搓着立马起满鸡皮疙瘩的胳膊疯狂摇头。

"我看也不像。"男生松了口气，"太好了。"

"好什么好，"我问他，"难道你对李峥……"

男生哽了哽，咽了咽口水回答我："你就这么认为好了。"

"没想到你还挺勇敢的。"我对他刮目相看了，给他鼓了鼓掌，"不要在意世俗目光，我为你加油。"

当时并不知道这个害羞的男生会成为我那分手八次复合八次的倒霉男朋友——当然这个厌货到了大一才鼓起勇气向我表白。

早知道就给他一巴掌，你问的什么鬼话。

恶心得老娘三个晚上没睡着。

但是这话提醒了我，第二天体育课跑完八百米后，我就拉住张三："我有话问你。"

张三和我对她的初印象一样，气血好到惊人，跑完八百米还神清气爽，在边上做拉伸运动。

"怎么了？"她蹲到气若游丝瘫在地上的我旁边问道。

"我问问你有没有喜欢的人？"我艰难地撑起来，靠在她身上问。

张三一愣，随后也陷入了沉思："那我还真没有。"

我和张三面面相觑。

我看张三，张三看我。

"我的老天。"张三说，"我还真没有。"

我肃然道："问题很大。"

"那你呢？"张三问我。

我随手指指昨天那个屁货："喏。"

张三狐疑地看着我："我怎么没看出来。"

我嘴硬："你看他这小平头小眼镜，多……"

我挥了挥手，闭上眼睛才把话给说出来："多风流倜傥呢。"

"他刚刚好像听见了。"张三说。

"不能吧！"我大惊失色。

"你们在聊什么？"李峙刚跑完一千米，从后面走过来。

张三给他拿了一瓶水，他拧开就喝。

"我们在聊张三喜欢谁。"我说。

李峙好像被呛了一下。

"你刚跑完别喝这么快。"张三说，起身拍拍李峙的背。

"这是个很严肃的问题。"李峙正色，一撩裤腿盘腿就坐在我们边上，"我想申请旁听。"

张三准了。

"不是，你过来干吗？"我越看这头小鬈毛越不得劲，怎么想现在都是两个女孩子的粉红泡泡时间，"你一个男的别凑过来。"

李峙捏着兰花指，风情万种地表示："我可以不是。"

张三薅着我的腰抱住了准备掐死李峙的我。

"说真的，你在这里存在的意义是什么？"我忍不住道，"你到底能够起到什么作用？"

"张阿姨让我在学校里多照顾照顾张三。"李峙振振有词，"这种人生议题我当然得参与。"

"就你？"我怀疑地看着李峙单薄的小身板。

李峙很风骚地撩了一下自己的小鬈毛："贤内助。"

我忍不住用手背盖在眼睛上，用了全身力气在翻白眼，觉得这人真是没救了。

大约是遮住了视线，听觉变得比平时更敏感，我觉得有些新奇，干脆就维持着这个动作听两人说话。

我听见张三叹气的声音，她叹气的时候很有几分张爱华女士的神韵，我相信再过二十年，她也会成为像张爱华女士那样活力满满的女性。

李峙也开口了："所以……"

出乎我意料的是，尽管他的声音还是和平时一样温和而带着笑音，尾音却有一丝很难察觉的紧张。

"你有喜欢的人吗？"他问。

十几秒漫长又短暂的沉默，张三没有开口回话，我听见远处有风穿过小树林,带来操场上其余同学的说话声以及……

我没有听见李峙的呼吸声。

他在屏息吗?

我不由得也跟着止住了呼吸。我不知道自己为什么要紧张,但一颗心却跟着他不自觉地提了起来。

终于,张三像回过神一样,轻轻地"啊"了一声。

"你说什么?"她问,"我刚刚在看杨国福扣篮。"

李峙重复了一次问题。

这次张三回得很快:"没有啊。"

我睁开眼睛,正好看见李峙笑着耸肩:"我想也是。"

他的表情倒是完全看不出异样,还是一副漫不经心的样子。

"多多保持。"李峙说,"好好学习,天天向上。"

张三用看神经病的眼神看了李峙一会儿。

"你好土哦。"她说。

晚上睡觉前,我想了半天还是给李峙发了个消息。

我问:你是不是喜欢张三?

平时没事我和他并不会私下聊天,所以也没抱他会回复的希望。

没想到他回得很快:你好直白。

下一条,他也直白得过分:主要是不可以早恋。

我看得一怔。

思考了一会儿,看在我们关系还算可以的份上,我提点他:那你这样不行,你看人家都没把你当男生来看。

李峙回复我:我知道。

李峙:人生聚散本就随缘,硬要强求只会让人伤痕累累。

啧啧,酸得嘞。

过了几秒钟,他又发来一条:毕竟我们来日方长。

然后时间一转眼就到了高中。

除了学业变得繁重,高中其实和初中差不太多,尤其我们三个人还是在同一个班级。

不过开学第二天我和张三双双迟到了。

这事儿得赖我爸。

老吴同志决定开车送我和张三去上学,结果脑袋短路一脚油门把我俩载到初中校门口。

我和张三面面相觑,随后一起看向老吴同志。

老吴同志油光锃亮的脑门儿上出了一层白毛汗。

转身再开去高中的时候赶上了早高峰,车子在高架上堵得动弹不得,下了高架一看导航依旧是一片红通通的水泄不通。

我和张三索性下了车靠两条腿跑。

最后等我俩气喘吁吁地赶到学校的时候,第一节课的上课钟声已经响了将近二十分钟。

保安大叔铁面无私,唤来了罗翔主任对我们俩横眉冷对。

"你们是几班的?叫什么名字?"罗翔主任问我们。

张三先开口:"老师,我是二班的,我叫张三。"

罗翔:嗯?

"就是法外狂徒的那个张三。"张三垂着脑袋很老实,"张三李四的那个张三。"

"你不要开玩笑。"罗翔老师说,"你是不是没有认识到自己的错误?是不是还以为自己是初中生?"

"老师,我真的叫张三。"张三说。

"好好好。"罗翔老师被气笑了,"你最好能一直这样嘴硬下去。"

他转向我:"你呢?"

"吴语。"我说,"老师,我叫吴语。"

罗翔老师看上去表情空白了一秒。

"老师,我真的叫吴语。"我说,"口天吴,无语凝噎的那个语。"

我仿佛听见了罗翔老师血压升高的声音。

于是我们双双被扭送去了教导主任办公室,贴着墙站好。

罗翔老师打电话给我们班主任,然而她今天去区里开会不在学校,最后是班长带着花名册过来领人。

穿着蓝白校服的鬈毛少年含笑过来,证明我和张三的清白。

罗翔老师有些尴尬。

"名字这件事是老师误会你们了。"他咳嗽了一下,"但是第二天就迟到这件事实属不该,你们回去好好反思,下不为例。"

我们三个人临走之前,听见罗翔老师的喃喃自语。

"现在的小孩起名字真的有意思。"

等罗翔老师走远了,张三绷不住开始笑,我也忍不住笑,两个人抱在一起笑得前仰后合。

李峙手插在衣兜里,也眉眼带笑。

"回去上课吧。"我笑得泪水都要出来了,张三点点头。

李峙却拦住了我们:"不急。"

"没吃早饭吧？"他问我们。

张三点点头。

"带你们去个好地方。"李峙说。

他领着我们七拐八拐，转到了学校的后门围墙那里，一矮身钻进了被人踩出一条隐约小径的树丛。

我和张三跟着钻进去，李峙拿手帮我们撑着头顶的树枝，终于我们到达了铁栅栏边。

"这是干什么呀？"张三"咯咯"笑着发问。

"你瞧好了。"李峙也笑，从地上捡了根小木棍敲了敲铁栏杆，清脆的声音响起来。

很快，一个脑袋从铁栏杆外冒出来："吃点什么？"

"两个包子，两杯豆浆。"李峙说，"谢谢叔。"

"好嘞。"脑袋乐呵呵地缩了回去。

后面对周边熟悉了我才知道，这是学校后门口某家小吃摊的老板。

很快，热乎乎的包子和豆浆就到了我们手上。

我专心吃包子。张三一边吃早饭，一边问李峙："你怎么知道这个途径的？"

"男生之间口口相传的小秘密。"李峙说，"一代传一代。"

"这才几天啊。"张三感叹。

"神速吧。"李峙一边说，一边玩小木棍，"我也觉得挺快的。"

张三抬头看天，突然惊喜道："吴语你看，天放晴了。"

我嚼着包子仰头，透过头顶树叶交错的缝隙，看见一轮晴日从云层中透出。

不远处的操场上传来上体育课的学生们的嬉闹声，更远一些的教学楼里有学生在念书，身后是隔着一堵校园铁栅栏的车水马龙。

友人在边上交谈，我们本应是坐在教室里好好上课的，结果现在躲在树丛里面偷吃早餐，聊着一些没有意义的话题。

我莫名生起了一种奇异的，或者说是荒谬的幸福感。

风吹过树叶，"沙沙"的。

如果能够一直这样下去，那时间停止在这一刻也不坏。我心里想。

然而时间不会为我们任何人而停留。

高中的时间不够用，一睁眼就是上学，回到家就是满满的作业，等从书山书海里抬起眼来的时候，已经是深夜。

这段时间发生了两件事。

第一件事是我不再和张三一起回家。

高中的地理位置和初中不同，我家和她家已经不是绕路就能同行的问题了，尤其是我们也没有初中时这么多可供自己自由支配的时间。

第二天李峙就骑自行车来上学了。

——说实话,我并没有关心过李峙是怎么上学的,但这次很难不注意到他。毕竟他后座上坐了个张三。

这是可以的吗?

我大惊失色。

同样大惊失色的还有罗翔老师,立马把张爱华女士请来了学校,张三和"李四"老老实实贴着墙壁站着。

不知道张爱华女士是怎么说服罗翔老师的,总觉得她离去之后,罗翔老师脸上多了几分沧桑,撑着额头喃喃自语。

"现在的小孩真的有意思。"

张三说得对,她妈妈确实是一个能够改变世界的女人。

有了罗翔老师的默许,李峙每天都载着张三上学放学。

或许是因为实在是光明坦荡,除了最开始有些人会好奇打听一两句"你们是不是在谈恋爱",后面居然所有人都接受了这个设定。

张三也大大方方的,坐在李峙的自行车后座上,一只手松松环着他的腰,另一只手拿着单词本在背。

有一次在上学路上遇到了,正好红灯,李峙停了车,张三坐在后座上和我聊天。

我盯着他们看。

"你看什么?"张三问我。

我挠挠头:"感觉你们特别像……父女。"

李峙脸上的笑容僵住片刻。

张三笑得前仰后合,被李峙捉住手让她环在他的腰上:"你别掉下去。"

"更像了。"我说。

李峙笑得很温和:"吴语。"

我:"哎。"

"今天早自习你迟到了,我一定要记你的名字。"他说完,随后一蹬脚蹬,骑走了。

张三"咯咯"笑着朝我挥手。

我朝他俩无能狂怒地比了个中指。

第二件事是张三不再跳舞。

她喜欢跳舞这件事我是知道的,不过其实也没有什么太多的想法。

我也喜欢画画,但因为学业繁重不再画了。

张三显然比我更执着一些,而且付出的代价更加惨重。她甚至和我说过她要离家出走,像她的偶像林月老师一样,独自去追求舞蹈的巅峰。

但说着说着她自己笑了，说自己本身也没有林月的天赋，只是勉强到了吃这口饭的人的及格线罢了。

我不知道说什么，老吴同志教我说不会说话的时候就不要说，我只能拍拍张三的肩膀，说不管怎么样我都会支持你的。

她放弃得也很干脆利落。

张三说因为她突然意识到了，如果她想要像现在一样想去看舞剧就去看舞剧，她需要挣钱，而挣钱显然需要能力和学历的支撑。

最后还是回到了要好好学习这一条路上。

她把自己原本收拾好的离家出走用的行李箱里面的东西一样样放回去，心思收拢回书本上的铅字里。

也从那一天开始，张三的成绩突飞猛进。

我知道的，我的好友一直是很努力的孩子。

我也跟着她一起努力。

李峙会教我们做题目，把好用的练习册分享给我们，还帮我们总结错题。

我没有张三这么拼，更没有李峙这么……我说真的，我完全不理解这么拼命三郎的学法是为了什么，每天就睡四五个小时，他不怕猝死吗？

老吴同志一直和我说，差不多就可以了，咱家也不需要你这么拼命，身体健康高于一切。

毕竟老吴家的文化素养就放在这里。

我说我还好，我主要是跟着我两个朋友一起学，沾点车尾气努力一下，就和跑八百米跟在跑得快的人后面会跑得更快一样。

老吴同志说："那你可真是有两个好朋友。"

我说："是啊。"

老吴同志拍拍我的肩膀说："加油吧小姑娘，你人生的路还长着呢。"

还有一件事……也许不能算一件事，我不知道。

这件事我至今回忆起来都觉得很虚浮，感觉像是一个不知道到底有没有发生过的梦境。

大约是到了高中最后一个冬天，李峙的状态突然变得很奇怪。

我说不上来，我总不能去问他，但是我就觉得不对劲。

我问张三："你有没有觉得他不太对劲？"

张三摇摇头说："没有啊。"

我俩一起探头去看正在和同学聊天的李峙。李峙感觉到我们的注视后回头，朝我们温和一笑。

"没问题啊。"张三说。

我也有些疑惑。

这笑容和往日一样温厚笃定，给人一种温暖的安心感，确实没有任何异样。

"嗯……你这么一说，"张三又开口了，若有所思的样子，"他好像比之前要安静一点。"

都不到处说骚话了。

"可能是青春期到了？"张三说。

"哪有人都十八岁了还青春期的。"我忍不住笑。

"一般人不太可能，但是放在'李四'身上就说不准。"张三说，随后捅了捅我的胳膊，"快看，那是隔壁班的班草。"

我探头去看，我对这种长得痞帅的人一向抱有保留意见，兴致缺缺地把头缩回来。

余光正好看见李峙也垂着眸看向窗外。

我微微一怔。

李峙发育比较晚，到了高二个子才一下子蹿高，现在看见他这个身高总觉得有些陌生。

而他的侧脸居然也是陌生的。

第一次看他露出这种……近乎空白的神情。

于是我就去问他了，趁着某天张三放学值日不在的时候，把他堵在楼梯口。

我和他很少这么私下对话，李峙也有些惊讶的样子。

"这是怎么了？"他扶了下眼镜笑起来。

"你最近是发生什么事情了吗？"我问他。

"没有啊。"李峙回答得很快。

我看着他。

过了半分钟，也许是更长的时间，李峙终于像是放弃了一样呼出一口气，往墙上一靠。

他脸上的笑容淡了下来。

"你为什么问我这个？"李峙发问。

"现在是我在问你。"我说。

李峙笑起来，只不过那个笑不太温暖也不太明亮。

他摘下眼镜，以掌心抹了把脸，脸上残存的笑容像融雪一样消失殆尽。

"张三没发现吧？"他重新把眼镜戴回去。

看见我点头，他松了口气的样子，干脆在台阶上坐下。

"别让她知道。"他和我说，"我已经很累了，拜托。"

我没有拒绝。

两个人都是我的朋友，虽然有亲疏程度的不同，但毕竟都是。

我珍视他们。

当然也尊重他们的决定。

"是家里的事情。"李峙和我说,"确实是我现在没有办法解决的,也没有任何人能帮得了我。"

这已经是委婉地拒绝了,叫我不要再插手。

我知道李峙家庭背景比较复杂,不然也不会小小年纪一直到别人家里吃饭,正常家长做不出这种混账事情。

需要同时具有没良心和厚脸皮两个负面因素。

话都说到这份儿上了,我自然不会再坚持,只是点头:"如果以后有什么我能够帮忙的,和我说一声。"

"现在就有一件事。"李峙声音很哑,"你帮我一起瞒着她。"

我眨眨眼。

"就这一件。"李峙轻声说,"你就当这是男性脆弱又不值一分钱的自尊心吧,我不想让她知道。"

漆黑的眸子看着我,我突然明白了他身上的异样感是什么。

是铺天盖地的疲惫与无能为力。

他已经被压垮了半边,又凭着剩余的骨骼经脉死死支撑着,像是随时会绷断的弦。

这不公平,但是他不能断。

半年之后有一场足以决定我们命运走向的考试。

他比我们所有人都更需要这样一场能够逆风翻盘决胜的战斗。

"我答应你。"我说。

"谢谢你。"他说。

又沉默了一会儿,我抬步往上走:"那我先回教室了。"

李峙没有出声。

擦肩而过的时候,我听见李峙说:"其实这些东西都是可以预想到的。"

"我只是不太能接受……"他声音低下去,几乎是带着恨意道,"我居然对那个人还抱有期待。"

这不是一句需要回答的话,我从他身侧经过,留他一个人坐在楼梯间里。

片刻,我听见有拳头重重捶打在墙面上的声音。

一声,又一声。

像是某种困兽的嘶吼。

不知道为什么,我眼眶有些发烫。

"吴语,你看见李峙了吗?"张三突然出现在走廊尽头,脸上神色有些担心的样子,"我这几天看他脸色好像一直有些苍白,他会不会是生病了?刚刚也一直没找到他,不会又是胃病犯了不说吧?"

我"啊"了一声。

"我刚刚去医务室找过了,他不在。"张三细细的眉头拧在一起,"到底是怎么了……"

我心中一跳,随后笑起来走上前。

"你想多啦。"我说,"前面我看见他被罗翔老师叫走了,大概是有事情吧。"

"是这样吗?"张三还是有些狐疑。

"你居然怀疑我!"我佯怒,叉着腰道,"他还叫我跟你说,今天别等他了,自己先回去。"

"这样啊。"张三点点头,猜测道,"是推荐名额的事情吗?还是团委?"

"这谁知道?"我笑起来。

"今天难得一起回家吧。"我亲热地挽住张三的胳膊。

高考我们三个人都发挥得不错。

老吴同志高兴坏了,拿着我的录取通知书请了好几次酒席,原本就已经油光锃亮的脑门现在几乎是熠熠生辉。

"我们老吴家终于出了个文化人。"他看上去快要哭了。

我也跟着又哭又笑。

不管结果如何,我们人生遇见的第一道大关终于这么过了。

张三如愿留在上海,李峙去了北京的五道口,成为我们高中口口相传的某个学神传奇。

从此就很少能够见面。

跟李峙还好,毕竟本身也不会私下约出来玩,距离远近没有任何影响。

和张三就难免有些疏远了,只有放假的时候才会约饭,更多的时间都在和大学认识的新朋友一起玩。

人生聚散本就随缘,硬要强求只会让人伤痕累累。这是老吴同志一直挂在嘴边的话。

缘分天注定。

但同样的,只要记挂着彼此,就不会在人海中走失。

我是这么相信的。

事实证明这也是正确的。

时至今日,这两人依旧是我的挚友。

大二的时候,我和我的弱智男朋友一起去北京玩,李峙理所当然来接待。

男朋友十分感叹:"这么久不见你变帅了。"

"是吧?"李峙很风骚地撩了下小鬓毛,又冲我男朋友 wink 了一下。

我男友娇羞地捂脸。

我有种想转身就走的冲动。

晚上我和男友决定去感受一下皇城根的文化娱乐活动，问李峙要不要一起来，李峙说晚上有安排了，拒绝了我们。

我和男朋友咬耳朵，说："该不会他搞对象了吧？"

男朋友很警觉，说："你为什么这么关注他谈不谈恋爱？"

"是啊，"我说，"毕竟你初中还信誓旦旦眉目含春地说你喜欢他呢。"

男朋友蹲到小角落自闭去了。

晚上散场出来，男朋友和我牵着手感叹首都的繁华，结果他突然"哎"了一声。

"你看看，那个人是不是李峙？"他问我。

我眯起眼睛一看，也愣了。

那个穿着灰扑扑蓝色工装的年轻搬运工人，确实是我们共同的初中同学李峙。

夜色中，他正侧头和工友说话，弯腰把一大袋布满尘土的麻袋扛上肩头，又用力抛进卡车。

中年工友像是说了什么话，拍了拍他的肩背，李峙一仰头笑了起来，笑得自然又畅快。

男朋友想要上前打招呼，被我拦住了。

等他们工作告一段落，卡车轰鸣着开走，等待下一批货物。

几个人都蹲在马路牙子上稍作休息，中年工友给李峙递了一根烟。李峙熟练地接过点火，廉价香烟被叼在唇齿间，低头借着路灯的光看手上一本大部头的书。

我给他打了个电话。

李峙接起来。

"你在干什么？"我问他。

"我在外面吃饭呢。"李峙回答我，"怎么了吗？"

"没怎么，问问。"我说。

"没什么事情我就挂了。"李峙说，"吃饭时接电话不礼貌。"

"是吗？"我说，"那蹲在马路牙子上一边抽烟，一边背书的不是你对吗？"

李峙顿了顿，挂掉电话抬起眼睛。

我朝他挥了挥手。

等李峙工作结束，我和男朋友请他吃路边摊撸串。

李峙不喝酒，只象征性地喝了一小玻璃杯，然后就喝可乐，很坦荡地抱着一盆炒饭埋头苦吃。

"拮据成这样啊。"我男朋友也跟着发愁,把烤串上的肉撸下来,放进李峙的饭里,"奖学金还有学费减免什么的你有申请吗?"

李峙笑道:"我有外债。"

"为什么……"我男朋友想问,被我踩了一脚给止住,欲盖弥彰地喝了一口啤酒。

"这事儿不要告诉张三和张阿姨。"李峙和我说。

我点头。

"为什么这种表情,"李峙笑起来,"挺好的啊,万一以后我毕业找不到工作,还能凭借多年兼职经验去做全职搬运工——挣得也不少呢。"

和李峙分开之后,我和男朋友一起回我们下榻的宾馆。

"我其实没有太想明白为什么他不向张阿姨求助。"我和男朋友说,"张阿姨也把他当大半个儿子来看了,帮一把,他将来又不像是还不起的样子。"

"很正常吧,"男朋友一边收拾行李一边说,"如果我遇到什么事情,也不会直接和你还有你爸妈求助啊。"

我"啊?"了一声。

"那话怎么说来着,"男朋友想了想,"男人的自尊心作祟吧。"

终归不想在喜欢的人面前示弱。

"要是真有问题,你还是得和我说。"我说,随后觉得不对,"没有类似的事情吧?我看你不像是爱逞强的样子。"

男朋友眼神游移。

"你等一下。"我说,"你交代一下。"

"真没有。"男朋友扶了扶眼镜,"我的人生没有他这么波涛汹涌,硬要说的话……"

"你初中的时候说我剃小平头和戴眼镜帅,"他说,"其实我的近视可以做手术矫正的,但我想着你喜欢,我就没弄。"

"你绝对是记错了。"我说。

"天地良心,"我男朋友说,"我为了你这句话留了十年小平头……"

我没忍住告诉他:"其实当时我是乱说的……我都不知道你的名字。"

我男朋友表情空白了一秒。

"不是,你别掉'小珍珠'啊!"我手忙脚乱。

好脆弱一男的。

到了深夜,我们裹在被子里聊天,聊到了张三和李峙的感情生活。

"李峙绝对是喜欢她的啊。"男朋友说,"不知道她为什么看不出来?"

"因为他不想让她看出来吧。"我说,"如果张三知道李峙喜欢她,尤其她现在正有男朋友……"

"会被疏远的吧。"男朋友说。

我闷闷地点头。

"这真难办。"男朋友陷入沉思，随后把我抱过来，"还好你没有男朋友。"

我："啊？"

"噢噢，搞错了。"男朋友傻笑起来，亲了亲我的脸侧，"还好你的男朋友是我。"

我翻了个白眼。

"也就是我能够忍得了你。"我说。

这小傻瓜看上去还怪讨人喜欢的。

到了深夜我还是没有睡着，起身给李峙发了个短信：张三和她这任男朋友看上去不太乐观，你要不要试试？

李峙果真没睡，回复了过来。

他说：聚散随缘，我不强求。

我看着最后三个字，品出点不一样的味道。

我问：是不想，还是不能？

他没有再回复我。

然后就毕业工作了。

前段时间听闻李峙跑来上海找张三搞先婚后爱，我表面很镇定，其实内心非常震惊。

我约他出来："你现在强求了？"

李峙一身很衣冠禽兽的西装，手上端着咖啡，声音听上去很温和："我一直在强求。"

我看了他一会儿："那你还挺变态的。"

"谬赞。"李峙说。

"你现在特别像是某本言情小说里的偏执男主角。"我没忍住说，"你不要跨过法律的红线啊，李峙同志。"

"那不会。"李峙说。

"我只是觉得，"李峙低头，很短促地笑了一下，"如果她都敢抛下这么多去追求自己喜欢的东西，那我为什么不能？"

"我还是胆子比较小的。"李峙说，"这一次一旦往前走了，就没有办法回头了。"

我明白他的意思。

多年朋友至今，如果一旦迈过男女界限这根看不见的线，就难以再退回当初的位置。

大家都心知肚明。

这不是强求，而是一场毫无保留的豪赌。

"好吧。"我眨眨眼睛，"那你如果有什么需要帮忙的地方，告诉我一声。"

"你到底是站在哪一边的？"李峙乐了。

"你这个思维方式可就狭隘了。"我说，"我只是希望你们两个能幸福，如果能一块儿幸福那就更好了。你们都是我的好朋友。"

李峙看了我一会儿："如果你是男的，你说这话我就特别想拥抱你一下。"

"别恶心姐妹了。"我说。

"哎，如果以后我和她夫妻吵架你帮谁？"他又问我。

我傻眼了："你想得还真够远的，你先让她把你当男的再说吧。"

李峙看上去有些自闭，把眼镜拿下来，搓了搓脸。

见没我什么事情了，我拎着包准备跑路，李峙突然叫住了我。

"确实有个事情叫你帮忙的。"他若有所思道。

"你说。"我站住了脚，"违法犯罪的不做，别的我尽力而为。"

"张三肯定会很纠结要不要接着跳舞。"李峙说，"你鼓励她一下，提供一些精神支持。"

我用看弱智一样的眼神看了李峙几秒。

"这话要你说？"我难以置信道。

李峙笑得很荡漾。

我转身就走。

傻瓜。

然后接下来的事情大家也都知道了，李峙很顺利地追到了张三，张三也很顺利地被李峙追到，两人即将走入婚姻的殿堂。

其中我饱受迫害，精神创伤最严重的一次是我来送老吴同志的桑塔纳车钥匙，结果隔着薄薄的门板，听见他们在说什么"女人你点的火你自己灭"还有"不要不要"。

有点害怕，有点惊慌。

还有点小小的激动。

回去就做PDF挂他们，我摩拳擦掌。

身体创伤最严重的大概还是张国庆被送来我家借住的那几天。

严格来说照顾狗这些事情不用我操心，我那倒霉男朋友和比格犬一见钟情，每天擦屎擦尿甘之如饴，甚至吃饭都要端个碗到地板上与狗一起吃。

可是张国庆真的很能嚎。

森林之铃到了城市之后就变成了垂耳大叫驴，每天不是嚎就是拆家，精力旺盛到我差点和我对象分第九次手。

他居然说这只狗声音洪亮清甜如听仙乐耳暂明,说我不懂欣赏。

狗好,人坏。

比李峙还弱智。

幸好张三把狗接回去了。

不知道为什么在我家吵个不停的狗在她手上就老实多了,平时的娱乐活动基本上就只剩下咬咬李峙的拖鞋,啃啃李峙的行李箱,还有在李峙躺的沙发上撒尿。

算了。听起来也并不老实。

远离比格犬。

两天前李峙过来找我,说想布置一下求婚现场。

我转身就要走,但是一想到如果我不插手,李峙很有可能买那种撒银粉的蓝色妖姬来求婚,还是生生忍了下来。

"我想买那种毛绒玩具,还有红蜡烛摆个心形。"李峙说,"然后买九百九十九朵玫瑰,多浪漫啊。"

我男朋友疯狂点头。

"你是不是对九百九十九朵没有概念?"我说。

"怎么没有概念了,"李峙说,"我看了,同城配送三千块钱。"

"你看看这个大小。"我把图片给他看。

李峙陷入了沉默,随后摸摸鼻尖:"好像确实不行。"

哪怕做了四年搬运工也不行。

"那或者是小熊形状然后有灯串的花束呢?"李峙说,"再搞点王冠和羽毛,好像也浪漫的。"

我无语。

"太浪漫了。"我男朋友一拍大腿,"我怎么没想到呢?"

"你要是想到的话,"我说,"我就和你分第九次手。"

李峙很困惑。

"你能不能投其所好?"我问,"一定要搞那种女人看了都哭了的东西?"

李峙眼睛一亮:"变形金刚模型?"

我再次无语。

李峙微笑。

"其实你刚刚已经想到了吧!"我破防,"你为什么非要来这么一下?"

"我就觉得我得延续一下我直男的人设……"李峙说。

"你给我出去。"我指了下门口。

李峙麻溜地出去了,走之前还记得把我家的垃圾袋提了下去。

我男友很茫然地问我:"他想好了?"

"想好了。"我说。

"你都不需要把把关?"男友问。

"没关系的,他喜欢张三,张三也喜欢他。"我说,"准备得再怎么离谱,她都是会感动的,仪式本身不重要。"

男朋友还想说什么,我捏住他的嘴巴。

"你给我求婚的时候,当众掏出玫瑰花,还拿出我们初中毕业照玩了通尬的,我不也答应你了吗?"我说。

男朋友很无辜地眨了眨眼。

"算了,没事。"我说,"就当我上辈子欠你们几个的。"

爱情保安是这样的。

我是爱情保安,我爱吃小熊饼干。

保安生活美满,你也幸福平安。

番外二
光辉岁月

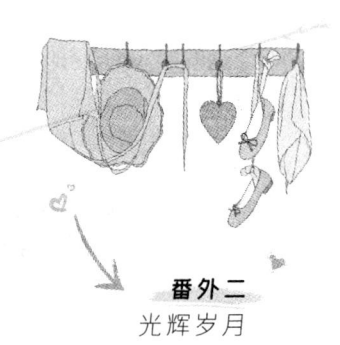

某个冬日的周五清晨,北京某大学男生宿舍。

"一会儿早上有课,都七点半了你们还不起来?"穿着黑色卫衣的少年一边从卫生间出来,一边擦着湿淋淋的头发提醒道。

这话一出口,整个宿舍哀鸿遍野,甚至夹杂着几声不应该属于灵长类生物的悲鸣。

王武昨夜通宵酣战召唤师峡谷,闻言捂住布满血丝的眼睛不敢直视残忍的现实世界:"'早八'这种事情不要啊——"

赵柳也有气无力地翻了个身,表示附议。

同宿舍的大四学长老油条"哈哈"一笑,裹在被子里懒洋洋地开口:"小李不是可以帮忙签到吗?你们让他去不就行了。"

"是的。"李峙笑眯眯地坐下来,把头发上的水汽擦干,"一次两块,谢谢好哥哥们惠顾。"

"桌上零钱罐里自己拿……"王武恹恹道,随后一拍床板,"一个宿舍的居然不能便宜点!"

"什么话呢。"李峙说,"咱们家是明码标价——'赵六'你要不要?"

赵柳要。

李峙一清早就挣到四块钱,这些钱足以让他吃上一顿可称为丰盛的早饭,因此心情极佳地开始对着镜子打理自己的小鬏毛。

"啊,对了,王武。"李峙突然想起什么,站直身子趴到王武床边上,"你今天出不出宿舍?"

王武困倦睁眼,结果对上一张如沐春风的笑脸,吓得他人都清醒了大半:"你干吗你?我性取向正常。"

李峙离得远了些,露出一点点刻意的遗憾表情:"这样啊。"

王武恶心得裹紧了被子。

"那你出不出去？"李峙又问。

王武打了个哈欠，摇头。

"你的羽绒服能不能借我穿一下？"李峙问，"我那件棉服袖子肘弯那里磨破了。"

"可以啊。"王武无所谓道，"不过，早和你说了，贪便宜买这种棉服反而容易被坑，还不如买件羽绒服一步到位……还好今年是暖冬，不然冷死你。"

"手里的钱不够。"李峙很坦荡，从衣架上取了王武的羽绒服下来，"谢了，我晚上把棉服缝好就还你。"

"晚上？"王武挠挠头，"我记得今天晚上没有课啊。你打工？"

李峙没说话，弯着嘴角笑起来。

整个宿舍安静几秒。

紧接着爆发了激烈的猿啸鸟啼。

"有情况！"王武觉也不睡了，顶着满头杂草一样的乱发坐起来，"绝对是有情况！"

"是谁是谁是谁？是我们系的吗？"赵柳也兴奋起来，从牡丹花被子里探出个脑袋，"好看吗？有照片吗？有单身小姐妹吗？"

"不是我们学校的，是女孩子，长得好看。"李峙好脾气地一个个问题回答过去，"有照片，小姐妹有男朋友。"

赵柳听到最后一句话泄气地倒回去，望着天花板两眼放空："怎么你和王武的女朋友都没有单身的小姐妹……现在想找人介绍认识一下都这么难了吗？怎么和小说里写的一人脱单造福全寝的剧情不一样？"

"你要是一直宿舍教室两点一线肯定找不到。"李峙说，"你要有清晰的自我认知。"

赵柳用被子捂住头，装作听不见。

他毕竟是个社恐又沉迷于日式轻小说的宅男。

"而且不是女朋友，"李峙说，"是高中同学。"

"但你喜欢人家小姑娘是不是？"大四学长一针见血，看着李峙在那里挑毛衣搭配，"啧啧。"

司马昭之心，路人皆知。

李峙果真大大方方地点了头："是啊。"

停顿片刻，他微笑起来："我是喜欢她。"

整个宿舍再次安静了几秒。

随后爆发了更加响亮的鬼哭狼嚎。

"照片！照片！"王武敲着床栏杆。

"你们南方人都这么肉麻的吗……"赵柳喃喃，"还是一定要这么说话才能找到女朋友？"

李峙没有拒绝，浅笑着打开手机，调出一张照片举起来给他们看。

三个脑袋立刻凑到了一起。

"你们小心点哦，"李峙提醒他们，把手机交给王武，"别摔下来了。"

几人反复欣赏了一会儿后，王武拍案叫绝道："好漂亮。"

"是吧。"李峙笑眯眯的，与有荣焉的样子。

"原来你喜欢这种类型的。"王武"啧啧"，这明眸皓齿笑靥如花的，一看就是江南甜妹，"不过……"

他有些迟疑："她边上搂着她肩膀那个男的是谁啊？"

"是她男朋友。"李峙说。

宿舍又陷入了死寂。

"哎。"李峙往前一步，稳稳接住自己的手机，"你别祸祸我的东西。"

所有人都用震惊的眼神看着他。

良久，还是大四学长艰难地开口："那什么……人不能，至少不应该……"

"不能当曹贼啊！"王武痛心疾首，"你怎么好好的走上这条不归路……哎呀哥哥，我给你洗洗脑子，咱不能这样啊。"

"我喜欢她。"李峙很平静地说，终于选中了自己想要的毛衣，噼里啪啦地穿上，"不论在她有男朋友之前，还是在她有男朋友之后。"

所有人再度陷入沉默。

李峙并不在意地收拾好书包，又拿起自己的钱包，认认真真地清点过里面的纸币。

"你喜欢她多久了？"关键时刻到底还是学长靠谱。

李峙侧头想了想，嘴角微微挑起："很久。"

又安静了一会儿，李峙已经准备出门了，王武才开口："她知道吗？"

李峙笑起来，黑眸神色温柔："当然不知道。"

"不可能吧！"赵柳激动起来，"女孩子本来就比较敏锐，怎么可能不知道，别是揣着明白装……"

"赵柳。"李峙喊了他的名字。

赵柳猛地一噎。

李峙嘴角依旧是弯着的，甚至神色堪称温和。

"可以了。"他温声道，"道歉。"

半晌，赵柳咽了咽口水道："抱歉，那什么你别生气……"

李峙没有说话，开门走了出去。

他并未摔门，隔着薄薄的门板，听见他的脚步平稳地在走廊里远去。

"我第一次看李峙发火。"王武说，"怪瘆人的。"

"世间文字千千万，唯有情字最伤人。"大四学长幽幽道，随后安详地躺了回去，"这个世界是公平的，总归要给他的人生添点坎坷。"

不然脑子又好使，手脚又勤快，脸还长得好看，这老天未免也太偏心他。

当天下午，李峙在火车站接到了张三。

"'李四'！"大老远张三就看见了他，一边喊着他的名字跑过来，一边笑嘻嘻地搓了搓胳膊，"这个天气怎么这么冷？"

"秋裤秋衣穿没穿？"李峙也笑，黑眸弯起来，在昏暗的天色下像是蕴含着光。

"穿了穿了，而且秋衣扎到秋裤里面了。"张三在他面前转了一圈，"哎，我就不和你展示了，影响不好。"

李峙摸了摸鼻尖，笑着接过她的行李箱："好几个月不见，怎么张口就是这种对话。"

"咦。"张三却微微一愣，抓着行李箱拉杆没有松手。

"你是不是心情不好？"她迟疑着说。

李峙顿了片刻，随后又笑开："没有啊，你的错觉吧。"

"这不可能。"张三摸摸自己下巴，狐疑地看着他，"而且你怎么瘦成这样了？水土不服吗？还是同学欺负你了？"

李峙没来得及说话，张三又围着他转了两圈，抬手捏了下他的肩膀："这衣服不是你的吧？"

李峙沉默几秒，深呼吸了一下，才微笑开口："你男朋友呢？"

张三动作顿住了，随后像被雨淋了的小狗一样蔫了下去："他……临出发前他从小玩到大的邻居妹妹骨折了，去医院看她了……大概来不了了。"

她垂着头，过了一会儿才听见李峙有些紧绷的声音："怎么这样？"

"没关系的，"李峙轻轻拍了拍她的背，"这种人也不值得你难过，分手就……"

"没分。"张三打断他，抬起脸来。

李峙瞳孔一缩。

从小与他一起长大的友人用她清凌凌的杏眼看着他，眸光清澈平静："如果是你生病了，我也无论如何都会来照……嘲笑你。"

"不说这些了。"张三吸了吸鼻子，故作洒脱地挥了下手，"还没分手呢，和你一个异性吐槽这个道德上实在是有些瑕疵。话说回来……"

张三压低声音，斜着眼睛看他："你最近是不是没有好好吃饭？"

没等李峙回答，张三大大咧咧地把行李箱交给他拎着，自己将手揣进口袋里："带我去吃那什么……老北京涮锅吧。"

李峙当然不会拒绝。

小小的店面人声鼎沸，一个个铜锅子放在桌上，李峙一进店里，眼镜上就起了一片雾气，手忙脚乱地擦拭。

张三看着菜单也不过问李峙的意见，按着攻略就点了单。切好的羊肉一道一道上，中间夹着几道冻豆腐和白菜、粉条。

来自上海的南方人兴致勃勃地拉着李峙观察几碟羊肉花色的区别，纠结这盘到底是上脑还是里脊，最后干脆一筷子全部涮进锅里，数着秒等它变色。

涮好的羊肉薄而卷边，像一朵热腾腾的花。

张三吃不惯麻酱，试图整点白砂糖进去，在小料台上遍寻不到，有些挫败地坐回了座位。

李峙挽起袖子去调了碗据说是老北京王武亲自传授的二八酱，又往里面搁了块腐乳和韭菜花，最后淋上了点辣油。

张三拿筷子尖蘸了点试试味道，表情微妙。

"我第一次尝试的时候表情比你狰狞多了。"李峙说。

"是吧！"张三拍桌，吃得泛红的小脸皱成一团，"我要再喝点可乐。"

"给您儿满儿上。"李峙笑着。

"儿化音可以加在这个位置吗？"张三动作一顿。

"天儿晓得。"李峙说，"我也就趁我宿舍那几个北方大汉儿不在，在这里肆意糟蹋他们宝贵的文化传儿承。"

张三被他神出鬼没的儿化音逗得乐不可支。李峙给她夹了一筷子羊肉："您多吃点儿。"

吃得差不多了，张三起身去上厕所，李峙连忙掏出自己的钱包，对了下账单上的数字。

够用。

他放下了一颗心。

张三回到了座位，很随意地拿起外套："我把账给结了。"

李峙动作一顿，抬起眼看她。

"干什么？"张三理所当然地诧异道，"你要做我好几天的地陪呢，我买单不是很正常吗？"

李峙抿抿唇，搁在桌面上的手张开又再次握拳。

"你要有什么话找我妈去说，和我说没用。"张三摇了摇手，"我这也是奉旨行事。"

张爱华这座大山一旦搬出来，李峙就没什么话好说了，沉默片刻无奈地笑着摇头："那我回上海的话得好好谢谢阿姨。"

"嗯呢。"张三随口道，随后伸了个懒腰，"带我去你们地下批发市场逛逛。"

北京卖平价衣服的地下街和上海的布局差不多,狭窄的店面闹哄哄挨在一起,店主们坐在店门口的小马扎上,染得黄不拉几的头发盘在头顶,端着麻辣烫或者酸辣粉吸溜着吃,眼睛警觉地看着路人和每一个潜在顾客。

张三走在前面,灵巧地钻进不同的店面,喊店主把挂在墙上的厚毛衣取下来,举在李峥身上比画。

"去试试。"张三命令道。

李峥得令去换,走出更衣间,看见张三双手抱胸,用挑剔的目光看着他:"还可以,换下来吧。还可以去别的店再看看。"

他回到更衣间慢吞吞地脱衣服,隔着薄薄的一层帘子,听见张三在和店主讲价。

都不需要看,他也能想象出张三此刻的样子,两只手极具感染力地舞动着,一双杏眸狡黠明亮,嘴里的话一会儿甜一会儿刻薄,砍价遵照的是张爱华女士耳提面命的抹零砍一半原则。

他出来后,正好对上张三满意的眼神。

"去付钱。"她随后抓起散落在台面上的手套,"姐你给我送副手套呗,买这么多件。"

李峥咋舌。

张三带着他在地下街四处流窜,越战越勇,很快就买齐了他冬天所需要的一切衣服。

而花费甚至不到他预算的一半。

"热死我了。"

地下街不透风,人来人往,同时砍价也是一个需要体力的表演性质活动,张三很快就脸颊红扑扑的,不拘小节地撑着李峥的胳膊,扯着自己衣领扇风。

李峥拎着满手袋子,笑着把视线别开。

"没事没事,"张三哥俩好地拍肩,"我里面穿的秋衣是高领的。"

"你真的裹得好严实……"李峥失笑,"你不给自己买点儿?"

"这里的厚毛衣我回上海穿不了。"张三说,看了眼李峥的表情,"啧"了一声,弯腰在袋子里翻找了一下,把那双手套拿出来,"那这个我就拿走了。"

李峥笑眯眯地看张三戴上。

逛完街后,李峥送张三去宾馆,自己回了宿舍。

整个宿舍已经进入了深夜的电竞时间,赵柳有点尴尬地和他打了声招呼,他领首应了。

把五颜六色的塑料袋放在椅子上,李峥一件件把过冬衣物拿出来挂好。王武凑过来看:"你开窍了?"

313

终于舍得在自己身上花钱了?

"她带我去买的。"李峙从最后一个袋子里掏出一件羽绒服。

他"咦"了一声。

不记得自己有买过这一件。

"这件好,这件好。"有丰富抗寒经验的王武连声赞叹,把羽绒服拿过来抖开,摸摸面料,"不便宜吧?"

李峙看着崭新的羽绒服,慢慢地摇了下头:"不知道。"

第二天,李峙骑着自行车去接张三。

张三下楼时看见他的打扮,眼前一亮。

她笑嘻嘻地坐上后座,像往常一样环住他的腰:"合身吧?"

"嗯。"李峙说,"很暖和。"

张三满意地哼起不成调的歌来,把手插进他的口袋里。

随后的几天,两人就像是所有游客一样,爬长城,逛王府井和西单,拜雍和宫,兜圆明园和颐和园。

张三拉着他吃卤煮,尝试焦圈和炒肝,喝了一口豆汁,然后两个人都面呈菜色。

"你来了这么久怎么还这样?"张三取笑李峙,"咱俩谁是游客呀?"

李峙只是笑,帮她拧开水瓶的盖子。

他自从来到这个城市就一直紧绷着,就连入眠时都记挂着肩膀上沉甸甸的重压,时不时从噩梦中惊醒。

直到在火车站接到她的那天开始,才真正放松下来,对周边的新环境产生稀薄的好奇。

"哎,对面有卖糖葫芦的。"张三把水瓶往他怀里一塞,站起来去马路对面买糖葫芦吃,纠结要草莓的还是山楂。

李峙不自觉地笑,手指慢慢抹过张三喝过的瓶口。

瓶口不慎沾上的唇蜜亮晶晶的,淡淡的粉在他指腹上抹开。

突然发现这个动作实在是有些变态,李峙急忙收手,正好张三回来,把咬掉一颗的糖葫芦递给他:"吃掉!"

"回头就把我的名字改成李大泔水桶。"李峙说,"专吃张三小姐的剩菜剩饭。"

张三扭过脸假装在生闷气,随后又发现了新大陆,"噌"地站起来:"那边有卖糖火烧的……等我哈。"

"你是不是特意来消遣洒家的……"李峙哭笑不得,又咬了一口糖葫芦,嚼得"嘎吱嘎吱"响。

嘴角沾上了点糖粒子,他低头,鬼使神差地用指腹摩挲过自己的嘴唇。

比他想象中的要甜得多。

张三回到上海前的最后一天，该玩的都玩了，该吃的也都吃了。
两个人吃过了晚饭，干脆漫无目的地顺着行人稀少的街道往前走。
吃饱了，也懒得说话。李峙手拢在口袋里，轻声哼着歌。
和上海弯来绕去的路政规划不同，北京的街道很有天子脚下的豪横气势，一道道横平竖直地延伸出去，在夜色里看不见尽头。
张三步伐轻快地走在前面，马尾辫的发梢随着她的步伐一晃一晃。
李峙如往常一样落后她半步，走在人行道外侧。
他也不知道自己是什么时候养成这个习惯。
路边有一辆电动车呼啸而过，李峙伸手把她往内侧一拉。
张三盯着扬长而去的"小电驴"，若有所思："你们这里不查电动车头盔。"
李峙笑，松开了手。
这样最好。
不过分亲昵，但是又能够把她的动向收入眼底。
需要他拉一把，护一下的时候，随时都可以。
正当张三要就首都非机动车行车安全展开详细论述的时候，突然一愣，随后仰起脸。
一片晶莹的雪花落在她的鼻尖。
"下雪了哎！"她惊讶道，回头冲着李峙笑。
"嗯。"李峙也轻轻笑起来，黑眸里笑意沉沉，"初雪。"

今年是暖冬，雪来得也晚。
巧的是让张三撞上了。
没见识的南方人一见到雪就兴奋起来，张三拽着李峙的胳膊沿着道往前跑，活像后面她领养的张国庆。
李峙跟在后面，笑着叹气："你要去哪里？"
两人跑到了先前兜过的小公园。
虽是暖冬，但也还是寒夜，此时小公园更是空无一人。
张三小跑到草地那里，惊喜道："你看！"
草地上堆起了一小层毛茸茸的新雪，像洁白的毛毯。
张三蹲下来，新奇地看着那一小片纯白，李峙也在她边上蹲下，两人肩挨着肩。
张三呵出一口白色的热气，把手套脱下来，塞到李峙手里。
她在薄雪上写下了"张三"两个字，转头去看李峙，眼睛亮晶晶的。
"好幼稚。"李峙嘴上嫌弃着，却也伸出手，在她的名字边上写下了"李四"。

315

张三李四，四个大字并排挤在初雪上。

张三满意地看着："这可比在沙滩上写字有意思多了。"

她看着雪地，李峙看着她。

有雪落在她的睫毛上，像是晶莹的蝶。

张三突然想到什么，一下子站起来。

她在李峙的注视下，在边上找了另外一块空地，写下了她男友的名字。

拍照，发送。

"多浪漫啊！"张三笑起来，"也算是一起看初雪。"

她看着手机，李峙依旧看着她。

张三还想再在手机上打什么字，李峙突然把手套递过来："戴上吧，手都冻红了。"

"噢噢。"张三反应过来搓了搓冰凉的手，把手套戴上去，又冲着李峙笑，"你也是第一次看见雪，怎么这么冷静？"

"是啊。"李峙也跟着笑，黑眸温和地弯着，"初雪呢。"

我们共同看的第一次雪，也是我人生的初雪。

星星点点，落下人间。

"回去吧。"李峙说，"小心感冒了。"

"好。"张三应了一下，突然"呀"了一声，"你干什么呀？"

李峙把脚从张三男友的名字上抬起来，又轻轻碾了几下，将那几个字踩成一片模糊的雪痕。

"保护一下人家的隐私。"李峙说，"又不是张三李四，名字和开玩笑一样。"

"不愧是学法的。"张三被戳到了笑点，"咯咯"笑着转了个身，"那走啦。"

云是雪的根系，风是雪的枝权，今夜雪花盛放。

大片大片的白絮中，年轻的女孩朝他笑着催促，有雪落在她漆黑的发与眉峰上："快点走啦。"

美好得像是个不应该存在的梦境。

李峙于梦中醒来，眼前似乎还有雪夜模糊的残影，又消融于房间里昏暗的光线中。

他下意识地去摸边上的半边床——手落在了女人温暖柔软的肩上。

"……嗯？"枕边人发出一声困倦的鼻音，艰难地睁开眼睛，"怎么了？"

"没什么。"李峙猛然松了一口气。

他重复了一次："没什么。"

"做噩梦了？"张三含含糊糊地问，往他身上拱了拱，在被窝里焐得暖热的胳膊环上他的脖颈,手胡乱地摸着他的头发,像是安抚孩童。

她知道他向来浅眠。

李峙摇摇头,低头嗅闻她发间的清香:"不是。"

"是好梦。"他低声说。

只是他过往经历的岁月实在是过于严苛,以至于那些美好的闪光的回忆都像是濒死的旅人眼前虚假的梦幻泡影,让他下意识质疑这是否又是一个自欺欺人的幻觉。

"嗯……"张三还是困,说着说着声音就小下去,"那就好……"

李峙捏捏她的脸。

"睡觉。"张三任他捏,困得咬字都不清了,"周末……"

昨天好晚才睡。

"我好像听见国庆在客厅闹腾的声音。"李峙说,"我去看看,别又把我最爱的沙发给糟蹋了。"

"嗯。"张三没有反对。

李峙起身,在床头柜上摸了下,有些茫然:"哎……我眼镜呢?"

"在书房的桌子上……"张三回答,说着说着突然恼了,"你能不能改改你随地乱来的毛病?"

眼镜戴着还能假装是正人君子衣冠禽兽,眼镜摘了就只剩禽兽了。

不仅是色胚,而且还很流氓。

张三深受其害。

李峙自知理亏,摸摸鼻尖起床。

走两步突然回过来,他俯下身亲吻了一下张三的眉心:"早安张三。"

"我早你……唉,早安'李四'。"张三咽下不文明的话,把脸埋进枕头里。

李峙轻手轻脚地走出卧室,把门带上。

张国庆在沙发上窝成一团睡觉,听见李峙的声音,懒洋洋地摇摇尾巴。

李峙走进了书房,将眼镜戴上,静立了几秒,从书架中抽出自己的日记本。

将黑色牛皮本平放于桌面,他从里面取出一张冲印的照片。

已经有年代感了,但被保存得很好,甚至都没有一丝折痕。

拍摄的是一片雪地,上面并排写着张三李四。

李峙长久地凝视着这张照片,嘴角微弯。

那个寒夜,将张三送回下榻的宾馆后,十八岁即将十九岁的李峙又走了半个多小时的路,回到了那个无人的公园。

新雪已经浅浅地覆住了亲密紧挨着的那四个字。

他蹲下身,认真地,或者说是虔诚地以手指描摹着他们并肩的名字。

317

一笔一画，深深地，甚至触及冰凉的泥土。

一遍一遍摹绘过少女的字迹，就像是摩挲过她柔软的脸颊，或者做什么更加逾越的事情。

他们本应如此。

他们本该如此。

二十七岁的李峙重新抚摸过旧照片，似乎触及了那日刻骨的寒意，又消融于指尖。

他听见有人从身后走过来的脚步声。

那铭心的冰冷与少年时阴燃至今的不甘一起，被柔软的拥抱裹住，催生起温柔缱绻的花藤，缠绕住他的心脏。

他已然有了归宿。

"我就在想你怎么还不回来……"张三困倦的声音从他背后响起来，在他的睡衣上蹭了蹭脸。

李峙低头轻笑几声，转身把她拥入怀里："你是不是又没穿鞋？"

张三语塞，随后破罐子破摔撒娇起来："这不是你该派上用场的时候嘛……不然我要你何用。"

"哎。"李峙笑着应了一声，把她打横抱起来，"你现在真的是作威作福毫无底线。"

张三咬了一口他的侧颈。

"小色胚。"李峙说，"一大清早就对我上下其手，上下其手尚嫌不够，甚至还动嘴。"

张三震惊地抬起脸，指了指自己："你说我？"

这还有没有天理了？

青天大老爷！

李峙轻笑着不吭声，抱着她走过客厅，正要进入卧室的时候，张三"啊"了一声。

她指着客厅未拉窗帘的落地窗。

"下雪了。"她说。

上海罕见的初雪悄然而降。

年轻的夫妻于温暖的室内，看着新雪于晴空落下，雪絮逐渐覆盖大地。

一片纯洁的白。

张三看着雪，李峙垂眸看着她。

美梦终于成真，命运于他终究是偏爱的。

他们确实如此。

"我好爱你。"李峙轻声说。

"嗯?"张三不知道为什么他突然来这一句,但还是笑了起来,眼睛亮晶晶的。

"我也爱你。"她说。

番外三
一家三口

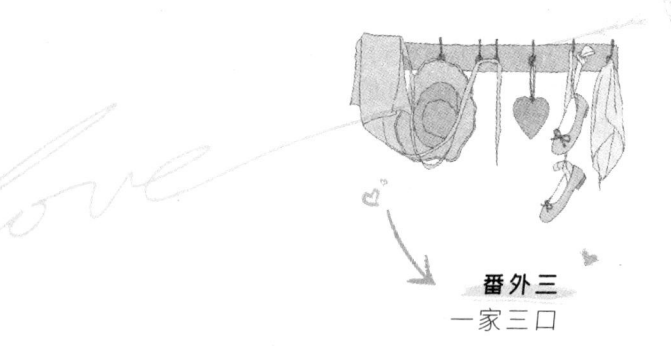

看着在沙发上到处乱滚光打雷不下雨的四岁小女孩,张三第一次后悔自己为什么生的是个女儿。

别误会,她不是重男轻女。

其实想必诸位也很难将张三这个名字和这种封建糟粕联系在一起。

毕竟你都叫张三了,那你要是还对世俗诸事如此介意的话,你很难保持稳定健康的精神状态活到这个年纪。

但是不代表她能坐视自己女儿披头散发拿着油画棒要在墙壁上画张国庆。

虽然比格犬罪该万死,但油画棒是李峙出差特地带回来的限量版,很贵。重新粉刷墙壁也很贵,而且需要搬出去散气味。

"把笔放下,然后你过来。"张三心平气和地说。

李桃一扭头,拽住张国庆的大爪子:"我不!"

张三深吸一口气:"我数到三。"

李桃抱住张国庆一副要和狗生死与共的样子。

"三!"张三直接跳到了三,扑到沙发上挠起了女儿的侧腰,"二!一!"

李桃怕痒,一边笑得上气不接下气地躲,一边和妈妈抗议:"不要挠我痒痒!"

张三冷笑:"我不。"

"爸爸!"李桃开始搬救兵,然而小身板被张三一把抓住按在自己腿上,无能狂怒地踢了下小短腿。

"你爸爸去做宇航员上外太空了。"张三说,"前两天新闻说马斯克失败的那个,你爸就挂在上面,猎猎招展。"

李桃一下子瞪圆了眼睛,歪着小脑袋费力思考刚刚张三说的一大串话。

张三趁着李桃老实,连忙拿起小木梳给她梳头发。

"妈妈,我要照镜子!"李桃被吸引了注意力,不老实地探着身体要去够放在茶几上的小圆镜。

"唉。"张三叹口气,拿了小镜子给她,"你怎么和你爸爸一样……一天到晚花枝招展的。"

见小李桃抬头看她,张三把那句恶评咽下去:"对市容市貌特别友好。"

李桃:嗯?

张三给女儿扎了两个羊角辫,又拿小梳子理了下她的刘海:"好了。"

李桃对着镜子看了看,不满意。

"妈妈,我要扎爸爸上次给我梳的大红蝴蝶花花公主麻花辫。"李桃说。

大红蝴蝶花花公主麻花辫?那又是什么东西?

听起来好土。

张三欲言又止:"妈妈不想梳。"

"可是桃桃想要。"李桃和她谈判,"今天是休息日,妈妈有时间给我梳头发。"

张三在心里直叹气,秩序敏感期的小孩十分难以忽悠,而她又不想武力镇压。

张三看李桃,李桃看张三。

"好啊。"张三说。

然后张三一屁股坐在了李桃的前面:"那桃桃给我梳大红蝴蝶麻花辫好了,妈妈学会了就给桃桃梳。"

李桃:嗯?

好像不对,但好像又对。

茫然的四岁小女孩开始给妈妈梳起了头发。

梳着梳着李桃就开心了,妈妈的头发比芭比娃娃手感好得多,一下子把什么大红扑棱蛾子抛之脑后。

张三一边被玩头发,一边打哈欠喝咖啡,打到一半,门口传来门把转动的声音,李峙牵着张国庆回来了。

一进门,李峙看着母女俩就乐了:"哟,桃桃给妈妈梳辫子呢?"

张三拍了一下桌子:"你看看你家的好女儿。"

"不也是你家的。"李峙笑,蹲下去拿湿纸巾给张国庆擦它的爪子,"国庆真的是精力充沛龙精虎猛。"

每天早上遛一圈,晚上再遛一圈,李峙曾认真考虑过是不是要顺手去接一个代跑的副业。

"你快来给她梳那个大红蝴蝶花花辫。"张三说,然后切换成了李桃暂时还没有掌握的高语速沪语,"叫你一天到晚整什么花活。"

"是大红蝴蝶花花公主麻花辫。"李峙纠正她,洗过手后,走到沙发边坐下,很自然地接过了李桃手中的工作,"来,爸爸教你梳。"

"哎!没让你给我梳!"张三抗议。

李桃倒是很开心地拍手:"好耶!"

李峙一边拿梳子很轻柔地梳顺被李桃玩得打结的乱发,一边顺手捏了捏张三的耳尖:"顺应一下民心好不好?"

张三被李峙这个动作弄得打了一个哆嗦,在镜子里警告地瞪了李峙一眼:"那你不要给我搞得太浮夸,一会儿还要出门的。"

李峙笑:"我知道的。相信你老公。"

张三这回真的在瞪他了。

李峙哼着歌手指纷飞,居然像模像样地给李桃示范着编了个漂亮的两股辫出来:"你看。"

张三看着镜子松了口气:"不就是法式麻花辫嘛。"

"妈妈漂亮不漂亮?"李峙低头问李桃。

李桃很有觉悟:"漂亮!"

"你爸爸眼光就是好。"李峙一边自我陶醉,一边整理张三脸颊上的碎发。

这人又开始现世了,张三正要怼回去,不期然在镜子里对上一双噙着笑意的黑眸。

"好漂亮。"李峙含笑望着她,捏了下她的脸,"而且好可爱。"

张三沉默两秒,佯怒:"干什么!"

她起身坐到李峙的边上,托着下巴看李峙给李桃编头发,随口抱怨:"女肖父真讨厌。"

李峙瞥她一眼,笑出了小梨涡:"什么意思呢?"

"你看她和你一样难搞。"张三小声说,"要是像我就好了。"

"像你?虽然会很可爱,但是……"李峙说着说着嘴角就往上扬,轻笑着摇头,"你俩一天到晚在家里扯头花。"

"怎么可能!"张三怒了,"我小时候那可是活泼善良冰雪聪明从不招惹祸端……噢。"

她突然想起边上坐着的正是她从小御用的背锅侠。

李峙笑起来,把眼神漂移的张三抓过来亲了一口:"你要是准备好了我们就出发。"

李桃欢呼起来,她一叫张国庆就跟着叫,一时整间房子热闹非凡。

"还好装修时做了隔音。"李峙很诚恳地说。

张三有气无力地往他身上一倒,点头附议。

成家、生孩子两人没有明确规定过家务和育儿的分担，就和最开始李峙想要的一团不分你我的乱账一样，日子就这么稀里糊涂地到了李桃三岁半。

幸好两个人都是手脚麻利且眼里有活乐意干活的人，再加之有话就说，说不清楚就去找张爱华，到现在也没有闹过什么大矛盾。

过日子嘛，无非就是你忙的时候我多承担点，反之亦然。

两人甚至都干过带着孩子加班的事情。

幸好李桃小朋友在家里肺活量惊人，但一旦到了外面，就是一个十足的天使宝宝。

不哭不闹，见人就笑。

张三曾经锐评过这孩子和她爸爸一样会装，在外面人模狗样，在家里满地打滚，主打一个两面灵活切换，只折磨家人不折磨外人。

今天是家里定好的采购日，一家三口出发去超市买东西。

买东西补充消耗品都是大人要做的事情，对于李桃来说最开心的还是可以尽情去吃超市提供的试吃品。

在家里不管是好脾气但其实相当阴险的爸爸，还是对她小心思了若指掌的妈妈，都不允许她吃这么多甜品。

但是超市的试吃正好，一样只有一小口，就连妈妈也不会多说什么，只会让她多喝点水。

张三看着女儿兴奋的样子，也不扫兴，和李峙确认了一下东西都带齐了，一家三口出发。

李峙开车，张三坐在副驾驶，而李桃在后座抱着图画书在看。

张三探身过去给李桃扣好安全带，这边李峙就开始作妖了："我也要你帮我系安全带！"

张三忍了忍："你差不多得了啊。"

李峙不依不饶，大有张三不帮他就不发动车子的架势。

张三沉默几秒，动手了。

她给了李峙肩膀一拳。

李峙发出了受内伤的声音，楚楚可怜地捂住肩膀，回头朝着李桃求援："你看，妈妈在欺负爸爸。"

"爸爸也欺负妈妈啊！"李桃突然说。

张三和李峙一起愣住："啊？"

张三指了指李峙："你爸这样能欺负人？"

李桃放下书，一本正经道："之前晚上爸爸把妈妈抱进房间……"

"等一下！"张三瞳孔"地震"，李峙也跟着"地震"，"你不是睡了吗？"

李桃小朋友展现了超出同龄人水准的冷静："我想上厕所，所以爬起来了。"

　　"然……然后呢……"张三绝望地闭眼，这种夫妻生活被小孩撞见的事情终于还是发生了吗？

　　"然后我就和爸爸妈妈一起看电视了啊？"李桃很茫然，"妈妈不记得了吗？"

　　张三一愣，李峙皱眉片刻后笑起来："噢，我们一起看《变形金刚》那回。"

　　张三也想起来了，松了一口气。

　　年轻夫妻都是身体好精力佳的类型，总要在小孩睡觉后甜甜蜜蜜干点别的。特别是两人工作都有旺季，难得闲下来后就小别胜新婚，说不了几句话就心思浮动，浮动着浮动着就把门关起来了。

　　李桃说的那回是李峙刚刚结束了为期一个多月的流放式出差，一到家后往沙发上一瘫，右手边是漂亮老婆，左手边是可爱女儿，膝盖上窝着一只狗，自称幸福到如果人生的走马灯是这个画面的话，那现在死了也能接受。

　　幸好李峙的危险发言被张三一拳治好。

　　到了晚上把女儿哄睡后，李峙还在客厅里手就开始不老实了，不顾张三挣扎就把她抱到了房间准备吃点好的。

　　张三被按到床上后忸怩了半天，最后红着脸小声开口："我现在来例假了，如果你想要的话，我可以……"

　　李峙一怔，温润黑眸看了她几秒后，叹了口气，并在她额间屈指一弹。

　　"你老公哪是这种色欲熏心只顾自己的流氓！"李峙抱住张三在床上打滚，把她头发搓得一团乱，又用力埋首下去嗅闻她颈窝的味道，"我好想你。"

　　张三心里软软的，回抱住他："我也想你。"

　　成年人限定的体力活动是做不成了，于是他们就打开投影屏准备欣赏一些古今中外的文艺作品来提升艺术造诣。

　　比如《变形金刚5》。

　　两人依偎着靠在枕头上裹在薄毯里，大屏幕上面机器人大战机器人，绒毯下十指相扣，耳边温声细语。

　　李峙给她讲自己出差时遇到的奇葩当事人和恨不得下毒的对方律师，张三给他讲自己的领导和小桃在幼儿园的细碎琐事。

　　明明都是在视频电话里讲过的内容，却被一遍又一遍不厌其烦地重复咀嚼讲述，再引起一阵阵轻轻的笑声。

　　张三突然想到以前看过的营销号发的鸡汤类文案，说人最放松的时候就喜欢说废话，废话越多说明这个人越幸福。

真假存疑，毕竟这个营销号的上一条推文是说人要是梦见别人是因为量子纠缠，那人也一定很想念你。

但是无论如何，她和李峙认识了二十几年，说的大部分话都是无意义的废话，倒也没有人嫌烦。

"三三。"李峙突然轻声唤她，张三侧过脸去，两人安静地接吻。

"好爱你。"不知道是谁先开口的，又被另一个人附和，最后又变成了轻笑。

正轻声腻歪着，门被小手推开，李桃探进半个小脑袋："爸爸妈妈……"

"我也想要看机器人打架。"李桃说。

"你怎么还不睡？"想到明天是休息日，张三想了想还是拍了拍边上的空位，"来。"

李桃获得妈妈的允许，很开心地爬上了床，无比自觉地钻进薄毯，贴在张三的边上。

"为什么是贴着妈妈？"李峙小声抱怨，"不应该是贴着你好久才回一次家的老爸吗？"

李桃闻言，抬起脑袋盯着李峙："妈妈身上香。"

李峙大破防："爸爸身上就是臭的吗？来，老婆你闻闻。"

张三被殃及池鱼，不得不配合李峙的表演，探过身闻了一下："香的香的。"

"是妈妈觉得香，桃桃不觉得香。"李桃一板一眼，"而且妈妈是爸爸的老婆，妈妈会哄着爸爸。"

"桃桃说这句话的依据是什么？"李峙来了兴致，一大一小隔着张三展开了生动活泼的探讨。

虽然知道与小孩子在语言完备期进行这种逻辑对话是一件很重要的事情，但是张三越听越觉得不对。

张三幽幽地看向李峙。

这人是真的很想辩赢自己的女儿——哪怕是职业病，也太幼稚了吧！

"您二位慢聊。"张三忍不下去，掀开被子准备下床，"今天我去桃桃房间睡。"

话音刚落，肩膀和腰就被父女俩不约而同搂住。

一大一小两双漆黑的桃花眼看着她，眼底是同款湿漉漉的可怜巴巴。

张三停顿几秒，绝望叹气："我不走。"

最后《变形金刚5》播到结尾也没有人费心抬头去看，甚至还被李峙嫌太吵而调成了静音，十分委屈地成了默片。

翌日，张三又被热醒，一睁眼发现李峙很倔强地伸长胳膊，硬是把老婆和女儿都搂在了怀里。

丈夫的胸膛紧贴着她的背，而女儿熟睡于她的臂弯。

张三轻轻叹了口气，亲亲女儿的额头，又转身亲了下李峙的下巴。

"醒了就抱松点。"张三温柔似水地说，"别逼我动手。"

闭着眼装睡的李峙憨笑，露出两个小梨涡。

…………

"原来是这么一回事儿。"张三松了口气。

边上驾驶座上的李峙也明显放松下来。

两人对视一眼，交换了一个庆幸的眼神。

李峙发动车子，出发去超市。

车子开到半路上，李桃又冷不丁地开口了："但爸爸真的一直欺负妈妈，我还和外婆告状了。"

张三傻眼："啊？"

"爸爸不让妈妈玩水，"李桃说，"总是自己偷偷去洗碗。"

张三："呃……"

"你和外婆说的就是这个？"张三确认。

李桃点头。

李峙有些感动，趁着红灯回头看着自己的女儿："好孩子，爸爸给你买巧克力。"

张三狐疑地看向李峙："这不是你唆使她的吧？"

"青天大老爷我冤枉啊。"李峙说，"我就是单纯地很喜欢玩水而已。"

"但是我明天就去外婆家玩了，外公会给我准备很多巧克力的。"李桃纠结，"我想要买玩具。"

"什么玩具？爸爸都给你买。"李峙承诺。

"变形金刚模型。"李桃毫不犹豫地说。

张三呻吟一声，把脸埋到了掌心。

李峙没忍住笑了出来："三三。"

"这孩子还是像你。"他幸灾乐祸道。

一家三口到了超市，李桃无比自觉地坐进了购物车。

李峙推着购物车，张三拿着单子开始采买，时不时停下来，拿了试吃小纸杯来喂李桃。

李桃吃东西很小心，不会把衣服弄脏，在这个意义上是一个十分省心的孩子。

可惜李峙不是。

李峙见李桃被喂切块甜甜圈，撑着脸开始作妖："我也要喂。"

张三顺手把李桃吃剩下的甜甜圈塞进了李峙嘴里："喏。"

李峙满意了，很开心地弯起一双笑眼，拿手帕擦了擦李桃嘴角的糖屑。

张三忍不住笑着叹气，李峙这人在职场上是当仁不让的"卷王"，平时婚戒一戴人夫气质满满，但是在家里却总像个大孩子似的。

"看什么呢？"李峙注意到张三的视线，突然想起什么，凑到张三的耳边轻声道，"话说家里那玩意用完了，要不……"

张三被他不知有意无意的温热气流弄得一激灵，嗔怪地瞪了他一眼后，拉开距离："带着孩子呢！"

"她又不识字。"李峙厚颜无耻，"而且你总不能一直骗她是从垃圾桶里捡来的。"

"不行。"张三斩钉截铁，接过车子往前推，"万一桃桃好奇心旺盛拿它吹气球怎么办？"

"那我也吹一个和她击剑。"李峙说。

张三瞳孔"地震"："你要死哦！"

李峙笑起来，从背后环住她推起购物车："开玩笑的，那就后面再买呗。"

张三和李峙一起推着购物车走了几步，突然停下脚步仰头，用额头蹭了下李峙下巴。

"那什么，"张三说，"我们有点像故意在超市里秀恩爱的情侣。最好别这样，我不想被人拍下来发到营销号上。"

"是夫妻。"李峙纠正她，随后微笑起来，"遵命。"

第二天大清早，张三那沉默寡言温婉贤淑的父亲开车过来，把李桃和张国庆接走过暑假。

张三跟李峙下楼去送，送完回到家，看着莫名空旷的家面面相觑。

"怎么感觉桃桃和张国庆不在家房型都变大了。"张三说，"好神奇啊，明明个头都不大。"

"闹腾吧。"李峙说，随后往沙发上一瘫，十分快乐地朝老婆张开手，"过来抱抱。"

"这段时间你是不是可以休息。"张三问。

李峙一挑眉："当牛做马出差这么久，不给我放假我就去老板家门口上吊。"

张三慢吞吞地把自己塞进李峙怀里，然后小声抱怨："那你在欺负我。"

李峙笑，把她的头发挽到耳后："为什么这么说？"

"你这几天不用上班这件事就足够欺负我了。"张三用脸蹭他的颈窝，"凭什么你不用上班。"

李峙被张三这个动作搞得心里发痒，手窸窸窣窣地探进她衣服下摆，吻她的耳尖："那我用行动表达一下歉意。"

张三被吻得腰肢发软，环住李峙的脖颈，小声喊他名字。

然而等李峙准备解开皮带的时候，张三突然闷声笑起来，一双杏眸里满是诡计得逞的笑意。

"家里的用完了。"张三支起上半身，笑着轻轻拍了拍李峙的脸，"不要搞危险行为。"

李峙一怔，随后气得眉尾乱跳。

眼看着怀里的女人越笑越得意，李峙泄愤一样俯下身去亲她，把她的惊呼搅碎在唇齿间，含混不清地宣布："我有的是方法治你。"

再有办法也不能凭空变出需要的关键道具，李峙最后还是起身整理衣服，留下红着耳朵把脸埋在靠枕里的张三下楼去超市了。

临走前，他身形十分矫健地躲过了张三扔过来的拖鞋。

等李峙提着装得满满当当的塑料袋回家的时候，张三已经恢复过来了一点，正懒懒散散地靠在靠枕上玩手机。

张三看见李峙手里这么大的袋子，险些把手机给弄掉在地上："你买这么多？这得用多久？"

"嗯？"李峙愣了一下才反应过来她在说什么，忍不住失笑，把塑料袋里的面包和牛奶拿出来放好，"我买了早饭啊，昨天忘记买洗衣液了，今天顺便买了补充装回来。"

"噢。"张三放下心，接着看手机里的小动物视频。

过了一会儿，李峙洗完手过来了，张三挪了下位置给他看手机屏幕："你看那只狗……哎呀。"

她笑着要挡住李峙落在她侧颈的吻："刚刚不是……'李四'！"

"三三。"李峙咬着她的耳朵，一副诚心悔过但是死性不改的样子，"其实我买了两盒，正好可以用到桃桃回家。"

张三大脑飞速运转，李桃去外婆家两周，两盒的话这人……

她谴责地看向李峙："我好讨厌你。"

李峙亲亲她："可我好爱你。"

张三默了默，视线瞥见餐桌上他顺手带回来，已经插进玻璃花瓶的一束鲜花。

鲜花边上摆着她穿着纯白舞裙与热情观众李先生的合影，一个笑颜灿烂一个温润含笑，镜头外的十指交缠在一起。

"好吧。"张三夸张地叹口气，和李峙早已伸过来的手指紧紧相扣，服输

328

一样承认道,"我也爱你。"

　　日光灿烂,爱侣缱绻,属于他们的岁月还很漫长。

- 全文完 -

耍赖